JN174475

新古今前夜の和歌表現研究

大野順子　著

青簡舎

新古今前夜の和歌表現研究　目次

はじめに……5
第一章 和歌と今様……13
第一節 顕季の和歌と今様 15
第二節 今様と歌枕――『梁塵秘抄』四三〇番考 40
第三節 俊成の和歌と今様 50
第四節 寂然『法門百首』と今様 76
第五節 場に応ずる――本歌取りとの接近 102
第二章 和歌と短連歌……121
第一節 鎌倉期説話集にみられる短連歌 123
第二節 短連歌を詠む――先行歌からの影響 135
第三節 源俊頼の歌絵の歌 175
第四節 短連歌を集める――後代への影響 187

第三章　新古今前夜（一）――建久期九条家歌壇……217
第一節　建久期十首贈答歌群について　219
第二節　良経『六百番歌合』の表現技法　241
第三節　良経『正治初度百首』における本歌取りの機能と方法　271
第四章　新古今前夜（二）――後鳥羽院歌壇始発期……291
第一節　後鳥羽院『正治初度百首』における改作　293
第二節　後鳥羽院元久元年奉納三十首群について　311
第三節　『三百六十番歌合』撰者再考　325
結び……351
初出一覧……364
索引……367
あとがき……391

はじめに

この比の人の歌ざま、二面に分れたり。中比の躰を執する人は今の世の歌をばすずろごとの様に思ひて、やや達磨宗など云ふ異名をつけて譏り嘲ける。又、この比様を好む人は、中比の躰をば、「俗に近し、見所なし」と嫌ふ。やや宗論の類にて、事切るべくもあらず。

（『無名抄』近代歌躰事）

いわゆる新古今時代に、六条藤家を中心とする旧風歌人と定家ら御子左家系を中心とする新進の新風歌人らの歌風が対立していたことは、よく知られている。

新風歌人が台頭する以前の詠風は先例を重んじるものであり、歌合の場においても先例の有無が和歌の善し悪しに積極的に関わって勝敗を左右していた。これに対して定家ら新風歌人は、従来の常識にとらわれない和歌表現の可能性を追求した。たとえば次の定家詠は、

さむしろや待つ夜の秋の風ふけて月をかたしく宇治の橋姫

（『新古今集』秋上　四二〇）

「さむしろに衣かたしき今宵もや我を待つらむ宇治の橋姫」（『古今集』恋四　読人知らず　六八九）を本歌として取り

入れ、そこに揺曳する宇治の橋姫伝説の世界を自詠に重ね合わせることによって秋の景に恋歌的な浪漫性を加え、一首の詠歌世界に一層の深みを与えようとした。また、「風ふけて」・「月をかたしく」とそれまでには見られない斬新な続けがらを用いることによって、詠歌世界に複雑なイメージを加えている。

新風歌人によって行われた本歌取りや歌語の新奇な続けがらの工夫などは、旧風をよしとする人々には受けいれられず、のちに定家が『拾遺愚草員外』において「自文治建久以来、称新儀非拠達磨歌、為天下貴賤被悪、已欲被棄置」と回顧するような状況に陥った。この旧風と新風との対立は、建久期を通じて続いていく。しかし、『正治初度百首』で詠進された定家の詠風に後鳥羽院が魅了されるや、新風の詠法が歌壇を席巻することとなる。

旧風の抵抗著しい新風の詠法であるが、定家を中心とした新風歌人のグループによって、それまでの和歌史とは関わりなく独自に創出されたものではありえない。既存の方法に馴染まず、どれほど斬新な方法に見えようとも、三十一文字の詩であるという和歌の大前提に変更がない限り、何らかの形で前代の影響を受けており、その影響を独自に消化していくことで、新たな方法を確立したと考えるのが妥当であろう。

新古今時代に表現手法として確立した「本歌取り」などは、まさにそうした道筋を経たものではなかろうか。古歌の一部を自らの歌に取り込むという例はかなり古くから見られるが、『新撰髄脳』において古歌を取るという行為が否定的に捉えられていたように、表現の手法としては古くから認められるものではなかった。しかし、それも後に『俊頼髄脳』において、

歌を詠むに、古き歌に詠み似せつればわろきを、いまの歌詠みましつれば、あしからずとぞうけたまはる。（中略）これが様に、詠みまさる事のかたければ、かまへて、詠みあはせじとすべきなり。

（『俊頼髄脳』）

というように、本歌を「詠み増す」という限定付きながら、古歌を取るという方法が歌学書のなかで認められるようになってくる。『中宮亮重家朝臣家歌合』（永万二年）の判詞においても、俊成が「ふるき名歌もよく取りなしつれば、をかしきこととなん古き人申し侍りし」と述べていて、本歌取りが次第に肯定的に捉えられてゆく様が看取される。

否定から肯定への変位が如何なる事象に起因したことであるのか、明確に示す資料を見いだすことはできないものの、本歌取りに対する意識の変化が起きはじめたと思われる十二世紀あたりから、和歌に隣接する領域――今様と短連歌――に活発な動きがみられるようになる。当時流行の俗謡であった「今様」が宮廷に入りこんできたのは白河院の時代とされるが、後白河院の時代にその最盛期を迎えている。また、『金葉集』で初めて連歌の部が設けられるなど、それまでにないほど短連歌への関心の高まる時期が今様の興隆期とおおよそ重なる。

この時期は、和歌史的に見ても転換期にあたる。従来の三代集的な詠風の行き詰まりを打開すべく、堀河院歌壇では新奇な趣向や表現といったものがしばしば試みられていた。こうした時代の雰囲気の中にあって、極めて王朝的な文学である和歌よりは一段低く見られていたとはいいながら、広い意味で「歌」と括り込むことができる今様や短連歌が盛りあがりを見せていた状況は、何らかの形で和歌へと影響を与えずにはいられなかったのではなかろうか。

貴族文化の枠とも言うべき和歌が、後発の遊戯である今様や短連歌に対して影響を及ぼしていることについては、これまでにも論じられてきた。しかし、その反対に和歌に隣接する領域が和歌に与えた影響を考察する際には、歌人や歌語の個別の特性という切り口から論じられることが中心であった。和歌を正当とし、今様や短連歌を亜流と捉えるならば当然の流れであろうが、類似する形式を持つこれらの「うた」を一方通行の流れでのみ捉えてよいものだろうか。

院政期以降の和歌を丹念に辿っていくと、隣接領域から和歌へと揺り返してくる流れがみえてきた。この流れは遊びの文芸の気楽さから発せられたものであるからか、和歌では許されないような要素を多分に含んでいる。しかしながら、これは、本歌取りがこの時期に否定から肯定へと言説を変化させたまさにその転換点に影響を与えた可能性を想像させるものであり、当代の和歌全体に影響を及ぼした可能性を考察していく必要性を感じさせるものであった。

そこで第一章「和歌と今様」では、王朝的なもの以外から歌語の拡張を図ろうとしていた時代に、今様が和歌にも受けいれられて新古今時代まで生き残っていたことを確認した。まず、第一節「顕季の和歌と今様」では、今様流行の始発期である白河院の時代に院の近臣として絶大な権勢を誇り歌壇にも影響力を及ぼした顕季を糸口として、今様と当代和歌の関係を探り、この期の和歌にも今様の詞章との交流が見られることを確認する。また、第三節「俊成の和歌と今様」では、今様がもっとも盛んになった後白河院の時代から活躍しはじめた俊成を軸として、これ以降の時代における今様と和歌の交流を考察していく。俊成には実作だけではなく、歌合判詞にも今様の詞章がみられ、他人詠に対する今様の影響を伺うことができることから、今様が前代よりもさらに広範囲の和歌に影響を与えてきた後を追う。さらに第四節「寂然『法門百首』と今様」では、今様の多くが法文歌であり神歌にも仏教に関わる今様が多いことから、緇素歌人である寂然の百首を取り上げて、今様の語彙が釈教歌へと流れ込んでいた可能性についても言及する。以上のように第一節から四節までは、これまであまり問題とされてこなかった今様から和歌へという影響の回路を確認する。第五節「場に即応する――本歌取との接近」では、今様が場に応じて「歌い換え」を行い多数の類歌を生み出していく状況が、本歌取りが肯定される初期に主張された「詠み増す」ということに接近しうるものであることを考察する。

続く第二章「和歌と短連歌」では、今様と同じく和歌の隣接領域に位置する短連歌が和歌に与えた影響に目を向ける。第一節「鎌倉期説話集にみられる短連歌」において、俊頼以後の私家集からは短連歌の実例をほとんど見出し得ないことから、十三世紀前半頃までの説話に現れる短連歌を例に取って考察をおこなう。説話に見られる短連歌は一時代前の新古今時代あたりと共通する美意識のもと詠じられており、このことは院政期頃から新古今時代を通過するまでの間に、和歌と短連歌の距離がかなり近しいものとなっていたとの推測を可能とする。そこで、第二節「短連歌を詠む――先行歌からの影響」では、もっとも短連歌が注目された俊頼の活躍期を分析の対象として、和歌と短連歌にみられる近さについて考察をする。これまで短連歌には先行する作品の影響がほとんど見られないと言われてきたが、特定の歌に拠るいわゆる本歌取りの他、短連歌特有の新たな先行作品摂取の方法が見られた。この連歌特有の方法が後代の和歌に影響を及ぼしていたのかについては、さらに第四節「短連歌を集める――後代への影響」で考察をおこなう。先行作品を摂取する際に「詠み増す」という規制が課せられた和歌に対して、連歌には自由な発想の先行作品摂取の方法が旺盛に取り入れられている様子が見られ、そこに連歌の方法と本歌取りの手法との交流が推測される。

第三章「新古今前夜（一）――九条家歌壇」では、第一章・第二章で考察してきた今様・短連歌と和歌との影響関係に鑑み、新古今前夜における新風歌人らの実作から、当代の本歌取りの様相を確認し、その捉え直しを試みる。第一節「建久期十首贈答歌群について」において、新風歌人の詠法を、良経・慈円・定家の間で盛んに行われた十首贈答歌から考察し、前代から流行していた即時即応の「うた」にみられる先行作品摂取の方法がここでもみられることを確認していく。第一節で取り扱った作品が内々の自由な場で作られたものであったのに対して、第二節「良経『六百番歌合』の表現技法」では、九条家における盛儀であった『六百番歌合』を分析の対象として取り上げる。これによって、同じく建久期の良経が身につけていた本歌取りの実際を確認した上で、歌壇のパトロンとしての良経が歌壇に流行していた新要素をどのように取り入れていたのかについて考察を行う。

第四章「新古今前夜（二）——後鳥羽院歌壇始発期」では、歌壇における流れを追ってきた第三章までとは視点を変え、新古今時代の歌壇を牽引していくことになる後鳥羽院を中心に据え、院が新古今前夜に実践した和歌技法の具体相について検討する。第一節「後鳥羽院『正治初度百首』における改作」では後鳥羽院初の応制百首である『正治初度百首』を、第二節「後鳥羽院元久元年奉納三十首群について」では『新古今集』成立期に繰り返し行われた奉納三十首歌群を軸として分析することによって、初学期の後鳥羽院が新風歌人の手法を積極的に学び、かれらと同質の詠風を持っていたことを跡づけていく。第三節「『三百六十番歌合』撰者再考」では、旧風と新風を自由に行き来する撰歌傾向から撰者を後鳥羽院であると推定し、編纂時期の院が目指していた歌風について、さらに考察を行う。

以上概括してきたように、本書では今様と短連歌それぞれの内包する要素が、本歌取りを肯定的に捉えようとする時代的な流れの一端を担っていた可能性について考えていく。

同時代に著された歌論・歌学書はもとより、現存する如何なる文献にも今様や短連歌が本歌取りにかかわったという記述はなく、稿者が意図するところを明確に断ずることは困難である。しかし、影響関係を示す明確な言説がなくとも、今様も短連歌もたしかにその時代に存在し、その影響は実作のなかに残されている。従来の研究とは異なった方向から光をあてることで、これまで見過ごされてきた新要素が同時代の和歌にもたらしたものについてその具体相の解明を試みたい。

本書で引用した和歌の本文と歌番号は、特に断りの無いかぎり古典ライブラリーの『新編国歌大観』・『新編私家集大成』・『歌書集成』に拠り、私に漢字・仮名にあらため濁点を付している。

その他の作品の本文は、以下にあげる叢書等に拠っている。

新日本古典文学全集（小学館）…『古事記』・『梁塵秘抄』・『梁塵秘抄口伝集』・『源氏物語』・『俊頼髄脳』・『枕草子』・『宇津保物語』・『宇治拾遺物語』・『近代秀歌』・『詠歌大概』・『無名抄』・『十訓抄』

新日本古典文学大系（岩波書店）…『今昔物語集』・『古事談』・『古今著聞集』・『沙石集』・『曽我物語』・『平家物語』

日本古典文学大系（岩波書店）…『連理秘抄』

日本歌学大系（風間書房）…『奥義抄』・『和歌色葉』・『八雲御抄』

日本古典全集（日本古典全集刊行會）…『體源抄』

続日本歌謡集成（東京堂出版）…『古今目録抄』・『朗詠九十首抄』

中世の文学（三弥井書店）…『源平盛衰記』・『今物語』

大正新脩大蔵経（大蔵出版株式会社）…『大般若波羅蜜多経』・『法華経』

岩波文庫（岩波書店）…『往生要集』

歌論歌学集成（三弥井書店）…『井蛙抄』・『後鳥羽院御口伝』

中世日記紀行文学全評釈集成（勉誠出版）…『源家長日記』

新釈漢文大系（明治書院）…『白氏文集』

天理図書館善本叢書（八木書店）…『三百六十番歌合』

＊＊＊

源承和歌口伝研究会『源承和歌口伝注解』（風間書房）

正宗敦夫編纂校訂『類聚名義抄』（風間書房）

なお、これらの作品に収載されている和歌についても、歌番号が付されている場合には、すべて『新編国家大観』に拠る。

第一章　和歌と今様

第一節　顕季の和歌と今様

はじめに

今様とは、平安中期から末期にかけて都に大流行した歌謡のことをいう。

しかし「今様」とは本来、「現代風・当世風」の意と考えられ、「今様歌」・「今様色（流行の濃い紅梅色）」・「今様立つ（当世風を帯びる・現代風になる）」などの複合語も生じるものであった。このことについては新間進一氏の『歌謡史の研究　その一　今様考』[01]に詳察されている。

「今様」がやがて、「今様歌」をさす固有名詞となったのは、今様歌の圧倒的な流行によると考えられるが、その最盛期は『梁塵秘抄』を自ら編纂するなど今様への傾倒の著しかった後白河院の時代である。『吉記』などに承安四年（一一七四）九月、公卿三十人による今様合が十五夜にわたって催されたことが記されている他、『十訓抄』をはじめとする中世説話集に今様関係の説話がいくつも載せられているなど、今様が後白河院個人の愛好にとどまらず、貴族社会で広く受け入れられていた様子がうかがえる。これらのことから、単なる俗謡であったものが、この十二世紀から十三世紀にかけての貴族社会で一定の地位を得ていたことを示そう。

本節で取りあげる藤原顕季の文学的な事跡としては、和歌史上で初めて「人麿影供」を行った人物であること、和歌の家である六条藤家の祖であることが、まずあげられる。歌人としての活動は生涯を通じて活発であり、制作年次のはっきりしているものだけをみても、承暦元年（一〇七七）の『讃岐守顕季家歌合』から保安二年（一一二一）閏五月二十六日の『長実家歌合』までほぼ切れ目なく作品が残されている。その間には『堀河百首』・『郁芳門院根合』・『堀河院艶書合』など、晴れの歌会に多く参加しており、顕季は歌人として一定以上の評価を受けていたとみてよい。さらに、長治二年（一一〇五）以降になると判者としても歌合に関わるようになっていて、こうした点からも歌壇における顕季の地位の上昇が察せられる。

ただし、顕季の歌壇における地位は、純粋に歌人としての力量だけでなく、政治的側面も加味する必要がある。井上宗雄氏をはじめとする諸氏によって指摘されているが[02]、顕季は母親の親子が白河院の乳母であった関係から、院に重用されて大国の国司を歴任する。ついには正三位に昇って修理大夫と大宰大弐を兼ねるというように、絶大な権勢と富とを得た。こうした社会的地位の高さが、歌壇での立ち位置に一役買っていたのは言うまでもない。

さて、今様と顕季との関わりは、『梁塵秘抄口伝集』（以下、原文中の点線は筆者が付した）から伺うことができる。

> そののち、乙前に、ある人問ひていふ。「異歌は、大曲の様はいと変らぬに、旧河むげに似ぬ。いかに。他人のこの様にうたふは、ひとりもなし」と問ふ。乙前、目井申し候しは、「何れの時などは申し得ず。人々あつまりて、やうやうの歌談義して、大曲みな尽して沙汰せし時、目井が旧河の様をうたひしを聞きて、敦家・敦兼、またあまた人々聞きて、『旧河は、風俗の様にてこそ、みなうたひあひためれ。これは珍しくて、めでたきものかな』とて、両三反うたはせて、『この様つねになし。秘蔵してつねにはうたふまじ』と人々いひければ、この様をば、のちにはうたはざりけり」。修理大夫顕季、樋爪にて、墨俣・青墓の君どもあまたよびあつめて、やうや

うの歌を尽しけるに、目井、この様の旧河を出だしてけり。乙前やがて付けて歌ひけるを、清経、「めでたき節かな。つねの節にも似ぬさまにこそ。この様をば人々え付けられじものを」といひけるに、人々まことに知ざりけり。大進もしらざりければ、え付けで止みにけり

（『梁塵秘抄口伝集』巻第十）

顕季は、桂川下流の樋爪にある邸[03]に墨俣や青墓の遊女たちを集め、さまざまな今様を歌わせていた。あるとき顕季主催の宴で、今様の名手である目井が歌った「旧河」の歌い方は、かつて敦家・敦兼という貴族方の今様の上手が「珍しくめでたきもの」と称讃し、秘蔵して常は歌わぬようにと命じたものであった。その命令を長らく守ってきたにもかかわらず、目井がついに披露したということは、言い換えれば、とっておきの曲を歌わなければならないほど、この宴は遊女たちにとって重要な場であり、主催者の顕季はその重さを理解できるだけの知識があったということになろう。

顕季を重用した白河院は、院北面にお気に入りの近臣を集めて、しばしば今様を歌わせていた。[04]顕季は歌い手としての才能はさほどではなかったのか、院の御前で歌ったという記録は見られない。しかし、生涯を院の傍近くで過ごした顕季であれば、今様はごく身近なものであったとみてよい。

白河院時代の歌人と今様については、幾人かの和歌に歌謡的な影響が見られることが、すでに報告されている。[05]しかし、顕季に関しては和歌の分析はなされているものの、[06]そこに歌謡的な側面がみられるかについては分析が進んでいない。そこで本節では、顕季の和歌と今様との影響関係について考察していく。

一、顕季と俊頼の消息文

さきの木工頭俊頼の君、伊勢に下りてのち久しくおともせざりしに、かくなん言ひおこせたりし。

鄙の別れによろづ衰へはてて、おぼつかなき大淀のつねにもせさせ給ふ千船の夜昼は、なみの心にかけながら月日の過ぎにけることも、なげきの森のとき葉なる上に薪をつめるうれへは見にそへる影のごとくにして、鈴鹿の関にもふり捨てられず、しぶく山をもすべらかに越えにければ、竹のみやこに旅寝をしてよのふることをさへ思ひつづくれば、さもあはれなりける身のありさまをもてあつかひて知らぬさかひにも惑ひけるかな、と袖のしがらみ所せきままには、ただ浜荻のをりふしごとには猶よきさまのつらに数まへさせ給へかし、と人しれずあふがれて、思ひ出でもなき都なれど、ささがにの糸久しくかきたえぬるは心細かりけることなれば、葛のうら葉の風になびくも目にとどまりて、さりとてやはとて急ぎたつを聞きて、野に立つ鹿のと申さする人もなきにはあらねば、いでやいづこにもつひの住みかならねば、釣りするあまのと定めかねてやすらはるるほどに、残り少なき身のありさまは、旅の空夜半の煙とも立ち上りなば、あまの漁り火かとおぼめかれんことも、おのづからあはれとばかりや伝へきかせ給はん、と水茎のあとかき流されぬままには、これにもつきぬ心地するいぶせさも、ただおしはからせ給ふべし。

とへかしな玉串の葉にみがくれてもずのくさぐきめぢならずとも
とありしかば、かくなん。

つかひのただいま下ればとて、とくとくと責むるに何事も思ひもあへぬほどにて、すなはちちはやぶる神無月のついたちの日なむいろいろの言の葉は見給へ侍りぬる。まことに水無月のいと久しくも聞こえさせで侍りけるかな。花のみやこをふり捨てて、鈴鹿山越えさせ給ひしに、さりともとしぶく山の名を頼みおもたまへしかど、かひなく名のみして過ぎ給ひにけりとうけたまはりて、口惜しくて過ぎはべりしかど、つひには伊勢の海のなみ立ち返り給はざらめや、その時こそはほしあひの浜の真砂の数をつくしておぼつかなかりしほどのことをも聞こえさせめ、ひなかの浜のほどばかりだにも対面せでやは、とむらまつの浜を頼みてすぎはべるほどにあはせても、たれその森のたれも、いくりの人をきくこともふぢかたのかたくて、何事もいはきのことにてのみなん、うきはしのおろかなるさまに思はれ奉りぬるかな。

しらずやは伊勢の浜荻風吹けばをりふしごとに恋ひわたるとは　（『六条修理大夫集』三三八・三三九）

右の贈答歌は、伊勢に下った源俊頼の消息と、それに対する顕季の返信をまとめたものである。

俊頼は、その家系や彼自身の和歌作品から今様との交渉をすでに指摘されている。[07] そのような人物と交した消息を辿っていくと、今様との関連を思わせる語句が幾つか見られた。その一つが、点線で示した「鈴鹿山」から「しぶく山」へと続く流れである。

山のやうがるは　雨山守る山しぶく山　鳴らねど鈴鹿山　播磨の明石の此方なる　塩垂山こそ様かる山なれ

（『梁塵秘抄』四三〇）

顕季の消息に見え、『梁塵秘抄』でも歌われている「しぶく山」について、例えば、新全集はいずれの地名であるか未詳とした上で、「しづく山」と読みかえて『能因歌枕』の常陸の国の名所をあてる説を紹介する。[08] しかし、「ぶ」を「づ」とおきかえて東国の地名をあてるというようなことをせず、そのまま「しぶく山」としても良いのではなかろうか。[09]

「山の様かるは」として歌われている山の名には、「雨」・「漏る」・「しぶく」・「潮垂れ」と水の縁語が連ねられている。そこへ唐突に「鈴鹿山」という地名が入ってくるのは、おそらく「雨山」・「守る山」と近江・伊勢あたりの山の名を連ねていった際に、水の縁としてではなく実在する伊勢の地名として「しぶく山」を認識し、それに続けて伊勢と近江とを繋ぐ関の名として「鈴鹿」の関を想起したためであろう。

しぶく山にて
あらしふく山したとよみ鳴く鹿の妻こふるねに我ぞわびしき　（『兼輔集』九一）

渋久山
波の打つ音のみ遠しおぼつかな誰にとはまししぶく山風　（『歌枕名寄』伊勢国下　四七七八）

「しぶく山」は和歌ではほとんど使用されることのなかった語であり、作例として残るのは右の二首のみである。『兼輔集』九一は、詞書に「しぶく山にて」とあるが、歌自体は隠題として詠まれていることもあり、いずれの国の地名を詠んだものかはっきりしない。しかし、『歌枕名寄』四七七八の「しぶく山」は、同書の成立が嘉元元年（一三〇三）頃とだいぶ時代は下るものの、「伊勢国下」の中に入れられている。

このように「しぶく山」が伊勢国の地名とされることは、消息文で俊頼が「鈴鹿の関にもふり捨てられず、しぶく山をもすべらかに越えにければ」と述べ、それに対して顕季が「鈴鹿山越えさせたまひしに、さりともとしぶく山の名を頼みおもたまへしかど、かひなく名のみして過ぎ給ひにけり」として、京都から伊勢への旅の途中、鈴鹿山を越えた先に「しぶく山」があるように表現している点と合致する。

俊頼と顕季の消息に「しぶく山」と「鈴鹿山」とが出てきたのは、俊頼の場合は伊勢に下るまでの実景を用いてのことであり、顕季はそれを受けて反復しただけであって、今様との関わりはなかったとも考えられる。しかし、今様が盛んであった時代の消息に、今様以外の文学作品にほとんど用いられることのなかった地名が出てくるというのは、注目されて良いのではなかろうか。

次の「花のみやこをふり捨てて」も今様に関わる可能性のある表現である。「花のみやこ」という語は『後拾遺集』あたりから急に用例が増える。しかし、「花のみやこを捨てる」という表現になると途端に用例を減じ、次にあげたものがほぼ全てとなる。

惜しむべき花のみやこをふり捨てて鈴鹿の関を帰る雁がね　（『為忠家初度百首』関路帰雁　為忠　八三）

越前の守にて下りしに、思ひのほかにめづらかなる人をみいだして

これやこの花のみやこをふり捨てて行きとまりけるこしの里人　（『隆信集』五八九）

さきいづる花の都をふりすてて風ふく原のすゑぞあやふき　（『平家物語』三五／『源平盛衰記』九四）

貴族にとって心の拠りどころとなるべき都を自ら見捨てるという表現は、やはり用いがたいものであったのかもしれない。

それでは、何故ここで顕季は「花のみやこをふり捨てて」と表現したのであろうか。「花のみやこ」という語は、俊頼が消息で伊勢を指して「竹のみやこ」と書いたことから想起されたと考えられる。これと、俊頼が「鈴鹿の関にもふり捨てられず」と記した部分とが結び合わされて「花の都をふり捨てて」と書かれたという推測もできよう。しかし、顕季の表現は、ひとり都にある顕季自身の立ち位置を強調するとともに、『梁塵秘抄』二六〇の影響があったと思われる。

花の都をふり捨てて　くれくれ参るはおぼろけか　かつは権現御覧ぜよ　青蓮の眼を鮮やかに

（『梁塵秘抄』二六〇）

右の今様は、「くれくれ」を「心が暗く沈んで悲しみに暮れるさま」とするか「繰り返し行うさま」を示す語とするかで若干意味の相違は出るものの、花の都を捨ててまで参詣する信仰の深さを見て欲しい、と権現に訴える今様であることに変わりはない。熊野と伊勢と目的地は異なるものの、今様の言葉を借りて、俊頼が花の都を離れる悲しみを堪えて神のおわす地へと下向していったことを慰める気持ちがこめられていたのではなかろうか。

謡いものである今様の成立時期を定めることは難しく、ここで取り上げた『梁塵秘抄』二六〇も顕季の歌に先行して流布していたものであるか明確にはしがたい。しかし、顕季の消息には「ちはやぶる神無月」、「浜の真砂の数」や「うきはし」など、既存の和歌の句が様々に取り込まれている。[11] それらと同じく、「花のみやこをふり捨てて」という当時の和歌には珍しかった詞章が、既存の今様から取り入れられた可能性は残されてもよかろう。

二、顕季歌と今様

本項では、顕季が用いている歌語と今様の詞章の近接について見ていく。顕季歌の大部分を収める『六条修理大夫集』には、次の【例一】～【例四】ような作例がある。

【例一】
浪かくる岸のひたひのそなれ木のそなれて妹とぬるよしもがな　（『六条修理大夫集』恋　一二三）
水馴木の　水馴磯馴れて別れなば　恋しからんずらむものをや睦れ馴らひて　（『梁塵秘抄』四六五）
みなれ木の見なれそなれてはなれなば恋ひしからんや恋ひしからじや　（『源氏釈』八一）

顕季歌に見える「そなれ木」という語は、顕季が用いた他には「そなれ木のそなれそなれて伏す苔のまほならずともあひみてしがな」（『千載集』恋三　待賢門院安芸　八〇四）まで用例が残っておらず、また、この待賢門院安芸の歌自体、詠歌内容からして顕季の歌を念頭に置いて詠まれたものとみられる。

「そなれ木」に類する語に「そなれ松」がある。この語は、「風ふけば浪越す磯のそなれ松根にあらはれてなきぬべらなり」（『古今和歌六帖』まつ　人麻呂　四一一三）が現存する最古の用例であり、「波のよるいはねにたてるそなれ松まだねもいらず恋ひあかしつる」（『基俊集』夜の恋　七四）に用いられるまで、恋歌に使用されることはなかった。ただし、語それ自体の使用例がないわけではなく、「そなれ松」は『堀河百首』を経由して後代に影響を与えた歌語の一つであるとの指摘もある。[12]『六条修理大夫集』に収録されている歌々はおおよそ年代順に配列されている。[13]ここで取り上げた一二三番歌は『堀河百首』成立後の詠歌群中に位置しており、「そなれ木」は『堀河百首』で用いられた「そなれ松」から発想を得て詠まれたとも考えられる。

しかし、それよりも『梁塵秘抄』四六五や『源氏釈』八一のほうが詞続きや用法などに類似点が多い。この二首に見られる「みなれ木」は「みなれ木のみなれそなれて」と歌われていることから、「みなれ木」（＝水に漬かり慣れた木）であり、さらには「そなれ木」（＝風に吹かれて這うような形になった木）」でもあった。一方、顕季の歌も、波のかかる水際の「そなれ木」を詠んでいるので、この二首とよく似た「みなれそなれ」た状態の木を題材にしているとみてよい。さらに、顕季歌も『梁塵秘抄』・『源氏釈』の歌もすべてが恋歌として詠まれている。「妹とぬるよしもがな」という句の「ぬる」は、「波」や「岸」との縁語関係にある「濡る」であると同時に、恋人と「寝る」という意味の掛詞でもあり、「睦れ馴らひて」という今様の詞章と共通する内容となっている。これらのことから、「そなれ木のそなれ」と詠んだ顕季は、今様の制作年次という問題は残るものの、「みなれ木のみなれ」と歌った今様と和歌から学んだ可能性を指摘してよいだろう。

【例二】

結ぶ手に扇の風も忘られておぼろの清水涼しかりけり　（『六条修理大夫集』二一四／『堀河百首』泉　顕季　五五三）

松の木陰に立ち寄りて　岩もる水を掬ぶまに　扇の風も忘られて　夏なき年とぞ思ひぬる　（『梁塵秘抄』四三三）

六月に岩もる清水むすばれば扇の風を忘れましやは　（『堀河百首』泉　公実　五二九）

八重葎茂みが下に結ぶてふおぼろの清水夏も知られず　（『堀河百首』泉　匡房　五三〇）

『堀河百首』泉題における顕季の詠は、『梁塵秘抄』四三三と「扇の風も忘られて」の句が一致し、清水を手に掬って涼をとるという発想自体も似ていることから当該の今様に学んだと考えられる。

繰り返しになるが、今様の多くは制作年代がはっきりしないため、和歌と今様のいずれが先に詠まれたのかその先後を決しがたい。しかし、この歌は顕季が先行する今様に学んだと言ってよかろう。

顕季と同じく「泉」題で詠まれた公実歌は、「岩もる清水むすばれ」と「扇の風を忘れ」の部分について、今様の語彙そのままではないものの表現がよく重なっている。同様に「泉」題で匡房が詠んだ歌にも、顕季・公実と語彙や発想の近似が見られる。これら『堀河百首』の泉の歌三首を縒り合わせて『梁塵秘抄』四三三が作られたことを想定するよりは、すでにあった今様を元としてそれぞれの歌が詠まれたとするほうが自然である。

『堀河百首』制作の背景には、共通の詠歌資料等を持ち、出詠歌人らが相互に影響を与えあった「百首作歌研究会」のような場があったかとされている。[14]「泉」題三首における語彙の重なり具合からすると、その研究会で今様が共通の資料として用いられた可能性は低くない。

また、更にここでは「おぼろの清水」に関しても今様の影響を想定できるのではないかと思われる。

そよ　大原や朧の清水世にすまば　またも逢ひみん面がはりすな　（『梁塵秘抄』九）

世にすまば又も見にこむ大原やおぼろの清水面がはりすな　（『新撰朗詠集』水付漁夫　能宣　四七七）

大原やおぼろの清水世にすまばまたも逢ひみん面がはりすな
（『袖中抄』四一九）

「おぼろの清水」は、管見によれば『新撰朗詠集』四七七の大中臣能宣の歌が最も古い作例である。おそらく、これに取材して作られた類歌が、のちに今様として『梁塵秘抄』九におさめられたのであろう。『梁塵秘抄』九は、「そよ」という囃し詞を除いた和歌の形で『袖中抄』に採録されてはいるものの、『堀河百首』出詠の歌人らによって用いられるまで「おぼろの清水」が和歌に用いられる例はほとんどなく、[15] 次にあげる『後拾遺集』の贈答歌が現存する唯一の先行例となる。

良暹法師、大原にこもりゐぬと聞きてつかはしける　素意法師
水草ゐしおぼろの清水そこすみて心に月の影は浮かぶや
かへし　良暹法師
ほどへてや月も浮かばん大原やおぼろの清水すむなばかりぞ
（『後拾遺集』雑三　一〇三六・一〇三七）

素意と良暹の贈答歌の「おぼろの清水」は、大原という地を意識したことから「おぼろの清水」が用いられたのであって、「泉」を主題とした歌として詠まれているものではない。歌の内容自体も『堀河百首』の顕季・匡房の歌に重なるところはない。そもそも「おぼろの清水」が夏の泉の涼しさを表現する際に用いられたのは顕季と匡房の二首のみで、これ以降も季節的な要素が歌語に持ちこまれることはほとんどなかった。「おぼろの清水」は新古今時代以降にかなり用例を伸ばすものの、『堀河百首』の歌々とは傾向を異にし、多くは『後拾遺集』の贈答歌を下敷きにし

て詠まれていた。

それならば、何故ここで「おぼろの清水」という歌枕が選択されたのか。顕季・匡房の「泉」詠は、文字数さえ合えば他の泉であっても不自然のない内容である。

「おぼろの清水」と歌われたのは、この歌枕が「謡いものの歌」に含まれるものと認識されていたためではないだろうか。おそらく「おぼろの清水」は『堀河百首』に見出されるまで、朗詠あるいは今様の場において「謡われる」歌でしかなかった。そのため、積極的な歌語の拡充をはかった『堀河百首』まで和歌には用いられずにいた。それが、先にあげた「百首作歌研究会」で「泉」題の歌で今様の歌詞を用いようとしたときに、同じ謡いものとして「おぼろの清水」が浮かびあがってきたのではなかろうか。[16]

【例三】

峯高きこしの尾山に入る人は柴車にて下るなりけり　（『堀河百首』山　顕季　一三六五）

勝れて速きもの　鵜隼手なる鷹　瀧の水　山より落ち来る柴車　三所五所に申す　（『梁塵秘抄』三七四）

柴車落ちくるほどにあしひきの山の高さを空にしるかな　（『堀河百首』雑　山　匡房　一三六二）

山路出づる柴の車に雪ふれば花の木積める心地こそすれ　（『為忠家後度百首』車中雪　俊成　五五三）

あやぶまで峯より下す柴車法に心やそみかくだなる　（『久安百首』羇旅　小大進　一三九五）

ここで用いられている「柴車」は、現存する和歌においては『堀河百首』の顕季・匡房詠が最も早く、これ以降、それほどの数はないが詠まれるようになる。植木朝子氏は『梁塵秘抄』と『堀河百首』とにあらわれる「柴車」について、どちらが先か制作年次の先後を明言できないとしつつも、初期にこの語を用いたのが、いずれも今様と関わりの見られる歌人であったことを指摘している。[17]この【例三】の歌についても、顕季が今様から直接に「柴車」を取り入れたとまでは言えなくとも、歌謡と交流する語彙の土壌にあった語を用いたとみてよいだろう。

【例四】

つとめてはまづぞながむるはちす葉をつひは我が身の宿りと思へば　（『六条修理大夫集』蓮　二一二）

極楽は遥けきほどと聞きしかど　つとめて到る所なりけり　（『梁塵秘抄』五六四）

極楽を願ひて詠み侍りける　仙慶法師

極楽は遥けきほどと聞きしかどつとめて到る所なりけり

（『拾遺集』哀傷　一三四三／『千載集』雑下　題しらず　空也　一二〇二）

顕季詠の「つとめて」が、「勤行」の意味であれ「早朝」の意味であれ、「つとめて」が和歌に詠まれる例は顕季以前にはほとんどみられない。『梁塵秘抄』五六四の原拠である『拾遺集』一三四三以外には、『道綱母集』一に用いられるのみとなる。[18]しかし、『道綱母集』は『観普賢経』の「衆罪如霜露　恵日能消除」を詠じた歌であって、【例四】の顕季歌と内容的に重なるところはなく、顕季は「極楽は遥けきほどと聞きしかどつとめて到る所なりけり」という和歌もしくは今様から発想を得て詠んだとみてよい。早朝の勤行に合わせるように花開く「はちす」に極楽を感得し、そこが「ついは我が身の宿り」となるのだと詠むのは、極楽を「つとめて至る所なりけり」と詠んだ『拾遺集』一三四三（もしくは『梁塵秘抄』五六四）を下敷きにしているためであろう。

ところで、この「極楽は遥けきほどど」という歌は、作者にかなりの揺れが出ている。『拾遺集』では仙慶法師の作となっているものの、これ以降は『和漢朗詠集』では作者名が記されず、『千載集』では空也上人の作、『袋草紙』では千観内供の作とされる。このことは、『千載集』や『袋草紙』が編まれた時代には『拾遺集』よりも『拾遺抄』が尊重されていたために、『拾遺集』一三四三を勅撰集入集歌とする認識がそれほど強くなかったためではなかろうか。この考えを補強しうる例として、次に寂念の歌をあげる。

ことぢと云ふ歌うたひ念仏所にて夜もすがら歌うたひてきりじといふあさ経よみなどせしを、伊賀入道聞きてきように入りて我が門といふ催馬楽うたひなどして忘れがたくして思ひ給ふことを、かどむかひとよみ侍りしことなどを思ひいでられけるにや、のぼりて後入道のもとより歌三首をよみて遣したりける

行きやすくつとめてゐたる極楽のかどむかひこそ思ひでらるれ

（『頼政集』六五三）

この歌は、寂念（伊賀入道）がことぢ・きりじという遊女二人が念仏所で夜もすがら歌をうたい経をよんだのを非常に楽しんだときのことを、後に頼政へ三首詠み送ったうちの一首目にあたる。そのなかに「行きやすくつとめていたる極楽は」とあって、詞の近さから「極楽は遥けきほどど」詠との影響関係が想定される。寂念歌が、遊女二人との交歓という今様の気分も濃厚な状況を思い起こして詠んだという事情を考えるに、「極楽は遥けきほどど」詠は、やはり勅撰集入集歌というよりは、『梁塵秘抄』に収められるような歌謡的な側面の強い歌として享受されていたの

ではなかろうか。[19]

以上、顕季が和歌に用いた表現・発想と今様との近接、語にみられる歌謡的側面などについて確認してきた。顕季の和歌といえば、これまでは万葉歌との繋がりを強調するような指摘が多かったのであるが、一方で、今様のように流行の最先端とも言うべきものをも取り入れていたのである。

ただし、和歌と今様の表現の交流は顕季のみに見られるものではなく、先に【例二】・【例三】で確認したように、顕季に近い位置にいる歌人らにも同様の傾向が認められる。さらに言えば、今様好きが多数存在した白河院周辺の歌人全般に指摘できる傾向とも言える。[20]

三、院政期和歌と今様――結びにかえて

本項ではまず、前項末尾で述べた白河院周辺の歌人と今様との影響関係を見ていく。

【例一】

山伏の頼むこのもと時雨して涙とまらぬ冬はきにけり（『為忠家初度百首』初冬時雨　仲正　四四五）

冬は山伏修行せし　庵と頼めし木の葉も紅葉して　散り果てて　空寂し　褥と思ひし苔にも初霜雪降り積みて　岩間に流れ来し水も　氷しにけり（『梁塵秘抄』三〇五）

源仲正はここであげる以外にも、今様をふまえて和歌を詠んだことが指摘されている歌人である。[21]仲正がそのよう

な歌人であれば、この歌に関しても、すでにあった今様から直接自詠の発想を得たと見てよいのではなかろうか。

当該の今様の成立年代が不明であることを考えれば、仲正歌から『梁塵秘抄』三〇五の今様が生まれた可能性も考えられる。しかし、仲正歌とほぼ同時代に詠まれた歌で、やはり『梁塵秘抄』三〇五の詞章と句が似ている歌として次の二首がある。

寒さに人わろく思ひてこもりゐて侍りしに、木ずゑさびしくなりて侍りしかば
やまおろしの身にしむ風のけはしさに頼むこのはも散りはてにけり
（『行尊大僧正集』六）

親におくれてのち、妹に別るとて
むら鳥の頼むこのはも散りはててそらにわかるる心ちこそすれ
（『江帥集』一八四）

「頼むこのはも散りはて」という句は、なんら特殊な語彙を含むものではないが、これに類似する句は先行する和歌にはみられず、以降にもほとんど作例がない[22]。行尊と匡房の歌は、いずれか一方がもう一方の詠歌に影響を受けて詠まれた可能性はある。しかし、この二首はいずれも人口に膾炙した秀歌とは言い難く、ここで用いられた句がわざわざ今様に転用されたとするよりは、やはり既存の今様を用いてこれらの歌が詠まれたとするほうが理解しやすい。

【例二】

田上にて山田の方に鹿おどろかす音に目を覚まして詠める
さ夜ふけて山田の引板のこゑきけば鹿ならぬ身もおどろかれけり
（『散木奇歌集』四四一）

心の澄むものは　秋は山田の庵ごとに　鹿驚かすてふ引板の声　衣しで打つ槌の音　（『梁塵秘抄』三三二）

今様に「心澄むもの」として取り上げられている引板の音と砧の音は、いずれも和歌の素材として珍しいものではない。ここで取り上げる「引板」も古くは「あしひきの山田の引板のひたぶるに忘るる人をおどろかすかな」（『古今和歌六帖』おどろかす　二八八六）あたりから作例が見られる。しかし、引板と鹿とが詠み合わせられた詠が現れはじめるのはこれよりも大分下り、次にあげる歌々が初期の例となる。[23]

かきひたし

小山田に鹿こそきゐれももはがきひたしかけねば音も隠れず　（『二条太皇太后宮大弐集』これは隠し題　一九五）

ひたぶるに山田の中に家ゐしてすだくを鹿をおどろかすかな　（『堀河百首』田家　永縁　一五一六）

朝霧にしづの門田をわけゆけば人をも鹿と引板鳴らすなり　（『為忠家初度百首』田家霧　俊成　三八一）

宮廷で今様が盛んになる時期の歌人らによって、引板と鹿との取り合わせられている。このように、引板と鹿とを取り合わせた歌々が院政期歌人らによって同時多発的に詠まれ出したことは、やはり見過ごしにはできない。あるいは、俊頼歌から学んで他の歌々が詠まれた可能性も考えられなくはないが、俊頼歌は田上の別業において詠まれたごく私的な詠である。田舎の一齣を詠んだ歌が、他歌人詠に影響を与えたかは疑わしい。引板と鹿とを取り合わせた歌の発想の源は、やはり『梁塵秘抄』三三二の今様が存在したとみてもよいのではなかろうか。

また、少し時代は下るが、院政期の歌合において今様を指摘した判詞が書かれている。

【例三】

二番　左持　三郎君
秋の夜の月の光はかはらねど旅の空こそあはれなりけれ
右　牛君
秋の夜は頼むる人もなき宿も有明の月はなほぞ待ちいづる

左歌、言ひなれたる様に侍めり。雑芸にうたふ歌にこそ頗似て侍な□《(れ)》。右歌、「なき宿も」と言へる、いみじうとどこほりたれど、歌の品の同じ程度に侍れば、持とや申すべからむ。

(『権僧正永縁花林院歌合』[24] 三一・三二　基俊判)

『権僧正永縁花林院歌合』天治元年（一一二四）に永縁によって催行された歌合である。ここで判者基俊は、左歌を「雑芸にうたふ歌」によく似ているとする。ただし、現存する今様には、左歌に影響を与えたと断言できそうなものはない。適合する今様がすでに失われてしまったためと考えられるが、左歌の下の句に近似する「〜こそあはれなれ」という句の形は今様にしばしば見られる。[25]

われらは何して老いぬらん　思へばいとこそあはれなれ　今は西方極楽の　弥陀の誓ひを念ずべし

(『梁塵秘抄』二三五)

右の今様以外にも「～こそあはれなれ」と歌う今様は『梁塵秘抄』に幾つもみられ、おそらく基俊は何らかの今様を前提として判詞を書いたのであろう。基俊が判詞で今様について述べたのはこの一回のみであるが、保守的であると言われてきた歌人までもが判詞で言及するほど、今様が和歌と近しいところにあったことのあらわれではなかろうか。

前代まで、今様は公任や赤染衛門など著名歌人らの秀歌を中心に、和歌を吸収する一方であった。しかし、顕季らが活躍する白河院政期には、今様が宮廷社会に広く入り込み、元々の歌い手である遊女ばかりか、貴族も自ら今様を歌うようになっていた。貴族自身が演じ手となって繰り返し歌ったことで、今様は一般的な教養に近接する領域の事象として彼らの思考に定着した。そして、本節で例に挙げた歌々がそうであったように、やがては和歌を詠むときの発想の源泉となっていったのではなかろうか。今様に異様なまでの情熱を注ぐ帝王・後白河院が君臨する時代になると、今様との影響関係を想定される歌がさらに増加していく。以下については次節以降で論じるが、たとえば古典主義者的色合いの強い俊成に今様から想を得たと思われる歌が見られる他、同時期の歌人らの詠にも同様の跡は多数存在した[26]。この傾向は、後鳥羽院歌壇の盛儀であった『千五百番歌合』の判詞や歌に今様が用いられたように[27]、新古今歌人にまで脈々と続いていくのである。

これまで和歌と今様の影響関係というと、歌人や特定の歌語との関わりといった個別のテーマに関連して論じられることが多く、和歌史の主流とは些か離れたところに定置されてきた。しかし、今様の爛熟期に歩みを揃えるように、和歌と今様との影響関係が濃度を増していく傾向にあったことからすると、それと踵を接する時期に到来する新古今歌風と今様との関係について、和歌史においてどのような場所に置かれるべきであるか改めて検証し直す必要があろう。

注

01　新間進一『歌謡史の研究　その一　今様考』（至文堂　昭和二十三年九月）

02　顕季の伝記については、井上宗雄『平安後期歌人伝の研究　増補版』（笠間書院　昭和六十三年十月）、川上新一郎「藤原顕季伝の考察」（『国語と国文学』五十四‐二　昭和五十二年八月）などに詳しい。

03　菅野扶美「「顕季、ひつめにて」考―『梁塵秘抄口伝集』巻十「古川」をめぐって」（『梁塵研究と資料』十二　平成元年十二月）

04　沖本幸子『今様の時代―変容する宮廷芸能―』（東京大学出版会　平成十八年二月）、植木朝子「歌い女の主たち―『梁塵秘抄口伝集』巻十から」（『国文』九十五　平成十三年八月）

05　植木朝子『梁塵秘抄とその周縁　今様と和歌・説話・物語の交流』（三省堂　平成十三年五月）、小野恭靖「今様と和歌―『梁塵秘抄』所収歌を中心として」（『王朝文学資料と論考』笠間書院　平成四年八月）、小川寿子「俊頼と今様」（『国語と国文学』五十九‐六　昭和五十七年六月）

06　竹下豊「藤原顕季の和歌」（『和歌文学の伝統』角川書店　平成九年八月）、戸谷三都江「六条顕季の歌その一―堀河百首を中心に―」（『学苑』二百三十八　昭和三十五年一月）

07　小川寿子「俊頼と今様」（『国語と国文学』五十九‐六　昭和五十七年六月）

08　『梁塵秘抄』四三〇番の「しぶく山」について、主な注釈書は次のように記す。

「未詳。「しづく山」として『能因歌枕』に見える常陸国（茨城県）のそれをあげる説もある。」（新日本古典文学全集）

「しぶく山　常陸国しずく山の転とする説がある。雨山・しぶく山は、その地で呼称された普通名詞。」（新日本古典文学大系）

「雨山・守山・しぶく山　「守山」は現在の滋賀県守山市。（中略）他の二つは未詳。おそらく「雨」「漏る」「しぶく」と

縁語仕立てに並べただけの洒落であろう。」（新潮日本古典集成）

09　本章第二節「今様と歌枕―『梁塵秘抄』四三〇番考」

10　以下にあげたものの他にも、「花のみやこ」を用いた歌は様々にみられる。

長楽寺に侍りけるころ、斎院より山里の桜はいかがとありければよみ侍ける　上東門院中将

にほふらん花のみやこの恋しくて折るにものうき山桜かな（『後拾遺集』春上　九二）

ゐなかに侍けるころ司召を思ひやりて　源重之

春ごとに忘られにける埋もれ木は花のみやこを思ひこそやれ（『後拾遺集』雑二　九七二）

11　ちはやぶる神無月こそかなしけれ誰を恋ふとか常に時雨るる（『古今和歌六帖』神無月　貫之　二一一）

天暦御時に、一条摂政蔵人頭にてさぶらひけるときに、帯をかけてごをあそばしけるにまけたてまつりはべりて、

おほんかずおほくなりにければ、帯かへしたまふとて　御製

白浪のうちやかへすと思ふまに浜の真砂の数ぞまされる（『拾遺抄』雑　五三二）

男の女の文を隠しけるを見て、もとの妻の書きつけ侍りける　四条御息所女

へだてける人の心のうきはしをあやふきまでもふみみつるかな（『後撰集』雑一　一一二二）

古くに「うきはし」が詠まれる場合、現存する歌のほとんどが「ふみ」と詠み合わせられていて、この後撰集歌の他に『朝光集』一、『赤染衛門集』一三二に作例がある。いずれも文を媒介として相手の浮気心を憂きものとして詠んでいるのだが、おそらく顕季の消息にある「うきはしの愚かなるさま」も、なかなか消息をよこさなかった俊頼に対し、恋歌を引いて恨み言を述べたものであろう。

12　竹下豊『堀河院御時百首の研究』（笠間書院　平成十六年五月）

13　注二の井上・川上論文、注六の戸谷論文を参照。『六条修理大夫集』一一三の前後で詠作年次が推定しうるものをあげると、一一五・一一六は嘉承元年（一一〇六）、一三一・一三二は永久二年（一一一四）というようにかなり幅はあるが、一一三は嘉承元年～永久二年の間に詠まれた蓋然性が高い。

14　注一二の竹下著書

15 『堀河百首』との前後関係は判然としないが、『江帥集』に次の作例あがる。

　鳥羽院大井川の遊宴

　冬くればふるさとさびし大原やおぼろの清水さえやまさらん（『江帥集』一二五）

16 『堀河百首』とほぼ同時代に詠まれた源俊頼の歌においては、「我が恋はおぼろの清水岩越えてせきやるかたもなくてくらしつ」（『右兵衛督家歌合』寄泉恋　二九）と恋歌のなかに「おぼろの清水」が詠まれている。今様との関わりが深い俊頼であれば、「大原やおぼろの清水世にすまば」の歌は、「水付漁夫」に区分される『新撰朗詠集』の歌というよりは、男女の惜別の情を感じさせる今様として認識されていたのではなかろうか。こうした俊頼と、顕季・匡房らの交流から考えても、「おぼろの清水」は謡いものの歌詞として認識されていた可能性をみてよかろう。

17 注05の植木著書

18 　仏名のあしたに、雪の降りければ

　年のうちのつみけつ庭に降る雪のつとめてのよは積もらざらなん（『道綱母集』一）

19 源顕兼（一一六〇～一二一五）によって編纂された『古事談』の巻第三僧行には、「十万億ノ国々ハ、海山隔テ遠ケレト、心ノ道タニナヲケレハ、ツトメテイタルトコソキケ」という今様を、金峯山の巫女が歌占に用いたことが記されている。説話中に恵心僧都の名前が出てくるのは仮託であった可能性も否定できず、この「つとめていたる」という句を用いた今様の成立を恵心僧都の頃としてよいかには疑問が残る。しかし、少なくとも『古事談』が編纂された時代までには、『梁塵秘抄』五六四と内容の面からも極めて近似する類歌が作られ、それを用いた説話が流布していたとは言えよう。類歌の成立時期は不明であるが、「つとめて到る」という表現が院政期以降、今様に近接したところに息づいていたことを指摘しておきたい。

20 注04の沖本著書、注七の小川論文、小川寿子「後白河院の「今様熱」と待賢門院璋子――院の生いたちと『梁塵秘抄』への投影から」（『中世文学論叢』三　昭和五十五年一月）、同「後白河院の「今様熱」と待賢門院璋子――女院院司と今様」（『日本歌謡研究』十九　昭和五十五年四月）

21 植木朝子氏は「源仲正と今様」（『国語と国文学』七十八-四　平成十三年四月）において、仲正詠と今様の影響関係については仲正詠が先行している場合と今様が先行している場合の両論を提出し、さらには両者に直接の関係がない場合にまで言及するというように慎重な姿勢をとりつつも「和歌と今様の連続した発想基盤には注意を払っておくべき」であると述べる。

22　「頼むこのは」という句の類例を探っても、合致するものは俊恵の一首のみである。

　行路の時雨頼政家会

　思はずに時雨は過ぎぬ木陰とて頼むこのはぞ降りもをやまぬ（『林葉和歌集』五八二）

「頼むこのもと」とすると、早期の用例として兼盛の歌があるが、こちらは夏歌であり、かつ恋の歌の様相をも呈しているので、内容的に先行歌とは言い難い。

　さ月のころ物言ひたりしに、なにかはと言ひたりしに、頼みてさもあらずなりければ、恨みて雨降りぬべかりける日

　天の原曇ればかなし人しれず頼む木のもと雨降りしより（『兼盛集』夏　七）

23　本文中にあげた他に、次の用例もある。

　今日よりはそともの引板に手もふれじ枕に鹿のこゑもきくかな（『忠盛集』四二）

　秋歌とてよめる

　秋の夜は山田の引板の音にこそ鹿ならぬ身もおどろかれけれ（『教長集』五一三）

　故殿の北政所より詠みてまゐらせよとおほせられしかば

　田家

　宿近き山田の引板は鹿ならぬ我がめをさへにおどろかすかな（『重家集』三七五）

24　萩谷朴『平安朝歌合大成増補新訂』三巻（同朋舎出版　平成八年二月）

25　高木豊『平安時代法華仏教史研究』（平楽寺書店　昭和四十八年六月）に「〜こそあはれなれ」の用例その他について詳述されている。

26　俊成の和歌に今様と同型の発想や表現技法があることは、新間進一「「今様」に見る仏教」（『仏教文学研究』法蔵館　昭和三十九年二月）、菅野扶美「天台五時教の今様と『久安百首』俊成詠について」（『梁塵　研究と資料』十四　平成八年十二月）に指摘がある。これについては第三節で論じる。

また、俊成と同時代の歌人らと今様の関わりについて論じたものに、注五の植木著書、植木朝子「源三位頼政と今様」（『国

語国文』七十三-一　平成十六年一月)、小島裕子「西行の和歌に見る歌謡的世界—『山家集』「朝日まつ程は闇に迷はまし」の歌から—」(『和歌文学研究』六十七　平成六年一月)などがある。

27　新間進一「「千五百番歌合」と今様」(『解釈』二十二-六　昭和五十一年六月)

第二節　今様と歌枕――『梁塵秘抄』四三〇番考

山のやうがるは　雨山守る山しぶく山　鳴らねど鈴鹿山　播磨の明石の此方なる　塩垂山こそやうがる山なれ

（『梁塵秘抄』四三〇）

前節でも取り上げた『梁塵秘抄』四三〇には、「山」の名として風変わりなものが列挙されている。ここにあがっている名前のうち、「守る山」・「鈴鹿山」については、諸注釈間に地名のずれはない。いずれも「守る山」は近江国の歌枕で、現在の滋賀県守山市付近を示すとし、「鈴鹿山」は古くから伊賀越えの要衝として著名な伊勢国の歌枕であるとしている。

しかし、「雨山」・「しぶく山」・「塩垂山」については具体的にどこの地名であるか、異なった解釈が提示されている。「雨山」には、『能因歌枕』に山城国の歌枕としてあげられている「あめ山の森」とする説や、愛知県額田郡額田町の雨山をあてる説があり、「しぶく山」は、「しづく山」として『能因歌枕』の常陸国の歌枕をあてる説があることなどが示されている。また、「塩垂山」については、岡山県勝田郡にあるとの説がある。このように具体的な地名が幾つかあがる一方で、三つの山の名は、「雨」・「漏る」・「しぶく」・「潮垂れ」と水の縁語の入った山の名を連ねるため、その地方で使われていた普通名詞か、あるいは仮構の地名が集められたというような解釈も行われている。[01]

この『梁塵秘抄』四三〇にあらわれる山の名を調べてみたところ、前節でも指摘したように、従来とは違った解釈ができる可能性がみられた。本節では、当該の今様にみられる歌枕の捉え直しをおこなっていく。

まず「しぶく山」であるが、「しぶく山」を和歌で用いている例としては次の二首がある。

しふく山にて
あらしふく山したとよみなく鹿の妻恋ふるねに我ぞわびしき　（『兼輔集』九一）

渋久山
波の打つ音のみ遠しおぼつかな誰に問はまししぶく山風　（『歌枕名寄』伊勢国下　四七七八）

最も古い用例は『兼輔集』九一であるが、物名の歌であり、詠歌内容からもここに歌われる「しふく山」がどこにあるかは特定できない。しかし、成立がおおよそ嘉元元年（一三〇三）頃とされている『歌枕名寄』では、「渋久山」は伊勢の地名とされている。

前節で掲げた『六条修理大夫集』三三八・三三九の贈答歌には、伊勢へ下った俊頼が顕季に送った消息の中に「鈴鹿の関にもふり捨てられず、しぶく山をもすべらかに越えにければ」と出てくる。これに対する顕季の返書にも「花のみやこをふり捨てて、鈴鹿山越えさせたまひしに、さりともとしぶく山の名を頼みおもたまへしかど、かひなく名のみして過ぎ給ひにけり」とやはり「しぶく山」についての記述がある。いずれも伊勢へ向かう旅の道筋を語る文面の中に出てきており、「しぶく山」は普通名詞ではなく、鈴鹿山の近辺に実在した山の名であるとみたほうが自然であろう。

先行研究では「しぶく」は水の縁に連なる一般名詞として解されることもあるが、これは「しぶく」を「繁吹」（雨交じりの風が強く吹く）としたためと考えられる。その一方で、十一・二世紀頃の「しぶく」は水とは直接に関わらないとの論もある。「しぶく」の語義について稲田利徳氏は、南北朝以前の時代には「雨交じりの風が強く吹く」意味の「しぶく」の用例は見られず、「渋く」（滞る）として存在が認められることを論じ、『梁塵秘抄』四三〇の「しぶく山」についても、「雨交じりの風が強く吹く」意味の用例として示すには「多くの問題が介在し、的確なものとはいえない」とする。[02] 実際に、先ほど取りあげた『六条修理大夫集』三三八・三三九の「しぶく山」は、贈歌の消息で「しぶく山をもすべらかに越え」とし、答歌の消息では「かひなく名のみして過ぎ」と表現されていることからすると、この「しぶく山」は具体的な地名を示すものであると同時に、いずれも「滞る」意味の「渋く」が掛けられている。

それらと同じく『梁塵秘抄』四三〇の「しぶく」も「渋く」として捉えられていたとしても「しぶく」はやはり水の縁に連なる言葉となる。

大井河にまかりて、落葉満水といへる心を詠み侍りける　藤原家経朝臣
高瀬船しぶくばかりに紅葉葉の流れてくだる大井河かな
（『新古今集』冬　五五六）

乾蘆碍船
霜枯れの蘆間にしぶく釣り船や心もゆかぬ我が身なるらん
（『清輔集』二一五）

題不知　貞遍法師

沖つ波たかしの浦をゆく船のしぶくばかりに散る紅葉かな　（『楢葉和歌集』冬　二九七）

春の花の心を　後鳥羽院御製

花さそふ比良やまおろし荒ければ桜にしぶく志賀のうら船　（『雲葉和歌集』春　一七三）

十三世紀以前に、和歌で「しぶく」が用いられる例は少なく、管見によれば右にあげた四首のみである。この四首において「しぶく」はいずれも花や紅葉などによって船の動きを「滞らせる」意味で用いられている。[03] 和歌では水に関わる詠で「しぶく」が用いられていたのである。

「しぶく」が「繁吹」なのか「渋く」なのかは一旦おくとしても、これらの用例から、四三〇番の詞章に「しぶく山」が選択された理由として、水の縁語が作用していたとみることが可能になる。

続いて「雨山」には、和歌での用例として次の四首がある。

寄雨山

降る雨ももらぬ梢のしげみかな笠取山に笠とらぬまで　（『国冬祈雨百首』八六）

参河国名所和歌、雨山　為忠朝臣

雨山にきつつなけばや郭公声の色さへ濡れわたるらん　（『夫木和歌抄』夏二　二九二四）

為忠朝臣参河国名所歌合、雨山　盛忠

五月闇はるるまもなき雨山にいかに螢の消えせざるらん　（『夫木和歌抄』雑二　八七七六）

雨山　懐中

雨山のあたりの雲はうちつけに曇りてのみぞ見えわたりける　（『歌枕名寄』未勘国上）

国冬の詠んだ「雨山」には「笠取山」が詠まれており、「雨の山」という一般名詞とみてよい。『歌枕名寄』の場合は「未勘国」の項に入れられていて所在がはっきりしない。これらに対して「参河国名所和歌」の二首は三河国の歌枕であることが明らかである。この「参河国名所和歌」を主催した為忠の活躍期は今様が盛んだった時代とほぼ重なっている。[04]

しかし、四三〇の「雨山」のもうひとつの可能性として、滋賀県湖南市の「雨山」をあげておきたい。この湖南市の「雨山」は、旧伊賀郡甲西町と野洲町の境にある山の名で、[05]野洲川のほど近くにある「守る山」と近接した位置関係にある。この湖南市の「雨山」は古典文学上で注目されるような場所ではないが、『梁塵秘抄』に集められた今様は、そもそも民間に流布していたものである。貴族などの知識層が常識として知っている歌枕が必ず歌われていたわけではない。次にあげる『梁塵秘抄』二五一の「御菩薩池」や四一九の「崩坂」などのように、和歌に用例の残らない地名はいくつもみられる。今様の主要な担い手である庶民が直接見聞きしていたことが、歌詞に反映されていた可能性は小さくないだろう。

『梁塵秘抄』四三〇の場合も、歌枕として認知されていた地名ばかりを集めたとするよりは、今様作者の生活圏に根ざした地名が選ばれていたのではなかろうか。「雨山」・「守る山」・「しぶく山」・「鈴鹿山」と続く四つの山の名のうち、冒頭の「雨山」・「守る山」の二つが野洲川近辺のものとなる。これは別の見方をすれば、都から伊勢へと下る街道の近くの地名が順序よく並んでいるということになる。

いづれか貴船へ参る道　賀茂川箕の里御菩薩池　御菩薩坂　畑井田篠坂や一二の橋　山川さらさら岩枕
（『梁塵秘抄』二五一）

これより東は何とかや　関山関寺大津の三井の颪　山颪　石田殿　粟津石山国分や　瀬田の橋　千の松原竹生島
（『梁塵秘抄』三二六）

近江とて瀬田とて来たればありもあらず　由もなき栗太の　淀とて来たれば山崎のはしへ来んけるは
（『梁塵秘抄』四七二）

『梁塵秘抄』において近隣にある実在の地名が列挙される場合には、各地を旅して巡るごとく順序よく配列されていることが多い。『梁塵秘抄』四三〇の山の名も、おおよそ都から伊勢への下向するときに目にするだろう順で並べられ、「雨山」を含んだ四つが道行のように配置されていた可能性があろう。

もちろん、これらによって、少ないながら和歌に用例を持つ三河国の「雨山」を否定することはできない。しかし一つの可能性として、これまで顧みられることのなかった野洲川付近の「雨山」を提示しておきたい。

最後の「塩垂山」には、一三世紀あたりまでの用例は次の二首だけが残っている。のちも『林葉累塵集』にわずかに一首見いだせるのみである。

二百六十三番　左　讃岐
こぬ人をうらみやすらむよぶこどりしほたれ山のゆふぐれのこゑ
（『千五百番歌合』春四　五二四）
しほたれ山、美作

家集、夕恋　　俊頼朝臣

いつとなくしほたれ山のさざれ水くれゆくままに声たてつなり

（『夫木和歌抄』雑二）

讃岐詠の俊成判は「左、しほたれ山のよぶこ鳥はまことにうらみやすらむときこえ侍るを」となっていて、来ぬ人を恨むような呼子鳥の鳴き声が、「潮垂れ」（つらい思いゆえに海士の袖のようにぐっしょりと濡らす）の名を持つ山とともに詠みこまれている点が評価されていて、実際の「しほたれ山」の場については特に言及されない。

俊頼の歌は、『散木奇歌集』一一九四に「或所にてゆふべの恋といへる事を」という詞書とともに載せられているものの、ここからでは山の場所がはっきりしない。『夫木和歌抄』では「美作」の歌枕とされている。また、『歌枕名寄』八七五七でも俊頼の詠んだ「塩垂山」は美作の歌枕として認識されている。『八雲御抄』（巻五）でも、美作の歌枕とされていることなどを考えあわせると、『梁塵秘抄』四三〇の「塩垂山」もこの美作の歌枕を指しているとみてよかろう。

ただし、諸注釈書は、「播磨の明石の此方なる」とあることから、「都から見て明石よりも近いところ」に「塩垂山」という地名があるはずだが実際には見つからないために未詳としているようである。確かに「此方」は近称を示す言葉ではあるが、「此方」の示す範囲を都と明石の間に限定する必要はないのではなかろうか。

最盛期の今様の担い手である遊女や貴族らの多くが都にいたことから、視点を京に固定して『梁塵秘抄』四三〇を解釈しようとつとめたのだろうが、今様が作られ歌われたのは都ばかりではない。今様が歌い出された場所によっては、塩垂山を「此方」と表現することが正しかった可能性がある。あるいは、この今様の制作者がそもそも明石と塩垂山の位置関係を誤って認識しており、その意識のままで作られた歌詞が広まっていったことも考えうる。

『梁塵秘抄』四三〇は、伊勢へ向かう道行のような配置から、播磨の明石へと一足飛びに視点を転じてみせる歌詞のダイナミックさにこそ着目すべきであろう。最後にまったく違う方角へ聞き手の意識を向けさせることで歌詞に変化をつけ、山の名を列挙していくだけの単調さから脱却を図った点にこそ、この今様の一つの面白さがあるといってよい[06]。

以上、『梁塵秘抄』四三〇に見える山の名について考察をしてきた。

従来この今様は、水に関連する言葉が入った山の名が列挙されている点を指摘されてきたのであるが、本節ではそれに加えて「塩垂山」を除く山の名が近江国から伊勢国へ下る道筋近くに見られることから、今様の詞章が道行の体をなす可能性を指摘した。水とは関連のない「鈴鹿山」が何故この今様に入れられたかについては、これまであまり触れられてこなかった[07]。しかし、「雨山」・「守る山」・「しぶく山」が単に水の縁だけでなく地域的な繋がりもあったと考えると、「しぶく山」に続いて「鈴鹿山」が歌われることは自然な流れと捉えられる。つまり『梁塵秘抄』四三〇の今様は、水の縁語を連ねたという面から見ると「鈴鹿山」があることで地名列挙の単調さから救われており、道行的な点からすると明石や塩垂山へと視点を転じることでやはりものは尽くしの単調さから脱却するという二重の構造をもっていたとみてよかろう。

今回は、『梁塵秘抄』四三〇に限定して読みの可能性を探ったが、今後、他の今様についても歌枕の捉え直しを図っていくことで、和歌に見られるのとは異なった地名詠の特質が見えてくるのではないかと考えている。

注

01　「雨山」・「しぶく山」・「塩垂山」について、諸注釈書はそれぞれ次のように解釈している。

【新日本古典文学大系】○しぶく山　常陸国しずく山の転とする説がある。雨山・しぶく山は、その地で呼称された普通名詞。○潮垂山　明石のこちら側には見えない。その他の呼称か。「わくらばにとふ人あらばすまの浦にもしほたれつつわぶとこたへよ」（古今集）の歌から仮構された地名であろう。京都から見て、須磨は「明石のこなた」である。

【新日本古典文学全集】○雨山　未詳。『能因歌枕』の山城国の名所に「あめ山の森」がある。あるいは愛知県額田郡額田町の雨山か。　○しぶく山　未詳。「しづく山」として『能因歌枕』に見える常陸国（茨城県）のそれをあげる説もある。　○塩垂山　未詳。岡山県勝田郡にあるが、明石より西方で、京都から見て「こなた」にはならない。

【新潮古典集成】○雨山・守山・しぶく山　「守山」は現在の滋賀県守山市。山ではなく宿の名。しばしば「漏る」の掛詞に用いられた。他の二つは未詳。おそらく「雨」・「漏る」・「しぶく」と縁語仕立てに並べただけの洒落であろう。　○潮垂山　未詳。

【梁塵秘抄全注釈】○雨山　三河国額田郡宮崎の雨山か。○しぶく山　この名の山はみえない。「しづく山」なら近江国にみえている。ただしここのしぶく山は、前の「雨山」「漏山」との縁語で、「しぶく山」を並列したのであろう。○潮垂山　謡にいう明石の手前にはこの名の山はみえない。美作国湯郷村には潮垂山があるが、位置的に一致しない。

【梁塵秘抄評釈】○あめ山　これは方々にあって何処だか判らない。山城名勝志には「あめ山の桂、能因歌枕云山城」とある。藻塩草には「歌名所、天山は筑前」とある。何れも詩歌に多く歌はれた故、かく書かれたのであらう。○しぶく山　「雨をしぶく山」の意にかけたものか。○明石のこなたなる塩垂山　塩垂山は岡山県勝田郡湯郷村（中略）「しほたれ」なる語は「須磨の浦」と同時に頻出する故、この辺の「塩屋」「垂水」などの地名と思ひあはせて、「塩垂山」なる地名があったかと思ふが、捜し得ない。いづれにしても「濡れしほたる」の意にかけた語であらう。

【梁塵秘抄考】○雨山　三河国額田郡宮崎。　○しぶく山　「しづく山」の訛か。　○塩垂山　しほたれ　美作（八雲御抄―巻五）。（中略）泣々　シホタル（類聚名義抄）。

02　稲田利徳「しぶく考—辞典類の用例の検討から—」(『国語国文』六六—一　平成九年一月)

03　『類聚名義抄』は、「撒」を「サヲサス」・「シフク」とし、「帆」を「シフカス」としている。こちらでは棹や帆など、船を動かすような語とかかわっていて、「滞る」の意の「しぶく」とは逆であるが、「しぶく」が広く船にかかわる語の周辺で出てきやすいものであったことは注目されよう。

04　『夫木和歌抄』八七七六の直前には、「山」部の小部立てとして「あめ山、参河又豊前」が立項されているが、当該小部立てに撰入されている歌は八七七六の一首のみで、豊前国の用例は示されていない。

05　あめやま　雨山　(甲西町・野洲町)　伊賀郡甲西町と野洲町の境の山。岩根山の最北端にある。標高三〇四メートル。西側には、近江富士で名高い三上山があり、北側には県立希望ヶ丘文化公園がある。この山の花崗岩の節理面には輝水鉛鉱(モリブデンの鉱石)が多く見られる。(『角川日本地名大辞典』滋賀県　角川書店　昭和五十四年十一月)

06　今様には、同じようなものを重ねたあとで、違う方向へと意味や場を転じていく歌い方が見られる。

すぐれて高き山　大唐唐には五台山　霊鷲山　日本国には白山天台山　音にのみ聞く蓬莱山こそ高き山(『梁塵秘抄』三四五)

ふしの様がるは　木の節萱の節山葵の蓼の節　峰には山臥谷には鹿の子臥し　翁の美人まりえぬひとり臥し

(『梁塵秘抄』三八二)

07　五味文彦氏は『梁塵秘抄のうたと絵』(文藝春秋　平成十四年一月)のなかで、近江に守山があることから、それに引っかけて縁語によって雨山としぶく山が並べられたのであり、鈴鹿山はその近くにあったことから今様に用いられたとする。

第三節　俊成の和歌と今様

はじめに

藤原俊成という歌人は古典主義者として夙に知られており、その作品が和歌以外の文学作品との関連で語られる時には、著名な「源氏見ざる歌よみは遺恨の事なり」の一節によって『源氏物語』をはじめとする物語受容等について論じられることが多く、本節で取りあげる今様との関係については、あまり注目されてこなかった。しかし、研究の俎上に上ることが皆無だったわけではなく、例えば『広田社歌合』以降の幾つかの歌合の判詞に今様が用いられていることは先学に指摘がある。[01] 判詞ばかりでなく俊成自身の和歌にも今様と同型の発想や表現技法が見られることも、新間進一氏や菅野扶美氏によって論じられている。[02] 両氏ともに今様の制作年代の特定が困難であることから、表現の影響関係を考える際には慎重を要するとしているのであるが、俊成の歌にはやはり今様の影響を受けて詠んだとみるべき作例が残されているのである。

そこで本節では、九条家歌壇において指導的立場にあった俊成が、和歌のなかに今様をどのように取り入れていたのかを分析することから、当代歌壇における今様受容の様相をみていく。

一、俊成詠と法文歌

【例一】

授記品　於未来世、咸得成仏

いかばかり嬉しかりけむさらでだにこむ世のことはしらまほしきを

（『長秋詠草』四〇八）

四大声聞いかばかり　喜び身よりも余るらむ　我等は後世の仏ぞと　たしかに聞きつる今日なれ

（『梁塵秘抄』授記品　八五）

八五の授記品の今様は、康治（一一四二〜一一四三）頃に待賢門院中納言の勧進によって俊成が詠んだ「法華経二十八品和歌」（『長秋詠草』四〇三〜四三〇）の授記品の歌と「いかばかり」の句が一致する上、内容的にもよく重なっている。菅野氏はこの関係について、「いかばかりうれしかりけむ・さらでだに等は、和歌で頻繁に用いられる表現でもあり、歌謡の一句をとったとは言いきれない」[03]と述べている。確かにこの一例をもって俊成歌に今様からの影響があるとするのは難しい。しかし俊成の「法華経二十八品和歌」全体を見ていくと、今様との影響関係を想定しうる歌が散見される。

【例二】

提婆品　採薪及菓蓏　随時恭敬与

薪とり峯の菓を求めてぞ得難き法は聞きはじめける

（『長秋詠草』四一四）

氷をたたきて水掬び　霜を払ひて薪採り　千歳の春秋過ぐしてぞ　一乗妙法聞き初めし

（『梁塵秘抄』提婆品　一一二）

阿私仙人の洞の中　千歳の春秋仕へてぞ　会ふこと聞くこと持つこと　難き法をば我は聴く

（『梁塵秘抄』提婆品　一一五）

提婆品について歌う『梁塵秘抄』一一二と一一五は、いずれも「何々してぞ」法華経を聞くことができた、という流れになっている。これは、上の句を「ぞ」でまとめ、上の句の行為によって下の句で「得がたき法（＝法華経）」を初めて聞くことができたと詠む『長秋詠草』四一四と内容・表現ともによく似通っている。提婆品で語られる修行の内容が和歌に盛り込まれることは少なくないものの、その結果として法華経を聞くことができたと歌うものは当該詠に先行する和歌ではほとんど見られない。

【例三】

寿量品　現有滅不滅

かりそめに夜半の煙とのぼりしや鷲の高嶺にかへる白雲

（『長秋詠草』四一八）

沙羅林にたつ煙　上ると見しは空目なり　釈迦は常にましまして　霊鷲山にて法ぞ説く

（『梁塵秘抄』寿量品　一二九）

一二九の寿量品の今様は、荼毘の煙が立ちのぼり釈迦が死んでいなくなったと見るのは誤りで、釈迦の命は限りなく常に霊鷲山にいて法を説いていると歌う。これに対して、『長秋詠草』四一八の上の句は、釈迦の荼毘の煙が立ち上ったのは方便だとする点が今様と一致しているものの、下の句で煙はやがて白雲と変じて再び霊鷲山に戻るとしたのは俊成の独創的な表現と言えよう。そもそも霊鷲山と詠み合わされる事物は澄んだ月であることが多く、そこに雲が現れる時、それは月を隠す「煩悩の雲」となる。しかし、俊成歌に詠まれた雲は、「煩悩の雲」ではない。また、寿量品を詠じた和歌において釈迦の荼毘の煙が詠まれた例は、管見によればこの俊成の歌以外には見られず、その点でも今様に近い表現を持つ歌であると言えよう。

右にあげた「法華経二十八品和歌」の歌々とは別の機会になるが、美福門院の召しによって詠まれた「極楽六時讃」の俊成詠にも、今様と近い表現が認められる。

【例四】

毘舎離城に住せし維摩居士来至す

いにしへはしづけき室に床たてて住みし人にもあひみつるかな

（『長秋詠草』四四六）

昆舎離城に住せりし　浄名居士の御室には　三万二千の床立てて　それにぞや　十方の仏は居たまひし

（『梁塵秘抄』雑法文歌　二二一）

浄名居士について詠まれた今様と俊成詠とは、『今昔物語集』の浄名居士説話の本文と、内容・使用語彙において共通する部分がある。[04] しかし、俊成が説話を本説として歌を詠んだとは考え難く、今様からの影響とみるのが穏当であろう。

「法華経二十八品和歌」が詠まれ、『久安百首』の題が下された康治頃といえば俊成の年齢は三十歳前後で、彼の歌人としての経歴で言えば割合に若年の頃にあたる。「極楽六時讃」詠は美福門院の没以前に作られたとしか分からず詠出年次に幅は出るものの、今様法文歌と表現上の関わりが見いだせそうな俊成歌のほとんどは、彼の歌人としての評価がはっきりと定まる以前のものということになる。例えば、今様がその表現を多数取り込んだ公任などとは、歌壇的評価に大きな隔たりがあったと思われる。若い歌人の表現方法が今様に取り込まれたと見るよりは、俊成が今様の表現を取り込んだと解するほうが自然であろう。また、「法華経二十八品歌和歌」は待賢門院の女房によって勧進された関係から女院の叡覧に供された可能性もある。そうであるならば、『梁塵秘抄口伝集』に今様の名手である「神崎のかね、女院に候ひしかば」とあるように、今様との関係が深い待賢門院の視線を意識して、今様的な表現をその作品群に積極的に取り入れたとも考えられよう。

二、俊成詠と神歌

続いて、俊成詠と今様の神歌について検討する。ここで取りあげる俊成詠は、文治六年（一一九〇）に清書された『俊成五社百首』と最晩年の作品である『俊成祇園百首』であり、いずれも『梁塵秘抄』成立後の作品群である。奉納和歌にみられる表現の類似は、今様からの影響である可能性が高い。

【例一】

逢坂の関の関守老いにけりあはれと思ふあはれとおもへ　（『俊成五社百首』日吉社百首　関　四八九）

夜とともに過ぐる月日をかきとめてもじの関とはいふにやあるらん　（『俊成五社百首』住吉社百首　関　三八九）

筑紫の門司の関　関の関守老いにけり　鬢白し　何とて据ゑたる関の関屋の関守なれば　年の行くをば留めざるらん　（『梁塵秘抄』三一八）05

『五社百首』四八九は、「逢坂の関の関守出でてみよ馬屋づたひの鈴聞ゆなり」（『堀河百首』関　匡房　一四一〇）・「逢坂の関の関守心あれや岩まの清水かげをだにみむ」（『久安百首』恋　隆季　五六三）と初・二句が共通することから、これらの先行歌の影響がまず想起される。しかし、門司と逢坂というように関の名は異なっているものの第二・三句が今様の詞章と合致し、更に関守の老いを歌っていることからすると、今様に想を得たとするほうが自然である。

また、今様にある門司は、院政期頃から地名の「門司」と書き記す「文字」とをかけて詠まれるようになっていた[06]。『五社百首』三八九は書き留める対象を「過ぎゆく月日」として老いを連想させる内容となっている上に、同じく「関」を題とした歌であることから、こちらもやはり『梁塵秘抄』三二八から着想を得たとみてよかろう。

【例二】

波かかる岩根につけるあはび貝こや片恋のたぐひなるらん　（『俊成五社百首』住吉社百首　片思　三七九）

伊勢の海に朝な夕なに海人のゐて　取り上ぐなる　鮑の貝の片思ひなる　（『梁塵秘抄』四六二）

われは思ひ人は退け引くこれやこの　波高や荒磯の　鮑の貝の片思ひなる　（『梁塵秘抄』四六三）

今様に見られる「鮑の貝の片思ひ」が和歌に詠まれることは意外に少なく、『梁塵秘抄』四六二の元となった万葉集歌「伊勢乃白水郎之《イセノアマノ》　朝魚夕菜尓《アサナユフナニ》　潜云《カヅクテフ》　鰒貝之《アハビノカヒノ》　独念荷指天《カタオモヒニシテ》」（『万葉集』二八〇八）がほとんど唯一の先行例となる。この歌は後に『新勅撰集』（恋四　八七二）に選ばれた他、『古今和歌六帖』（片恋　二〇二五）や各種歌論書に採録されるなど人口に膾炙した歌であった。ところが、この歌が早くから類歌を生み出すことはなく、語の類似が見られる早期の歌は当該俊成歌のほか、六条院宣旨と建礼門院右京大夫の歌の三例となる。

袖の上はなみたか磯のあはび貝いでやよしなき片思ひかな　（『六条院宣旨集』片思ひ　七八）

沖つ波岩打つ磯のあはび貝拾ひわびぬる名こそをしけれ　（『建礼門院右京大夫集』片思ひをはづる恋　二〇）

これらのうち俊成歌は、初・二句が『梁塵秘抄』四六三の詞章「波高や荒磯の」を想起させ、和歌と今様の表現に近い。「かづき出でぬなみたか磯のあはびゆゑ海てふ海はかづきつくしつ」（『古今和歌六帖』海　是則　一七五二）に学んだ六条院宣旨詠との影響関係も想定される。しかし、今様が流行する時代になって「鮑の貝の片思ひ」が詠まれ出すようになったことは、やはり注意されよう。

【例三】

都出でて伏見をこゆる明け方はまづ打ちわたす櫃川の橋

（『俊成五社百首』春日社百首和歌　橋　二九〇）

日暮れなば岡の屋にこそ　伏見なめ　明けて渡らん櫃河　櫃河の橋

（『梁塵秘抄』四七六）

『五社百首』二九〇は、今様の詞章との近さが明確であり、今様をそのまま詠み変えたとしか思えないような内容と詞づかいになっている。

【例四】

神風や竹の籬の松虫は千世に千歳の秋や重ねん

（『俊成五社百首』伊勢大神宮百首和歌　虫　五二）

つるのむれゐるまつ山に　千世に千とせをかさねつゝ　よはひはきみかためなれや　あめのしたこそのとか

なれ

（『朗詠九十首抄』鶴群居）

千世や千歳と松虫を詠みあわせる例、あるいは千世や千歳を重ねると歌う例は古くから見られ、取りたてて珍しいものではない。しかし「千世に千歳の」と類似する詞を重ね合わせた句は他に例がなく、「秋や」という語が挿入されているものの、下の句は今様の詞章に近いといってよいだろう。

ここまで『五社百首』の歌を見てきたが、他の奉納和歌にも今様の詞章の影響がみられた。

【例五】

逢坂の杉より杉に霞けり祇園精舎の春のあけぼの

（『俊成祇園百首』立春　一）

祇園精舎のうしろには　よもよも知られぬ杉立てり　昔より　山の根なれば生ひたるか杉　神のしるしと見せんとて

（『梁塵秘抄』二五五）

京の祇園社を「祇園精舎」と表現して詠んだ例は、この俊成歌の他に見られない。初・二句は直接には「逢坂の杉の群立ち引くほどはをぶちにみゆる望月の駒」（『後拾遺集』秋　二七八）に学んだとも考えられる。しかし、祇園社を詠んだ歌に松が取り合わせられることはあっても杉が詠まれることはなく、俊成は今様にある珍しい素材を詠んでいると言えよう。

以上、奉納歌に今様の影響が見られることを確認してきた。本節で取りあげたのは『俊成五社百首』と『俊成祇園百首』合わせて六百首のうち、わずか一パーセント程の例にしか過ぎない。しかし、他の作品にはこれらのように分かり易い形で今様が取り入れられた例はほとんどない。奉納歌に今様が取り入れられたのは何故であろうか。それは奉納歌が詠まれた状況と関係があると思われる。『俊成五社百首』は『千載集』の撰集が成った翌年に思い立たれたものであり、勅撰集成立と意識の上で近いところにあった作品群と言える。『千載集』は後白河院の命による勅撰集であるが、下命者である院は今様を愛してやまない帝王であった。院は自ら『梁塵秘抄』を編纂し、『梁塵秘抄口伝集』に自身や先人が今様を歌うことで体験した霊験譚の数々を記すなど、今様が神仏との交流に寄与するものであることを積極的に認めている。この意識は廷臣である俊成の意識にも強い影響を及ぼし、結果として奉納歌に今様が取り込まれるという現象が起きたのであろう。

ただしそれは、神仏との交流を想定しない俊成歌には今様が利用されなかったと断言するものではない。現存する今様は限られた範囲のものでしかなく、散逸してしまった『梁塵秘抄』の巻々などを俊成が参照していなかったとは言い切れない。実際に、秋歌において今様との影響関係が認められる例も存在する。

つねよりも今宵は秋の惜しきかな久しく野辺にむつれならひて　（『為忠家初度百首』閏九月尽　顕広　四三六）

水馴木の水馴磯馴れて別れなば　恋しからんずらむものをや睦れ馴らひて　（『梁塵秘抄』六五）

結句の「むつれならひて」は現存する和歌では俊成以外に用例がなく、和歌の内容そのものには今様の影響は感じられないものの、結句は今様の詞章を転用した可能性がある。しかし今様の新出資料が今後見つからない限り、これ以上は憶測の域を出ない。現時点ではひとまず、神仏に関係する俊成歌に、今様の詞章が用いられていたことを指摘しておきたい。

三、歌合の判詞にあらわれる今様

判詞で今様を用いることは、俊成によって繰り返し行われた後に『千五百番歌合』において複数の判者によって行われるまで、ほとんど例がない。唯一の先行例は『権僧正永縁花林院歌合』の基俊判である。

二番　左持　三郎君
秋の夜の月の光はかはらねど旅の空こそあはれなりけれ
右　牛君
秋の夜は頼むる人もなき宿も有明の月はなほぞ待ちいづる
左歌、いひなれたる様に侍めり。雑芸にうたふ歌にこそ頗似て侍な□《れ》。右歌、「なき宿も」と言へる、いみじう滞りたれど、歌の品の同じ程度に侍れば、持とや申すべからむ。
（『権僧正永縁花林院歌合』07　月　三一・三二　基俊判）

「月」題二番の左歌に対し、基俊は「雑芸にうたふ歌にこそ頗似て侍な□《れ》」と述べるのみで、具体的にどのような今様を想定していたのかはっきりしない。右のように、「〜こそあはれなれ」という句形が、今様には多用されている。

われらは何して老いぬらん　思へばいとこそあはれなれ　今は西方極楽の　弥陀の誓ひを念ずべし

（『梁塵秘抄』二三五）

基俊は、現存しない特定の今様を指したのではなく、こうした句の形が今様的だと指摘した可能性も考えられる。これに対して俊成の判詞においては、今様の歌詞が具体的にあげられている。俊成が判詞に今様を引くときに、それが当該歌に対するマイナス評価に直結しないことは、すでに指摘がある。[08] それでは、これらの今様は和歌にどのように受け入れられていたのだろうか。

【例二】

二番　左　前大納言実定卿

さりともとまつを頼みて月日のみすぎの早くも老いぬべきかな

右勝　頼政

おもへただ神にもあらぬえびすだにしるなるものをもののあはれは

左歌、まつを頼みてなどいへるすがたいとをかしく侍り、まつすぎなど侍るやこれかれにかかりたるやうに侍らん右歌は、こと変はりあらぬすがたの歌の詞使ひなどいとをかしくこそきこえ侍れ、これは閭巷《リヨカウ》の郢曲《エイキヨク》のなかに、①えびすだにもののあはれしるなりとうたふ歌の侍るなるべし、かれをひきて、神にもあらぬえびすだに、といへる歌の姿いとをかしくきこえ侍るなり、ただしこと少し俗に近くや侍らん、されど神の御名もかかりて侍れば以右勝つと申し侍るべし

（『広田社歌合』述懐　一一九・一二〇　俊成判）

①の今様は、出典未詳のため歌詞全体を知ることはできない。今様に出てくる「えびす」は東人・蛮夷のことを指すが、『広田社歌合』では西宮神社の祭神が「戎」であることから、同歌合の述懐の二番・廿四番に神としての意味合いが濃い形で出てくる。意味がどうあれ、「えびす」が平安期の和歌に詠まれることはほとんどなく、現存する最古の用例は「長月の有明の空のけしきをば奥の夷もあはれとやみむ」（『久安百首』秋　上西門院兵衛　一一四九）である。この後しばらく「えびす」が詠まれることはなく、『広田社歌合』以降に新古今歌人を中心に使用された。[09]また、「もののあはれをしるなり」という句であるが、「もののあはれ」自体は歌に詠まれることが多く、珍しい詞ではない。しかし、「もののあはれをしる」という今様にもみられる句が、第二項でも取り上げた俊成の『法華経二十八品和歌』四一一に詠まれた上、ほぼ同時代以降から用例を増やしていることは、今様と和歌の詞章の交流という点から見過ごすことはできない。[10]

【例二】

廿九番　左勝　　　兼宗

これやこの三世の仏ももろ人も名をあらはしてあくる東雲

右　　　　　　　　隆信

冬ふかき有明の月の明け方に名のりて出づる雲のうへ人

右申云、左歌無指難、左申云、名謁不限仏名、陳云、十二月廿日比の名謁は仏名なり

判云、左、無指難と右方人申す、右、在明の曙方に雲のうへ人名のりて出でん、仏名なからんやは、但、②在明の月の明け方に名のりしてゆく郭公といふ郢曲の文字続きにてこそおぼえ侍れ、左歌無難者可為勝にや

（『六百番歌合』仏名　五九七・五九八　俊成判）

②の今様は、語句に若干の相違はあるものの、次の『古今目録抄』紙背今様の一つと思われる。

いつか〳〵とさ《五》月まつ《待》　はなたちはな《花橘》のか《香》をかけ《嗅》は　むかし《昔》のひと《人》のそて《袖》のか《香》と　おもひ《思》よそへてなつか《懐》
しや　なつ《夏》のはしめ《始》のうたまくら《歌枕》　卯花なてしこ《撫子》あやめくさ《菖蒲草》　ありあけ《有明》の月のあけほの《曙》に　なのり《名乗》してゆく《行》
ほとゝきす《時鳥》　おもらぬしくれ《時雨》のこゝち《心地》して　かはせ《川瀬》のおと《音》こそすゝしけれ《涼》　香《山》楼のきた《北》とかや　暢師か《ふ
ね》もやかへり《帰》《けむ》

（『古今目録抄』紙背今様　夏七首）

「名のりをする郭公」という句は、次にあげる『万葉集』四一〇八に詠まれた他、八代集全てに類似の表現が見られるなど特別な表現ではない。しかし、名のりが「明け方」に行われるとなると、次にあげる万葉歌以降しばらく作例がなく、『基俊集』あたりから再び見られるようになる。

安可登吉尓《アカトキニ》　名能里奈久奈流《ナノリナクナル》　保登等芸須《ホトトギス》　伊夜米豆良之久《イヤメヅラシク》　於毛保由流香母《オモホユルカモ》　（『万葉集』四一〇八）

朝倉や木丸殿の明け方に山郭公名のりてぞゆく　（『基俊集』暁聞郭公　一二一）

『万葉集』以来ほとんど顧みられることのなかった表現が、院政期頃から再度用いられるようになったのである。ここでもう一点注目されるのが基俊歌に取り入れられている催馬楽『朝倉』である。

朝倉や　木の丸殿に　我が居れば　我が居れば　名乗をしつつ　行くは誰　（『朝倉』）

朝倉や木丸殿に思へども名のりてすぐる郭公かな　（『江帥集』五五）

我が宿は木丸殿にあらねども名のりてすぐる郭公かな　（『田多民治集』三一）

基俊歌と相前後する時期に詠まれた匡房・忠通の歌や、その後にも多数詠まれるというように、催馬楽『朝倉』の詞章は和歌によく取り入れられている。『朝倉』では「名のりをするのは誰か」と名のりをしたものを明示していないにもかかわらず、和歌では多くの場合、郭公が名のったとされる。あるいは、万葉集歌が再発見された時代に、基俊が催馬楽と結びつけて詠んだことから広まったのかもしれない。いずれにせよ「郭公の名のり」を詠んだ歌々が『朝倉』という歌謡と結びついていた点は注目されてよく、②の今様が生み出される契機となった可能性も考えられる。教長や紀伊・兼覚らの歌の句は②の今様に通ずるものであり、[11] 十二世紀中頃には②の今様が形を整えていた可能性もあろうか。

そもそも、『六百番歌合』二十九番の俊成判に②と思われる今様が用いられていることは、この歌謡がすでに著名であったことの証左ともなろう。当該の判詞で、十二月廿日比の名謁は仏名会の折りのことであるとの左方の主張に対し、俊成は必ずしも仏名会のこととは言えないと述べているのであるが、『永久百首』には「小夜ふけて今は法の師いでぬらん雲のうへ人名のりすらしも」（仏名　兼昌　四一一）という歌があり、これを証歌として反駁することも可能であった。しかし、俊成は判詞にそれを用いていない。俊成判に「郢曲」が取られているのは、語彙の重なり具合ということもあろうが、『永久百首』に先んじて連想されるほどに、この今様が知られていたためであろう。また、「明け方に名のりをする郭公」は後鳥羽院歌壇でも繰り返し詠まれており、今様の歌詞としての印象も鮮明な題材が新古今歌人らによって用いられている。[12]

【例三】

五番　左　　定家

笛竹のただひとふしを契りとてよよの恨みを残せとや思ふ

右勝　　中宮権大夫

はるばると浪路わけくる笛竹を我がこひづまと思はましかば

左右互無難云云判云、

左歌、よよの恨みをなどいへる、こと深きやうに聞えながら、さすがに殊なる事なきにや、右歌、浪路わけくる笛竹をといへる、③おほくの浪路をこそはわけこしかなといふ郢曲の心にや、艶なるに可似、為勝

（『六百番歌合』寄笛恋　一〇八九・一〇九〇　俊成判）

③の今様は、語句に若干の相違はあるものの『古今目録抄』紙背今様の一つとみられる。

もろこし《(唐)》たうなるふゑたけ《(笛竹)》は　いかてかこゝ《(此処)》まてはゆら《(揺)》れこ《(来)》し　ことよきかせ《(風)》にさそはれて　おほく《(多)》のなみ《(波)》を
こそわけ《(分)》こ《(来)》しか
（『古今目録抄』紙背今様　管弦）

この今様と詞章の近似する和歌というのは珍しく、

揺られこしそのもろこしの笛竹のみを吹くほどのみと思はばや
（『拾玉集』一日百首　竹　九七〇）
揺られくるその笛竹も有るものをひとつ都にあふふしのなき
（『拾玉集』詠百首和歌当座百首　寄竹恋　一四七七）

と詠ずる慈円の二首が現存するのみである。笛や笛の素材がどこからか寄りくるという表現はほかに残らず、慈円歌と③の今様との間に影響関係があるとみてよかろう。また、「浪路をこそはわけこし」という句は、在昌歌と公任歌が早期の例となる。

得阿直伎《あとき》　従五位上行式部少輔紀朝臣在昌
久太良与利《くだらより》　奈見遠和気許之《なみをわけこし》　岐見奈礼波《きみなれば》　奈遠波奈加礼天《なをばながれて》　乃許須奈留倍之《のこすなるべし》
誉田の天皇の御代に、百済より阿直伎をまだせり、この人、よくふみをよむといへり
（『日本紀竟宴和歌』天慶六年　六一）

さはりおほみ浪を分けこし身をかへて蓮の上に入るとこそみれ　（『公任集』提婆品　二七一）

右にあげた二首の詠歌内容はいずれも今様と関わりが深いとは言えないものの、「わけこし」対象を「波」以外にまで広げると、用例が急増するのは『六百番歌合』前後からとなり、[13]③の今様は「わけこし」という句の広がりと関係があったとみられる。

【例四】

廿三番　左　皇太后宮大夫入道

ふりにけりとしまのあまの浜びさし浪間に立ちもよらましものを

右　少納言法印

昔より心づくしに年はへぬ今はしらせよあふの松原

左歌、浜びさし、といへり、彼、浪間よりみゆる小島の浜ひさぎ久しくなりぬ君に逢はずして、といふ歌は、万葉集にも宜しき本と申すにも、多くは久木とぞ書きて侍るを、郢曲などにうたふ歌に、④浜びさしとうたふにつきて、歌絵などに、あまの家などを書きて、久しとかくなり、されば、ひさぎぞ正説には有るべき、但、浜ひさぎは久しくなりて朽ちも失せにけん、あまの塩屋などのひさしは、今も小島にも有るものなり、一説につきて、ことさらよめるなるべし、又万葉集にも、楸とはかかず、久木とかけるなり、少しは覚束なきことなるべし、右歌、心づくしに年はへぬ、といひて、あふの松原、とよまれたり、いと宜しくこそ侍るめれ、左歌は古事取りすぐしてもみえ侍れど、是も判者に事よせて不加判、夫是非定は作者

の群義にあるべし　（『民部卿家歌合』久恋　二二九・二三〇　俊成判）

④の今様で問題になっている「浜ひさぎ」と「浜ひさし」は、『拾遺集』八五六にも入集する万葉集歌に「浪間従《ナミマヨリ》 所見小嶋之《ミユルコシマノ》　浜久木《ハマヒサギ》　久成奴《ヒサシクナリヌ》　君尓不相四手《キミニアハズシテ》」（『万葉集』二七六三）とある通り、「浜ひさぎ」が古いテキストの形である。しかし、当該の判詞において俊成は、「郢曲などにうたふ歌に、浜びさしとうたふにつきて」として、謡いもののでは「浜びさし」とも詠まれることを指摘し、さらに「一説につきて、ことさらよめるなるべし」とも述べて、当該の番では古態の「ひさぎ」ではなく「ひさし」をとって『民部卿家歌合』二二九を詠じている。このように俊成が「はまひさぎ」に二説を認めているのは、田村柳壹氏に指摘のあるように「万葉集のテキスト論的な本文の正当性に拘束されたり、限定されることはないという態度を示したもの」[14]かと考えられる。俊成判を目にした当時の歌人らが俊成の考えをどのていど理解していたのかは不明である。しかし、少なくとも「はまひさぎ」という語について、同時代以降の歌人らは、俊成が両説を是認したと認識していたとみてよかろう。『民部卿家歌合』以前には、ほぼ「ひさぎ」として享受されていたのに対し、同歌合が行われて以降には「ひさぎ」と「ひさし」の用例が拮抗するようになる。[15]『千五百番歌合』千二百七十六番左の後鳥羽院詠「浜びさしひさしくも見ぬ君なれやあふよをなみのなみまなければ」（恋三　二五五〇）に対する顕昭判でも、

左歌は万葉に、浪間より見ゆる小島の浜ひさぎ久しくなりぬ君にあはずして、と侍る歌につかば、浜ひさぎとよみ侍るべきを、伊勢物語、もしは雑芸集などに、あるひは浜ひさしとかける本も侍るにつきて、浜ひさしともよむことのはべるに、ひとへに万葉を本として、見ゆる小島の浜ひさぎとよみ侍らんときは左右におよび侍らず、

　ただ、浜ひさし久しとばかり続けられん時は、浜ひさし、苦しみ侍るまじ、ひさぎにてもひさしにても心にまかせ侍るべし、浜ひさし久しとては、いますこしなびやかに言ひくださるるかたも侍りぬべし

そして、『伊勢物語』や『雑芸集』（歌謡関係の集か）に「浜ひさし」と書かれていることをあげた上で、「浜ひさし久しとばかりつづけられん時は」と限定をつけつつも、「浜ひさし」と詠むことを認めている。「浜ひさし久し」という詞続きについては「なびやか」という肯定的な評をも与えている。

こうした傾向は、俊成によって二説が承認されることで、はかない口ずさみでしかなかった今様の詞章が、和歌の本歌・本説たりうる一定の格を得たことを示すとみてよかろう。実際に、①から④の今様的表現の受容は、③における「ひさし」とほぼ同様の傾向を示しており、俊成判によって今様が取り上げられて後に、その詞章を用いた歌が増加している。松野陽一氏や安井重雄氏によって、俊成の歌合判が後代の歌人の実作に対して影響力・規制力を持っていたことが指摘されているが[16]、ここで取りあげた歌合判における今様への言及もまた、今様の詞章を用いた作例の増加傾向から、両氏の指摘に沿うものであると言ってよいだろう。

さて、ここまで見てきた①から④の場合と、⑤の今様と影響関係を想定できる和歌の作例の分布状況とを較べると、こちらは些か状況が異なる。

【例五】

二百四十五番　左　公経卿

つぶつぶと軒の玉水かずそひてしのぶに曇る春雨の空

なほさそへくらゐの山の呼子鳥昔のあとをたたぬほどをば
右　釈阿

左歌、末句など姿もをかしくこそ侍るを、はじめの句に、つぶつぶといへるや、いかにぞきこえ侍れど、⑤いはばやものを心ゆくまでと、郢曲にうたふ歌も侍れば、をかしくも侍るべし右歌は老法師の述懐に侍りけり、ただ左まさるとて侍らまほしく侍るを、この呼子鳥はいささか人の憐愍もこひねがふべく侍るを、たまたま判者の人数にまかりいりて侍れば、これぱかりは得分にや申しうくべく侍らむ

（『千五百番歌合』春　四八八・四八九　俊成判）

雨降れば軒の玉水つぶつぶといはばや物を心ゆくまで

（『古今著聞集』侍従大納言成通今様を以て霊病を治する事　二一三）

⑤の今様は、『古今著聞集』によれば成通の時代にはすでに流布していた。おそらく「ものをだにいはまの水のつぶつぶと言はばやゆかむ思ふ心の」（『実方集』一〇〇）を参考にして作られたと思われる。この今様と表現の交流が想定される歌を探っていくと、成通と同時代人である忠通・俊頼の作品がみられる。

雨降れば玉とぞ見つるあやめ草末葉にすがる軒のしづくを

（『田多民治集』雨中菖蒲　四七）

五月雨は軒のしづくのつくづくとふりつむ物は日かずなりけり

（『金葉集（二度本）』夏（五月雨の心をよめる）俊頼朝臣　三四）

これらに続く作品はしばらく見られず、その後に影響を受けて詠まれた歌は次の三作品となる。

雨かきくらし降る日、はしをうちながむれば、玉水のひまなく落つるにつけて、にはたづみもひまなくなり行くを

つぶつぶと言はねばこそあれ玉水のあはれいづくに積もる思ひぞ　（『隆房集』一五）

忘れては我が身時雨の故里にいはばやものを軒の玉水　（『院句題五十首』寄雨恋　良経　一二五三）

雨降れば軒のしづくのかずかずに思ひ乱れて晴るる間ぞなき　（『水無瀬恋十五首歌合』寄雨恋　公継　一三二）

これらの作品は俊成が⑤の今様について言及した『千五百番歌合』以前の作であって、①から④の今様のように、俊成が取りあげた今様の詞章が和歌に用いられたのだとは言えない。しかし、和歌の発想の源として今様を認める歌合判を俊成はすでに数度繰り返している。その判に導かれるように今様の影響を受けたと思しき作例が増えていることを考えれば、俊成判に取り上げられた今様だけでなく、今様そのものを本歌・本説として認めるという傾向が、この頃には歌壇内で定まっていた可能性もみえてこよう。実際に『千五百番歌合』では他に類を見ないほど判詞において今様が指摘されており、俊成の他に季経・顕昭・師光と複数の判者に渡っている。[17]これは、当時すでに今様を和歌に取り入れる手法がありふれたものになっていたためではなかろうか。ただし、和歌に今様を取り入れるという手法の広まりを俊成一人の手柄に帰することはできない。歌ことばの拡充を目的として今様を歌に取り入れることは、十二世紀前半には始まっていたと考えられ、俊成が独自に編み出した手法とは言いがたいのである。[18]しかしながら、俊

成が歌合判に今様を用いたことは、少なくとも当時流行の俗謡の表現が和歌へと流入する新傾向が存在していたことを、和歌界の指導者の立場で認めたことの証左にはなろう。

おわりに

以上、俊成の実作には今様の影響を受けた歌々がみられ、さらには後代に影響を及ぼす可能性の高い歌合判にも今様が取りこまれていた様子を確認してきた。

ところで俊成判を詳細に見ていくと、先にあげた『六百番歌合』寄笛恋の五番や『千五百番歌合』春の二百四十五番の判詞などで今様に対して肯定的な評価を与えていた一方、『広田社歌合』述懐の二番では「ことすこし俗にちかくや侍らん」と今様を用いることに否定的な評価をも残している。これは俊成が今様の享受を全面的に肯定する立場にはなかったことを示していよう。第一・二項で指摘したように、俊成は、若い時期から和歌に今様を取り入れていたのであるが、専門歌人としての地位が確立して以降には、今様を愛した後白河院へのアピールとも取れる奉納歌以外に、今様を取り入れた例がほとんど残らない。このことから推すならば、古典主義者としての意識に目覚めて以降の俊成は、自らの根幹を支える主張ゆえに、俗謡でしかない今様を全面的に肯定する立場に自らを置き得なかったのであろう。

一方で、俊成は後半生の歌合判において今様の指摘を続けている。これは俊成と同時代の歌人らにとって今様を和歌の発想の源泉とすることはすでに当然となっていたため、いかに俊成であろうとその潮流から外れることはできなかったことを示すのではなかろうか。あるいは、歌壇における政治的バランス感覚に優れた俊成はあえて流れのただ中に立ち、後代に影響を与えると分かっていた歌合判詞に今様を用いることで、俗謡の用法に何らかの規制を加えようとしたとも考えられる。俊成の言説が残されていないため真実を見極めることは難しいが、今様という流行歌謡が、如何なる歌人にとっても無視し得ない新要素として当時の和歌界に存在しており、俊成もその例外ではなかったのであろう。

注

01　小野恭靖「『梁塵秘抄』研究」（『中世歌謡の文学的研究』笠間書院　平成八年二月）、新間進一「「千五百番歌合」と今様」（『解釈』六　昭和五十一年五月）、同「「今様」に見る仏教」（『仏教文学研究』一―二　法蔵館　昭和三十九年一月）

02　注01新間論文、菅野扶美「天台五時教の今様と『久安百首』俊成詠について」（『梁塵　研究と資料』十四　平成八年十二月）。

03　注02菅野論文

04　而ルニ其ノ室ノ内ニ十方ノ諸仏来リ集リ給テ、（中略）各微妙ニ荘厳セル床ヲ立テ、三万二千ノ仏、各其ノ床ニ坐シ給テ法ヲ説キ給フ（『今昔物語集』巻第三「天竺毘舎離城浄名居士語第一」）

05　『梁塵秘抄』三二八は次にあげる重之歌との強い影響関係が想定されるが、その先後は決しがたい。

昔、衣川の関のをさの、ありしよりは老いたりしかば

昔見し関守もみな老いにけり年のゆくをばえやはとどむる（『重之集』一三九）

06　馬場光子『今様のこころとことば』（三弥井書店　昭和六十二年一月）

07　萩谷朴『平安朝歌合大成増補新訂』三巻（同朋舎出版　平成八年二月）

08　注01小野論文

09　えびすこそ物のあはれは知ると聞けいざみちのくの奥へ行かなん（『拾玉集』百首述懐　一七七）

西の海に風心せよ西の宮東二の宮えびすさぶらふ（『拾玉集』送佐州百首　二八七六）
我が思ふ人だに住まばみちのくのえびすの城もうときものかは（『秋篠月清集』十題百首　居処　二二二三）

10 「もののあはれをしる」という句の早期の例としては『多武峰少将物語』一五・『長能集』二〇五があるが、この二首以降は崇徳院歌（『風雅集』秋　六〇八）まで作例が見られず、以降は慈円・家隆・雅経・隆房などの作品がある。
語らはぬ先より鳴きつ郭公もののあはれをしれりとおもへば（『多武峰少将物語』女ぎみ　一五）
世中のはかなきことも語らはむもののあはれはしるらんや君（『長能集』二〇五）
見る人に物のあはれをしらすれば月やこの世のかがみなるらむ（『風雅集』秋中　崇徳院　六〇八）

11 問ふ人もなき旅ねするみやまべになのりして行くほととぎすかな（『教長集』八一七／『久安百首』羈旅　二九二）
おもふ事有明の月のあか月は心すみますものにぞ有りける（『堀河百首』雑廿首　暁　紀伊　一二九五）
関路暁月といへるこころをよめる　法眼兼覚
いつもかく有明の月の明け方は物やかなしき須磨の関守（『千載集』羈旅　五三五）

12 五月雨はなほ晴れやらで郭公ほのかに名のる明け方の声（『正治初度百首』夏十五首　後鳥羽院　三〇）
郭公たそかれ時をことなくて問はぬに名のるあけぼのの空（『石清水若宮歌合』郭公　允成　一一七）

13 「わけこし」という句を用いた早期の例として、後鳥羽院・西行・隆信・隆房・三宮・俊成卿女などの詠がある。これらのうち「波」を「わけこし」とする例は、後鳥羽院歌と三宮歌の二首となる。
羈中見花
風ふけば花は浪とぞ越えまがふ分けこし旅も末の松山（『後鳥羽院御集』建仁元年三月十八日影供御歌合　一五二九）
たなばたもしばしやすらへ天の川わけこし浪はかへりやはする（『千五百番歌合』三宮　一一二七）

14 田村柳壹「〈難儀〉と俊成―院政期歌学の克服―」（『後鳥羽院とその周辺』笠間書院　平成十年十一月）

15 新古今時代における「はまひさぎ」の使用例……慈円2、家隆2、雅経2、後鳥羽院1、良経1、実朝1
新古今時代における「はまびさし」の使用例……後鳥羽院3、定家3、家隆3、家長2、式子1、雅経1、範宗1、信実1、長明1

16 松野陽一「住吉社歌合の俊成の歌語「いなむしろ」をめぐって」(『鳥帚』風間書房　平成七年十一月)、安井重雄「俊成判詞の影響力と規制―源重之歌一首の享受をめぐって―」(『藤原俊成　判詞と歌語の研究』笠間書院　平成十八年一月)

17 『千五百番歌合』おいて今様の詞章が指摘された例は、次の通りである。俊成判…二百四十五番、季経判…九百七十八番、師光判…千十五番、顕昭判…千二百二十六番、千二百七十六番。

18 第二節で、本節より一時代前の白河院政期の和歌が今様からどのような影響を受けたのか、その具体を論じた。また白河院政期の和歌と今様に関する先行研究として、植木朝子『梁塵秘抄とその周縁』(三省堂　平成十三年五月)、小野恭靖「今様と和歌―『梁塵秘抄』所収歌を中心として」(『王朝文学資料と論考』笠間書院　平成四年八月)、小川寿子「俊頼と今様」(『国語と国文学』五十九―六　昭和五十七年六月)などがある。

第四節　寂然『法門百首』と今様

はじめに

十二世紀頃に活動した寂然の『法門百首』は、春・夏・秋・冬・祝・別・恋・述懐・無常・雑の十の部立に各十首ずつ、法文題による和歌を詠み、さらに百首それぞれに注がついているという、きわめて特異な構成の百首である。成立はおおよそ崇徳院の配流から崩御までの間であり、和歌に付された注は寂然の自注であろうとされる。[01] 本百首の特徴である法文題についても、国枝利久氏・川上新一郎氏・三角洋一氏等によって、題に用いられた句の出典やその傾向などが詳しく検証されている。[02]

本百首の組題の源流が『堀河百首』にあるとの指摘[03]も早くになされている。これについては山本章博氏が四季題を中心にとりあげ、部立ての組み立て方や歌の表現の影響関係などから詳細に論じている。ここで山本氏は、仏典の広い範囲から題となる句を選択してきた理由について、「歌題に見合うような句を仏典の中に探った結果、自ずと出典範囲が広がった、という側面からも考える必要があろう」[04]との指摘をおこなう。表だっては見えないものの、あらかじめ設定されている組題の流れに沿うよう、仏典から選ばれる句の内容が規制されていた可能性は、本百首の歌題の出典を考察していく上で重要となろう。

今回、『法門百首』の注が寂然の自注であるという立場から百首を改めて眺めていくと、今様が法文題の出典と関わっていたと思われる点がいくつか見えてきた。そこで本節では、先学に導かれつつ考察し得たところを述べてみたい。

一、寂然自注の語彙と今様の詞章との近似

寂然といえば勅撰歌人として著名であるのみならず、家集『唯心房集』に今様五十首が収められていることで知られる。

ただし、今様五十首すべてが寂然の作か否かについては未だ確定していない。[05]あるいは、それらが寂然の作ではないとしても、家集にまとまった数の今様が収められているところからすると、愛唱歌となっていた今様が集成されたとの推測はできよう。いずれにせよ、寂然と今様との関係は浅いものではない。

今様は、『梁塵秘抄』の半数以上が仏教に関わる歌詞を持っているなど、そもそも神仏との繋がりの濃い歌謡である。すべてが法文題によるという特殊な百首に、今様が何らかの影響を与えていた可能性は少なくない。

実際に本百首を見渡していくと、いくつかの和歌に付された寂然の自注と今様の詞章との間に影響関係が見出された。

【例一】

阿弥陀経

是諸衆鳥和雅音

鶯の初音のみかは宿からにみな懐かしき鳥の声かな

経に舎利といへるは鶯なりと古き人しるしおけり、極楽にも鶯はあるにこそ、春のはじめ聞きそめたる曙の声などは、これになくだに身にしみてあはれなるを、まして色々の光輝く玉の御飾りに匂ひみちたる花の木ずゑに、伝ひつつ鳴くらん声、大慈悲のむろのあたりなれば、いかばかり懐かしからん、かの国のくせにてさまざまの鳥みな妙なる法をさへづりて人の心をすすむなれば、いづれも鶯に劣らじとなるべし、文に和雅といへるは、妙にやはらかなる声といふ心にや

（『法門百首』春　二）

極楽浄土のめでたさは　一つも空なることぞなき　吹く風立つ浪鳥も皆　妙なる法をぞ唱ふなる

（『梁塵秘抄』一七七）

さまざまの鳥あつまりて法を説くといふ事をよめる

なにとなくさへづるだにもあるものをいかなる鳥の法をとくらん

（『散木奇歌集』釈教　九〇〇）

阿弥陀経の心をよめる　　平康頼

鳥のねも浪の音にぞかよふなる同じ御法をとけばなりけり

（『千載集』釈教　一二五二）

『法門百首』二の題の出典は、題の傍注にあるとおり、『阿弥陀経』の「是諸衆鳥、昼夜六時、出和雅音」であろう。『往生要集』大文第二にも「鳧・雁・鴛鴦・鷲・鷺・鵝・鶴・孔雀・鸚鵡・伽陵頻迦等の、百宝の色の鳥、昼夜六時に和雅の音を出して、仏を念じ、法を念じ、比丘僧を念ずることを讃嘆し、五根と五力と七菩提分を演暢す」とほぼ同内容の部分がみられるものの、そこで上げられてる鳥の名のなかには「舎利」も「鴬」もみられない。『法門百首』二の題の出典は、すでに指摘されているように、『阿弥陀経』本文とともに「舎利」という鳥を「春鴬」とし

ている『阿弥陀経疏』や『阿弥陀経義疏』あたりが適当である。[06]

題の出典とともに、『散木奇歌集』九〇〇や『千載集』一二五二のように、『阿弥陀経』と関わって鳥が法を説くことを詠んだ歌が、本百首とほぼ同時代に歌われ出したことも注目されてよい。

『法門百首』以前に、鳥がなにかを囀るという例が釈教歌関係の歌々のなかにみられるか探っていくと、出てくるのは「仏法僧」のみである。[07] しかもそれらは、実際にその鳥の声を聞いて詠んだ実景の歌であって、題詠である俊頼や康頼の歌とは制作の事情が異なる。また、『阿弥陀経』関係歌ということで先行歌を探っていくと、『阿弥陀経』について詠んだ歌は見られても、この箇所を詠じたものは残されていない。

それにもかかわらず、『法門百首』前後あたりになると、俊頼などによってよく似た発想の歌が詠まれ出すというのは、何かしら共通の基盤があったと考えるのが自然であろう。その共通基盤の一角を担ったのが、阿弥陀の浄土である極楽のようすを歌った『梁塵秘抄』一七七だったのではなかろうか。

俊頼と今様については小川寿子氏に論があり、俊頼に遊女たちとの交流があったことや、和歌を詠む上でも今様からの影響があったことなどが詳述されている。[08] 康頼は、『梁塵秘抄口伝集』に後白河法皇の今様の弟子として名前が出ている人物である。俊頼・康頼ともに今様に対する造詣が深く、彼らが釈教歌を詠ずるときに、経典よりも、日ごろ耳慣れていた今様から表現の発想を得た可能性は低いものではない。

また、寂然の詠は、組題の構成から第二首めに「鶯」を据えることがまず念頭にあり、続いて歌を考える段になって、どの経典から句をとるかということに目が向いたとも考えられる。しかしその場合、たとえば『法門百首』九四の題となっている「常啼菩薩」の行状について語った『大般若波羅蜜多経』巻第三百九十八「初分常啼菩薩品」第七十七之一に、

諸苑池中多有衆鳥。孔雀鸚鵡鳧鷺鴻鴈黄鵙鶬鶊青鶩白鵠春鶯鶩鷺鴛鴦鵁鶄翡翠精衛鵾雞鸐鳿鶢鶡鵾鳳妙翅鶴鵰羯
羅頻迦命命鳥等。音聲相和遊戯其中。

というような類似の記述があり、鶯を詠むために必ずしも『阿弥陀経』を選択する必要はない。ところが寂然は『阿弥陀経』の注釈書類から「舎利」の解釈を引いて『法門百首』二番の自注を書いている。これは、俊頼・康頼が類似の発想の釈教歌を詠んだのと同じく、『梁塵秘抄』一七七番から刺激を受けたためであろう。

【例二】
信解品
即脱瓔珞細耎上服

そむけどもこの世のさまに従へば思はぬ今日の衣がへかな
如来長者、二乗の愚かなるをこしらへんとして、尊特のかたちをかくして丈六の身をしめし給ふ、涼しげなる瓔珞の飾りを脱ぎて、あらくあやしき姿に着替へ給ふといへるなり、世をそむける人のひとへなる苔の袂も、人なみに冬はかはる心によそへたり
（『法門百首』冬　三一）

長者は我が子の愛しさに　瓔珞衣を脱ぎすてて　あやしき姿になりてこそ　漸く近づきたまひしか
（『梁塵秘抄』七七）

爾時長者。将欲誘引其子。（中略）即脱瓔珞細軟上服厳飾之具。更著麁弊垢膩之衣。塵土坌身右手執持除

糞之器。状有所畏語諸作人。（『法華経』信解品）

信解品を題材とした和歌は数多いが、『法門百首』と同じく「即脱瓔珞細耎上服」を題として詠まれたものは寂然以前に見あたらない。詠歌内容から探ってみても、『田多民治集』一七一の左注[09]が若干近いか、という程度である。このように『法門百首』三一の題は和歌史上でも珍しく、当該自注は『梁塵秘抄』七七に近いことが見てとれる。自注で「涼しげなる瓔珞の飾りを脱ぎて、あらくあやしき姿に着替へ給ふといへる」と表現されている部分は、今様と信解品でおおよそ共通しており、あるいは寂然が『法華経』の本文から直接に学び取った可能性もある。しかし、信解品では「状有所畏」とあるところを、寂然の自注と今様の双方が「あやしき姿」と表現していることは注意されてよい。

【例三】

鬱鬱黄花無不般若

あだし野の花ともいはじ女郎花みよの仏の母とこそきけ

是もかみの文の一具なり、いづれの花の匂ひも変はるまじけれども、般若は仏の母なれば、女郎花たよりなり、法花の心ならずはあだしの花もきらはるべけれども、無垢世界に月澄みしよし、色香中道の匂ひ隔つる所なきなり

（『法門百首』祝　四二）

文殊の海に入りしには　娑竭羅王波をやめ　竜女が南へ行きしかば　無垢や世界にも月澄めり

女人五つの障りあり　無垢の浄土は疎けれど　蓮華し濁りに開くれば　竜女も仏になりにけり

（『梁塵秘抄』二九三）

竜女成仏

（『梁塵秘抄』一一六）

玉ゆらに出でぬと見えし海の月のやがて南にさしのぼるかな

わたつみややがて南にさす光玉をうけしにかねて見えにき（『拾玉集』詠百首和歌　提婆品　二四七八・二四七九）

皆見竜女

見るも嬉し南の海のいろくづのいつつの雲の晴るるけしきを

（『拾玉集』短冊　四四五六）

聞名転女　　八条院高倉

浪をいでて南に晴れし雲のあとを西よりさそふ風ぞ嬉しき

（『閑月和歌集』釈教歌　五一三）

提婆品　即往南方　無垢世界

わたつ海を遥に出でて雲の浪南にめぐる月ぞさやけき

（『松下集』詠法花経廿八品和歌　三二二六）

『法門百首』四二の自注に「法花の心ならずはあだしのの花もきらはるべけれども、無垢世界に月すみしよし」とあることから、ここでは女人往生について示されていることがわかる。なかでも「無垢世界に月すみしよし」が『梁塵秘抄』二九三の後半部分に類似する。

『梁塵秘抄』二九三の前半二句は今様独自の内容で、『法華経』提婆品においてそれに該当する箇所は次の通りとなる。

爾時文殊師利。坐千葉蓮華大如車輪。倶来菩薩亦坐宝蓮華。従於大海娑竭羅龍宮自然涌出。住虚空中詣霊鷲山。従蓮華下至於仏前。頭面敬礼二世尊足。修敬已畢。往智積所共相慰問。却坐一面。智積菩薩問文殊師利。仁往龍宮所化衆生。其数幾何。文殊師利言。其数無量不可称計。非口所宣非心所測。且待須臾。自当有証。所言未竟。無数菩薩坐宝蓮華従海涌出。詣霊鷲山住在虚空。此諸菩薩皆是文殊師利之所化度。具菩薩行皆共論説六波羅蜜。本声聞人在虚空中説声聞行。今皆修行大乗空義。文殊師利謂智積曰。於海教化。其事如此。

ここで文殊菩薩は、今様で歌われているのとは逆に、海中にある娑竭羅王の宮から自らが化度した多数の菩薩たちとともに湧きあがってきている。『梁塵秘抄』二九三の第二句のように、娑竭羅王が波を鎮めたというような記述もない。

また『梁塵秘抄』二九三の後半部についても、末の句にある「月澄めり」と対応する本文は「提婆品」のなかに見あたらない。つまりここで取りあげた今様は、題材そのものは人口に膾炙したものであるものの、歌謡化するにあたって独自の解釈を加えられていたということになる。

竜女成仏について詠まれた和歌は幾つもある。南方にある竜女の浄土である無垢世界のことは、『法華経』提婆品に、

当時衆会皆見龍女。忽然之間変成男子。具菩薩行。即往南方無垢世界。坐宝蓮華。成等正覚。三十二相八十種好。普為十方一切衆生演説妙法。

（『法華経』提婆品）

と記されているものの、無垢世界を詠んだ歌は、管見によれば【例三】にあげた五首に過ぎない。

『松下集』の詠はだいぶ時代が下るものの、慈円と八条院高倉の詠は『法門百首』や今様と時代が近い。慈円の三首のうち『拾玉集』二四七八は海の月が南に昇ると詠まれていて、内容的にも今様と似通っている。ただし、同時代の他の三首には月は詠まれず、竜女成仏を詠むにあたって「月」が念頭に置かれることは珍しい。

和歌に「無垢世界（浄土）」が用いられることがほとんどないことと合わせて、「無垢世界に月澄みし」という自注の表現にも今様の影響を考えてよかろう。

【例四】

薬王品　病即消滅不老不死

舟の中に老いをつみけるいにしへもかかる御法をたづねましかば

法花経は閻浮提の人の良薬なりといふ文なり、蓬莱不死は名のみききてその益なし、円融実相の薬は求めずしておのづから得たり

（『法門百首』祝　四四）

娑婆に不思議の薬あり　法華経なりとぞ説いたまふ　不老不死の薬王は　聞く人あまねく賜るなり

（『梁塵秘抄』一五四）

此経則為閻浮提人病之良薬。若人有病。得聞是経病即消滅。不老不死。

（『法華経』薬王品）

『梁塵秘抄』一五四は、右にあげた『法華経』の「薬王品」の引用部分を、ほぼそのまま歌謡として和らげたもので、内容に経意に反する部分はない。

「薬王品」の同じ部分を題として詠んでいる『法門百首』四四も、示す内容はおおよそ同じといってよい。ただし、歌に「舟の中に老いをつみけるいにしへ」とし、自注では「蓬莱不死」と言って、始皇帝の命令で徐福が蓬莱に不老不死の妙薬を求めに旅立った話を持ち出して、それと薬王菩薩によって与えられる『法華経』という妙薬との対比を打ち出している。この点が『梁塵秘抄』一五四と異なっている。

「病即消滅不老不死」が一部なりとも題にとられて歌が詠まれたのは、十三世紀初めまでの間では慈円の一首[10]のみと僅かである上、その詠には『法門百首』四四や『梁塵秘抄』一五四と通じる部分がない。詠歌内容から追ってみても、寂然以前に『法華経』を良薬・妙薬として詠じた歌はなく、歌の題材として珍しいものであったことがわかる。また、自注末尾の「円融実相の薬はもとめずしておのづからえたり」と、今様の「不老不死の薬王は　聞く人あまねく賜るなり」とは言葉遣いは異なるものの、『法華経』を「しいて求めずとも得られる薬」とする今様に共通する認識があったといえよう。

【例五】

水流趣海法爾無停

さまざまの流れ集まる海しあればただには消えじ水茎の跡

麁言輭語みな第一義に帰して、一法としても実相の理に背くべからず、いはむやこの卅一字の筆のあと、ひとへに世俗文字の戯れにあらず、ことごとく権実の教文をもてあそぶなり、流れを汲みてみなもとを尋ぬるに、法性の海をいづる事なければ、おのづから妄想の浪をしづめて、涅槃の岸にいたる方便とも成りぬべしといふなり、実相の理を縁して心をおこすを、円教の発菩提心と名づく、これは最上の発心なり、はじめ三蔵より今の発心に至るまでは、四教の心をあかすなり

（『法門百首』雑　一〇〇）

狂言綺語のあやまちは　仏を讃むるを種として　あらき言葉もいかなるも　第一義とかにぞ帰るなる

（『梁塵秘抄』二二二）

『梁塵秘抄』二二二の前半部分は、『和漢朗詠集』にも載せられている白居易の「願　以今生世俗文字之業狂言綺語之誤　翻　為当来世世讃仏乗之因転法輪之縁」（仏事　五八八）で、後半部は『涅槃経』の「諸仏常軟語　為衆故説麤語及軟語　皆第一義帰」に拠る。

『法門百首』一〇〇の自注冒頭部は、今様と同じく『涅槃経』の一部を用いているのであるが、「ひとへに世俗文字の戯れにあらず」との記述から、白居易の詩文も念頭にあったとみられる。白居易の詩句は当時の文人らに著名なものであり、用いられていることに不思議はない。また、白居易の詩ではなく『涅槃経』という経典の一節が自注の冒頭にとられているのは、寂然の企画したのが「法文題」による百首であるからには不自然はなく、百首を締めくくるにあたって「和歌即仏道観」を語ろうとするのもまた当然の成りゆきであろう。

しかし、同じような内容を経典によって語ろうとするならば、『涅槃経』以外にも適切なものは幾つもある。

若人於塔廟　宝像及画像　以華香旛蓋　敬心而供養　若使人作楽　撃鼓吹角貝　簫笛琴箜篌　琵琶鐃銅鈸　如是

衆妙音　尽持以供養　或以歓喜心　歌唄頌仏徳　乃至一小音　皆已成仏道　（『法華経』方便品）

復次常精進。若善男子善女人。如来滅後。受持是経。若読若誦若解説若書写。得千二百意功徳。以是清浄意根。乃至聞一偈一句。通達無量無辺之義。解是義已。能演説一句一偈。至於一月四月乃至一歳。諸所説法随其義趣。皆与実相。不相違背。若説俗間経書。治世語言資生業等。皆順正法。三千大千世界六趣衆生。心之所行。心所動作。心所戯論。皆悉知之。　（『法華経』法師功徳品）

このように、本百首の出典の多くと関わる『法華経』だけを見ても抜粋してくるのは容易いにもかかわらず、寂然は『法華経』からではなく『涅槃経』の一節をとって自注を記している。寂然以前に、和歌に関わって『涅槃経』のこの部分を用いたものを見出すことはできず、同時代にわずかながら慈円が「麁言」という言葉を用いて狂言綺語について記しているのみである[11]。白居易の詩句と『涅槃経』とを取り入れて書かれた自注には、これまで見てきた例と同じく、今様の影があったとみるのが隠当であろう。

さて、ここまで寂然の自注に見られる語句と今様の詞章との近似について考察してきた。『法門百首』は、題でも和歌でもなく、そこに添えられた自注に今様の影響が見られた。

本百首の題については、川上氏に「当時の貴族の仏典に関する知識がかなり高度のものであったことを考慮しても、題だけ示されて百首をよみこなすのは容易ではなかったと思われる」と述べる。また、寂然が本百首と同題での詠を他の歌人に勧めた可能性を論じた上で、「寂然の『法門百首』が現在見られるような題、歌、注とそろった形でまず成立し、それ以外の人々の百首は、寂然のものを見ながら詠まれた可能性が高い」とする。[12] 川上氏の指摘するように、特殊な題材を他の人々に詠みこなしてもらうため、寂然自身の作品を手本として提示する必要があったことは充分に考えられる。そのときに、特殊な法文題と、そこから導き出された和歌とを理解する助けとして、本百首全てに付された自注は重要かつ不可分の存在となろう。重要な存在である自注に今様の影響が見られるということは、本百首の題の出典を考える上では、やはり看過しがたい。

例えば【例一】では、あらかじめ組題の元で設定されていた「鶯」に合うように直接経典にあたって当該の法文題が選ばれたのではなく、その前段階として今様が想起されていた可能性を指摘した。これは裏を返せば、注のエッセンスとなるべきものが今様によってまず引きだされた後で、あらためて注と組題とに相応しい法文題が選びだされた、といった道筋を想定しうる。

もちろん、このような考え方が百首すべてに当てはまると主張するものではない。しかし少なくとも、ここで例にあげた歌については、今様との関連から法文題が選びだされた可能性が残されてもよかろう。

二、今様による歌材の拡充

前項では『法門百首』の自注と今様の詞章との間に近しいものがあることを見てきたが、本項では今様に用いられている詞章で、かつ歌の素材としても珍しいものをみていく。

【例二】

浄名経
入苫蔔林不臭余香
春の夜の闇はいかにとたづねきて只この花の香をのみぞかぐ
　浄名大士のむろに入りぬれば、ただ諸仏の功徳法門をのみきく、これを苫蔔の花の、なべての匂ひにすぐれたるにたとふ、この大士は衆生の病をやまひとしてふし給へり、仏文殊を使ひとしてとぶらはせ給ひし時、もろもろの菩薩声聞したがひてゆきき、みな仏法の香をかがずといふことなし、春の夜闇といへるは、これを思ひよそへたるにや
（『法門百首』春　八）

花有着身不著身
諸人のつらぬる袖に散りかかる花もわきてぞ身にはしみける
　是を同じむろに天女の散らする花、菩薩の衣にはつかず、二乗の衣にはつけり、惑ひをしめす花なれば、いまだ界外の惑ひをだんぜぬ人のみにつきしなり
（『法門百首』春　九）

浄名経
浄名居士
むろの道ふみあやまてば諌めつつ咎見えにくき翁しりけり
　此浄名は大乗の法門に悟り深き人にて、もろもろの小乗のひじりをはぢしめき、これ方等のときなり、此むねをとくがゆゑに、方等を弾呵の教といふなり、偏真無漏の道はそのとがおほかるべし、かるがゆゑにふみあやまつとはいふにや
（『法門百首』雑　九三）

毘舎離城に住せりし　浄名居士の御室には　三万二千の床立てて　それにぞや　十方の仏はゐたまひし
（『梁塵秘抄』二二一）

毘舎離城に住せし維摩居士来至す
いにしへはしづけきむろに床たてて住みし人にも逢ひみつるかな
（『長秋詠草』四四六）

唯摩経
むろの内もさとる心し広ければよろづの床をみてぞたてける
（『殷富門院大輔集』九八）

浄名居士を　　崇徳院御歌
くみてとふ人なかりせばいかにして山井の水の底をしらまし
（『続古今集』釈教歌　七八九／『続詞花和歌集』釈教　四六一）

『法門百首』では、「浄名」という語が二首の題と自注とに用いられている。また、『法門百首』九は自注に「是を同じ室に」とあることから『法門百首』八と連作であることがわかるので、『法門百首』八には「浄名」という語は全く見えないものの、『法門百首』八・九・九三の合計三首が浄名居士と関わる作品となる。

和歌やその詞書などでは「浄名」ではなく「維摩」が用いられるのが通常のようで、崇徳院が『法門百首』を詠んだ折りに同題で詠じた他は、すべて「維摩」とされる。ただし、その場合の「維摩」はほとんどが「維摩経十喩」か「維摩会」を詠んだものであって、『法門百首』と内容的に一致するものはひとつもない。また、『法門百首』のように「維摩（浄名）居士」を題にとりいれて歌を詠んだ例は、右にあげた以外には江戸時代に作例が一首あるのみとなる。

このように、浄名居士は和歌において非常に作例の少ない題材なのであるが、このうち俊成と殷富門院大輔の詠には「床をたてる」と共通する表現がみられる。『梁塵秘抄』の「三万二千の床立てて」という表現は、『今昔物語集』

巻三「天竺毘舎離城浄名居士語第一」に類似の表現があるが、[13]この『今昔物語集』の本文自体、『梁塵秘抄』の詞章と語彙が重なるところが多く、この二つには何らかの関係があったとも考えられる。また、殷富門院大輔自身も今様との影響関係を想定させるような歌を詠んでいることは注意されよう。[14]

俊成詠が題としている「毘舎離城に住せし維摩居士来至す」は、源信の『極楽六時讃』の本文をそのまま取ったものであるものの、[15]第三節で指摘したように俊成には今様を下敷きにして詠んだ歌がいくつもある。この歌についても俊成は与えられた題から『梁塵秘抄』二二一を連想し、そこから「床たてて」という表現をとった可能性を指摘しておきたい。

他の時代にはほとんど用例のない「浄名（唯摩）」を題材とした歌が、平安末のほぼ同時代に詠まれたのかということを考えるとき、やはり今様の興隆期であったことを忘れることはできない。おそらくその同一線上で、寂然も和歌の題材としては珍しい「浄名居士」を詠んだのであろう。

これと同様のことが、次の「常啼菩薩」についてもいえる。

【例二】
大品経
常啼菩薩

あはれにもむなしき法をこひ侘びて涙は色に出でにけるかな

此菩薩、般若を求めしに、得難かりしかば、七日七夜しづかなる林に悲しび泣きき、空の中に声ありてつげしかば、東に行きてきく事を得てき、般若経に此事をあかせり、般若をば、埵汰の教といふ、方等に弾呵せられし二乗の、やうやうすすむ心なり、般若には空の理をあかせば、むなしき法とは云ふなり、色に

出づるといへば、色則是空、空即是色の心に思ひあはせつべし　（『法門百首』雑　九四）

決一
莫懐身相

いたづらに惜しみきにけるかりのみを誠の道にかへざらめやは

雪山童子は半偈にかつて身を投げ、常啼菩薩は般若を求め涙を流せり、しかのみならず天台の智者、師を尋ねて光州の大蘇山といふところへおはしますに、その道険しくしておそれおほかるさかひなり、しかれども法を重くし生を軽くして、嶮を渡りてさるとの給へり、まことに理をしらむ人、誰か法のために身ををしまむ、此文は常啼のために空の中の声の教へしことを言ふなり、身相を砕くといふは、むなしき身をありと思ひて守り惜しめば、法のためにさはり有りと云ふ心なり　（『法門百首』述懐　七九）

般若の御法を尋ぬとて常啼東へ尋ね行き　妙香城に至りてぞ　畢竟空をば悟りてし　（『梁塵秘抄』五四）

大品経の、常啼菩薩の心をよめる　寂超法師

朽ちはつる袖にはいかが包ましむなしととける御法ならずは　（『千載集』釈教　一二三三）

般若経、常啼菩薩を　前大僧正覚実

法のため我が身をかへばを車のうき世にめぐる道やたえなん　（『風雅集』釈教　二〇六〇）

『法門百首』七九と九四で、寂然は今様と同じく「常啼菩薩」を題材に取りあげて詠じている。「常啼菩薩」は、釈教歌の題としてはほとんど例がないもので、寂然の他には寂超と覚実が一首ずつ詠んだものが残るのみとなる。

これらの中で『梁塵秘抄』五四と近しい内容を持っているのは『法門百首』九四の自注である。『法門百首』九四

の自注は内容的には『大般若波羅蜜多経』に記述された常啼菩薩の行状から外れるところがなく、それは『梁塵秘抄』五四も同様である。ただし、今様と和歌とは完全に合致するような表現にはなっていない。しかしながら、「常啼菩薩」を題として歌が詠まれたのが、やはりこの平安末期という一時代のみであることを考えると、これも「浄名居士」の場合と同様に、今様の多く歌われたのと同じ時代だけに用いられた題材であると言ってよかろう。

さて、「浄名居士」・「常啼菩薩」については題材そのものの珍しさがあった。次にあげるものは、題材そのものはよく知られたものながら、その表現の仕方に特徴がある。

【例三】

経於千歳

法のため雲井を出でてあしたづの齢とともに過ぎにけるかな

仏釈氏の宮を出でて、あらら仙につかへ給ひしこと、千歳を経てのち妙法を得たりといふ文なり

（『法門百首』祝　四六）16

阿私仙人の洞の中　千歳の春秋仕へてぞ　会ふこと聞くこと持つこと　難き法をば我は聞く（『梁塵秘抄』一一五）

（前略）さればまことしく、其ことわりを思ふ人の深き色に染める花の宮このちりにまじはりて、阿私仙に仕へし秋のこのみを忘れたるはなし、仏法を広めたまひし大師たちのあとの我立杣に冥加を祈りしも、高野の山に入定ときこゆるも、さてのみこそは侍りけれ（後略）

（『拾玉集』五七三二の後）

提婆品採薪及菓　随時恭敬与

薪とり峯の菓をこのみ求めてぞ得難き法は聞きはじめける

（『長秋詠草』四一四）

『法門百首』四六と『梁塵秘抄』一一五の歌の素材は、提婆品において竜女成仏と並んで著名な提婆達多に関するエピソードである。

時有阿私仙　来白於大王　我有微妙法　世間所希有　若能修行者　吾当為汝説　時王聞仙言　心生大喜悦　即便随仙人　供給於所須　採薪及果蓏　随時恭敬与　情存妙法故　身心無懈倦　普為諸衆生　勤求於大法　亦不為己身　及以五欲楽

（『法華経』提婆達多品）

和歌にもよく詠まれており、題材としては珍しいものではないが、和歌に関わる場面で「阿私仙」が用いられた例は、管見によれば右にあげた二つである。散文では、『狭衣物語』や『愚管抄』にその名が見える。[17] このように本百首に先行する用例として『狭衣物語』などの存在はあるが、ここは今様をそのまま取り入れたとみよかろう。『法門百首』四六の自注は『梁塵秘抄』一一五とは表現の仕方が異なるものの、内容的にはほぼそのまま踏襲している。

本項では、三例ではあるが、寂然が今様から新たに歌の題材を得ようとしていたらしい跡をみてきた。今様の興隆とともに現れ、その衰退とともに用いられなくなっていった歌材が用いられていることは、本百首の成立にあたって今様が影響を与えていたことの表れとみてよいのではなかろうか。

おわりに

以上、『法門百首』の法文題に、今様が関わっていた可能性について考察してきた。

多様な人々に歌い継がれることで広がっていくという今様の性質上、作品のほとんどの作成年次がはっきりせず、歌詞についても場に応じて細かな詞章の変化を繰り返すため、『梁塵秘抄』に留められたもののみが流通していたのか判然としない。そもそも、『梁塵秘抄』の巻の多くが散逸していて、当時歌われていた今様が他にどれだけあったのか分からない状態にある。そのため、今回論じてきたのとは逆に、『法門百首』の歌や注から今様が詠み出されていた可能性も否定しきれない。

今の段階で指摘できるのは、本百首全体に渡ってとは言えないにしても、いくつかの歌については今様から発想の糸口を得ていた可能性がある、ということである。『法門百首』の出典の根幹にあるのは寂然が培ってきた仏教の知識であり、組題の構成は『堀河百首』題をベースをしたものであるということに異論はない。しかし、それらを是認する観点に立ったとき、膨大な仏典の中から如何にして『堀河百首』題に見合った法文題を拾いあげたのか、ということが疑問になる。

百首全てではないにしろ、法文題の発想の一端を担っていたのが今様であったのではなかろうか。百首分の法文題、しかも十の部立に分かれた組題という細かな規制の下で、大量の仏典から題となるべき句を抽出するとなれば、思考は身近なところに着地するはずである。

六時偈
採花萱日中能得幾時鮮

朝顔の日影まつまを盛りとぞ花めく世こそ哀なりけれ

朝顔は少しふりたる家の、はづれゆく透垣に咲きかかりて、心地よげなる朝露の濡れ色、いとなまめかしけれど、日ざし出でぬればまことに見どころなし、人の世も又かくのごとし、花と栄ゆれど、露の命消えぬれば、蓬が本に埋もれて、むなしき跡をばたづぬる人やはある、浅茅が原には虫の音風の音などの、おのづからおとづるらん、文集の詩にいはく、古墓何世人、不知姓与名、化為道傍土、年年春草生

随喜功徳
世皆不牢固如水沫泡焔

結ぶかと見れば消えゆく水の泡のしばしたまゐるよとは知らずや

四百万億那由他の国の人に、みなさまざまの宝をあたへ、その人のおもてのなみたたみ、かしら雪積もりぬるのち、かくのごとく世のはかなくあだなる事を言ひきかせて、道果を得しめたらむ功徳ばかりなけれども、法花経の一偈をも伝へ聞きて、随喜する事五十転にいたらむ人の功徳には、たとへて言ふべからずといふ文なり、かかる御法にあひながら、つゆも契りを結ばで、はかなき水の泡と消えなむこそ、口惜しけれ

金剛般若
如露亦如電応作如是観

いなづまの光の程か秋の田のなびく穂ずゑの露の命は

露の命といふ事は、後れ先立つためしに言ひおけれど、あしたの露は日かげを過ぎず、人の命はももとせに及ぶもあれば、さすがに変はるやうにうち覚ゆるを、よく思ひとけば少しも違はずあるなり、幾とせを長らふとも必ずあるべきことわりをしりて、そのほどまでとも頼まばのどかなるべきに、いまも荒き風に

はいかがとあやふくて、おのづから過ぐるは、過ぐるにもあらず、はぐくみやしなはずは、一日を過ぎんこともかたし、同じ露なれど、はちすのうき葉などに宿りぬるは、玉とあざむきてまろび歩くほどもあり、風打ちそよぐ秋の田の穂ずゑにかかれる露とぞ、このみをば思ふべき、されば出づるいきは入るいきをまたずと申しける比丘をこそ、是名精進吾修無常と仏は褒めさせ給ひけれ、いなづまは小乗のたとひにあらず、大乗の空にたとへたり、諸法はかりにありとみゆれども、まことにはその体むなしき事、かの光のごとし

（『法門百首』無常　八四～八六）

ここにあげた三首は『法門百首』八四～八六である。これらの自注の中には、『唯心房集』に載せられている物尽くしの今様「あるにはかなき　ものはよな　籬の朝顔　野辺の露　いなづまかげろふ　水の泡　夢よ幻　人の命」（七一）にあげられる「はかなきもの」が、ほとんど入っている。

この今様の七一番にあげられている「はかなきもの」は、一見すると和歌でよく詠まれる儚いものの羅列と見える。しかしこれは『維摩経』方便品にある、いわゆる維摩十喩「聚沫・泡・炎・芭蕉・幻・夢・影・響・浮雲・雷」[18]と重なる部分が大きい。「朝顔」・「野辺の露」と自然物から歌い起こしてその繋がりから「いなづま」へと続け、さらに維摩十喩とも重なり合う「はかなきもの」へ、そして最終的に「人の命」と結ぶことで無常の色合いを強めていっている。

ところで、歌語としての「朝顔」は、初期には秋歌や恋歌と関わって詠まれることが多かったが、やがて仏教的な無常を詠むために用いられることが増えてくる。また、「野辺の露」という表現は、勅撰集では『新古今集』以降に用いられ、全体を見渡すと院政期末以降から用例が見られるようになる。「野辺の露」は、袖にこぼれる涙の連想か

ら恋歌に用いられることが多いが、露はもとより儚いものであり、それが無常と結びつくのはさほど珍しい発想ではない。つまり、この今様で表現されている「はかなきもの」は、全体的に仏教的な儚さとの結びつく物尽くしであるとも言えよう。

この今様にうたわれた「かげろふ・夢・まぼろし」以外の「あるにはかなき」ものが、「無常」の部立にある右の三首の自注に含まれているということは偶然とは言い難い。七一番の今様から発想を得て、連想的にこの三首を並べたとするほうが自然ではなかろうか。『唯心房集』に載せられている今様が自作か否かについては確定していないが、寂然に近しいところにあった今様に発想の源があった可能性は指摘してよかろう。

また『法門百首』には「六時讃」という傍注のある歌（八三・八四）が二首詠まれている。国枝氏は、この二首の法文題は、従来言われていたような「出旺経」や「法句経」といった経典から直接とったのではなく、「法華懺法」の六時無常偈が出典になっているとする。さらに国枝氏は、この六時無常偈には博士（音符）がつけられていて、偈は「独特な曲調を付して諷誦されて」おり、『法門百首』の二首は偈の哀切な調べをわかった上で鑑賞するべきものだとも述べる[19]。今様と偈の諷誦ではいささか方向性が異なるかもしれないが、こうした点からも、寂然が声に関わる文芸に関心をもって『法門百首』を詠じていた可能性が見えてこよう。

本節では、寂然の『法門百首』を取り上げて和歌と今様「法文歌」の関わりについて考察してきた。先学の指摘[20]や俊成を取り上げた第三節に見られた歌壇の傾向から、この時代の和歌には今様を受け入れる余地があったことを論じた。前節では比較的「法文歌」に触れることが少なかった。しかし本節で確認したように、他歌人が『法門百首』題を詠む際に題の解釈の助けとなったであろう寂然の自注にも同様の傾向が見られたことで、今様「法文歌」への理解が人々に広く行きわたっていたことが推測される。このことは和歌が今様と交流する状況にあったことを補強する材料の一つとなろう。

注

01　山本章博『寂然法門百首全釈』（風間書房　平成二十二年七月）、植木朝子「提婆達多の今様―『梁塵秘抄』法文歌の一性格」（『同志社国文学』六三　平成十七年十二月）、山本章博「寂然『法門百首』の形成と受容」（『和歌文学研究』八〇　平成十二年六月）、植木朝子「地蔵の今様―『梁塵秘抄』四十番歌とその前後」（『梁塵　研究と資料』一八　平成十二年十二月）、山本章博「恋と仏道―寂然『法門百首』恋部を中心に―」（『国文学論叢』三三　平成十二年一月）、三角洋一「『法門百首』の法文題をめぐって―天台浄土教思想の輪郭―」（『人文科学紀要　国文学・漢文学』九十一　平成二年）、石原清志「法門百首考」（『龍谷大学論集』四百十九　昭和五十六年十月）、川上新一郎「『法門百首』の考察」（『王朝の歌と物語　国文学論叢』新集一　桜楓社　昭和五十五年四月）、国枝利久「法門百首私注（二）―釈教歌研究の基礎的作業（三）―」（『親和国文』九　昭和五十年二月）、同「法門百首私注―釈教歌研究の基礎的作業（二）―」（『親和国文』八　昭和四十九年二月）など。

02　注01国枝・川上・三角論文

03　注01石原・山本（「寂然『法門百首』の形成と受容」）論文

04　注03山本論文

05　今様が寂然自作かについては、具恵卿「『唯心房集』所収今様についての考察―寂然自作の可能性―」（『古代中世国文学』十二　平成十年一月）がある。具氏は、同論の中で寂然自作の可能性が見直されてよいのではないかとされているものの、その後も寂然自作の可否については、はっきりとした決着を見ていない。

06　注01山本著書

07　延喜十八年八月十三日、右大臣家八講おこなふに、于時仏法僧といふ鳥なく、有感この歌をたてまつる

あしひきの　深山にすらも　この鳥は　谷にやは鳴く　いかなれば　しげき林の　多かるを　高きこずゑも　あまたあ

れど　羽うちはぶき　飛びすぎて　春夏冬の　ときもあるを　君があきしも　もみぢ葉の　からくれなゐの　ふり出で
て　鳴くね定かに　聞かせそめつる（『躬恒集』一八一）

仏法僧と鳴く鳥をききて
みつながらたもてる鳥の声聞けば我が身ひとつの罪ぞ悲しき（『赤染衛門集』二六〇）

08　小川寿子氏「俊頼と今様」（『国語と国文学』五十九-六　昭和五十七年六月）

09　信解品、窮子見父、有大力勢、即懐恐怖、悔来至此
法のためうとくも過ぐる心こそ親を忘れし子に似たりけれ
人の子、親を離れて、はるかにしありきて、たまたま親のほとりにかへりきて、その親を見わすれて、おぢおそる、とかくこしらへて、親と知らせてき、この法は親、我らは子なり（『田多民治集』一七一）

10　病即消滅
法の風に秋の霧さへ晴れのきてしぼむ花なきませの中かな（『拾玉集』二五二五）

11　吾大菩薩者釈尊弥陀一如之和光神宮八幡同体之本源也、以和語和経文以信心信尊神如在之礼讃法而満足本有之法楽、爰而奉行大神之擁護道理匆違于道、小量之懇念求願豈背于願、於戯法花百句之要文詞花十十之風月、今以麁言深転法輪雖似狂言又通実道、故妙経八軸之中二十八品之内取百句為百題、其詞云（『拾玉集』詠百首和歌法門妙経八巻之中取百句　序文）

12　注01の川上（「『法門百首』の考察」）論文、新間進一「「今様」に見る仏教」（『仏教文学研究』法蔵館　昭和三十九年二月）、菅野扶美「天台五時教の今様と『久安百首』俊成詠について」（『梁塵　研究と資料』十四　平成八年十二月）。

13　今昔、天竺ノ毘舎離城ノ中ニ浄名居士ト申ス翁在マシケリ。（中略）無量無数ノ菩薩・聖衆ヲ引具シ給テ、彼ノ方丈ノ室ノ内ニ各微妙ニ荘厳セル床ヲ立テ、、三万二千ノ仏、各其ノ床ニ坐シ給テ法ヲ説キ給フ。
（『今昔物語集』巻三　天竺毘舎離城浄名居士語第一）

14　太子の身投げし夕暮に　衣は掛けてき竹の葉に　王子の宮を出でしより　沓はあれども主もなし（『梁塵秘抄』二〇九）
薩埵王子の心をよみ侍りける　　殷富門院大輔
身を捨つる衣かけける竹の葉のそよいかばかり悲しかりけむ（『新勅撰集』釈教　六〇六）

15　きけば娑婆世界の　南贍浮洲中天竺　毘舎離城に住せりし　維摩居士来至すと　おどろき出でて見たときに　ひとりの老人歩みつゝ　かうべに蓮化のかうぶりし（『極楽六時和讃』日没讃補接）

16　『法門百首』では「あらら仙」と表記されていて「あし仙」ではないが、「し」という仮名の崩れ方によっては「らら」と見える可能性もある。内容からして「あらら仙」が「阿私仙」であることは間違いないので、ここは後代の誤記によると推測する。

17　もとの雫、いつとても同じことなれば、「五濁悪世をまぬがれて、かの、契りし阿私仙に仕へん」ことをのみ、人知れず思してけり。（『狭衣物語』）
提婆品ニハ時有阿私仙。來白於大王。我有微妙法。世間所希有。即便随仙人。（『愚管抄』巻三）

18　維摩十喩が和歌の題として用いられる場合、十喩で「炎」とされている部分について、赤染衛門はそのまま「ほのほ」としているが、公任は「かげろふ」としている。当時一流の知識人であった公任が「かげろふ」と詠んでいることからして、十喩の「炎」は「かげろふ」と解釈することも可能とされていたかと考えられる。

　　此身かげろふのごとし
　夏の日の照らしもはてぬかげろふのあるかなきかの身とはしらずや（『公任集』ゆいまゐの十のたとへ　二九一）

　　炎のごとし
　夏の夜の火かげに惑ふ鹿見ればただみづからのことに有りける（『赤染衛門集』維摩経十喩　四五七）

19　注01国枝（「法門百首私注（二）―釈教歌研究の基礎的作業（三）―」）

20　植木朝子『梁塵秘抄』とその周縁―今様と和歌・説話・物語の交流―』（三省堂　平成十三年五月）、小島裕子「西行の和歌に見る歌謡的世界―『山家集』「朝日まつ程は闇にや迷はまし」の歌から―」（『和歌文学研究』六十七　平成六年一月）、小野恭靖「今様と和歌―『梁塵秘抄』所収歌を中心として―」（『王朝文学　資料と論考』笠間書院　平成四年八月）、注10小川論文、新間進一「「千五百番歌合」と今様」（『解釈』二二―六　昭和五十一年六月）など論は多く、ここにあげたのは一部である。

第五節　場に応ずる——本歌取りとの接近

はじめに

院政期に詠まれた和歌のなかに、流行歌謡であった今様が息づいていたことを前節まででみてきた。ところで、院政期は「本歌」という言葉が歌合判詞にようやくあらわれだした頃であり、いわゆる「本歌取り」の定義がいまだ確立されていない模索期にあたる。

今様では、すでに歌われている今様の詞章を折りに合うよう「歌い換え」るということが行われていた。「もと」となる歌謡の一部を歌い換えるという手法は、本歌の一部を取って詠み換える本歌取りと、先行作を活用して新詠を作り出すという点で類似する。和歌と歌謡における先行作品の摂取方法の共通性について、これまでほとんど注目されてこなかったものの、ほぼ同時期に和歌に近接した領域である今様に、先行作品を取り入れるという方法があった[01]ことは見過ごしにはできないだろう。

珍しい節を求めてもなかなか得られないというような状況に置かれていた院政期の和歌は、その行き詰まりを打開すべく、流行歌謡であった今様の語彙をも取り入れていた。和歌表現の閉塞感を打ち壊すため、本来ならば和歌と等しく並び得ないような流行歌謡からも新たな語彙を取り込もうとしていた歌人らが、ここまでに見てきたような新奇な語の吸収のみで今様との交流を止め得たであろうか。王朝的な詠風に行き詰まりを感じていた当時の和歌に、今様の語彙だけでなく、歌い換えの手法までをも取りこむことが、新たな歌を生み出すにあたって一つの光明となった可能性は考えられないのか。本節では、類似の手法を持つ今様が本歌取りに影響を与えていた可能性について考えていく。

一、今様の「歌い換え」

院政期からはかなり下った時代の記述になるが、『體源抄』十ノ下の「音曲事」では、今様について「第一ニ今様ハヲリヲキラウヘシ。春ハ春ニツケ、夏ハ夏ニツケ、秋冬モ同之。月ノ頃ヤミノヨシヲ哥ヒ祝ニ無常ノ哥ヲ哥ヒ夏冬哥ヲウタウハアルマシキ事也。」と述べ、今様ではその場に応じて「折りに合う」歌を歌うことが重要であったことを指摘する。さらに「折りに合う」今様を歌った例を説話や物語等のなかに探っていくと、例話の半数以上で歌詞の「歌い換え」が行われていた。次にあげる【例一】～【例三】はそれらのうちで早期にあたる。

【例一】

同じ年の二月廿八日ごろ、大雪ふりたりし日、さまを変へむ暇申しに、賀茂へ参りき。まづ下の社に参りてみるに、おもしろきこと限りなし。御前の梅の木に雪ふりかかりて、いづれを梅と分きがたく、朱の玉垣までみな白栲に見えわたりて、たぐひなくおぼゆ。次第の事・御神楽果てて、そののち、法花経一部・千手経一巻を転読したてまつり、終りてのちに成親卿、平調に笛をならす。催馬楽を資賢卿出だす。「青柳」「更衣」「いかにせん」なり。そののち、我、今様を出だす。

　春の初めの梅の花　喜び開けて実熟るとか

資賢、第三句を出だしていはく、

　御手洗川の　薄氷　心解けたるただ今かな

と歌ふ。をりにあひ、めでたかりき。敦家、内裏にてこの句を「前のながれの御溝水」とうたひけるも、かくやありけんと、われ感じおくりにき。

　松の木陰に立ち寄れば　千歳の翠ぞ身に染める　梅が枝挿頭にさしつれば　春の雪こそ降りかかれ

と、この歌三十反ばかりありありけり。

（『梁塵秘抄口伝集』巻第十）

　ヤはるのはしめのヤむめのはな
　ヤよろこひ日らけて身なるはな《とか一説》ム
　ヤおまへのいけ《まつのえだには一説》なるうすこほりム（立春以前は氷水、以後は薄氷云々）
　こゝろとけたゝいまかな

（『朗詠九十首抄』春始）

『朗詠九十首抄』の「春始」という今様の第三句には書き入れがあり、季節に合わせて「氷水」か「薄氷」かに歌い換えられるという習慣があったらしい。また、『口伝集』によれば、歌われる「場」が変更されることによって、本来は「おまへのいけなるうすこほり」と歌われるはずの第三句が歌い換えられることも珍しくなかった。敦家が内裏でこの今様を歌った折には、「おまへのいけ」というように一般性の高い語から、「みかは水」という宮中の庭を流れる溝水に限定する形に詠み換えられた。『口伝集』の場合もこれと同様に、下賀茂社へ参詣した折に歌った今様ということで「みたらし川」とされている。馬場光子氏は、このように詠み換えて「場」を限定することで、「和歌漢詩文化を通して誰もが感得する春の訪れを賞で感ずる「只今」を基底として、出家の決意によって喜び解き放たれてゆく「只今」の喜びが感得できる」[02]と述べる。歌い換えられた今様が後白河院の内面と二重写しになっていることは『口伝集』の当該部分の構成からも明らかであるが、一方で、当該の今様自体が春の景に相応しい詞章となっている。それぞれ歌われた場に合わせて詞章の詠み換えは行われはしても、早春の頃の景色という点は共通している。「春始」という題が端的に示すように今様の季節は固定されており、この今様が歌われるときに「場」に合わせた事象が付加されることはあっても、基礎となる部分に大きな変更は加えられていない。

【例二】

さき〳〵召されける所へはいれられず、遥にさがりたる所に、座敷しつらふて置かれたり。祇王、「こはさればなに事さぶらふぞや。わが身にあやまつ事はなけれ共、捨てられたてまつるだにあるに、座敷をさへさげらるゝことの心憂さよ。いかにせむ」と思ふに、知らせじとおさふる袖のひまよりも、あまりて涙ぞこぼれける。（中略）其後入道、祇王が心のうちをば知り給はず、「いかに其後何事かある。さては仏御前があまりにつれ〳〵げに見ゆるに、今様、ひとつうたへかし」との給へば、祇王参る程では、ともかうも入道殿の仰をば背まじと思ひければ、おつるなみだをおさへて、今様ひとつぞうたふたる。

仏も昔は凡夫なり　我等も終には仏なり

いづれも仏性具せる身を　へだつるのみこそかなしけれ

と、なく〱二返うたふたりければ、其座にいくらもなみゐたまへる平家一門の公卿・殿上人・諸大夫・侍に至るまで、皆感涙をぞ流されける。

（『平家物語』巻第一　祇王）

仏も昔は人なりき　われらも終には仏なり　三身仏性具せる身と　知らざりけるこそあはれなれ

（『梁塵秘抄』巻第二　二三二）

『平家物語』の今様は、詠み換えが行われたとの記述は本文中にないものの、『梁塵秘抄』と比較すると「場」に応じた詠み換えがなされているのがわかる。[03] 二句めを除いたすべての句に差異が見られるが、とりわけ詠み換えの要となっていたのは第一句とみてよかろう。「仏もむかしは凡夫なり」と歌うことによって、『梁塵秘抄』の第一句と同じく仏陀もかつては悟りを得られないただ人であったことを表現すると同時に、我が身と入れ替わって清盛に寵愛される遊女の「仏」も少し前までは平凡な普通の人であったと、その「場」に合わせて二重に意味を重ねていたのである。これは【例二】であげた春の景色と白河院の内面とが二重写しに歌われたのと軌を一にする歌いぶりとなっていると言えよう。

【例三】

妙音院入道太政大臣、土佐より帰洛の時、按察使資賢卿参りて、言談のついでに、「さても、なにごとか候ひけむ」と申されければ、その御返事はなくて、

韓康独往之栖

と詠じ出し給ひければ、按察使、涙を落としてぞ出でられける。

そのころ、大臣、院参せられたりけるに、「琵琶久しく聞かず。ゆかしくこそ」とて、琵琶をたまひたりければ、まづ嘉皇恩といふ楽をひく。次に還城楽をひき給へりければ、心ばせいみじかりけり。

またのち、資賢卿、配所より帰りたりけるころ、法皇、今様をすすめ仰せられけるに、

信濃にありし木曽路河

とうたはれけり。御感あり。

「信濃にあんなる」とこそいひならはせるを、見たる由をうたはれける、まことにいみじかりけり。

（『十訓抄』一ノ二十五）

信濃にあんなる木曽路川　君に思ひの深ければ　みぎはに袖を濡らしつつ　あらぬ瀬をこそすすぎつれ

（『體源抄』十末）

『十訓抄』では、信濃国への流罪に処せられていた資賢が都に戻って後に、信濃に行ったことのない人々が「信濃にあんなる」と歌っていた今様の歌詞を、資賢が自らの体験として「信濃にありし」と歌い換えている。[05] 在京の人々にとっては話でしか聞いたことのない辺境の地を自らの目で見た資賢は、詠み換えすることによって個人的な想いを歌った今様にしたのである。さらに後白河院の御前という「場」で詠まれたことで、遊女が恋しい「君」（＝あなた）への思いを歌った今様は、遠く離れた都におわす「君」（＝君主）への思いを歌ったものと二重写しになる。もとの今

様も詠み換え後のものも、遠く離れた場所にいる人への慕情を歌ったものとなり、詠み換えが行われて後も今様のベースそのものについては変更がない。

以上のように、今様の詠み換えが行われる場合には、今様の主軸となる部分に変更が加えられないのが通常であった。[06] おおよそ一句程度を詠み換えることで個人的な感情を今様に重ね合わせ、より「場」に応じた類歌を作り出したのである。これは馬場氏が指摘するように、「集団性を基底に据えながらも、その「場」だけの個を獲得しなければ歌謡としての生命を保てなかった」今様にとって、「無限定な「場」を一回的に限定するのに最も有効な方法」であったためであろう。[07]

このような方法で今様の歌い換えが行われていた頃、かつて『新撰髄脳』のなかで公任によって「古哥を本文にして詠める事あり。それはいふべからず。」と否定的に取り扱われてきた先行歌摂取を、限定付きながら歌学書の中で肯定的に言及するようになっていた。

二、和歌の「詠み増す」

院政期に成立した歌学書では、先行歌摂取について、次のように記されている。

歌を詠むに、古き歌に詠み似せつればわろきを、いまの歌詠みましつれば、あしからずとぞうけたまはる。

（『俊頼髄脳』）

古き歌の心は詠むまじきことなれども、よく詠みつれば皆用ゐらる。名を得たらむ人はあながちの名歌にあらずは詠みだに益してば憚るまじきなり。又、なからをとりてよめる歌もあり。それは猶こゝろえぬこと也。

（『奥義抄』上巻　二十二　盗二古歌一証歌）

いずれも先行歌に「詠み増す」ことができるのならば、古歌を取ってよいとする。この「詠み増す」というのは具体的にはどういうこと言うのであろうか。

『俊頼髄脳』（八例）と『奥義抄』（三十例）には古歌を取り入れて歌を詠んだ例がいくつも載せられているが、『俊頼髄脳』の用例は一首を除いたすべてが『奥義抄』と重なっている。次に両書に共通する七例をあげた。両者の意図する「詠み増す」はかなり重なるものであるとみてよかろう。

我が宿のものなりながら桜花散るをばえこそとどめざりけれ

（『俊頼髄脳』貫之　一七三／『奥義抄』貫之　一五二／『古今和歌六帖』桜　貫之　四一七〇）

我が宿の桜なれども散るときは心にえこそまかせざりけれ

（『俊頼髄脳』花山院　一七四／『奥義抄』花山院　一五三／『金葉集（三奏本）』春　花山院　四三）

紅葉せぬときはの山を吹く風の音にや秋をききわたるらむ

（『俊頼髄脳』一七五／『奥義抄』淑望　一三九／『古今集』秋下　淑望　二五一）

紅葉せぬときはの山にたつ鹿はおのれなきてや秋をしるらむ

（『俊頼髄脳』一七六／『奥義抄』能宣　一四〇／『拾遺抄』秋　能宣　一〇二）

しのぶれど色にでにけり我が恋はものや思ふとみる人ぞとふ

（『俊頼髄脳』一七七／『奥義抄』一三七　無名＊「恋しきをさらぬがほにてしのぶれば」）

しのぶれど色にでにけりわが恋はものや思ふと人のとふまで

（『俊頼髄脳』一七八／『奥義抄』兼盛　一三八／『拾遺集』恋一　兼盛　六二一）

鶯の谷よりいづる声なくは春くることをいかでしらまし

（『俊頼髄脳』一七九／『奥義抄』忠岑　一三五／『古今集』春上　千里　一四）

鶯の声なかりせば雪きえぬ山里いかで春をしらまし

（『俊頼髄脳』一八〇／『奥義抄』中務　一三六／『拾遺抄』春　読人知らず　六）

さざれ石の上もかくれぬ沢水のあさましくのみ見ゆる君かな

（『俊頼髄脳』一八一／『奥義抄』無名　一五六／『兼盛集』二六）

小牡鹿のつめだにひちぬ山川のあさましきまで問はぬ君かな

（『俊頼髄脳』一八二／『奥義抄』無名　一五七／『拾遺集』恋四　読人知らず　八八〇）

秋の田のかりそめぶしもしてけるかいたづらいねをなににつまし

（『俊頼髄脳』一八五／『奥義抄』成国　一六〇／『後撰集』恋四　成国　八四五）

秋の田のかりそめぶしもしつるかなこれもやいねのかずにとるべき

（『俊頼髄脳』一八六／『奥義抄』無名　一六一）

思ひつつぬればやかもとぬまたまの一夜もおちず夢にし見ゆる

（『俊頼髄脳』一八七／『奥義抄』無名　一二九／『万葉集』巻第十五　三七三八）

思ひつつぬればや人の見えつらむ夢としりせばさめざらましを

（『俊頼髄脳』一八八／『奥義抄』小町　一三〇／『古今集』恋二　小町　五五二）

『奥義抄』の用例を見渡して、田中裕氏は「詠み増す」ことによって生み出された歌々を「おしなべて類歌といってよい」と述べた上で、「主軸となる位相と主要な景物並びにそれを支へる詞を取ることで、副次的な位相や景物を替へ、乃至は添加することが詠み増すことと解される」とする。[08]また、渡部泰明氏は、『奥義抄』の「盗二古歌一証歌」の三十例を分析し、古歌を取って詠まれた歌々の特色について、田中氏も述べるところの「類歌」についての指摘のほか、「同時代の集団的な和歌活動を背景として、接近する時代の表現を取り入れ」ていることや「その場や折りに即して「古歌」を利用」しているというように、より具体的にあげている。[09]

『俊頼髄脳』のみにみられる例もまた、

きみこむといひし夜ごとにすぎぬればまたれぬもののこひつつぞをる

（『俊頼髄脳』一八三／『伊勢物語』二十三段　高安の女　五一／『新古今集』恋三　読人知らず　一二〇七）

たのめつつ来ぬ夜あまたになりぬれば待たじと思ふぞまつにまされる

（『俊頼髄脳』一八四／『拾遺集』恋三　人麻呂　八四八）

というように、やはり類型的な発想の歌をとって、新たに歌が詠まれた例となっている。『俊頼髄脳』と『奥義抄』にみられる「詠み増す」はほぼ同一線上にあるとみてよかろう。

こうした和歌の「詠み増す」の用例にみられる特徴は、先に述べた今様の「歌い換え」と近似している。今様は流行歌謡として広く同時代に共有された「うた」であり、その詞章は、場に応じて歌い替えられやすいものとなっていた。

今様の「歌い換え」のように、和歌の一部だけが改編される例は早くからみられる。たとえば、『枕草子』二十一段には清少納言の自讃譚として、

染殿の后の御前に花がめに桜の花をささせ給へるを見てよめる　前太政大臣

年ふれば齢はおいぬしかはあれど花をし見ればもの思ひもなし

（『古今集』春上　五二）

の第四句を、主上や中宮の御前であるということで「君をしみれば」と詠み換えたことで評判をとったことが書き残されている。これに併記して、道隆もまた同じように古歌の一句だけを換えて折りに合う詠を詠んだことが記される。今様にかぎらず、和歌においても折りにあうことは重要なことであり、こうした詠み換えは和歌でしばしば行われていたと考えられる。

ところで、折りに合って歌を詠み換えたことをなしえたことが自讃ではなく、第三者によって後代に伝えるべき事柄として書き残されるようになるのは、「詠み増す」ということが語られ出す時期と重なってくる。

武蔵国に下向するの路に宿を尋ねて、（中略）夜に入りて法華経を一巻誦すること有るの間、奥の方より人来りて終夜これを聞く。暁に及びて八巻これを読める程に、この人中遣戸を叩く。橘あやしむでこれを問ふ。声に付

きて詠じて云はく、

古へのそのすがたにはあらねども声はかはらぬ物にぞ有りける

と云ひて、奥の方へ帰り入る。橘太周章てて、左右なく云ふ、「暫く物申すべし」と。時に女立ち返るおとす。橘太思はく、先づ返歌の後、左右有るべしと。而るに計略なし。仍りて何事となく詠じて云はく、

古へのそのすがたにはあらねども声はかはらぬものとしらずや

その後、言談して子細を聞くに、壮年の当初相ひ語らふ所の半物なり。（中略）この返歌の躰、一説か。好士に非ざるにおいては、存じ難き事なり。橘公旧き好事にて、相ひ称へり。尤も興有りと云々。後生の心に付けん為、聊かこれを記し置く。

（『袋草紙』上巻）

成範卿、ことありて、召し返されて、内裏に参ぜられたりけるに、昔は女房の入立なりし人の、今はさもあらざりければ、女房の中より、昔を思ひ出でて、

雲の上はありし昔にかはらねど見し玉垂れのうちや恋しき

とよみ出したりけるを、返事せむとて、灯籠のきはに寄りけるほどに、小松大臣の参り給ひければ、急ぎ立ちのくとて、灯籠の火の、かき上げの木の端にて、「や」文字を消ちて、そばに「ぞ」文字を書きて、御簾の内へさし入れて、出でられにけり。女房、取りて見るに、「ぞ」文字一つにて返しをせられたりける、ありがたかりけり。

（『十訓抄』一ノ二十六）

『袋草紙』の歌は、「俊頼君、折節にかなひたる歌を詠は、よむにはまされる也」という書き出しからはじまる一段の末尾部分にあたる。橘太はふいに詠みかけられたことに狼狽しつつも、「ものとしらずや」と歌の一部を詠み換え

ることで好士としての面目を保った。それを清輔は「後生の心に付けん為」として記述している。『十訓抄』は十三世紀半ばに成立の説話集になるが、成範は承安四年の今様合に参加しており、説話集の配列上も前節で取りあげた資賢の今様の詠み換えにつづいて掲載されている。そこに記された、一文字の変更が「ありがたかりけり」と賞賛されている。これらのように、今様の「詠み換え」と和歌の「詠み増す」が注目され始めるあたりに、折りに合う和歌の「詠み換え」もまた、後代に伝えるべきこととして記録されるようになった。

ここにあげたような一部を詠み換える返歌の方法は「鸚鵡返し」と呼ばれる。贈歌の心詞を取ってそのまま返事をする返歌の方法の一つとして、院政期以降の歌学書に「鸚鵡返し」はしばしば記述されるようになる。その先駆けとなったのが『俊頼髄脳』である。[10]

『俊頼髄脳』において、「歌の返しは、本の歌に詠みましたらば、いひいだし、劣りなば、かくしていひいだすまじとぞ」と述べられており、『俊頼髄脳』における返歌関係の記述は、前節で取り上げた古歌をとる方法に続けて執筆され、いずれも「詠み増す」ことができるのならば言い出してよいという結論に行き着く。すでに指摘されているように、「この辺りの記述は一括して本の歌に対する作法を論じたもの」[11]であり、そうした古歌を取ることに共通する方法を持った返歌のひとつのあり方として、「鸚鵡返し」があげられている。

歌の返しに、鸚鵡返しと申す事あり。書き置きたる物はなけれど、人のあまた申すことなり。鸚鵡返しといへる心は、本の歌の、心ことばを変へずして、同じ詞をいへるなり、え思ひよらざらむ折は、さもいひつべし。

（『俊頼髄脳』）

「え思ひよらざらむ折は」とあるので、「鸚鵡返し」は「詠み増す」歌が詠めないときの次善の策といった意味合いが強いとみられるものの、ともかく返歌として許されている。そうした方法が「詠み増す」返歌の作法とともに、あらためて書き置かれるようになったことは、詞章の変更ということが肯定的に捉えられる方向へと傾きかけていたため、とみてよかろう。

「詠み増す」と「歌い換え」が明確に結びつく明確な資料は残されていない。しかし、今様が盛んになったのとほぼ同時代の貴族社会の中で、和歌に「場」応じた詞章の変更という手法が肯定的に変容しつつあったことは、本歌取りの形成を考える上で注意されてよかろう。今様の存在によって「詠み増す」本歌取りが生まれたとは言えないものの、しばしば「歌い換え」の起こる今様の存在——しかも、語彙の面ではすでに交流が指摘できる。——が和歌と近しいところにあったことは、新たに語られ始めた「詠み増す」本歌取りが受け入れられる要因の一つとなった可能性を指摘し得るのではなかろうか。

おわりに

新古今の代表的な技法である本歌取りについては先行研究が豊富であり、定家以前のいわゆる広義の本歌取りについてもさまざまに論じられている。本節で取り上げたような今様との関わりを特別に考えなくとも本歌取りの形成史を論ずることは充分に可能な状況にある。

しかしながら、古くは否定的に見られていた古歌を取るという方法が次第に肯定的に捉えられていったのと時期を同じくして、類歌を生み出すことで命脈を保った今様が爆発的に流行していったこともまた事実である。歌論・歌学書の類にはっきりとした言葉が残されていないものの、よく似た方法をとっていた二つの「うた」が互いにまったく影響を与えずにいたとは考えがたい。

和歌に隣接する領域に位置するものが、水が低い方へと流れ込むように和歌から影響を受けることはあっても、その逆についてはそれほど注目されてこなかった。しかしながら、本章第一節から第三節にかけて今様の詞章がこれまで考えられてきたよりも和歌と間に濃い交流を持っていたことを確認できたのと同じように、今様独自と考えられてきた「歌い換え」という方法が、本歌取りの展開に関わっていた可能性を述べておきたい。

注

01　馬場光子氏は、「歌謡の本性―今様史における類歌発生―」（日本歌謡学会編『日本歌謡研究体系（上巻）　歌謡とは何か』和泉書院　平成十五年五月）で、「歌い換え」が行われ出した時代を「白河院政期およびそれ以後の時代の代表的人物ともいえる成通の時代のころのことからであった」のではないかとする。

02　馬場光子「今様の享受と再生」（『今様のこころとことば―「梁塵秘抄」の世界』三弥井書店　昭和六十二年五月）

03　『平家物語』と同様の挿話が、増補の最終段階を迎えたとされる『源平盛衰記』にある。こちらでは、「一二の句を引替て」と表現されており、今様の詠み換えがなされたことばかりか、その箇所までもが詳述されている。

入道は仏をそばに居て、人々と酒宴して御座けり。祇王祇女をば一長押落たる広廂にすゑられたり。仏は打うつぶきて目も見上ず。祇王は寵愛こそきはまらめ、居所をさへさげらるゝ心うさに、打しめりてぞ候ける。入道宣けるは、如何に遅は参たるぞ、仏をすゑ置たればとて、怨思か、宿世の道は今に始ざる事ぞ、努々思べからず、折節仏が前に杯あり、一申て強よと宣ふ。祇王承りて、

仏も昔は凡夫なり、我等も終には仏なり、三身仏性具しながら、隔つる心のうたてさよ

と折返折返三返までこそ歌ひたれ。是には入道めでずもや有けん、満座哀を催して、袂を絞る者もあり。入道打うなづき給て、景気の今様をば、いしくも歌うたる者哉、此歌は雑芸集と云文に書れたるはさはなし。三四の句はよけれ共、一二の句を引替て、仏も昔は凡夫也、我等も終には仏とうたふは、二人が阻られたる所を云にや、猶も聞あかず、今一度と宣ふ。（『源平盛衰記』十七『祇王・祇女　仏御前の事』）

05『平家物語』にもほぼ同内容の話が載せられている。

同廿八日、妙音院殿御院参。（中略）按察大納言資方卿も、其日院参せらる。法王、「いかに夢の様にこそおぼしめせ。ならはぬひなのすまひして、郢曲なンども今はあとかたあらじとおぼしめせども、今様一つあらばや」と仰ければ、大納言拍子とッて、「信乃にあんなる木曽路川」といふ今様を、是は見給ひたりしあひだ、「信乃に有りし木曽路川」とうたはれけるぞ、時にとッての高名なる。（『平家物語』巻第六　嗄声）

06『體源抄』には次のような話もあり、『古今目録抄』では「旅」に区分されている今様が歌い換えによって「恋」を歌うものへと転換するというように、白河院の時代において、すでに歌い換えによる主題の変更が行われていた例があった可能性もないとはいえない。しかし、この挿話は『體源抄』以前に類話を見いだすことができず、「白河院之御時」との記述が仮託であった可能性も否定できない。歌い換えによる主題の交代がおこる例は、多くが十二世紀より下った時代あたりからみられることから、本項では、ある程度確実に年代を遡りうると判断したものだけを例として取りあげている。

白河院之御時ニメサレテ哥ツカマツリケルニイタシテ云、
カイタウ《（海道）》クレ《（来）》ハ　波タカシ
サムタウ《（山道）》トヲモ《（思）》ヘハ　スクレ《（俊）》テヤマ《（山）》キヒシ《（巌）》
マシテホクロクタウ《（北陸道）》ハ　雪タカ《（高）》、ムナルモノヲヤ
イサ、ハ　イセチ《（伊勢路）》ニカ、リナム
此哥ヲウタウアヒタ、ハテノ句出サントスルニ、哥トシテメサレテ御定ニ、コノツキノ句、
イサタ、　ミヤコ《（都）》ニフタリ《（二人）》ヰ《（居）》タラム
トウタエト仰下サル。扨其ヨリ其定ニツカマツリタリケルニ、御心ニアヒカナヒテ惑《（ママ）》シヲホシメストテ纒頭給リヌ。

かひたう《（海道）》くたれ《（下）》はなみ《（波）》たか《（高）》し　山道と《おもへは》すくれて山きひし　ましてほくろくたう《（北陸道）》は雪たか《（高）》《かむ》なるもの（『體源抄』十ノ下）
をや　いさゝは伊勢ち《（路）》にかゝりな《む》（『古今目録抄』紙背今様　旅）

07　注03の馬場論文

08　田中裕「定家における本歌取―準則と実際と―」（和歌文学会編『論集　藤原定家』笠間書院　昭和六十三年九月）。『俊頼髄脳』・『奥義抄』における本歌取りについては、中川博夫「中古「本歌取」言説史試論」（『講座　平安文学論究』十五　風間書房　平成十三年二月）、渡部泰明「藤原清輔の「本歌取り」意識―『奥義抄』「盗古歌証歌」をめぐって―」（『国語と国文学』七二―五　平成七年五月）、松村雄二「本歌取り考―成立に関するノート―」（和歌文学会編『論集　和歌とレトリック』笠間書院　昭和六十一年九月）等でも論じられている。

09　注08の渡部論文

10　うたのかへしつねのことなればかきのせずよき歌にはかへしはせぬ事也とぞ古き人申けるさもあることなりかへしのよきにはさまでもなけれど本歌もひかれて撰集などにはいる物也鸚鵡がへしと云ことあり本歌にいともたがはぬを云なりものいへばそのくちまねをするなりとぞ云ふたへたる異苑には悵茂光と云人鸚鵡をかふありきてかへるごとにそのつかはれびとのよしあしきかたると云りこれはなへてならぬとりにてありければこのふみにしるされたりと見えたり淮南子には鸚鵡よくものをいふしかれどもそのいふことをえていはざることをばえすといへりされば鸚鵡かへしとは本歌に云る心をことさまならでこたへるを云べき也うたのかへしかならずさもなきがゆゑなり（『和歌童蒙抄』巻十　返歌）
抑歌の返をば本歌によみますべし。其返をするに惣て三しな侍り。（中略）二には鸚鵡がへし。鸚鵡がへしといへるは、別の詞をそへずして、くちまねをしてかへす也。鸚鵡といふ鳥は人のものいふくちまねをたがへずするものなれば、かれにたとへていへる也。
　われをおもふ人をおもはぬむくいにやわがおもふ人のわれをおもわぬ
とたとへばよみたらむに、
　おもへたゞおもはゞいかにおもほえむおもはぬにだにおもふこゝろを

とかへすべきがごとし。（『和歌色葉』一　可二返歌一事）
又あふむかへしといふものあり　本歌の心詞をかへすして同事をいへる也　あふむといふ鳥は人の口まねをする故にかく名つけたり　俊頼抄物にはおもひよらさらん折はさもしつへしといへり　いたく神妙の事にはあさるか　むかし今多けれともみなさせる事なき事なれは集なとに入たる事はすくなし
　たとへは是なとそあふむかへしといふへき
後一条院春日行幸に上東門院そひたてまつりけるをみて
　そのかみやいのりをきけんかすかの丶おなしみちにもたつね行かな
返し　上東門院
　くもりなきよのひかりにやかすかの丶おなしみちにもたつね行らん
かやうにかはらぬを云也　これほとことはつゝかね共たゝ同心同詞なるはおほかる也　三句さなからかはらす　二句又常事也（『八雲御抄』正義部　贈答）

11　右にあげた三例はいずれも『俊頼髄脳』の「鸚鵡返し」を契機として書かれたものとみられる。注08の田中論文。注八の中川論文も参照のこと。

第二章　和歌と短連歌

第一節　鎌倉期説話集にみられる短連歌

はじめに

短連歌は、おおよそ和歌を本と末にわけて二人で即興的に唱和する形式のものとされる。

　尼作二頭句一并大伴宿祢家持所レ誂レ尼続二末句等一和歌一首

佐保河之《サホガハノ》　水乎塞上而《ミヅヲセキアゲテ》　殖之田乎《ウエシタヲ》　尼作　苅流早飯者《カルワサイヒハ》　独奈流倍思《ヒトリナルベシ》　家持続

（『万葉集』秋相聞　一六三九）

即ち、其の国より甲斐に越え出でて、酒折宮に坐しし時に、歌ひて曰はく、

　新治　筑波を過ぎて　幾夜か寝つる

爾くして、其の御火焼の老人、御歌に続ぎて、歌ひて曰はく、

　日々並べて　夜には九夜　日には十日を

是を以て、其の老人を誉めて、即ち東国造を給ひき。

（『古事記』中巻　景行天皇　二五・二六）

『万葉集』一六三九の尼と大伴家持との贈答を短連歌の最古の作例とすることが多いが、連歌の発生ということを考えるときには、『古事記』や『日本書紀』に載せられている倭建命と御火焼の老人の唱和があげられる場合もある。[01]発生の有り様がどのようであれ、短連歌がかなり古い時代から貴族社会に存在していたことは確かであろう。

初期の短連歌は和歌に較べると書き残されることが少なく、秀句撰的に纏まったものとしては『俊頼髄脳』の九十一句四十五聯が唯一にして最大となる。連歌が当初、その場限りの読み捨ての言語遊戯であったことからすると当然ともいえる。しかし、即興の遊びに過ぎないとそれまで顧みられることのなかった連歌を、俊頼が「連歌こそ、世の末にも、昔におとらず見ゆるものなれ。昔もありけるを、書きおかざりけるにや。」と述べつつ集成したこと自体が、この時代における連歌の地位の向上を示すものと言えるのではなかろうか。

源俊頼は、『俊頼髄脳』に短連歌作成に関する言説を初めて残した他にも、『金葉集』に「連歌」の部を設置し、家集『散木奇歌集』に百十句五十五聯の短連歌を収めるなど、短連歌に極めて関心の高い歌人として知られる。こうしたことから、短連歌は俊頼が収集した過去の作品や俊頼自身の作品との関わりの中で研究されてきたのであるが、俊頼以降の短連歌の有り様についてはそれほど関心が払われてこなかった。一つには、俊頼の時代から十三世紀前半辺りまでに成立した私家集は、長短に拘わらず連歌をほとんど載せておらず、分析できる作品が前代よりも極端に減少するということがあげられる。また、後鳥羽院歌壇では有心無心の連歌会が盛んに催され、長連歌が活況を呈するようになる。連歌に関する研究も俊頼以降になると、短連歌から長連歌へと興味を移していったというような時代的な状況も影響していよう。

十三世紀中頃の説話集には、『今物語』十九句九聯・『十訓抄』五句二聯・『古今著聞集』三十一句十五聯・『撰集抄』十八句九聯と、まとまって短連歌を収録しているものがある。[02]

十三世紀前半の連歌というと、『菟玖波集』に載せられた新古今歌人の作品との関係から、長連歌について語られることが多い。しかし本節では、十三世紀中葉の説話集である『今物語』と『古今著聞集』を取りあげ、新古今を通過した後の説話集に取り込まれた短連歌について考察していく。

一、『今物語』における連歌

『今物語』は、延応元年（一二三九）～仁治元年（一二四〇）ごろに成立した藤原信実の説話集である。全五十三話と小規模の説話集であるものの、うち九話に短連歌が含まれていることは、この説話集の一つの特徴となる。[03]規模のわりに多くの短連歌が取り込まれた要因として、信実を取りまく環境があったと考えられる。

『今物語全訳注』（以下、『全訳注』と表記する。）などの諸書で、十八話「左馬権頭の連歌」は、信実の父隆信が連歌に優れていたことを題材としていたとの指摘がなされている。信実自身も、嘉禄元年（一二二五）頃から連歌に興じるようになった定家と、連歌の会でしばしば同席しており、連歌を好んだことが知られる。[04]それらの連歌の会には、信実の姉妹である連歌禅尼もしばしば参加していた。また、信実の娘の後深草院少将内侍と後深草院弁内侍も連歌に優れていたことが『筑波問答』などに述べられるというように、信実の血筋には連歌に親しむものが多かった。

このような環境が、信実に多くの連歌関係話を採録させることになったと推測されるが、短連歌全十九句のうちの二句（二十七話「ぬかご」）を除いた句が、十四～二十一話にひとかたまりに配置されている。『今物語』の説話配列については大島貴子氏が六つの話群に分類し、連歌が入っている十四～二十一話は第二話群「巧みな歌や付句をものした人々の話」に含まれるとする。[05]さらに大島氏は第二話群をａ（六～十三話）とｂ（十四～二十一話）の二つに分けて、

「第二話群は、有心的な和歌の世界（ａ）から、無心的な連歌の世界（ｂ）へと推移している」と述べている。しかし、各話を見ていくと、必ずしも無心とは言えないような短連歌が存在している。

ある者所のまへを、春の比、修行者のふしぎなるがとほりけるが、ひがさに梅のはなを一枝さしたりけるを、児ども法師など、あまた有けるが、よにをかしげにおもひて、あるちごの、「むめの花がさきたる御ばう」といひて、わらひたりければ、この修行者、立かへりて、袖をかきあはせて、ゐみ〳〵とわらひて、
「身のうさのかくれざりける物ゆゑにむめの花がさきたる御坊
とおほせられ候やらん」といひたりければ、此ものども「こはいかに」と、おもはずにおもひて、いひやりたるかたもなくてぞありける。さうなく人をわらふ事、あるべくもなき事にや。
（『今物語』十六話）

十六話では、「むめの花がさきたる御坊」という児の言葉を修行者が一方的に連歌と聞きなして、一首の和歌のように仕立てている。連歌としての意識がなく発せられた言葉を前句と取りなして連歌とする行為は、『金葉集（二度本）』六五九や『散木奇歌集』一五九三に例がある。本話の修行者もそれらと同様に知的な行為を仕掛けたということになろう。また児の発した「むめの花がさ」という語は

みのむしの梅の花の咲きたる枝にあるを見て　　律師慶暹
梅の花笠きたるみのむし
前なる童のつけける

あめよりは風吹くなとや思ふらん　　（『金葉集（二度本）』雑下　連歌　六六二／『俊頼髄脳』三八七）

を下敷きとしており、更に修行者は、

鶯の笠に縫ふといふ梅花折りてかざさむおいかくるやと　　（『古今集』春上　梅の花を折りてよめる　源常　三六）

を踏まえた上で句を作り上げていて、和歌と連歌に関するかなりの素養があったと考えられる。

続いて十八話の場合には、

伏見中納言といひける人のもとへ、西行法師ゆきてたづねけるに、あるじはありきたがひたるほどに、さぶらひのいでて、「何事いふ法師ぞ。」といふに、えんにしりかけてゐたりけるを、けしかるほふしの、かくしれがましきよとおもひたるけしきにて、侍どもにらみおこせたるに、みすのうちに、しやうのことにて、秋風楽をひきすましたるをきゝて、西行、このさぶらひに、「物申さむ」といひければ、にくしとはおもひながら立よりて、「何事ぞ」といふに、「みすのうちへ申させたまへ」とて、

ことに身にしむ秋の風かな

といひでたりければ、「にくきほふしのいひ事かな」とて、かまちをはりてけり。西行はう〳〵帰りてけり。のちに中納言のかへりたるに、「かゝるしれ物こそ候へつれ。はりふせ候ぬ」とかしこがほにかたりければ、「西行にこそありつらめ。ふしぎの事なり」とて、心うがられけり。此さぶらひをは、やがておひ出してけり。

（『今物語』十八話）

というように師仲の邸を訪ねた西行が、簾の内で秋風楽を奏でる女性に「ことに身にしむ秋の風かな」と曲名と季節とにこと寄せた連歌を詠みかけている。しかし、その素性を知らない侍に「しれ者」と頬を張られた西行が邸から逃げだしたため、唱和は成立せずに終わる。ここで西行が詠んだ句も、読み解くには和歌などに関するの知識が必要であった。

『今物語』の表現について、田渕句美子氏は「少なくとも、勅撰集やその周辺の歌人を語るときは、前提となる専門的知識を持つような人々に向かって語りかけている側面が濃厚であるように思える」と述べ、更に「執筆現在に近い話の場合、その人物の輪郭だけでなく、相互の人物関係や詠歌事情」など「細部に渡る知識が必要とされる」とする[06]。これと同様のことが十八話でも指摘できるのではなかろうか。

まれに来る人うらめしき宵宵にいとど身にしむ秋の風かな

（『俊頼朝臣女子達歌合』一一）

西行の句は、右の歌の下の句に近似している。この歌を知っていた西行が、和歌では「いとど」とされる部分を、箏の琴を奏でる女性に贈るということでほぼ同意の「ことに」と詠み変えたと見てよかろう。『俊頼朝臣女子達歌合』は、源俊頼女と源師俊が詠みあわせたものに俊頼が追判したとされる。源師俊は俊房男で、西行が訪ねた師仲は俊房の孫――つまり師仲は師俊の甥という間柄と、二者は非常に近しい関係にある。師仲の家の者へということで、西行は『俊頼朝臣女子達歌合』の歌をとって室内の女性に詠みかけたのであろう。

一句のうちに季節と家の催しとを織りこんだ西行の句には、場に応じた優美な挨拶の色合いが認められるのであるが、無教養な侍はこれを理解しなかった。田渕氏が指摘するような「細部に渡る知識」を持たぬまま西行を「しれ者」と評した侍は、それゆえに自身こそが「しれ者」として、豊かな知識を必要とする和歌世界から退場していくこととなった。当該話に評語が付されていないのは、生半可な知識しかないまま説話世界の調和を破った侍への声なき批判の現れではなかろうか。

このように、短連歌関係の説話は無心的な連歌ばかりを取り上げていたわけではない。ここで上げた二話以外にも和歌的抒情に立脚した短連歌関係の説話がみられ、短連歌を含む十四～二十一話の前後に和歌説話が並ぶという配列からも、短連歌は和歌的土壌の延長に存在するものと捉えられていたと考えられる。

ところで、『今物語』に取られている短連歌関係話の多くは、十三世紀より前の出来事を題材としており、当意即妙の応酬や、句そのものの出来映えなどを賞賛する方向で結ばれていた。そうした説話が『今物語』に取り込まれていったのは、信実の時代の短連歌が前代の詠みぶりを良しとし、それを継承する傾向にあったことを示すものであろう。『今物語』編纂時の短連歌は、和歌的な素養を必要とするものと捉えられていたとともに、当代独自の新しさを求めるというよりは前代に作られた詠風を受け継ぐものであったと考えられる。

二、『古今著聞集』における連歌

橘成季の作である『古今著聞集』（二十巻七百二十六話）は、建長六年（一二五四）頃の作とされている。ここに掲載されている短連歌は、和歌篇の十四句七聯（うち二聯は長連歌からの部分採録）・武勇篇の二句一聯・興言利口篇の五句二聯・飲食篇の十句五聯である。『今昔物語集』（三十一巻千四十話）に二句一聯しか収められていないことと較べると、『古今著聞集』は短連歌に対する関心が高い。『古今著聞集』には後代の補入話が多くみられるものの、短連歌関連話は補入部分に該当せず、短連歌が関係する話は撰集当初から入れられていたとみられる。

短連歌をもっとも収録しているのは和歌篇であるが、『今物語』のように短連歌関係話がまとめて置かれているわけではなく、一五二・一五三・一五九・一六〇・一六二・二二五話と飛び飛びに配置されている。『古今著聞集』の配列はおおよそ年代順である。短連歌関係の説話の配列も基本的にはこれに従うが、時系列以外にも短連歌を生かした配列をしようとの意識が働いていた部分がみられる。

一五二話は藤原基俊の口ずさみに小童が答える形で短連歌が行われた話であり、一五三話は唐人が漢詩句で行った唱和を第三者が短連歌として和語に読み解く話となっている。一五三話は出典未詳であり、本文からも製作年代がわからない。この二話を続けて配置したのは、短連歌というテーマが共通しているためとみるのが自然であろう。続く一五四話は和歌説話である。ここに描かれているのは、再訪を期待した斎宮とそれを破った鳥羽天皇の勅使・実行の贈答歌を扱った話である。『伊勢物語』六十九段で、斎宮が盃の皿に書いた上の句に対して「また逢坂の関は越えなむ」と付けた、斎宮と勅使とのやりとりとの共通性が想起されやすいエピソートとなっている。一五五話に鳥羽法皇の時代の和歌説話が置かれていることを考えると、一五四話は、連歌説話と和歌説話を繋ぐものとして、時代的にも、話柄的にも両者になじみやすい挿話が選び出されたと考えられる。

これと同様のことが一五九〜一六二話の並びにも見られる。一五九話は応保二年（一一六二）に基実が娘（二条天皇の女御育子）の女房を伴って禁中を巡っているときに短連歌が行われた話であり、一六〇話は長寛のころ（一一六三〜六五）に中宮育子が詠んだ短連歌の前句に対して二条天皇の命を受けた家通が付句をしている。そして、一つ飛んだ一六二話では二条天皇の時代に行われた「いろは連歌」の話が鎖連歌から切りだされた二聯を含んで語られる。

一六一話はこの流れの中で唯一連歌のない話である。ただし、当該話は一六〇話にも顔を出している家通が主人公となって和歌の贈答を行う話であり、時代も永万元年（一一六五）となっていて、一五九〜一六一話までの配列は時代と人物の両面とも配列の流れがよい。しかし、一六三話は実国と出家直後の道因の和歌唱和を扱った説話であるので、一六二話を省略して和歌の贈答という流れを作るか、一六一話を省いて短連歌関係話を並べた上で短連歌の基本である「唱和」という性質から一六三話へと流れを持っていくか、そのいずれかを取ったほうが説話の配列という点では滑らかである。ところが成季はどちらも書き落としていない。採集した説話をなるべく多く入れるためにあえて配列を崩したとも考えられるが、一六一話の和歌の贈答に、成季が短連歌的な要素を見ていたためではなかろうか。

一六一話で夜明けも近い頃に和歌を受けとった家通は、

筑前の内侍・伊予の内侍などのしわざにや、その使返事をとらで逃げ帰らんとしけるを、侍どもさとりて、門をさしていださず。やがて紅の薄様に返しを書きてたまはせける。

とあるように、逃げ帰ろうとした使いを逃がさず即座に和歌を詠んで返した。これは、瞻西上人の家の屋根を葺いているのを見た宗輔が雑色に短連歌を言いかけさせて逃げ出したのに対し、上人が小法師を走らせて即座に付句をした『今物語』二十一話と、使いが返事を待たずに逃げたにも拘わらず即座に返しをしてのけた点でよく似ている。一方的に呼びかけておいて逃げるというのは『枕草子』[07]にもみえるが、連歌がそもそも即時性を重視することと、近時に編纂された『今物語』に類似する内容の連歌説話が採録されていることに注意しておきたい。

ここまで、一見したところでは短連歌と関わりなさそうな和歌説話が、短連歌関係話と接続して配置されている場合にも、その説話の背景には短連歌の関わる話が連想されている可能性をみてきた。ところで、編者成季は本説話集の序において「この集のおこりは、予そのかみ、詩歌管弦のみちみちに、時にとりてすぐれたる物語をあつめて絵にかきとどめむがため」と編纂の目的を述べている。このことより、和歌篇は集中でも力の入った篇の一つと思われるのだが、その篇（後代の補入部分は除く）の一割近い数の短連歌関係話は篇内の三箇所に配置されている。このように短連歌関係話と和歌説話とが篇内で混在するということは、短連歌がほぼ一箇所に集まっていた『今物語』よりも、短連歌と和歌との距離が近しいものと考えられ、短連歌が和歌の一つの形態として「和歌篇」に取り込まれたことを示すのではなかろうか。このことと、先に述べた配列の方法とを合わせると、成季の時代に和歌と短連歌とを隔てていた垣根は割合に低いものであったと考えられる。

おわりに

『今物語』と『古今著聞集』における短連歌関係話から、十三世紀中頃の和歌と短連歌とは近接する領域にあるものと認識されていたらしいことをみてきた。のちに二条良基は、『連理秘抄』のなかで「連歌は和歌の雑体なり」と述べ、連歌は和歌の形式の一つであるとした。『俊頼髄脳』に初めて短連歌のことが語られて以降、歌書の類に短連歌に関する言説が残されるようになり、やがて連歌学書における良基の言に至るまでの道筋を考えれば、十三世紀中葉の説話集における短連歌が、和歌的に捉えられる側面を保持していたとみるのが順当であろう。

両集に集められた短連歌関係話の多くが新古今歌人らの活躍する時代までの事柄を素材としていることも注意され

る。新古今時代以降、短連歌がどのように詠まれていたのかについては、作例が少ないために判然としないところも多い。しかし、編纂時期が十三世紀中葉である両集に、当代の逸話がほとんど取られていないということから、『今物語』の項で少しく触れたように、短連歌が前代までの発想と表現のもとで詠まれていた可能性を指摘してよかろう。

　また、作者を西行に仮託してほぼ同年代に成立したとされる『撰集抄』で、短連歌を含む説話が創作される際には、短連歌は勅撰和歌を上句と下句に分けて用いることがほとんどであり、それらの出典の半数以上が『新古今集』の歌であることを見落としてはなるまい。新古今時代の和歌の発想と修辞が連歌に近似する面をもつことは先行研究によって指摘されているが[08]、そのことが作品上で実証された例と言ってよかろう。このことは見方を変えれば、連歌を含む説話集が編纂された時代、短連歌は和歌——それも一時代前となる新古今時代あたりの和歌と共通する部分に、美意識を見出していたということになるのではなかろうか。

　そこで次節以降では、史上最多の短連歌収集者である源俊頼が活躍した時代に立ち戻り、一段低い読み捨ての遊戯と見なされていた短連歌が和歌の詠歌手法にかかわっていく様子を確認していく。

注

01　連歌の発生に関しては、次にあげるように多くの論考があるので、本節ではこれについて深く立ち入らない。宮田正信『付合文藝史の研究』（和泉書院　平成九年十月）、伊地知鐵男『伊地知鐵男著作集Ⅱ〈連歌・連歌史〉』（汲古書院　平成八年十一月）、木藤才蔵『連歌史論考上　増補改訂版』（明治書院　平成五年五月）、能勢朝次『能勢朝次著作集　連歌研究』（思文閣出版　昭和五十七年七月）、島津忠夫氏『連歌史の研究』（角川書店　昭和四十四年三月）など。

02　『今昔物語集』二句一聯・『古本説話集』四句二聯・『古事談』二句一聯・『宇治拾遺物語』二句一聯・『続古事談』四句二聯が収録されている。
03　三木紀人『今物語全訳注』（講談社　平成十年十月）、今村みゑ子「『今物語』における「速さ」」（『飯山論叢』十七―二　平成十二年二月）などで連歌について触れられている。
04　『明月記』嘉禄二年六月十日、九月十九日、十月二十六日、安貞元年三月十六日など、ここにあげた以外にも信実と定家が連歌会で同席した例は多数見られる。
05　久保田淳・大島貴子・藤原澄子・松尾葦江『中世の文学　今物語・隆房集・東斎随筆』（三弥井書店　昭和五十四年五月）の解説。
06　田渕句美子「『今物語』の歌人たち―勅撰集世界の周縁―」（『中世初期歌人の研究』笠間書院　平成十三年二月）
07　『枕草子』九五の「五月の御精進のほど」に、清少納言らの車を追いかけて一条大路を走った藤侍従のことが見える。
08　注01諸書および、稲田利徳氏「和歌と連歌」（和歌文学会編『論集　和歌とは何か』笠間書院　昭和五十九年十一月）など。

第二節　短連歌を詠む――先行歌からの影響

はじめに

源俊頼が自らの編んだ『金葉集』に勅撰集で初めて「連歌」の部を設定したことは、歴代勅撰集の編纂史上において極めて異例の出来事であったといえよう。俊頼は『散木奇歌集』や『俊頼髄脳』に多くの短連歌作品を取りこんだことから明かなように、和歌に比べて一段低く見られがちな「連歌」という形式に対して強い関心を抱いていた歌人である。その俊頼が自らが編者を務める晴の歌集に「連歌」の部を置いたということは、和歌と連歌とを完全に同等と認めるまではいかずとも、短連歌が和歌に接近する表現形式であると捉えていたことを示すのではなかろうか。稲田利徳氏は、俊頼が『金葉集』中に「連歌」の部を設けたのは、従来価値の低いものとされてきた連歌を和歌と同列の位置に引きあげようとする意図があったことを指摘し、その背景には「三代集的な歌材、歌語の行き詰まり」といった和歌への危機意識があったと述べる。[01] 本節ではそれに加えて、新たな視点からこの期の短連歌と和歌の関係について考察していきたい。

これまで俊頼の短連歌についての研究では、掛詞（秀句）や縁語といった和歌と共通するレトリックを用いつつも、短連歌が和歌と異なる表現形式として新たに発達・展開していったということに力点が置かれていて、和歌との親和性についてはさほど注目されてこなかった。[02] 和歌では盛んに行われる先行作品摂取についても、連歌ではあまり例がないとされてきた。

木工助敦隆が乗りたる馬の、ことのほかに痩せ弱くして遅かりければ、遅れたりけるを待ちつけていかにと問へば　敦隆

ほねあがりすぢさへたかき駒なれや
付く
ひにゆくことはしりへしぞにき

（『散木奇歌集』一五七五）

穆王八駿天馬駒、後人愛之写為図、背如竜合頸如象、骨竦筋高脂肉壮、日行万里速如飛、

（『白氏文集』諷諭四新楽府三十首「八駿図」）

例えば、関根慶子氏は右の短連歌と漢詩を例にとって、典拠をもつものは現存短連歌中には稀であることを論じ、さらに「思うに当時の連歌が軽妙な座興を楽しんだに過ぎない所から、深い典拠などは自然用いられなかったのであろう。現存する資料が乏しいばかりではなさそうに思われる。」と述べる。[03]

しかし、俊頼作の短連歌や彼が収集した短連歌には、先行作品を取り入れているとおぼしき短連歌がいくつも見られ、さらにそれらの作品のなかには、ある特徴の認められる一群が存在した。そこで本節では、俊頼が先行和歌から短連歌へと何を取り入れていったのか、従来とは異なる視点から捉え直しをしてみたい。

一、俊頼詠の連歌にあらわれる古歌

まず、先行する和歌を摂取して俊頼が詠んだ連歌二例をみていく。

【例一】

堀河院御時、出納が腹立ちてへやのしうといふものを、御倉の下に籠むなるを聞きて　源中納言国信

へやのしうみくらの下に籠もるなり

付けよとせめありければ

をさめどのには所なしとて

（『散木奇歌集』一六一五）

我が恋はみくらの山にうつしてむほどなき身にはおき所なし

（『古今和歌六帖』山　八七〇）

前句にある「みくら」という語が和歌に詠まれるとき、それは「みくらの山」という歌枕として用いられることがほとんどであった。[04]【例一】の連歌以前に、和歌や連歌で宮中の「みくら」が歌われた例はなく、「みくら」という言葉で想起される古歌は、おそらく「みくら山」を詠じたものとなる。その「みくら山」を詠んだ歌々のなかでも『古今和歌六帖』八七〇の結句は「所なしとて」とした付句と句の形が近く、俊頼は「みくら」を詠みこんだ前句から先行歌である『古今和歌六帖』八七〇を連想したとみてよかろう。

【例二】

人人あまた八幡の御神楽にまゐりたりけるに、ことはてて又の日、別当法印光清が堂の池の釣殿に人人ゐなみて遊びけるに、光清「連歌作ることなん得たることと覚ゆる、ただいま連歌つけばや」など申しゐたりけるに、かたの如くとて申したりける　俊重

つりどのの下にはいをや過ぎざらん

光清しきりに案じけれども、え付けでやみにしことなど、帰りて語りしかば試みにとて

うつばりの影そこに見えつつ

（『散木奇歌集』一五八三）

池のほとりにて紅葉の散るをよめる　躬恒

風吹けば落つる紅葉ば水清み散らぬ影さへそこに見えつつ

（『古今集』秋下　三〇四／『古今和歌六帖』紅葉　四〇八〇）

題不知　読人不知

沢水にかはづ鳴くなり山吹のうつろふ色やそこに見ゆらん（『拾遺抄』春　四八／『古今和歌六帖』蛙　一六〇四）

この連歌は、前句の「つりどの」に対して付句に「うつばり」というように、「釣り」と「針」で対になるような語を設定し、さらに「釣り」・「魚」・「針」・「(水) 底」と縁語になるような語が全体に散りばめられて、短連歌に典型的な機知問答の形をとっている。それだけでもかなり複雑な構成で付句を作っているのであるが、さらに語彙の重

なり具合からみて、俊頼は右にあげたような『古今集』や『拾遺抄』あたりの古歌を踏まえて詠んでいたと考えられる。あるいは、『檜垣嫗集』・『大和物語』に共通して見られる連歌、

　好き者ども集まりて、詠み難からむ末付けさせむとて、かく言ふ
わたつみのなかにぞ立てる小牡鹿は
　とて、これが末付けよと言へば
秋の山辺ぞそこに見ゆらむ
（『檜垣嫗集』一二五／『大和物語』百二十八段　二〇四）

あたりが脳裡にあった可能性も考えられようか。いずれの先行詠も広く読まれた勅撰集や歌物語に含まれている上に、水面に映る景物を対象としている点で俊頼の付句と共通している。また俊頼は、次のような付句も詠んでいる。

　堀河院御時、瓜船かき入れたりけるをみて　　肥後君
うりふねはうみすぎてこそ参りたれ
　参りたりと聞こしめして、御前に召されて付けよと仰せごとありけれはつかうまつりける
なみにふられてみなそこに見ゆ
（『散木奇歌集』一五六九）

ここでも俊頼は「水底になにかが見える」ということを詠み入れており、水に関係する連歌を作る際に水面に映る景を詠むことは常套となっていたのではなかろうか。これらのことより、俊頼はおそらく矛盾や謎をどのように捌く

か、古い例から応答の形式を学んでいたと考えられる。

古歌の影響の下に詠じたとみられる俊頼の短連歌は以上であるが、『俊頼髄脳』の作品のなかに古歌の影響を受けたと思しき他者詠の短連歌が散見される。以下でそれらをみていく。

【例三】

頼経05

桃園の桃の花こそ咲きにけれ

公資の朝臣

梅津の梅は散りやしぬらむ

（『俊頼髄脳』三七四／『金葉集（二度本）』雑下　連歌　六四九）

人のかうぶりする所にて、藤の花をかざして　読み人知らず

打ち寄する浪の花こそ咲きにけれ千代松風や春になるらん

（『後撰集』慶賀　一三七四）

出で立ちて友まつほどの久しきは柾の葛散りやしぬらむ

（『実方集』五〇）

『後撰集』一三七四の二・三句は【例三】の連歌とよく重なり、いずれも結句が「らむ」で結ばれている。また、上句と下句には「波の花」・「松風」と対になるような言葉が詠みこまれていて、連歌が「桃園」と「梅津」を詠みこんで対を作りあげていることと重なる。『実方集』五〇の下の句は【例三】の付句に似た形式をとっている。これらのことから、『後撰集』にある古歌を意識して作られた前句に対抗し、公資が「散りやしぬらむ」と歌った実方詠を

用いて応じた可能性が考えられる。さまざまな先行歌を蓄えていた歌人同士が、当座の座興において、互いの知識を駆使して挑み合うことで連歌を楽しんだのであろう。

【例四】

梅の花笠着たるみの虫　慶暹

雨よりは風吹くなどや思ふらむ　薬犬丸

これは、慶暹律師の房に人々まかりて遊びけるに、十歳ばかりありける稚児の、みの虫の梅の枝につきたりけるを見てしたりけるを、人々、え付けざりけるに、薬犬丸といひけるが、付けたりけるとぞ。さて、その童をば心ありける童なればとて、法師になして宜しきものになむ使ひける。

（『俊頼髄脳』三八七／『金葉集（二度本）』雑下　連歌　六六二）

かへしものの歌

青柳を片糸によりて鶯の縫ふてふ笠は梅の花笠

（『古今集』神遊びの歌　一〇八一）

左注からすると、慶暹は十歳ばかりの稚児の発言から前句を整えたと考えられる。「梅の花笠」は古くは『古今集』一〇八一に用いられ、その後も用例の多い句である。これに対して、「みの虫」を用いた和歌は少なく、右の連歌以前に和歌で詠まれた作品となると、兼輔・頼基・和泉式部の三首が残るのみである。[06] これらのうち、和泉式部の詠では「梅の花笠」とともに詠みあわせられている。

柳にみの虫の付きたるをみて
雨降らば梅の花笠あるものを柳につけるみの虫のなぞ
（『和泉式部集』五一四）

薬犬丸の付句がどのような点で賞賛を得たのかといえば、一つには、前句の「笠」・「簑」に対して「雨」・「風」で受けたことがあげられよう。しかし最大の美点は、和泉式部詠の「雨降らば梅の花笠あるものを」を転じたかのように、「雨よりは風吹く」と詠まれたところにあったと考えられる。先行作品に新たな展開を加えつつ、前句に対句的に応ずるという構造が付句に見られたからこそ、薬犬丸は「心ありける童」と賞賛されたのであろう。もっとも、薬犬丸自身に構造に対する意識がどこまであったかは不明である。しかし、少なくとも付句に接した慶暹の周囲や俊頼は、付句に典拠ありと解釈したために語り残されたとみてよかろう。

【例四】に続いて『俊頼髄脳』に収録されている連歌もまた、俊頼が先行作品を取り入れたことを美点とみていたらしいことは、間接的にではあるが補強される。

物あはれなる春のあけぼの　　重之
修行者

虫のねの弱りし秋の暮れよりも

（『俊頼髄脳』三八八）

春の曙と秋の夕暮れを対置させていることからみて、連歌は『枕草子』一段を典拠としていると考えられる。また、修行者の付句は『枕草子』一段が「日入り果てて、風の音虫のねなど、はた言ふべきにあらず。」と秋の夕暮れを賞賛しているのに対して、付句では「虫のねの弱りし」と秋の暮れの景に限定を設け、その上で春の曙を賞賛している点で、古歌に新しさを加えた薬犬丸の付句に通じるものがある。

【例五】

盛房

昨日より今日こそ帰れあすかより

つねみのわう

みかの原ゆく心ちこそすれ

（『俊頼髄脳』三九三／『続詞花和歌集』聯歌　九四二）

これは越前にて、父の供にてあすかの御社に参りて、またの日帰るとて申して侍りける。

奈良なりける僧

昨日出でて今日もてまゐるあすかみそ

敦光朝臣

みかの原をや過ぎてきつらん

（『古今著聞集』式部大輔敦光奈良法師と飛鳥味噌を連歌の事　三一四）

年のはてによめる　　春道列樹

昨日といひ今日とくらしてあすか川流れて早き月日なりけり

（『古今集』冬　三四一／『古今和歌六帖』としのくれ　二七四）

題しらず　　読人しらず

世中はなにかつねなるあすか川昨日のふちぞ今日はせになる

（『古今集』雑下　九三三）

東山に紅葉見にまかりて又の日のつとめてまかり帰るとてよみ侍りける　　恵京法師

昨日より今日はまされる紅葉葉のあすの色をば見でや帰らん

（『拾遺抄』秋　一二四）

【例五】の短連歌と同じように、「昨日」・「今日」・「明日」（あすか）を詠みこんだ前句を、「三日」をかけた「みかの原」を詠み入れた句で受ける例が『古今著聞集』にもみられる。これらはほぼ同時代の短連歌であるため、影響の前後関係を明確にすることはできないが、近い時期の短連歌のなかに同じ発想が繰り返し用いられている。「昨日」・「今日」・「明日」という言葉が一つの和歌に詠みこまれることは、古くから見られ、さほど珍しいことではない。「あすか」が詠みこまれた前句は、こうした古歌の詠みぶりに学んだものであろう。『俊頼髄脳』や『古今著聞集』の付句は先行和歌の用法を承知した上で、『古今集』の著名歌である、

題しらず　　読み人知らず

都いでて今日みかの原いづみかは河風寒し衣かせ山

（『古今集』羇旅　四〇八／『古今和歌六帖』ざふのころも　三三二五）

を用いて付句を詠んだのであろう。「みかの原」に「三日」を重ねて詠む例は、後代にはいくつか用例が見られるものの、[07]右にあげた二つの短連歌以前には『古今集』四〇八が残るのみである。前句において「三日間」という時間の経過が和歌的な発想で表現されたことから、同じく古歌である『古今集』四〇八に拠った「みかの原」を持ち出して応じたと考えられる。

【例六】

たでかる舟の過ぐるなりけり　頼光

朝まだきからろの音の聞こゆるは　相模が母

これは、頼光が、但馬の守にて侍りけるときに、蔀あげける程に、前のけた川より、舟のくだりけるを、「いかなる舟のくだる」と、問はせければ、「たで刈りてまかる舟なり」といひけるを聞きて、いひけるとぞ。

（『俊頼髄脳』四〇〇／『金葉集（二度本）』連歌　六五九）

夕暮にむら鳥の過ぐるを見て

松風の吹く一声と聞きつるは群れたる鳥の過ぐるなりけり　（『能因法師集』四一）

からことといふ所にて春の立ちける日よめる　安倍清行朝臣

浪の音の今朝からことに聞こゆるは春の調べや改るらむ

（『古今集』物名　四五六／『古今和歌六帖』琴　三三九六）

【例六】の連歌は、『能因法師集』四一の第三句・結句と表現が重なり、さらに前句や上の句で提出された謎（問いかけ）に対して、付句や下の句で答えるという形も似ている。また、相模母の句の背景には『古今集』四五六の安倍清行歌があり、こちらは能因歌が引かれていたと見てよかろう。

『俊頼髄脳』・『金葉集』ともに頼光がこの句を詠み出した事情について、和歌や連歌を詠もうとして口に出したのではなく、ただの「口ずさみ」に過ぎなかったとする。08 頼光は『拾遺集』を初めとして『後拾遺集』・『金葉集』などの勅撰集に入集した他、藤原実方や藤原長能といった著名な歌人らとの交流があるような歌人であった。そのような人物であれば、ちょっとした口ずさみにも古歌を下敷きとして用いることにそれほど不自然はない。【例一二】に後述するが、『散木奇歌集』一五九三で、小一条院詠を引いて「石山の鐘の声こそ聞こゆなれ」と口ずさんだ俊頼には、古歌を根底に置きつつ口ずさんだ作品であると解釈した上でこの連歌を評価し、『俊頼髄脳』の中に選び入れる意識があったのであろう。

【例七】

道信の中将の、山吹の花をもちて、上の御局といへる所を、すぎけるに、女房達、あまたゐこぼれて、「さるめ

でたき物を持ちて、ただにすぐるやうやある」と、いひかけたりければ、もとよりや、まうけたりけむ、

　口なしにちしほやちしほそめてけり

といひて、さし入れりければ、若き人々、え取らざりければ、おくに、伊勢大輔がさぶらひけるを、「あれとれ」と宮の仰せられければ、うけ給ひて、一間が程を、ゐざり出でけるに、思ひよりて、

　こはえもいはぬ花のいろかな

とこそ、付けたりけれ。

（『俊頼髄脳』四四〇／『続詞花和歌集』聯歌　伊勢大輔　九三五／『袋草紙』一六二　＊付句のみ／『八雲御抄』四七）

藤原道信は正暦五年（九九四）に二十三歳で夭折しているので、寛弘五年（一〇〇八）あたりから上東門院に出仕したといわれている伊勢大輔との間に連歌の応酬はありえない。当該の連歌がなんらかの史実を基にした実作か、まったくの仮構であるかを現存資料から断ずることはできない。このエピソードが歌集などにあらわれるのは『俊頼髄脳』と相前後する時期以降であり、話そのものがこの頃に創作された可能性もある。創作の実否についてはひとまず措くとしても、このエピソードの登場人物として道信と伊勢大輔とが設定されたのは何故であろうか。伊勢大輔については、のちに『百人一首』にもとられた「いにしへの奈良のみやこの八重桜」の歌を詠んだときと状況がよく似ており、[09]貴人の依頼による即興という設定から、付句の作者として据えられたと考えられる。一方、道信は、家集に連歌作品が残り、『大鏡』には「いみじき和歌の上手」という記述があるものの、即興・即詠に関連する著名な逸話は持っていない。道信と交流のあった実方などはその類の話に事欠かない人物であったが、[10]選ばれたのは実方ではなく

道信である。それは道信の詠んだ歌に理由が求められようか。

いたうわづらひ給ひければほかに渡したてまつりけるに、限りに思しければ、北の方の御もとへ山吹のきぬ奉り給ふとて

くちなしの色にや深くそみにけん思ふ事をも言はでやみにし（『道信集』九三／『千載集』哀傷　道信　五四九）

この歌は道信が死に際して詠んだものであるので、『俊頼髄脳』のエピソードとは状況がかなり違う。しかし、詞書に「山吹（のきぬ）」とあることや、「口なし」からはじまる詠歌内の使用語彙の重なりからして、道信歌と連歌との間には影響関係をみてよかろう。

くちなしの色に心を染めしより言はで心にものをこそ思へ（『古今和歌六帖』くちなし　素性　三五一〇）

くちなしを用いた歌には、古くは右の素性歌などもあり[11]、『道信集』九三がこの歌の影響下にある。当該連歌も素性歌の影響を受けていると考えられるものの、道信歌には「深くそみにけん」、連歌には「ちしほやちしほそめてけり」という表現がみられ、思いの深さをくちなしの色の染まり具合に例えているところに共通性がある。

ここまで、俊頼の実作の連歌と、彼が集成した『俊頼髄脳』に選び入れられた連歌のなかに、先行歌の影響がみられることを確認してきた。ここで取り上げた連歌はいずれも、先行研究においては縁語・秀句・対句的な要素といった「連歌らしさ」についての分析がなされてきた作品である。そうした「連歌らしさ」に加えて、先行歌を利用する

というような本歌取りに類する手法が内在したことは、やはり見過ごしにしてはならないだろう。連歌では、場に応じて即座に詠み出すことが重要視される。そのため、その場に適したキーワードを先行和歌から見つけ、自らの句に詠み入れることは、時間をかけずに句を詠むにあたって有効な手段になったと考えられる。

連歌とは少し離れるが、ほぼ同時期に、俊頼の周辺では「歌絵」の歌を詠むという遊びが行われていた。俊頼はこちらも得意としていたらしく、「歌絵」の歌の作者としても、しばしば指名された。「歌絵」は、判じ絵的な絵柄に対して当座に歌をつけるという遊戯的な営みの中で生みだされるものであり、そのような歌の詠まれ方は、即応を旨とする短連歌の場と近しい。詳しくは「歌絵」について論じた次節で述べるが、短連歌と同じく当座の場で詠み出された「歌絵」の歌には、ある程度の水準の歌を即座に詠み出すための工夫として、先行作品を詠み入れるという方法がとられていたことを指摘しておきたい。

連歌や歌絵において「先行歌を取る」という方法がみとめられるということから、即興的に作品を作る場合にあたって、俊頼は先行作を摂取するという方法に有効性を見出していたとみてよかろう。

二、連歌にあらわれる古歌の「型」

俊頼の連歌には、従来考えられてきたよりも先行作品が摂取されていたことを確認してきた。しかし、俊頼が先行歌を取り入れる方法は、これだけではない。一般的な先行歌摂取とは少し形が異なる一群が、俊頼周辺に見られる。俊頼が先行する和歌に学んで連歌を作る場合には、特定の和歌からというより、何首もの和歌に共通する構造——以下、これを句の「型」と呼ぶ。——を取り入れたと考えられる例がみられる。

【例八】

伏見の山里にて、あそびどもを主のおこしたりけるを、あそべなどかうてはなど言ひけるついでに

六郎大夫孝清

遊びをだにもせぬあそびかな

人人付けよとありければ

さもこそは歌もうたはぬ君ならめ　（『散木奇歌集』一六二一）

陸奥の国にて、子のかくれたるに

さもこそは人におとれる我ならめ己が子にさへ遅れぬるかな　（『重之集』二一三）

とてやりつ、二日ばかり待つに、訪れぬに

さもこそは死ぬとも言はめいつしかと喜びながらとはぬ君かな　（『和泉式部続集』三二〇）

石清水にまゐりて侍ける女の杉の木のもとに住吉の松を祝ひて侍ければ神の社の柱に書きつけ侍りける

読み人知らず

さもこそは宿はかはらめ住吉のまつさへすぎになりにけるかな　（『後拾遺集』雑六　神祇　一一七六）

右にあげた『重之集』・『和泉式部続集』・『後拾遺集』の三首は、いずれも「さもこそは～（ら）め…かな」という句の「型」が共通している。厳密にいえば、「～（ら）め」の位置にずれがあるものの、「いかにも～だろう」と歌わ

れければならないわけを、以下の句で「…かな」と詠嘆を含みつつ明かすような構造を持っている。連歌の場合には謎のほうが付句になっているが、付句と前句を逆にして和歌のように詠みなせば、「歌もうたはぬ君」のことを詠じる理由が前句に示され、作品の構成そのものは和歌と共通する。

このように勅撰集入集歌や著名歌人の歌のなかで同じ句の「型」が繰り返されている上に、次のように俊頼とほぼ同時代の歌々にも共通する句の「型」がみられる。

摂政左大臣家にて旅宿鹿といへることをよめる　源雅光
さもこそはみやこ恋しき旅ならめ鹿のねにさへ濡るる袖かな　（『金葉集（二度本）』秋　二二五）

絶えにける人のもとに、人に代はりて
さもこそはかりそめならめあやめ草やがて軒にもかれにけるかな　（『周防内侍集』八一）

三条殿に中宮おはしまししに、その御方にて人人月の心をよみしに
さもこそは曇りなき世の月ならめ見る人までも澄む心かな　（『成通集』二）

右大臣、闘詩の長さにて大饗ありし時、東三条の東の対の紅梅をみて
さもこそはたえせぬ家の風ならめ折りを過ぐさず匂ふ梅かな　（『肥後集』四五）

同時代歌人が繰り返し用いていることから、「さもこそは〜ならめ…かな」という句の「型」は『散木奇歌集』の連歌が詠まれた頃に流行していたと推測される。「…かな」と結ぶ前句を目にした俊頼は、ほぼ同時代の和歌で用いられていた「さもこそは〜ならめ…かな」という和歌の「型」を連歌に転用して付句を作ったのであろう。このよう

に、ほぼ固定化した句の「型」を先行歌から学んで利用することで、付句作者が純粋に創作する文字数を減らし、前句に提示された状況を素早く捌くことのできる状況を得ようとしたと考えられる。『散木奇歌集』一五八二でも、俊頼は類似の「型」を用いて付句を用いている。

　鵜といふ鳥のありけるをみて僧のしたりける
あらふとみれど黒き鳥かな
　人も付けざりければ後に聞きて
さもこそはすみのえならめよとともに
（『散木奇歌集』一五八二）

右のように「…かな」で結ばれるという以外に共通性のない前句に対して、繰り返し類似の形の付句を詠んでいるというのは、俊頼が特定の和歌を本歌取りするのではなく、何首かに共通する「型」を学んでいたことの証左になろう。

そして、この方法は俊頼のみに見られる特殊なものではなく、彼の周辺の歌人らにも共通して見られた。

【例九】
　法橋なりける人の、この比人に言はるる事ありけるをたはぶれて　隆源阿闍梨
まことにや法のはしより落ちにける
　法橋しきりに案じけれどほど経ければ

むべきたなげに見ゆるなりけり　（『散木奇歌集』一五九〇）

「まことにや～にける」を含む和歌は、管見によれば十二首ある。それらのうちで、隆源阿闍梨らの連歌に先行するものやほぼ同時代に作られたと思われるものは次の四首となる。

頼家朝臣、世をそむきぬと聞きてつかはしける　律師長済
まことにや同じ道には入りにけるひとりは西へゆかじと思ふに　（『後拾遺集』雑三　一〇二三）

この女は人のもとなれば返しにと（　）といひたるに、男住まず、のきて
まことにや虎臥す野辺は荒れにける人の心のあさぢ原にて　（『輔尹集』五五）

しんさいも尼になりにけるを、のちに聞きてやりし
まことにやおもひの家は出でにけるすずしき風のつてに聞くかな　（『肥後集』一三九）

次の日かや、俊恵が許より
まことにや三の船にはのりにける流れての世のためしとぞ聞く　（『重家集』三九三）

この句の「型」は、前の二例とは違って前句にあらわれている。和歌の例においては、「まことにや～にける」という上の句によって示された状況が、なにによってもたらされたのか下の句で説明していることが多い。[12] これもまた、謎を提出するにあたって、用いやすい句の「型」を、勅撰集入集歌や著名歌人の和歌から学んで連歌に転用したとみてよかろう。

【例十】

殿下中将にておはしけるころ、人人に連歌せさせて遊ばせ給ひけるにせさせ給ひける
かりきぬはいくのかたちしおぼつかな
これを人人付けおほせたるやうにもなしとて、のちに人の語りければ心みにとて付けける
しかさぞいると言ふ人もなし
（『散木奇歌集』一五六八）

かりきぬはいくのかたちしおぼつかな　中納言殿
我がせこにこそ問ふべかりけれ　俊重
我がせことは、男をいふなり。男は、いかでか知らむと、人々申しけり。これを思ふに、咎あらじ。
（『俊頼髄脳』四〇七／『続詞花和歌集』聯歌　源俊重　九四八）

『散木奇歌集』一五六八は、忠通が詠んだ前句に、当座では満足のいく句が付けられなかった（『俊頼髄脳』四〇七の付句を含む。）ことを、おそらく俊重から伝え聞いた俊頼が、試みに付句を作って連歌を完成させたものである。俊頼が求められて難句に付句を作るという自讃譚めいた連歌が『散木奇歌集』には多く収録されており、この連歌もそれに準じるものとみてよい。俊頼の付句は、「しかさぞいる」と前句の「狩り」に対して「鹿」で受け、さらに「射る」

と縁語を重ねた上に、「鹿＝然」・「射る＝居る」と言うように掛詞を用いて技巧的に応じている。この付け合いの面白さゆえに見過ごされがちであるが、付句の結びには「いふ人もなし」と和歌にしばしば見られる句が用いられている。これまであげてきた例と同じく、句の「型」を用いることで創作する文字数を少なくし、素早く前句に応じるという手法を取っていたとみてよかろう。句の「型」を用いているという点では、俊重も同様であった。

紀利貞が阿波の介にまかりける時に、馬の餞せむとて今日と言ひ送れりける時に、ここかしこにまかりありきて夜更くるまで見えざりければつかはしける　業平の朝臣
今ぞしる苦しき物と人待たむ里をばかれずとふべかりけり
（『古今集』雑下　九六九／『伊勢物語』第四十八段　男　八九）

寛仁二年正月、入道前太政大臣大饗しはべりける屏風に山里の紅葉見る人来たる所を詠み侍りける　前大納言公任
山里の紅葉見にとや思ふらん散りはててこそとふべかりけれ
（『後拾遺集』秋上　三五九／『今昔物語集』公任大納言於白川家読和歌語第卅四　八一）

「とふべかりけり（れ）」という句は、業平歌や公任歌のなかでも著名な歌の一つに用いられている他、俊重の付句以前の歌々に頻出する。また、同時代の歌人の連歌として、

基俊

この堂は神か仏かおぼつかな
　　　童
ほうしみこにぞとふべかりける
（『古今著聞集』基俊小童と問答の事　八〇）

がある。説話集にしか残されていない作品のため、基俊の実作か否かを判断することは難しいが、同時代の歌人の作品として連歌が残されているということは、「～おぼつかな」という前句に対して「～とふべかりける」と受ける形が、このころの連歌に用いられるものであったことを示そう。

また、次のように同時代以前にも連歌の前句で「～おぼつかな」と言いかける例が見られ、連歌ではすでに常用される「型」となっていたとも推測される。

二条殿のせ行の日、ひつどもの多くみゆれば、ためすけ
かのひつはなにぞのひつぞおぼつかな
　と言へば
かたゐの前のほかゐなりけり
（『実方集』六九）

堀河院御時、中宮の御方にうへ渡らせ給ひて、蔵人永実を召して、ごそに侍りける薫き物の火桶を召しにつかはしたりければ、絵かきたる桐火桶をとらすとて、周防内侍歌の末をいへりければ、とるとて
　　　藤原永実
花や咲き紅葉やすらむおぼつかなかすみかけたるきりひをけかな

（『続詞花和歌集』聯歌　九四四／『袋草紙』一六一）

ほかにも和歌の上句で「〜おぼつかな」と詠む例は数多い。和歌で頻用されてきた当該句は、上の句で「はっきりしない」と言った内容を下の句で説き明かすというように、問答に発展しやすい形式を内包していたため、しばしば連歌にも取り入れられたのであろう。

【例十二】

田上に侍りけるころ、日の暮れ方に石山のかたに鐘の声の聞えければ口ずさびに

石山の鐘の声こそ聞こゆなれ

これを連歌に聞きなして　　俊重

たがうちなしにたかくなるらん

（『散木奇歌集』一五九三）

女のもとにて暁鐘を聞きて　　小一条院

暁の鐘の声こそ聞こゆなれこれを入相と思はましかば

（『後拾遺集』雑二　九一八）

俊頼の前句は、『後拾遺集』の小一条院詠と二・三句が一致する。さらに連歌の詠まれた「日の暮れ方」という場面は小一条院詠の「これを入相と」という言葉を想起しやすく、意識の一端に小一条院詠があったとみてよかろう。当該詠は、ここまでに出してきた例とは違って特定の古歌に学んだ作品と解することも可能であるが、この連歌とほ

ぼ同時代の作品として次の三作品に同じ句の「型」もみられる。

永成法師

あづまうどの声こそきたにきこゆなれ

権律師慶範

みちのくによりこしにやあるらむ

ゐたりける所の、北のかたに、声なまりたる人の、物いひけるを聞きて、しけるとぞ。

（『俊頼髄脳』三七三／『金葉集（二度本）』雑下　連歌　六四八）

加茂成助

しめのうちにきねの音こそ聞ゆなれ

行重

いかなる神のつくにかあるらむ

賀茂の御社にて、よねのしろむる音のしけるを聞きて、しけるとぞ。

（『俊頼髄脳』三七八／『金葉集（二度本）』雑下　連歌　六五〇）

しかまつにかりの声こそ聞こゆなれいほの隣につるやなくらん

（『江帥集』雑　連歌　三一五）

これらはいずれも前句で「（何かの音声）こそ聞こゆなれ」と詠じたのに対し、付句に「〜らむ」と推量の意を示して結んでいる。これらのうち、匡房は俊頼と活躍期が重なっていて作品成立の先後を定めることは難しい。しかし、残り二作品については作者の没年や、後に『金葉集』に選び入れられていることなどから考えて、俊頼・俊重がこの二つの連歌を参考に句の「型」を取り入れて連歌を詠んでいた可能性があろう。

この二つの『金葉集』入集連歌自体が先行和歌に多用される形式を取りこむことによって作り上げられている。

　　神楽の心を　藤原政時

朝倉の声こそ空に聞こゆなれあまの岩戸もいまや明くらん

（『続詞花和歌集』神祇　三六四／『金葉集（初度本）』神楽の心をよめる　致時　四二八）

岩間わく水の音こそ聞こゆなれ秋の夜深くなるにやあるらむ

（『多武峰往生院千世君歌合』五番　水有幽音　右　泉円　一〇）

千歳ふるたづの声こそ聞こゆなれ今朝白露やおきまさるらむ

（『無動寺和尚賢聖院歌合』二番　白露　右　広算法印　四）

鶯のねこそはるかに聞こゆなれこや山里のしるしなるらむ

（『経信集』山家聞鶯　一四）

これらのように、「（何かの音声）こそきこゆなれ～らん」という句の「型」は、同時代以前の和歌に多数の用例がみられるものである。「（何かの音声）こそきこゆなれ～らん」という形式は、音声に関わる和歌を詠むにあたって、すでに一つの「型」を形成していたと言え、連歌のように間を置かず対応せねばならない場合に、前句で「～こそきこゆなれ」というように詠み慣れた「型」が出てきたならば、その和歌の「型」に沿った付句「～らん」が詠まれることは、半ば必然であったのではなかろうか。

加茂成助に応ずる行重の付句「いかなる〜にかあるらん」もまた、和歌で用いられていた「型」であった。

頼みこし月日はただに過ぎにしをいかなる空の露にかあるらん
（『公任集』四六一）

いと久しく逢はぬ人のもとより、便なかるまじからんをり告げよ、と言ひたるに

たしかにも覚えざりけり逢ふ事はいかなるときのことにかあるらん
（『和泉式部続集』三〇四）

同じ日、菖蒲につけて、兼房の君の

かきたえてとはぬに見えぬあやめ草いかなることのうきにかあるらん
（『赤染衛門集』五九四）

先に述べた通り、行重の付句は、「(何かの音声) こそ聞こゆなれ」という前句の「型」から、付句で「〜らん」と応ずる流れがあった。それとともに、著名歌人らが使っていた「いかなる〜にかあるらん」という先行歌の句の「型」を更に重ね合わせたと考えられる。付句で行重は、「杵」と「巫女(きね)」という掛詞に対して、「搗く」と「憑く」という掛詞によって連歌らしく軽妙に応じると同時に、先行歌の「型」を踏襲しつつ仕掛けられた前句に、さらに別の先行歌の「型」で応じるというところにも、面白みを含ませていたのではなかろうか。

あるいは、行重自身はそこまでの意図を持たずに連歌を作っていたのだとしても、『俊頼髄脳』や『金葉集』に連歌を選び入れた俊頼には、そういった面白さを重要視する狙いがあったのではなかろうか。『俊頼髄脳』を見ていくと、先行作の「型」を取り入れたと思われる連歌が他にも入集している。以下に三例をあげる。

【例十二】

永源法師

たにはむこまはくろにぞありける

永成法師

なはしろの水にはかげと見えつれど

田には、畔と申す所のあるに、馬にも、黒毛と申す馬のあるに、苗代水に、かげと見えつるは、くろにぞありけると、いへることば、まことにたくみなり。

（『俊頼髄脳』四〇三／『金葉集（二度本）』雑下　連歌　六五三）

いはの上におふる小松も引きつれど猶ねがたきは君にぞ有りける

（『拾遺集』恋一　六四八）

京極前関白大井河にまかりて、水辺紅葉といふことをよみ侍りけるに

堀川左大臣

となせがは音には滝ときゝつれど見れば紅葉のふちにぞありける

（『続古今集』冬　五六四）

遠近の岸をば浪のへだつれどかよふは花の色にぞ有りける

（『元輔集』一七）

当該連歌と右の三首は、いずれも「～つれど…にぞありける」という句の「型」をとっており、ここでも和歌で常用される句の「型」が連歌にも用いられている。また、「～つれど…にぞありける」という句の形は、

左京大夫経忠の許にて残菊薫衣といへる事を

うつろへる色をば霜のへだつれど香はわが袖の物にぞありける

（『散木奇歌集』秋　五四八）

四番　左　定長
小牡鹿の鳴くねはよそに聞きつれど涙は袖の物にぞ有りける
右勝　季経朝臣
山高みおろすあらしや弱るらんかすかに成りぬ小牡鹿の声
左は、故俊頼朝臣の歌に、小牡鹿の鳴くねは野辺に聞こゆれど涙は床の物にぞ有りける、と侍るめればいかが、右、腰の五文字思ふべかりける、おほかたは心なきにあらねば可為右勝
（『太皇太后宮亮平経盛朝臣家歌合』鹿　三一・三二）

というように、俊頼も自詠において繰り返し用いていた[13]。この点から考えても、「〜つれど…にぞありける」という句の「型」は連歌に転用するに足る先行例として、俊頼に認識されていたとみてよかろう。

【例十三】
道なかの君
あやしくも膝よりしものさゆるかな
実方中将
こしのわたりに雪やふるらむ
これは、宇治のわたりにて、足のひえければ、しけるとぞ。
（『俊頼髄脳』三七一）

九条右大臣賀の屏風　　兼盛

あやしくも鹿の立ちどの見えぬかなをぐらの山に我やきぬらん

（『拾遺抄』夏　七七／『拾遺集』夏　平兼盛　一二八）

同じ少将かよひ侍りける所に、兵部卿致平のみこまかりて、少将の君おはしたりと言はせ侍りけるを、のちにきき侍りて、かのみこのもとにつかはしける

あやしくも我が濡れ衣をきたるかなみかさの山を人にかられて

（『拾遺集』雑賀　義孝　一一九一）

文つかはせども返事もせざりける女のもとにつかはしける　　読人知らず

あやしくもいとふにはゆる心かないかにしてかは思ひやむべき

（『後撰集』恋二　六〇八／『拾遺集』恋五　九九六）

実方や彼と同時代以前の歌人らの詠には、他にも「あやしくも～かな」という句が繰り返し用いられていて、当時の和歌では、ありふれた表現であった。[14] この「あやしくも～かな」という句の「型」は、『俊頼髄脳』の「あやしくも袖にみなとの騒ぐかなもろこし船も寄せつばかりに」（三三八）にも用いられている。この歌は『伊勢物語』第二十六段が出典で、本来は「思ほえず袖にみなとの騒ぐかなもろこし船の寄りしばかりに」（男　五八／『新古今集』恋五　題しらず　読人知らず　一三五八）という歌であり、初句は「思ほえず」であった。それを俊頼は「あやしくも」と記憶違いをして自らの作歌手引書に収録したのであろう。また、「あやしくも～かな」という句は右に記したように『俊頼髄脳』三七一でも用いられており、和歌でも連歌でも使いやすい句であると、俊頼が認識しやすい位置にあったと考えられる。

【例十四】

をぎの葉に秋のけしきの見ゆるかな　　永胤法師

風になびかぬ草はなけれど　　永源法師

（『俊頼髄脳』三七九）

前句に用いられている「〜見ゆるかな」という句は、もともと和歌で非常によく使われる句であるが、[15] 連歌においても常套的に用いられている句となっていて、永胤法師・永源法師の連歌以前にも作例が見られる。

端に人のあからさまに臥したりけるを見て、権少将

うたたねのはしとも今宵見ゆるかな

と言へば

夢路に渡す名にこそありけれ

（『実方集』三二一）

むまのかみ〔　〕敦家、殿上人のまゐる東おもての、御障子の絵に馬のかかれたるを、月のあかき夜

絵なる馬の月のかげにも見ゆるかな

とあれば

くらからずこそかきおきてけれ

（『四条宮下野集』一五三）

善恵房といふものの馬より落ちて、手をつきそこなひてありしを、甲斐の守ありすけ

今日よりは落つるひじりと見ゆるかな

またつける（ママ）

（『行尊大僧正集』二七）

いまはてつきぬすみかけんさは

かはらやをみて　　読人不知

瓦屋の板葺きにても見ゆるかな

助俊

つちくれしてや作りそめけん

（『金葉集（二度本）』雑下　連歌　六五四／『俊頼髄脳』三九二　※前句「たてるかな」）

これらの連歌では、たとえば、『実方集』三二一が前句で「端（はし）」で寝ている人の様子を示したのに対して付句では、その夢の中に架けられている「橋（はし）」へと詞を詠み変え、前句で「〜見ゆるかな」と提示された光景を、付句で転じて面白みを演出するという基本的な構造が共通している。また、この句が和歌に用いられるとき、

題しらず　　読人知らず

秋の野の錦のごとも見ゆるかな色なき露は染めじと思ふに

（『後撰集』秋下　三六九／『古今和歌六帖』秋　元方　一一四七）

故一条のおほいまうちぎみの家の障子に　　能宣

田子の浦に霞の深く見ゆるかな藻塩の煙立ちやそふらん（『拾遺抄』雑上　三八〇／『拾遺集』雑春　一〇一八）

というように、上句の景色がそのように見える矛盾や理由を下句で提示するという形がとられており、連歌の前句・付句にみられる問答的な構造に近い。これらのことから「～見ゆるかな」という句は、眼前の景色に対する疑問や矛盾といったものを、前句に含意させやすい便利な句として歌人らに認識されていたと考えられる。少なくとも俊頼はそのように認識していたのであろう。「～見ゆるかな」という句は『散木奇歌集』の連歌でも頻出の句となっている。

修理大夫顕季歩かれけるに、大路に車の輪のかたわもなくてかたぶきて立てるを見て　忠清入道

かたわにてかたわもなしと見ゆるかな

後に彼大夫のえ付けざりしと語られければ付ける

ここへくるまもいかがしつらん

（『散木奇歌集』一五八五）

刑部卿道時の、塩湯浴みに津の国なる所へおはしけるに、具してまかりて塩湯はてて、京へ帰るかはじりに船を漕ぎいれたるに、船の多くつきてひしめくを見て、わざとならねども

かはじりに船のへどもの見ゆるかな

刑部卿、俊重に付けよとありければ、付けたりける

しほのひるとて騒ぐなるらん

（『散木奇歌集』一六〇六）

これらの他にも『散木奇歌集』一五七七・一五八六・一六〇二の連歌で繰り返し使われ、さらに俊頼は和歌でも七首に用いるなど同時代の歌人らの用例と較べてみても抜きんでて作例が多い。[16] 俊頼にとって「〜見ゆるかな」という句は、連歌でも和歌でも非常に馴染み深い句であったのだろう。

また、『俊頼髄脳』三七九は、次にあげるような「〜かな〜はなけれど」という句の「型」との影響関係も想定される。

題不知　　中納言定頼
年をへて花に心をくだくかな惜しむにとまる春はなけれど（『後拾遺集』春下　一四四）
紅葉葉をおのがものとて見てしかな見るにいさむる人はなけれど（『重之集』二二三）
朝な朝な袖の氷のとけぬかな夜な夜なむすぶ人はなけれど（『宇津保物語』五　嵯峨の院　源宰相殿（実忠）二一六）
なつかしき花橘の匂ひかな思ひよそふる袖はなけれど（『堀河百首』盧橘　河内　四六四）

俊頼は連歌の句を詠むにあたって「そのなからがうちに言ふべき事の心を、いひ果つるなり。心残りて、付くる人に、言ひ果てさするはわろしとす」（『俊頼髄脳』）と述べている。上句で「〜かな」と言い切る形は、俊頼の言説に一致している。「〜かな〜はなけれど」という和歌で繰り返し使われている句の「型」は、連歌の形式に沿いつつ、即応にも効果のあるものとして取り入れられたと考えられる。

以上、俊頼自身あるいは彼によって収集された連歌には、特定の和歌から句を求めるのではなく、何首もの和歌に流行する構造――すなわち、和歌で繰り返し用例の見られる句の「型」が数多く用いられていたことを見てきた。

この場合、連歌と先行歌とのあいだに内容的に重なるところはない。しかし、もともと和歌において用例の多い句の「型」を連歌に用いたということは、前句の形式に対して、どのような付句をすれば構造として安定するのかを、先行和歌から学んでいたことの証となろう。また、和歌において汎用性の高い句の「型」を連歌に取り入れたということは、別の見方をすれば、前句あるいは付句のように通常の和歌の半分しかない文字数を決まった言葉で埋め、作者の創作の範囲を狭めるということになる。しかし、これは裏を返せば、作者自身が創作する文字数を極力減らすことで素早く前句に対応することにもなり、そのように詠むことで、連歌の特質である即興性に対応しやすくするという効果があったのではなかろうか。

おわりに

第一項と第二項とで取り上げた連歌の手法は、「先行する作品を取り入れる」という点で共通している。しかし、新古今時代に本歌取りが積極的に行われるようになる以前には、先行歌の表現を自詠に取り入れるという行為は、あまり歓迎されないことであった。

古哥を本文にして詠める事あり。それはいふべからず。（『新撰髄脳』）

公任によって否定的な言説があったにもかかわらず、俊頼は連歌に先行歌の表現を取り入れるという方法を積極的に行った。その理由の一つとして、第一項で述べたように、場に即座に応じるには適したキーワードを先行する和歌から取り出して用いることが有効と認識されたことがあげられよう。

もう一つ、次の『今鏡』の一節に示されているように、兼日で連歌の用意をしたという俊頼の連歌の作り方にも理由があろうか[17]。

おほかたは、見る事聞く事につけて、かねてぞ詠みまうけられける。当座に詠むことは少く、擬作とかきてぞ侍りつる。

（『今鏡』すべらぎの中　第二　玉章）

連歌はそもそも即興の要素が強く、どれほど事前に句を準備をしようとも、それが実際の場でそのまま生かされるとは考えがたい。特に俊頼が求められた付句は難句揃いであり、予め用意してきた句では役に立たなかっただろう。「当座に詠むことは少く」と述べられることとの実際的な意味は、予想される場に相応しいと思われる和歌を事前に広く集めて自らの記憶に蓄えて、用いやすい句の「型」を数多く心に刻んでおくことであり、それによって少しでも早く前句に対応できるよう、心の準備をしておくことにあったのではなかろうか。俊頼が記憶に頼って先行する和歌を口に出していたらしいこと、そこにかなりの間違いもみられたこと等は[18]、その傍証となろう。

実際に、俊頼は特定の歌に学んで連歌の句を作るよりも、多くの歌に用いられている汎用性のある句の「型」を利用して句を作っている例がみられることを、第二項において確認した。さまざまな場において難しい前句を素早く捌くことを多く求められていた俊頼にとって、周囲の人々にとっても馴染みの句の「型」で形を整えたところへ、その場に応じた一言を添えて付句を整える手法が、もっとも有効であったと考えられる。

注

01　稲田利徳「『金葉集』巻十「連歌」の部―小部立設置の意図」（『解釈と鑑賞』六十六―十一　平成十三年十一月）

02　注01稲田論文の他に、関根慶子「第七章第四節　俊頼と連歌」（『中古私家集の研究　伊勢経信俊頼の集』風間書房　昭和四十二年三月）、乾安代「『俊頼髄脳』の連歌」（『後藤重郎教授停年退官記念国語国文学論集』名古屋大学出版会　昭和五十九年四月）、藤原正義「俊頼と連歌」（『北九州大学文学部紀要』十八　五十三年一月）、池田富蔵「源俊頼と連歌―その二重構造性を中心として―」（『日本文学研究』十二　昭和五十一年十一月）、木藤才蔵「俊頼の連歌とその先駆者たち」（『文学』三十九―二　昭和四十六年二月）、石川常彦「短連歌史における源俊頼」（『国語国文』三十九―十　昭和四十五年十月）、小池一行「源俊頼と連歌―散木奇歌集の第十巻を中心として―」（『書陵部紀要』二十　昭和四十三年十一月）などの論がある。

03　注02関根論文

04
　十首歌中にもみぢを
紅葉葉をみくらの山に初霜は朝戸あけてやおきそめつらん（『散木奇歌集』秋部　五五四）
　ままきのやたて
みくら山槙の屋建てて住む民は年をつむとも朽ちじとぞ思ふ（『散木奇歌集』雑部下　一五六一）
　氷池の水に満てり
今朝よりはみくらの池につらゝゐてあちの群鳥ひま［も］とむらし
（冷泉家時雨亭叢書『散木奇歌集』所収「源木工集」冬　六四五）

05　付句を詠んだ大江公資と同時代の歌人に、頼経という人物はみあたらない。『金葉集』では、前句は「頼慶法師」となっている。頼慶法師は『後拾遺集』冬　四一八の作者としても名が見えるが、詳細は不明。

06
みの虫付ける枝に文をつけておこせたる返しに
春雨の降るに付けつつみの虫のつける枝をば誰か折りつる（『兼輔集』一三）
同じ院の御前にて、まゆみの紅葉にみの虫のかかりたるを、歌つかまつれとあるに
紅葉葉の枝にかかれるみの虫は時雨降るとも濡れじとや思ふ（『頼基集』一九）

07
影きよき月は浪間にいつみ川秋の十日の今日みかの原
（『拾玉集』詠三首和歌建仁二年九月十三夜水無瀬殿恋十五首歌合判後被詠之　水路秋月　四一三二）
桃の花咲くや弥生のみかの原木津のわたりも今盛りなり（『新撰和歌六帖』三日　光俊　五〇）
長月の十日余のみかの原川浪きよく宿る月影
（『壬二集』光明峰寺入道摂政家百首　河月　六三六／『家隆卿百番自歌』八一）

08
『金葉集（二度本）』六五九の詞書は「源頼光が但馬守にてありける時、たちの前にけた川といふ川のある、かみより船の下りけるを蔀あくるさぶらひして問はせければ、たでと申す物を刈りてまかるなりと言ふを聞きて、口ずさみに言ひける」となっていて、はっきり「口ずさみ」であるとする。

09
女院の中宮と申しける時、内におはしまいしに、奈良から僧都の八重桜をまゐらせたるに、今年の取り入れ人は今参りぞとて紫式部のゆづりしに、入道殿きかせたまひて、ただには取り入れぬものをと仰せられしかば
いにしへの奈良のみやこの八重桜今日九重に匂ひぬるかな（『伊勢大輔集』五）

10
あるところにまゐりて、御簾のうちに若き人人もの言ふを聞きて
すのうちにつつめくひなの声すなり
と言へど、いらふる人もなければ
かへすほどこそ久しかりけれ（『実方集』一八六）
右のように、実方には女房たちに対して即興の連歌をもとめた実例がある。ところで、これと似た状況の短連歌が『後撰集』二九三にある。こちらは『実方集』の連歌が不成立となったのとは異なり、貴人と女房の連歌が成り立っている。あるいは、のちの道信・伊勢大輔の連歌挿話の形成に何らかの関係があったか。

秋のころほひ、ある所に、女どものあまた簾の内に侍りけるに、男の歌の本を言ひ入れて侍りければ、末は内より
よみ人しらず
白露のおくにあまたの声すれば花の色色有りとしらなん（『後撰集』秋中　二九三）

11　短連歌に先行するか、ほぼ同時代に詠まれたと思われる「くちなし」の歌としては、次の例がある。「くちなしの色に（心を）染める」というような内容は、当時好まれ一般的であったか。

人の許さぬ仲にやありけん、男
染めて思ふ色は深きをくちなしのいはれぬ色と人やみるらん（『信明集』九八）
むつましき人のめの、をかしと思ふにはねむとて
心をば染めて久しくなりぬれど言はで思ふぞくちなしにして（『重之集』五一）
思ふとも恋ふとも言はじくちなしの色に衣を染めてこそ着め
（『古今和歌六帖』くちなし　三五〇八／『続古今集』恋一　一〇〇九）

12　先［　］中宮に、れんかと言ふ女房に、右中弁伊家、しのびてもの申すと聞こえしかば、程もなく音せずと聞きければ　ある人
まことにやれんかをしては音［も］せぬ
右中弁、付けよ、と譲られければ
しばしも宿にすゑつけよかし（『散木奇歌集』一四八一）

前句の結びの形は些か異なるものの、「まことにや」と詠み出して提示した謎を、付句で解くという形をとる。なお、当該連歌の付句は、新編国歌大観の底本である書陵部本では「一はしもやどに」となっているが意味が通じにくいので、冷泉家時雨亭叢書『散木奇歌集』所収の「源木工集」に拠った。

13　『太皇太后宮亮平経盛朝臣家歌合』の判詞に引用されている俊頼詠第三句は「聞こゆれど」となっていて、「〜つれど…にぞありける」とは助動詞が異なっているが、いずれも「完了の助動詞＋ど」であり、意味上は共通する。

14　人人恋の歌よませ侍りけるに　摂政左大臣

あやしくも我がみやま木のもゆるかな思ひは人につけてしものを
(『金葉集(三奏本)』恋下　四五〇／『詞歌集』恋上　忠通　一八七)

袖のしづくも見苦しうひき隠されて

あやしくもあらはれぬべき袂かなしのびねにのみ濡らすと思ふに　(『相模集』一一八)

あやしくもところたがへに見ゆるかなみかはに咲けるしもつけの花　(『綺語集』二九六)

あやしくも濡れまさるかな春日野の三笠の山はさしてゆけども
(『宇津保物語』二藤はらの君　かの右大将殿(兼雅)三二一)

これらのように、実方活躍期以降の勅撰集や家集の他、物語や歌論・歌学書にも「あやしくも〜かな」という句はみられ、平安時代に一般性の高い句の「型」であったと考えられる。

15　ものへまかりけるに、人の家に女郎花植ゑたりけるを見てよめる　兼覧王

女郎花うしろめたくも見ゆるかな荒れたる宿にひとりたてれば　(『古今集』秋上　二三七)

人の幼きはらばらの子どもにもきせ冠せさせ袴着せなどしはべりけるにかはらけとりて　源重之

いろいろにあまた千歳のみゆるかなこまつが原にたづや群れゐる　(『後拾遺集』賀　四四七)

これらのほか、「〜見ゆるかな」という句を用いた和歌は、平安期を通じて用例が百首を超える。

16　殿下にて、卯花をよめる

卯の花の身のしらがとも見ゆるかないづのかきねも俊頼にけり　(『散木奇歌集』二〇〇)

この他、『散木奇歌集』四三三・九五三・一二八六・一二九四・一四〇一に「〜見ゆるかな」という句が見られる。

17　『俊頼髄脳』に俊頼自身のことではないものの、

「良暹、さりぬべからむ連歌など、して参らせよ」と、人々申されければ、さる者にて、もし、さやうのこともやあるとて、まうけたりけるにや、聞きけるままに、程もなく、かたはらの僧にものいひければ、その僧、ことごとしく歩みよりて、「もみぢ葉のこがれてみゆるみふねかなと、申し侍るなり」と申しかけて、帰りぬ。(『俊頼髄脳』)

と、兼日で連歌の用意をする場合のあったことが述べられている。

18　岡﨑真紀子「和歌の動態―『俊頼髄脳』所収和歌の本文をめぐって―」(『やまとことば表現論　源俊頼へ』笠間書院　平成二十年十一月)

第三節　源俊頼の歌絵の歌

はじめに

歌絵については、白畑よし氏が論じて以降、葦手との関わりや『源氏物語』梅枝巻の解釈にかかわって考察が行われてきた[01]。しかし、「歌絵」と明示されている例は少なく、現代に遺る品々も、歌絵をどのように定義するかによってその範囲に揺れが出るため、図柄の詳細については不明と言わざるを得ない。例えば、明治書院版『和歌大辞典』の歌絵の項では、「平安時代に流行した判じ絵の一種で、絵や文字を組みあわせて画き、これを題として歌を詠んだもの」が歌絵の一つのあり方であると説明されているが、これは『散木奇歌集』にみられる歌絵を題材とした歌々から帰納して得た結論である[02]。

ところで、歌絵を説明するために用いられた『散木奇歌集』の歌絵であるが、家集中に合計十二首がおさめられており、歌絵を題材とした和歌の大部分を占める。これまで、これら十二首は、右にあげたように歌絵の実態を探るための手がかりとして注目されることが多く、作品そのものが研究の俎上に載せられることはあまりなかった。

そこで本節では、俊頼は歌絵を題材として、どのように歌を詠じていたのかについて考察していく。

一、俊頼以前の歌絵の歌

　陸奥の国へまかりける人に、扇てうじて歌絵にかかせ侍りける　　読人知らず
別れゆく道の雲居になりゆけばとまる心もそらにこそなれ
（『後撰集』離別　羇旅　一三二四）

　大弐国章がむまごの五十日侍りしに、わりごの歌絵にかかせ侍りし
見てしがな二葉の松の生ひ茂りやそうぢ人のかげとならんよ
紅葉葉の浜の真砂の苔ふりて巌とならんほどをしぞ思ふ
　また
松のごと千歳をかけて生ひ茂れ鶴のかひごの巣とも成るべく
（『元輔集』六三～六五）

　これらは歌絵を題とした歌の早期の例であるが、いずれも場に応じた歌となっている。『後撰集』一三二四の場合、これと語彙の重なる歌が、親しい者との別れの場においてもさまざまに詠まれており、[03]類型的な詠歌であった。『元輔集』の場合も同様で、慶賀の場において、これらと類似する歌々が詠まれている。[04]おそらく元輔は歌としての完成度を云々するよりも、「賀」という場に適した歌を詠むことに重きを置いていたのであろう。『後撰集』や『元輔集』の歌絵がどのようなものであったのか、詞書からは判然としない。しかし、詞書に絵の説明がなく、歌自体も場に応じた無難な作品であるということは、詠まれた歌からおおよその図柄が想起できる類いのものであったとも考えられる。

ただし、これによって歌絵における判じ絵的な要素を否定するわけではない。歌絵と歌とがわかりやすく接近する一面を持つ一方で、歌絵で他者に謎を投げかけている例がいくつかみられる。

小民部、扇に手習ひしてと言ふに、歌絵と見ゆるは、笹わけ衣は破れぬ、と童べの歌ふ歌をかきたると言ひしかば

布さらすこれや相模の市ならむ笹わけ衣脱ぎもかへばや

（『四条宮下野集』八）

小民部が手習いをしたというので下野が扇を見せてもらったところ、扇の絵は童べたちの間で流行している歌を題材として描いたのだと小民部に明かされた。そこで、さらに下野が八番の歌を詠んだというなりゆきになっている。歌絵を見せても、下野にはそれが何を題材として描かれたものかわからなかったため、小民部が「童べの歌ふ歌をかきたる」と解答を示したのであろうが、このやりとりから、二人の間には絵柄の謎を解く楽しみがあったことが推測される。

かなり時代は下るものの『今物語』の第一話では、扇の絵がどのような物語の場面を描いたものであるのか、女房たちが謎解きを行っている。[05] ここで女房たちは、絵に描かれた男のようすから、『源氏物語』の「賢木」で、源氏が野の宮に六条御息所を訪ねた場面であろうとあたりをつけて、御息所の返歌「なくねなそへそ野辺の松むし」を口にしている。当該説話には「歌絵」という記述はない。しかし、絵を見てそれが何を下敷きとして描かれたのかを解き明かそうとしていること、またその場面を言い当てる際に和歌の一節が呟かれていることは注意されよう。

『四条宮下野集』の詞書に「笹わけ衣は破れぬ」とあり、歌に「笹わけ衣脱ぎもかへばや」とあるので、笹を分け

行く男が絵に描かれていたことは認めてよかろうが、小民部が描いた絵がどのような図柄であったか、それ以上はわからない。しかし、流行の歌を描いた歌絵を下野が即座に理解できなかったということは、歌と図柄の間には多少の距離があり、下野が歌を詠み出すにあたって、歌絵に描かれた世界には想像を働かせる余地が残されていたということになろう。

　　歌絵に、あまの塩焼くかたをかきて、樵り積みたる投げ木のもとにかきて、返しやる
　四方の海に塩焼くあまの心から焼くとはかかるなげきをやつむ　（『紫式部集』三〇）

つづいて、『紫式部集』の歌絵については、送られてきた絵に紫式部が歌を添えて返したのか、あるいは絵も歌も紫式部が書いて返したのか、解釈が分かれているが[06]、これは送られてきた歌絵に対して紫式部が返歌したものとみてよいのではなかろうか。送られてきた手紙などに歌を書き添えて送り返すこと自体はさほど珍しいことではない[07]。おそらく紫式部は、「あまの塩焼くかた」という送られてきた絵の全景から、「須磨のあまの塩焼く煙風をいたみ思はぬ方にたなびきにけり」（『古今集』恋四　題知らず　読人知らず　七〇八）といった古歌の世界が描かれ、それによって男が紫式部のつれなさを怨じていることを察したのであろう。そこで、塩焼きの風景の一部となっていた「樵り積みたる投げ木」をクローズアップし、「投げ木」と「嘆き」を掛詞にして返歌を詠んだ。

「なげきをこる」ことが歌に詠まれる際には、山か炭焼きに関連して用いられることがほとんどで、紫式部のように海辺の景と取り合わせることは、平安時代を通じてもかなり珍しい[08]。歌絵が紫式部によって描かれたものであるならば、和歌を詠ずるのに適した伝統的な取り合わせの絵を描いて返歌をすることも可能であった。それにもかかわら

ず、海辺の「なげき」が歌の中心的な材料となっているのは、すでにあった歌絵を生かして歌を作ったためとするのが穏当ではなかろうか。

以上のように、下野と紫式部はいずれも歌絵の謎を判じた上で新たな歌を作り出している。このとき彼女らに提示された謎は、無回答に謎を投げかけて想像の翼を刺激するだけのものではなく、しかるべき解答を伴っていた。そのため、歌絵から新たに詠み出された歌もまた、眼前の絵様だけでなく、謎の解答によっても心詞を規制されていた。

下野と紫式部の詠は、歌絵とその絵の元となった歌との間に贈答歌的な結びつきがある分、絵と歌の関係が近いと思われる『後撰集』や『元輔集』の歌よりも発展的な詠となっている。しかし、詠み出される歌が絵柄のみならず、場（＝背景となった歌）によって一定の制限を受ける点においては、『後撰集』などの例と大きく変わらない。

いずれにせよ、これらの歌絵の背後にある世界は、絵が描かれた時点である程度固定化されており、判じ絵的な要素はあるものの、歌絵から詠み出された歌が、元となる絵の世界から大きく離れてしまうことはなかったのである。

二、俊頼の歌絵の歌

俊頼以前の歌絵が、その元となった歌によって固定化した絵様になっていたのに対し、俊頼が詠んだ歌絵は、それ以前のものとは絵の描かれ方自体が違っていたのではなかろうか。

故大殿の北の政所より歌絵をたまはりて、これに歌よみあはせて奉れとありければ、庭にへといふもの据ゑたる所に鶴むかひて立てり、空に郭公鳴くを女ながめていたがるを詠める

郭公なく一声をしるべにて心を空にあくがらしつる　（『散木奇歌集』二五五）

大殿の歌絵の中に、男のつらづゑをつきてゐたる前にこひおもひあり、またへといへるものあり、鶴むかひて立てり、からの女ひとりある所をよめる

恋ひしともいささは言はじ年をへてうきから人を思ひいづるに　（『散木奇歌集』一一一〇）

同じ絵に女の髪をかきこして撫づる所を

かきやりし人の袂の恋ひしさにいくたび髪をふしこしつらん　（『散木奇歌集』一一一一）

二五五と一一一〇の二首の歌絵には、「へ」というものがあることと「鶴むかひてたて」ること、女性が一人でいる状況が共通する。このことから、大殿存命の時代に俊頼が見た二五五の歌絵を、大殿の没後に北の政所が再び見せて、歌を詠ませたと考えられる。[09] しかしながら、右の二首はそれぞれ異なった方向性で詠まれている。一一一〇の歌は、画中で頬杖をつく男が、唐の女への物思いに耽る恋歌として詠まれているのに対して、二二五は、男の存在と女が唐人であることを書き落として、その代わりに、女が絵のなかで空を飛ぶ郭公を眺めていたことを示して、夏歌を詠んだと考えられる。あるいは、二二五の詞書では「空に郭公鳴く」と、絵には表現できないはずの音声のことが書かれているので、絵の説明には俊頼の解釈が一部加わっていた可能性も考えられようか。また、一一一一では、一一一〇と「同じ絵」から、自らの髪を撫でる女のようすが歌に詠まれている。

このように、俊頼は一枚の歌絵の中から自由に要素を取りだし、それらを用いて複数の歌を詠んでいた。これは翻って言えば、俊頼以前の歌絵の謎には容易に想定しうる解答があったのに対して、俊頼が目にしていた歌絵には、

それがなかったことを示すものとなるのではなかろうか。

歌絵の謎にあらかじめ用意された正解がないということは、絵の解釈が自由度を増す一方で、詠まれた歌が画中の要素を繋いだだけの継ぎ接ぎの言葉遊びで終わる危険も高まるということでもある。おそらく俊頼はただの継ぎ接ぎになることを好まなかったために、次のような歌を詠んだのであろう。

大殿歌絵の中に、秋の野に男箏を前に置きて刈萱を刈りたる所に、にといふ物を二おきたる所を詠める
とにかくに乱れて見ゆる刈萱は物思ふことのしるしなりけり　（『散木奇歌集』三九五）

まめなれどなにぞはよけく刈萱の乱れてあれどあしけくもなし　（『古今集』雑躰　読人知らず　一〇五二）
うらがるる浅茅が原の刈萱の乱れてものを思ふころかな　（『新古今集』秋上　是則　三四五）

琴を近くに置いて苅萱を刈るという歌絵の絵柄は極めて特殊であり、すぐに何らかの古歌を思い浮かべることは難しい。この歌絵の場合、初期の歌絵のように、絵柄から何らかの古歌を読み解くというよりは、通常ではありえない風景をどのように捌いて一首の歌に構成するか、という点に興味の中心があったのではなかろうか。そこで俊頼は、秋の景色には馴染まない「箏（の琴）」と「にといふ物を二つ」を取って、「こと」と二つの「に」と解し、「物思ふこと」と「とにかくに」と音のみを歌に詠み入れた[10]。そうすることで歌絵を「秋の野で男が苅萱を刈っている」図として単純化し、『古今集』一〇五二や『新古今集』三四五あたりを本歌として想起させるような詞づかいで、歌を詠んでいる。

次にあげる歌では、絵を見ただけでは内心を図ることができないはずの歌絵の女に対して「思ひを持ちてゐたる」と解釈を加えた上で、『拾遺抄』一四五の詞を取り、『経信集』七六の「郭公」を題材とした歌句を念頭に置いた歌作りをしている。

　大殿歌絵に、女の思ひを持ちてゐたるに水鳥の前にある所を
身をつめばしたやすからぬ水鳥の心のうちを思ひこそやれ　（『散木奇歌集』六三三）

水鳥のしたやすからぬ思ひにはあたりの水もこほらざりけり　（『拾遺抄』冬　読人知らず　一四五）
　伏見にて、郭公
身をつめばあはれとぞ聞く郭公いま《（げに）》やすからぬ夜半のしのびね　（『経信集』七六）

本項では例として二つを取り上げたが、俊頼の歌絵の歌はこれらと同様に、ほぼすべてにおいて人口に膾炙した歌を本歌として指摘し得る。これは著名な歌を本歌取りすることで、物語性の薄い歌絵に一つの拠り所を与えようとしたものであろう。

俊頼は、謎だけを投げかけて解答を持たない歌絵に対し、本歌取りをした歌を詠むことによって、後から絵様の場を規定したとみられる。これは、古歌によって固定化された読みを絵と歌の双方向に及ぼすことで、歌絵とそこから詠み出された歌をより緊密に結びついた一段高い水準の作品に仕上げようとしたためと考えられる。

おわりに

以上、俊頼の歌絵の歌には、古歌を取ることで歌絵と自詠に拠り所を与えることで、単なる詠み捨ての歌として終わらせない工夫がなされていることをみてきた。

その工夫は、当初、詠歌の芸術性とは何ら関わりなく、同座する人々を驚かせ場を盛り上げることに力点が置かれてなされたことだったのかもしれない。俊頼が他人には付けおおせぬ短連歌の付句を詠むことで場を盛り上げ、歌壇での地歩を固める足掛かりとしていたらしいことを考えれば[11]、遊戯性の強い歌絵を詠むという行為にも、それと同様の側面があったとみるのが自然であろう。

また、俊頼は本歌取について次のように述べている。

> 歌を詠むに、古き歌に詠み似せつればわろきを、いまの歌詠みましつれば、あしからずとぞうけたまはる。
>
> （『俊頼髄脳』）

さまざまな古歌を詠み入れた歌絵の歌は、結果として、当座の新鮮味を求める心と、歌人として常にある水準以上の歌を詠みたいと欲するプライドとを同時に満たした、本歌取りの実践的な試みの場となったのではなかろうか。

注

01　小峯和明『院政期文学論』（笠間書院　平成十八年一月）、安原眞琴『『扇の草子』の研究：遊びの芸文』（ぺりかん社　平成十五年二月）、衣川彰人「葦手書と歌絵について」（『愛知教育大学大学院国語研究』一　平成五年三月）、伊井春樹「歌絵について」（『王朝文学　資料と論考』笠間書院　平成四年八月）、片野達郎『日本文芸と絵画の相関性の研究』（笠間書院　昭和五十年十一月）、白畑よし「歌絵と葦手」（『美術研究』一一一五　昭和十七年七月）など。

02　『和歌大辞典』（明治書院　昭和六十一年三月）

03　物へまかりける人の送り、せき山までし侍るとて　貫之
別れゆく今日はまどひぬ逢坂は帰りこむ日のなにこそ有りけれ（『拾遺抄』別　二〇四）
一品宮より、伊勢の御くだりに
別れゆくほどは雲井をへだつとも思ふ心はきりもさはらじ（『斎宮女御集』七四）
遠き所に思ふ人をおき侍りて　源経基
雲井なる人を遥にこふる身は我が心さへそらにこそなれ（『拾遺抄』恋上　二九九）

04　昨日まで二葉の松と聞こえしをかげさすまでもなりにけるかな（『宇津保物語』嵯峨院　三八四）
かくて、その年の十一月に、若宮の御袴、内の着せたてまつらせ給ふに
大原や小塩の小松葉をしげみいとど千歳のかげとならなむ（『朝忠集』七一）

05　大納言なりける人、内へまゐりて、女房あまた物がたりしける所にやすらひければ、この人のあふぎを手ごとに取て見けるに、弁のすがたしける人を書たりけるをみて、この女房ども、「なくねなそへそ野辺の松むし」と、くち〲にひとりごちあへるを、この人きゝて、をかしとおもひたるに、おくのかたより、たゞいま人のきたるなめりとおぼゆるに、「これはいかに。なくねなそへそとおぼゆるは」と、しりたりがほにいふおとのするを、このいまきたる人、しばしためらひて、いと人にくゝ、いうなるけしきにて、「源氏のしたがさねのしりは、みじかかるべきかは」とばかりしのびやかにたふるを、このをとこあはれに心にくゝおぼえて、「ぬしゆかしき物かな。たれならん」とうちつけにうきたちけり。（『今物語』）

06　木船重昭（『紫式部集の解釈と論考』笠間書院　昭和五十六年）、南波浩（『紫式部全評釈』笠間書院　昭和五十八年）などは紫式部自身が歌絵を描いたとし、鈴木日出男（『国文学』二七–一　昭和五十七年十月）・徳原茂実（『紫式部集の新解釈』和泉書院　平成二十年）・笹川博司（『紫式部集全釈』風間書房　平成二十六年）や注一の伊井論文などは紫式部に歌絵が送られてきたと解釈する。

07　（前略）白き御衣の袖に涙かかりて、掻練なんど映りて濡れたるを、とり放ちて、それに書きつけたまふ、

解きてやる衣の袖の色を見よただの涙はかかるものかは

いとめづらかになむ。さるは綻びにけりや」と書きて奉りたまへれば、九の君、からうじてあはれとや見たまひけむ、傍らに書きつけたまふ、

袖たちて見せぬ限りはいかでかは涙のかかる色も知るべき

きりぎりすもの憂げなる御袖かな」とて、返したてまつりたまふ。（『宇津保物語』嵯峨院）

知りたる人の、遠き国へまかるとて、あこだ瓜をおこせたりければ、瓜にかきて返しやる

見るからにつらさぞまさるあこだうり立ち別れ行く道と思へば（『顕綱集』三四）

信生法師のおこせたる文のはしに書きて、女の返しける

浜千鳥通ふかたがたあまたあればふみたがへたるあとかとぞみる（『新和歌集』恋下　六三八）

08　「なげきをつむ」とすると、『源氏物語』に二例、海辺の景とともに詠じたものがみられる。しかし、この後も多くは山にかかわる景色とともに詠まれていて、「恋わたる年をやくにてしほがまのうらならなくになげきをぞつむ」（『長綱集』二五一）まで用例がみられない。

しほたるることをやくにて松島に年ふるあまも嘆きをぞつむ（『源氏物語』須磨　入道の宮（藤壺中宮）一九一）

海人がつむ嘆きの中にしほたれていつまで須磨の浦にながめむ（『源氏物語』須磨　光源氏　一九七）

09　冷泉家時雨亭文庫『散木奇歌集』所収の「源木工集」では、当該歌の詞書は「大殿より歌絵と覚しくて」となっている。故大殿の北の政所から歌絵を望まれる以前に、俊頼が同じ絵を見ていたことの補強材となろうか。

大殿より歌絵と思しくて、女、絵をかきてゐたる庭に、へといふものすへたる所に鶴むかゐて立てり、空に郭公鳴

きたるを、女ながめてゐたる所を、これに歌詠みあはせて奉れ、とありければ詠みて奉りける

郭公なく一声をしるべにて心を空にあくがらしつる（二五二）

10　西本願寺本三十六人歌集の『元真集』三一番歌の下絵には、沼地の景色に脈絡なく「琴」の絵が描かれており、それは三一番歌の初句「音に聞く」を絵画化したものであろう。この下絵を歌絵としてよいかは判断に迷うところではあるが、歌絵とみるならば画中の「琴」ひとつを解釈するにも、かなり自由度が高かったことが伺える。

11　注01の小峯著書

第四節　短連歌を集める――後代への影響

はじめに

源俊頼は、先行する作品を新詠に取り入れるという、それまでの和歌にあっては積極的に認められてこなかった方法[01]を連歌に用いていたことを第二節で確認した。その方法は、特定の和歌に拠って作品を構築していくいわゆる本歌取り的な方法と、もう一つは先行作品で繰り返し使われることで類型化・定型化した句の「型」を自詠に取り込むというものであった[02]。

本書の冒頭でも述べたが、先行作品を摂取して新たに歌を作るということは、当時はまだ積極的に認められる方法ではなかった。前節までに述べた短連歌における先行作品摂取の方法は、同時代以降の連歌や和歌にどのように受け取られていたのであろうか。本節では、いわゆる本歌取り的な方法や、短連歌にみられるような句の「型」を取る方法など、先行歌摂取にかかわる手法が俊頼以降の和歌に与えた影響についてみていく。

一、『散木奇歌集』の連歌が後代に与えた影響

俊頼が連歌の名手との評価を受けていたことは、難句に付けよ、と幾度も指名されていることで明らかといえよう。[03] そのような名手の連歌であれば、同時代以降に連歌を作る参考とされた可能性は高い。そこで、俊頼の短連歌と後代の連歌・和歌の影響関係ついて、まずは俊頼の家集である『散木奇歌集』の連歌を中心にみていく。

　幼き児のちまき馬をもちたるをみて　　承源法師
ちまき馬はくびからきはぞ似たりける
　付くる人もなしと聞こえしかば
きうりの牛はひきぢからなし
（『散木奇歌集』一五九七）

　日の入るを見て　　観暹法師
日の入るは紅にこそ似たりけれ
　平為成
茜さすとも思ひけるかな
（『金葉集（二度本）』連歌　六五二／『俊頼髄脳』三八二）

　あやしげなる菊の花を見て、源頼茂朝臣の歌のもとを言ひければ、末を　　源頼成
菊の花すまひ草にぞ似たりけるとりたがへてや人の植ゑけん

（『続詞花和歌集』聯歌　九三九／『俊頼髄脳』三八四）

待賢門院の堀河
ともし火はたき物にこそ似たりけれ
上西門院の兵衛
ちやうじがしらの香やにほふらん
（『今物語』一八話）

「〜似たりけ（る）」という句は、第二節で述べたように、俊頼以降の時代には連歌で繰り返し用いられて、句の「型」となっていたと考えられる。この「〜似たりけ（る）」という句は全時代を通じて和歌での用例が少なく、管見によれば俊頼以前の和歌に用いられた例は残らず、以降の和歌での用例も四例にすぎない[04]。数量では連歌の作例数とほとんど変わらないが、比率から考えるならば「〜似たりけ（る）」という句の用例は、和歌ではかなり少ないことになる。しかし、俊頼以前には作例のなかった句の「型」が、後には和歌でも用いられたことを見落としてはならないだろう。

続いて、「〜見ゆるかな」という句であるが、それ自体は平安・鎌倉時代を通じて和歌に多数の用例がある。また、連歌においても俊頼以前に作例がさまざまにみられたことから、連歌に常用される句の「型」の一つとしてすでに指摘している[05]。次にあげる例は、同様の傾向が俊頼以降の時代にも続いていたことを示すものである。

忠清入道
修理大夫顕季あるかれけるに、大路に車の輪のかたわもなくて傾きて立てるを見て
かたわにてかたわもなしと見ゆるかな

後に彼大夫のえ付けざりしと語られければ付けける
ここへくるまもいかがしつらん　（『散木奇歌集』一五八五）

或人月を見て
白雲かかる山の端の月
と申し侍りけるに
豆の粉の中なるもちひと見ゆるかな　（『明恵上人集』一五〇）
入道民部卿
錦かと秋はさがのの見ゆるかな　（『井蛙抄』五三九）
鎌倉殿
あかぎ山さすがにつかと見ゆるかな
梶原
こしぢの人もさや思ふらん　（『曽我物語（真名）』二七）
其座にありける人
くくたちのやいばはたりて見ゆるかな
房主
なまいでたれかつくりそめけむ　（『古今著聞集』聖信房の弟子等茎立を煮るを見て其座の人連歌の事　三三一九）
禅師隆尊

もちながらかたわれ月にみゆるかな
小童
まだ山のはを出でもやらねば
（『沙石集』和歌の人の感ある事　二六）

これらのように『散木奇歌集』の連歌に用いられた句の「型」は、後代の和歌・連歌にも用いられていた。ただし、その総数は右にあげた二例であり、そもそも俊頼の連歌が後代の和歌・連歌に影響を及ぼしていたのか、ここからだけでは判断しがたい。

そこで、さらに特定の歌の表現を新たな詠に取り入れる一般的な先行歌摂取の状況についても確認していく。以下に二例をあげる。

伏見にくぐつ四三がまして来たりけるに、さきくさに合はせて歌うたはせんとて呼びにつかはしたりけるに、もと宿りたりける家にはなしとてまうで来ざりければ　家綱
うからめは浮かれて宿も定めぬる
つく
くぐつ廻しはまはり来てをり
（『散木奇歌集』一六〇八）

うかれめの浮かれてやどる旅やかたすみつきがたき恋もするかな　（『六百番歌合』寄遊女恋　季経　一一五七）

「うからめ」が和歌に用いられること自体が、『六百番歌合』における季経・隆信詠以降に数例残るのみと珍しい[06]。なかでも季経の歌は語の重なり具合からみて『散木奇歌集』一六〇八の前句を取って詠まれたとみてよいだろう。

殿下にて人人に連歌をせさせてあそばせ給ひけるに、明け方になりて鐘の声ほのかに聞えければ　安芸守重基

九つのみちの声遠く聞こゆなり

付く

我が六つのねの罪や消ゆらん　（『散木奇歌集』一五七〇）

折草花供仏歌林苑

いざ折りて閼伽にそへなん女郎花おのが五つの罪や消ゆると　（『林葉和歌集』三九二）

和歌において「罪」は古くから詠まれているものの[07]、「罪や消ゆ」という句として詠まれることは珍しく、俊頼以前には用例がない[08]。同時代にも、俊恵のほかには覚性法親王の「照らすなる三世の仏の朝日には降る雪よりも罪や消ゆらん」（『千載集』釈教　一二二二）が残るのみである。いずれの歌も仏によって我が身の罪が消えることが歌っているが、なかでも俊頼と俊恵の歌は「六つの根の罪」（六根罪障）と「五つの罪」（五障）といずれも数字を用いて我が身に宿る仏教的罪障をあらわした上で[09]「罪や消ゆ」と詠んでいて発想が近い。

また、先行歌の摂取を考えるときには、新奇な表現の摂取についても注目されよう。

ある女房の鞍馬へまゐらむとて、かたへの女房にしたうづを借りければ、一日太秦にまゐりしには着たりしかば、みな破れにけりと言ふを聞きて

今日見ればしたうづまさにやれにけり

と申したりしかど作る人になかりしかば、かの女房にかはり

くらまぎれにぞ今ははくべき

（『散木奇歌集』一五八七）

夕暮に市原野にておふきずはくらまぎれとや言ふべかるらん

（『古今著聞集』第十九　鞍馬詣の者市原野を過ぎ盗人に遇ひたるを聞きて慶算詠歌の事　慶算　二四四）

中宮亮仲実備中の任に下りける時に、備前国のあふすきのくひと言ふものの立ちなみたるさきに、鵜といふ鳥と鷺といふ鳥とゐたりけるを、具したりける六波羅別当といふ僧の申したりける

鳥と見つるはうさぎなりけり

これを守仲実みつけて京にまうできて語りければ付けける

木の実かとかきはまくりも聞こゆれど

（『散木奇歌集』一五七六）

同佐のもとに、貝つ物をまぜくだ物にして、きこえさすとて

わたつみの浪の花咲く浮き木にはかきはまぐりのなるにやあるらん

（『国基集』一四八）

市に市女笠多かるを見て　時房
市見れば市女笠こそつきもせね
木なる瓜を置き並べたるを見て付く
うりかふためのみのみつとへば
（『散木奇歌集』一五九六）

とことはに思ふ事こそつきもせね欣求浄土と厭離穢土とを
（『拾玉集』賦百字百首一時半詠之　思ふ事　一三〇三）

「くらまぎれ」という『散木奇歌集』の連歌に見られる新奇な表現は、慶算の歌以外に作例が見られない上、慶算の活躍期は俊頼の没後であるので、『散木奇歌集』の連歌を参考にして詠まれた可能性が高い。「かきはまぐり」については、どちらも貝を木の実に見立てているので影響関係があると思われるが、仲実と国基の生存時期が重なりあうので連歌と和歌のいずれが先に作られたものであるのかは定めがたい。しかし、国基が良暹・賀茂成助といった連歌作者らと親交のあったことを考えるならば、連歌的な思考から『国基集』一四八が詠み出された可能性も残されよう。新奇な表現ではないが、「こそつきもせね」という表現も慈円以外には先行する用例が残らず、俊頼に学んだとみてよいのではなかろうか。

以上、『散木奇歌集』におさめられた連歌が俊頼以降の連歌・和歌に影響を与えた例を確認してきた。例はさほど多くないものの、ここにあげた連歌の句の「型」は後代の連歌にも引き継がれ、さらに和歌にも用例がみえた。これに対して、特定の連歌に拠って詠む本歌取り的な手法が用いられる場合や、先行連歌に特有の語彙をとって作品が作られる場合にも後代に用例が見られ、連歌に含まれるさまざまな要素が和歌へと流れこんでいる状況が看取された。ただし、ここにあげた例は、『散木奇歌集』から得られた用例は俊頼の家集という非常に限定された範囲内でのことであり、さらに分析の範囲を広げたときにも同一の傾向を示すのか、多くの短連歌が収集された『俊頼髄脳』を例にとって、次項で考察を行う。

二、『俊頼髄脳』の連歌が後代に影響を与えた例

永胤法師
荻の葉に秋のけしきの見ゆるかな
永源法師
風になびかぬ草はなけれど
（『俊頼髄脳』三七九）

観暹
日の入るは紅にこそ似たりけれ
平為成
茜さすとも思ひけるかな
（『俊頼髄脳』三八二）

「見ゆるかな」・「似たりけれ」という句の「型」が俊頼以降の連歌にも取り入れられていたことは、前項ですでに

述べたが、それと同じ句の「型」を持つ連歌が『俊頼髄脳』でも用いられている。家集に入るものと同一傾向の作品が『俊頼髄脳』にも選び入れられていたということであろう。

そこで本項では、『俊頼髄脳』の連歌が、のちの連歌・和歌に与えた影響を確認していく。

①後代の連歌に影響を及ぼしている例

道なかの君
あやしくも膝よりしものさゆるかな
実方中将
こしのわたりに雪や降るらむ
天文博士
（『俊頼髄脳』三七一）

あやしくも西に朝日のいづるかな
朝日の阿闍梨
天文博士いかに見るらむ
（『沙石集』巻七　嫉妬の心無き人の事　一〇七）

瓦屋の板葺にてもたてるかな
木工助助俊
土くれしてや作りそめけむ
（『俊頼髄脳』三九一／『金葉集（二度本）』雑下　連歌　六五四）

其座にありける人
くくたちのやいばはたりて見ゆるかな
房主
なまいでたれかつくりそめけむ
（『古今著聞集』聖信房の弟子等茎立を煮るを見て其座の人連歌の事　三二九）

慶暹
このとのは火桶に火こそなかりけれ
永源
我がみづがめに水はあれども
（『俊頼髄脳』三八三／『続詞花和歌集』聯歌　永源法師　九四三）

あるじ
たたみめにしくさかなこそなかりけれ
青侍
こものこのみやさしまさるらむ
（『古今著聞集』左京大夫顕輔青侍と連歌の事　三一三）

「あやしくも〜かな〜らむ」・「作りそめけむ」・「〜こそなかりけれ」という連歌の句の「型」は、いずれも『俊頼髄脳』以降の連歌に用いられている。そもそも現存する短連歌は数が少なく、ひとつの「型」に対して複数の用例を見いだすことは難しい。また、これら三つの例には、句の「型」を摂取して詠んだとみられる歌々も残る。

まず、「あやしくも〜かな〜らむ」という句の「型」をみていく。「あやしくも鹿の立ちどの見えぬかな小倉の山に我やきぬらん」（『拾遺抄』夏　兼盛　七七）という著名歌[10]に現れる句の「型」であるにもかかわらず、和歌ではほとんど用いられていない。[11]しかし、「あやしくも〜かな」あるいは「あやしくも〜らむ」という「型」に範囲を拡大して調査すると用例が急激に増える。

あやしくもときはの森の夕風に秋来にけりとおどろかるらん　（『為忠家初度百首』夏　樹陰納涼　忠成　二五二）

あやしくも雨に曇らぬ月かげや卯花山の盛りなるらむ　（『百首歌合　建長八年』顕朝　八二五）

特に「あやしくも」と歌い出して疑問を提示し、下の句でその答えかと推測される内容を歌い、結びを「〜らむ」とする例には、そのほとんどが院政期以降にみられる。謎解きという要素が歌にみられることを考えるならば、「あやしくも〜かな〜らん」という句の「型」を用いた連歌の存在が、「あやしくも〜らむ」と歌う用例を増やす契機となった可能性を認めてもよいのではなかろうか。

次に、「作りそめけん」は、連歌でその句の「型」が用いられる以前には連歌・和歌ともにほとんど作例がなく、『俊頼髄脳』の成立期あたりから和歌で用いられるようになった。

あや杉のとざしはなどやあやにくに心づよくも作りそめけん　（『住吉物語（真鍋本）』中将（大将）一〇五）

建長七年顕朝家千首歌、兼作抄　光俊朝臣

小倉山花も紅葉も植ゑおきていかなる神の作りそめけむ　（『夫木和歌抄』雑二　八二四七）

そもそも「作りそむ」の用例自体が少なく、右にあげた他に、鎌倉前期には忠良の「から島のあがりの宮の音より作りそめてしから人の池」（『新撰和歌六帖』池一一〇四）しか残らない。「作りそむ」の早期の用例としては、次の俊頼詠とある。

年老いぬらんと思ふ人の年を隠して若やぐを聞きてよめる
君はしも聞きわたりけん津の国の長柄の橋を作りそめしも
（『散木奇歌集』一三六六）

右の歌は、『栄花物語』「松の下枝」の「尋ぬれど昔ながらの橋もなし跡をぞそれと聞きわたりける」（松の下枝一品宮女房　六〇一）を本歌取りしたとみられるが、三句切れを用いて上下の内容を倒置させ、上の句で言いかけた内容の詳細を下の句で明かすというように謎解きめいた構成をとっている。これは、『俊頼髄脳』にみえる「そのなかがうちに、言ふべき事の心を、いひ果つるなり」[12]という連歌についての言説に通じるものと言えよう。詞書から、老人をからかうような即興性を重視した作品であったとみられることと合わせて、当該詠は連歌的な場と発想のもとで詠まれたとみてよい。おそらく、「作りそむ」という語自体が、連歌に連なる土壌に息づいていたのであろう。

続いて、「～こそなかりけれ」は、和泉式部の「たとふべきかたは今日こそなかりけれ昨日をだにもくらしてしかば」（『和泉式部集』五八九）以降、和歌にはまま見られて珍しい句ではない。しかし、これが連歌と同じ「～なかりけり（る）～あれども」・「～なかりけり（る）～らん」という形になると、院政期以降に作例が出てくるようになる。

書きつくる跡は千歳もなかりけり忘れずしのぶ人はあれども

（『古今著聞集』住吉社の修理に当り古来の詩歌失せ果てたるを見て或人詠歌の事　二一九）

童に遣はしける　　心円法師

白浪の立ちくるときぞなかりける枕の下に海はあれども

（『楢葉和歌集』雑一　七二三）

神無月時雨れぬ日こそなかりけれながめがしはの何やふるらん

（『現存和歌六帖』ながめがしは　隆祐　七一七）

これらはいずれも三句切れになっており、上の句で提示された状況がどのような矛盾や理由のもとで起きていたことなのか下の句で説明を加えていて、それぞれ連歌的な構造を持っている。

以上のように、詠歌内容は意識せずに句の「型」のみを取るという方法は、後代においても、即興性が求められる場合には有効であるとして連歌で用いられた他、院政期以降の和歌でも用いられていた点は注意されてよかろう。

②後代の和歌に影響を及ぼしている例

結論から言えば、『俊頼髄脳』におさめられた連歌を摂取して和歌が詠まれた例は、かなりの数にのぼる。すべてを指摘するのは煩雑となるので、それらのうち五例について考察を行う。

【例一】

白露のおくにあまたの声すなり

花のいろいろありとしらなむ

これは、後撰の連歌なり。（『俊頼髄脳』二一二）

白露はおきてみんとも思ふらんさのみうつさじ花のいろいろ（『文治六年女御入内和歌』野花　季経　一五七）

玉垂れのこすのをゆけば白露のおくにあまたの虫ぞ鳴くなる（『夫木和歌抄』秋五　光俊　五五七七）

連歌では御簾の内側にいる女房たちを花に見立てていたところを、季経は「野花」という題に合わせて花そのものとして詠んでいる。一方、光俊は白露の置いている奥に数多いるものを「虫」として秋歌を詠む。いずれも『俊頼髄脳』二一二の影響下で和歌を詠まれたと考えられるが、もともとこの連歌は後撰集歌である。光俊歌は『後撰集』の詞書に「秋のころほひ、ある所に女どものあまた簾の内に侍りけるに」とあるところを二句に取り入れて「小簾」と地名としての「越」をかけているとみられ、『俊頼髄脳』からではなく勅撰集歌から直接に摂取したとも考えられる。[13]しかしながら、当該連歌を摂取した歌が詠まれはじめるのが『俊頼髄脳』以降であることは注目されよう。

【例二】

人心うしみつ今は頼まじよ

夢に見ゆやとねぞ過ぎにける

これは、拾遺抄の連歌なり。（『俊頼髄脳』二一三）

人心うしみつと思ふ時しまれそよとてわたる荻の上風
（『小侍従集』深夜聞　四九）

うしみつと言ふに昔ぞしられけるねぞすぎにける人の心は
（『正治二度百首』禁中　宮内卿　八八一）

惜しめどもうしみつ今は更くる夜のただ夢ばかり残る春かな
（『洞院摂政家百首』暮春五首　家長　二七五）

うしみつと聞こゆる声のつらきかな頼めし夜半もまたふけにけり
（『顕氏集』寄声恋　八四）

「うしみつ」は、新古今歌人らを中心に用いられて用例を増やすが、そこで詠み出された歌の多くは、右にあげた連歌を摂取して詠まれている。[14]『俊頼髄脳』二二一と同じく、この連歌も勅撰集等にみられる著名歌であるので、[15]『俊頼髄脳』入集作として摂取しているか不明であるものの、【例一】と同じく後代の歌に影響を与えはじめるのが『俊頼髄脳』成立以降の時代であることは見逃せない。これらの連歌が本歌取りされる要因の一つとして、歌人俊頼やその作歌手引き書である『俊頼髄脳』の地位の高まりといったことがあったのではなかろうか。

【例三】

重之
物あはれなる春のあけぼの
修行者
虫のねの弱りし秋の暮れよりも
（『俊頼髄脳』三八八）

百首の歌に虫をよめる

弱りゆく虫の声にや山里は暮れぬる秋のほどをしるらん　（『散木奇歌集』四二七／『堀河百首』虫　八二四）

百首歌奉りける時、よみ侍りける　大炊御門右大臣

夜を重ね声弱りゆく虫のねに秋の暮れぬるほどをしるかな　（『千載集』秋下　三三一／『久安百首』秋　一四九）

保延のころほひ、身を恨むる百首歌よみ侍りけるに、虫の歌とてよみ侍りける　皇太后宮大夫俊成

さりともと思ふ心も虫のねも弱りはてぬる秋の暮れかな　（『千載集』秋下　三三三）

虫の音が弱まる秋の暮れの景が和歌に詠まれるようになるのは、おおよそ十二世紀頃からであり、その最も早い作例として『散木奇歌集』四二七がある。公能歌が『堀河百首』で詠まれた俊頼歌を摂取しているように、連歌ではなく俊頼の和歌から摂取されたとも考え得るが、そもそも俊頼歌は連歌を取りいれたと考えられる詠である。類歌の発想の源泉が『俊頼髄脳』にあった可能性を指摘しておきたい。

【例四】

頼光

たでかる舟の過ぐるなりけり

相模が母

朝まだきからろの音の聞こゆるは　（『俊頼髄脳』四〇〇／『金葉集（二度本）』雑下　連歌　六五九）

さ夜ふけて空にからろの音すなりあまのとわたる船にやあるらん

（『江帥集』雁　八八）

淡路島かざまにわたる塩舟のからろの音ぞ沖に聞こゆる

（『新撰和歌六帖』船　家良　一一一一）

和歌に「唐艪の音」が詠まれること自体が珍しい。また、ここであげた連歌・和歌ともに、自らの目では確認できない景色を聴覚的に捉えている点で共通しており、匡房と家良の歌は『俊頼髄脳』四〇〇から学んだとみてよかろう。

【例五】

道信の中将の、山吹の花をもちて、上の御局といへる所を、すぎけるに、女房達、あまたゐこぼれて、「さるめでたき物を持ちて、ただにすぐるやうやある」と、いひかけたりければ、もとよりや、まうけたりけむ、

口なしにちしほやちしほそめてけり

といひて、さし入れりければ、若き人々、え取らざりければ、おくに、伊勢大輔がさぶらひけるを、「あれとれ」と宮の仰せられければ、うけ給ひて、一間が程を、ゐざり出でけるに、思ひよりて、

こはえもいはぬ花のいろかな

とこそ、付けたりけれ。

（『俊頼髄脳』四四〇／『続詞花和歌集』聯歌　九三五／『袋草紙』一六二　＊付句のみ／『八雲御抄』四七）

言ひ渡りける男の返りごとに、まことの松のと言ひたりければ、岩に松をおほしておこせたるに、女に

かはりて
かりそめにつけたる松は甲斐もあらじこはえもいはぬあだ心かな
（『江帥集』四二九）

花をよみ侍りける　源道時朝臣
雲ゐなる峯のこずゑを見渡せばこは世にしらぬ花の色かな
（『万代和歌集』春下　二三三）

くちなしの色のやちしほ恋ひそめし下の思ひや言はではてなん
（『洞院摂政家百首』忍恋　定家　一〇一四）

前斎院に山吹のえならぬ枝につけて聞こえ侍りける　ふくらすずめの左大臣
くちなしのこはえもいはぬ色なれどさしてもいかが山吹の花
（『風葉和歌集』一二〇）

くちなしの千しほの色（　）いはねども心にあかぬ山吹の花
（『如願法師集』四三一）

宇都宮神宮寺二十首歌に　素暹法師
君を我が思ふ心の色ならばちしほやちしほ染めてみせまし
（『新和歌集』恋下　五九五）

勅撰集に入集していない連歌が、右のようにさまざまな歌の本歌となっている。当該連歌は、前句・付句ともに言い切りの形をとっていて、さきにも指摘した俊頼の求めた連歌の形式に則っている。しかし、用いられている語彙に珍しいところはない。例えば「こはえもいはぬ」という句は右にあげたものが現存する用例のすべてとなるものの、「えもいはぬ」という言葉自体は、

なぞなぞ物語し侍りける所に　曾禰善忠
我がことはえもいはしろのむすび松千歳をふとも誰かとくべき
（『拾遺抄』雑下　五一三）

えもいはぬ夜半の氷にあい［　］ければまだうちとけぬ心地かもする

（『四条宮主殿集』一五）

というように古くから用例があり、和歌に取り入れやすい語彙であった。これは本項で取りあげた連歌全体に言えることで、和歌に馴染みやすい言葉を用いていたことが、数々の歌に摂取された理由の一つとなったと考えられる。また、定家に連歌を本歌とした作例（『洞院摂政家百首』一〇一四）があったことも注目されよう。さらに、定家は次に示すとおり、『千五百番歌合』八百十番の判詞で、良暹の連歌を指摘している。

良暹

もみぢ葉のこがれてみゆるみふねかな

（『俊頼髄脳』四四二／『八雲御抄』四八）

八百十番　左　　顕昭

もみぢ葉にこがれあひても見ゆるかな絵島が磯のあけのそほ舟

右　　丹後

なきとめぬ秋こそあらめきりぎりす己がねさへぞ弱りはてぬる

良暹がつかうまつれる連歌とかや物語に申し伝へたる、すぐれてをかしきにはあらねど、あまねく人の口に侍る。絵島が磯のまじりて歌になりにけるとやきこえ侍らむ

なきとめぬ秋こそあらめなどいへる、をかしきかたも侍るべし

（『千五百番歌合』秋四　一六一八・一六一九）

新古今時代の歌壇の主要歌人の一人である定家が自詠に連歌の句を取り入れ、さらに後鳥羽院歌壇の盛儀であった『千五百番歌合』の判詞で連歌を指摘している。判詞そのものは連歌を「すぐれてをかしきにはあらねど」とした上で右歌を評価する。第一章で、父俊成が必ずしも今様の摂取して歌を詠むことをを評価していなくとも、判詞で今様について言及したことについて考察を行った。それと同じく、定家自身は連歌的なものを取り入れることに必ずしも肯定的でなくとも、歌壇自体の流れが個人の力では止めようもないほど連歌を取り入れる方向に動いていたことを示すものではなかろうか。

承久元年に催された『内裏百番歌合』七十四の衆議判でも、良暹の連歌が指摘されている。

七十四番　左　　家衡卿

紅葉ばのこがれて見ゆる木末かな衛士のたく火の夜は燃えつつ

右勝　　行能

時雨れつつ木の葉の落つる庭のおもに積もるあはれも色まさりつつ

左歌、上句、良暹法師連歌なり、下句ばかりわづかに新之由、その沙汰あり、右、さほどなる事侍らねども、勝とす

（『内裏百番歌合』庭紅葉　一四一・一四二）

ここでは連歌を用いた歌が負けになっていて、判詞に「上句、良暹法師連歌なり」とあるものの、連歌発祥の歌句を用いたこと自体が咎となったという意味ではない。左歌の下の句に対して「下句ばかりわづかに新」という評価が

付けられている。下の句はあきらかに

題不知　　大中臣能宣朝臣

御垣守衛士のたく火の夜は燃え昼は消えつつものをこそ思へ

（『詞花集』恋上　二二五）

の表現をとっているのであるが、家衡はこの上の句を大きく取りながら恋情を叙景に詠み換えており、判ではその部分について「わづかに新」と評価が付けられたのであろう。また、「上句、良暹法師連歌なり、下句ばかりわづかに新之由」という判詞は上の句と下句を並立する書き方で評価されている。下の句が本歌に大きく拠りつつも詠歌内容を転じた工夫によって評価されたとすると、上の句は詞も詠歌内容も良暹の詠んだままであるという工夫のなさが非難の対象となったとみられる。「良暹法師連歌なり」という判詞は、先行作品を捻りもなくあからさまに用いた表現を咎めたもので、その歌句がもともと短連歌のものであることは問題ではなかったと考えるべきではなかろうか。また、この歌合は衆議判であるので、やはり歌壇的な流れとして和歌に連歌を取り入れることがある程度は認められていたと言ってよいように思われる。

『俊頼髄脳』の連歌は、多くが和歌を詠ずる際に摂取されていた。これはおそらく『散木奇歌集』が著名な歌人の家集ではあるものの、あくまで一歌人の作品集でしかないのに対し、『俊頼髄脳』は歌を学ぶものに対して書かれた作歌手引き書であるという性格の違いによるものであろう。和歌に堪能な歌人が執筆した作歌手引き書『俊頼髄脳』に収められた歌々は、それが和歌であれ連歌であれ、のちの歌人にはほぼ等しく手本と認識された可能性をみておきたい。

ただし、これまで見てきたとおり、『俊頼髄脳』収録の連歌が後代の連歌・和歌に取り入れられる場合にも、手法そのものは『散木奇歌集』収録の連歌とおおよそ同様の傾向を示していた。これは前節で指摘したように、連歌の即応性を満たすために生みだされた方法が、院政期以降の和歌を作る際にも有効な手段であるとして、和歌にも取り入れられつつあったことを示そう。

おわりに

『散木奇歌集』と『俊頼髄脳』の連歌を見ていくと、比率の差は見られたものの、後代の和歌・連歌への取り入れ方はおおよそ同じ傾向を示していた。いわゆる本歌取り的な方法で連歌が新詠和歌へと取り入れられている以外に、連歌の制作に有効な手法として成立した句の「型」を取り入れるという方法も、和歌で用いられるようになっていたのである。

第二節で詳述したように、即応を重視するために句の「型」によって連歌・和歌を詠むということは、既存の定型的な語によって多くの文字数を埋めてしまうことでもある。それは作者の独創性を発揮する場を大幅に減じてしまうことにもなりかねないが、即応の必要に迫られた場合には、連歌のみならず和歌においても大きなメリットの得られる方法と認識されたのであろう。

この、主題にかかわらない部分の句だけを取って「型」として用いるという方法は、俊頼が収集した短連歌の傾向から推測されるように、活発に短連歌が詠まれた院政期頃に作例を増加させている。こうした傾向がみられるのは、常に即興的・即応的に連歌を詠み出す必要のあった歌人らにとって、素速く歌を詠むためには有効な手段になっていったと考えられる。

句の「型」を取り入れるという方法が連歌で多用されるのとほぼ同時期に、和歌においても句の「型」をとって詠むという作例が増えていく。このことから、連歌の方法として確立した手法が、和歌でも評価されるという流れのあったことが推測される。句の「型」を取り入れるという手法が和歌でも多用されるようになったのは、百首歌が流行しはじめて一度に大量の新詠歌を確保せねばならなくなった時代でもある。そのような時代的状況にあって、素早く和歌を作り出すことのできる手法は、極めて有用なものとなった。

もともと俊頼には、連歌では出来がどうであれ黙っているより応じた方がよいという考え方があり、[16]和歌よりも先行作品を摂取しやすかったと思われる。『俊頼髄脳』では古歌を取って和歌を詠むことについて、

歌を詠むに、古き歌に詠み似せつればわろきを、いまの歌詠みましつれば、あしからずとぞうけたまはる。
（『俊頼髄脳』）

と述べており、古歌を取るならば、本の歌以上に良いものを作らなくてはならないと規定している。しかし、作品の出来を云々せず、とにかく付けよとする連歌の場合には、和歌における「詠み増す」という意識に縛られずにすんだのではなかろうか。こうしたことからも、連歌では、句の「型」を取るという実験的な先行作品摂取の方法を取り入れやすかったと考えられる。そして、より和歌に近い形式を持つ連歌の中で形成された先行作品摂取の新手法が、連歌のなかだけに留まっておらず、本項でみてきたように、和歌の側へも扉を開いていったのであろう。

注

01　『新撰髄脳』に「古歌を本文にして詠める事あり。それはいふべからず。」とあるように、先行する歌学書において、古歌を取って歌を詠むという、いわゆる本歌取りは否定的に捉えられている。

02　稲田利徳氏は「連歌と和歌」（『論集　和歌とは何か』（和歌文学の世界　第九集）笠間書院　昭和五十九年十一月）のなかで、「にて」（指定の助動詞「なり」の連用形「に」＋接続助詞「て」）について、和歌（八代集）と連歌（『菟玖波集』）の用例を調査し、和歌よりも連歌の用例の方が高い割合を示す上に、連歌には「三句末が「にて」、五句が体言で終わる」ものが全体の約三分の一であって「かなり類型的な様相を呈している」とする。稲田氏の論は、和歌と連歌が類似する表現をとりつつも用法に違いが出ることなど、形態的・表現的には接近する時代状況にあった両ジャンルの「異質性」を論ずるものであり、両ジャンルの接近の過程に着目する本稿とは方向が異なる。しかし、連歌の表現にみられる類型性への言及は重要である。稲田氏が扱うのが本節よりも後の『菟玖波集』であり、そこに類型的な詠法が取られているという指摘がなされているのは、後代にも句の「型」という方法が生き続けた可能性を示す貴重な例となろう。

03　この他にも『散木奇歌集』中に類例は多い。

　　堀河院御時、出納が腹立ちてへやのしうといふものを、御倉の下に籠むなるを聞きて　　源中納言国信

へやのしうみくらの下に籠もるなり

　付けよとせめありければ

をさめどのには所なしとて（『散木奇歌集』一六一五）

　西山に五節の命婦と言ふ琴ひきのもとに、人人あまた具しておはしまして、道にてときはを過ぎさせ給ふとて

　　　帥大納言殿

ときはは過ぎぬいづらかきはは

　刑部卿政長の付けずとて譲られしかば

道すがらまもりさいはひ給ふれば（『散木奇歌集』一六二〇）

04　我と言へば限りあるにぞ似たりけるそこともささぬ光なれども
（『散木奇歌集』十二光仏の名を人人よませしによめる　無辺光仏　八八四）
絵にかけばむめもさくらも似たりけり春のかたみは思はざらなん（『忠盛集』百首　物名　かけばん　九九）
我が心池水にこそ似たりけれ濁りすむこと定めなくして（『続後拾遺集』釈教　源空　一三一五）
平茸はよき武者にこそ似たりけれ恐ろしながらさすが見まほし
（『古今著聞集』観知僧都平茸を九条相国に贈るとて詠歌の事　相国（九条太政大臣）　三一七）

「～似たりけ（る）」という句のほとんどは、何かと何かが似ているとする上句の内容を、下句で読み解くという問答的な形式をとっており、この点でも連歌に近い。

05　俊頼以前の連歌の例は次にあげるとおり。これらの例についての詳細は第二節を参照。

端に人のあからさまに臥したりけるを見て、権少将
うたたねのはしとも今宵見ゆるかな
と言へば
夢路にわたす名にこそありけれ（『実方集』三二一）

むまのかみ〔　〕敦家、殿上人の参るひんがしおもての、御障子の絵に馬のかかれたるを、月のあかき夜
絵なる馬の月のかげにもみゆるかな
とあれば
くらからずこそかきおきてけれ（『四条宮下野集』一五三）

善恵房といふものの、馬より落ちて、手をつきそこなひてありしを、甲斐の守ありすけ
今日よりは落《（ママ）》つるひじりと見ゆるかな
また付ける
今はてつきぬすみかけんさは（『行尊大僧正集』二七）

06　浪の上に浮かぶ契のはてよりも恋に沈まむ名こそうからめ（『六百番歌合』寄遊女恋　隆信　一一四四）

秋の夜の月にぞ歌ふ舟のうち浪の上なるうからめの声（『正治二度百首』遊宴　後鳥羽院　八八）

十三世紀以前に「うからめ」を詠んだ歌としては、右の二首が残る。その後も『朗詠題詩歌』（四一四）・『芳雲集』（四八六四）・『琴後集』（九七一）・『大江戸倭歌集』（二九六）しかなく、和歌に用いられる語としてはやはり珍しいものであった。

07 古くから歌に「罪」は詠まれてきた。早期には恋歌に詠まれることが多かったか。

味酒呼《ウマサカヲ》　三輪之祝我《ミワノハフリガ》　忌《イハフ(イハヒ)》　杉《スギ》　手触之罪歟《テフレシツミカ》　君二遇難寸《キミニアヒカタキ》（『万葉集』巻四　相聞　丹波大女娘子歌三首　七一五）

みごもりの神に問ひてもきてしか恋ひつつあはぬ何の罪ぞと（『古今和歌六帖』片恋　二〇二二）

題不知　　浄蔵法師

我がためにつらき人をばおきながら何の罪なき世をやうらみむ（『詞花集』恋上　二〇〇）

08 仏教的な意味合いでの「罪」が消えるということは、しばしば仏名などとかかわって詠まれ、俊頼以前からみられる。

延喜御時の屏風に　　貫之

年の内に積もれる罪はかきくらし降る白雪とともに消えなん（『拾遺集』冬　二五八）

経る年の御仏名に、女

つらさをもみてやみぬべし作りこし恋の罪にて今宵消えなん

返し

恋ひしさを罪にて消ゆるものならば身をなきものになしつつやみん（『一条摂政御集』九四・九五）

かへし

ゆく方もしらずと言ひし年月も我が身に積もる罪にぞありける

又

若かりし昔年月のどけくて罪の深さはとくぞ消えける（『公任集』三五六・三五七）

09 「罪」と数字とを一首に詠みあわせる場合、早期には「三世」との結びつきが強く、ほかの数字が用いられることはほとんどなかった。院政期以降に「五つ」または「六つ」の「罪」がいくつか詠まれたものの用例は少なく、かつ俊頼の短連歌以降にしかみられないことは注目されよう。

九番　仏名　左　美作

あらはるる三世の仏の名を聞くに積もれる罪は霜と消えなむ（『禖子内親王家歌合　治暦四年』一七）

人わたす三世の仏の名を聞けば昔の罪も今や消ゆらん（『永久百首』仏名　常陸　四一二）

かつ消ゆる雪とも罪を思はばや三世の仏を拝むしるしに（『林葉和歌集』雪中仏名　六二一）

三世の仏三千数御名を声にたてて この一とせの罪ぞ消えぬる

（『拾玉集』詠百首倭歌今以廿五首題各寄四季之心　釈教　二二九三）

ただし、「六つの道」・「五つの障り」のように数字を含んだ語は、例は少ないながら平安前期から詠まれている。俊頼の発想の源泉はこういったところにあったか。

家の前を法師の女郎花をもちて通りけるをいづくへ行くぞと問はせければ、比叡の山の念仏の立て花になむ持てまかると言ひければ結びつけける　和泉式部

名にしおはば五の障りあるものをうら山しくものぼる花かな（『新千載集』釈教　八九四）

土御門殿にて、三十講の五巻、五月五日にあたれりしに

たへなりや今日はさ月のいつかとて五つの巻のあへる御法も（『紫式部集』六五）

善学菩薩道、不染世間法、如蓮華在水、従地而湧出

いさぎよき人の道にも入りぬれば六つの塵にもけがれざりけり（『発心和歌集』従地湧出品　三九）

10　『拾遺抄』七七は、これ以外に『拾遺集』一二八・『宝物集』三八四・『古来風体抄』三五三・『五代集歌枕』五などに入集している。

11　あやしくも今朝の袂の濡るるかな今夜いかなる夢をみつらむ（『風葉和歌集』恋二　やせかはの右衛門督　九一七）

「あやしくも〜かな」という形は和歌に用例は多いが、「あやしくも〜かな〜らむ」という形になると、用例は右の一例のみとなる。「やせかはの右衛門督」が登場する物語の成立年代が不明であるため、連歌との先後は定めがたい。

12　次に、連歌といへるものあり。例の歌の半をいふなり。本末心にまかすべし。そのなかからがうちに、言ふべき事の心を、いひ果つるなり。心残りて、付くる人に、言ひ果てさするはわろしとす。たとへば、夏の夜をみぢかきものと言ひ初めし

といひて、人は物をや思はざりけむ　と末に言はせむはわろし。この歌を、連歌にせむ時は、夏の夜をみぢかきものと思ふかな　といふべきなり。さてぞかなふべき。（『俊頼髄脳』）

13　秋のころほひ、ある所に女どものあまた簾の内に侍りけるに、男の歌の本を言ひ入れて侍りければ、末は内より

読み人知らず

白露のおくにあまたの声すれば花の色色有りとしらなん

（『後撰集』秋中　二九三／『袋草紙』撰集故実　一六　※三句「声すれば」）

14　『俊頼髄脳』一二三を摂取したとみられる歌は他にもある。

思ひかね夢に見ゆやと返さずはうらさへ袖は濡らさざらまし（『千載集』恋三　題不知　頼政　八二八）

待ちかねて夢に見ゆやとまどろめば寝覚めすすむる荻の上風（『山家集』雑　恋百十首　一二六七）

床の上に手枕ばかりかたかけてしばしと思へばねぞ過ぎにける

（『信実集』雑　うたたね　一六八／『新撰和歌六帖』おもかげ　一二四四）

15　当該歌は『俊頼髄脳』以外にも採録されている。

内に候ひける人を契りて侍りける夜、遅くまできけるほどに、丑三つと時奏しけるを聞きて、女の言ひ遣はしける

読人不知

人心うしみつ今は頼まじよ

と侍りければ　良岑致貞

夢に見ゆとやねぞ過ぎにける

（『拾遺抄』雑上　四五〇／『拾遺集』雑賀　一一八四／『大和物語』一六八段　二七九）

16　良暹の前句に誰一人付けることができなかったエピソードを語った後で、「この事を好むものは、あやしけれども、おもなくいひいでて、打ちわらひてやみぬるものなり。その日も、付けたる人はありけめど、好まぬ人は、つつましさに、さやうの晴などは、えいひ出ださで程へぬれば、やがて、こもりぬるなり。さればなほ、よしなし事なれど、かやうの折りの料に、おもなく好むべきなめり。」と述べており、付句は出来の如何によらず、間を置かずにすべきであるとする。

第三章　新古今前夜（一）

――建久期九条家歌壇

第一節　建久期十首贈答歌群について

はじめに

建久期の和歌活動は九条家歌壇を中心として行われた。この九条家歌壇の庇護者である良経は、俊成・定家・寂蓮らといった御子左家を中心とする新風歌人や、やはり新風に親しんだ叔父・慈円などとともに数多くの歌を詠んでいる。建久期の新風和歌を考察していく際に、九条家歌壇の動向を探ることは重要であり、『花月百首』や『六百番歌合』のような定数歌の催しをはじめとして、『いろは四十七首』や『韻歌百二十八首』といった特殊な試みまで、さまざまな作品が研究の俎上に載せられてきた。しかしながら、それでもなお研究対象とすべき作品は幾つも残されている。そのひとつとして、建久期の十首贈答歌――本書では、和歌を十首ずつを贈答しあう形式のことを十首贈答歌と呼ぶこととする。――があげられよう。

十首贈答歌は、ほとんどが建久期を中心とした数十年の間に集中しており、現存最古例と考えられる十二世紀後半の寂然・西行の贈答[01]以降、『拾遺愚草』にみられる定家・慈円の贈答に至るまでの間に作例が残る。[02]

これらを見渡していくと建久期以前と建久期より後では些か傾向を異にし、建久期より後の十首贈答歌は、親しい人を亡くした嘆きを歌う哀傷歌を贈答する際に多くみられる。[03]建久年間にも俊成・式子内親王や定家・慈円による哀傷にかかわった十首贈答歌が存在するものの、これは美福門院加賀への哀傷歌という特定の場での作品で、建久期における他の十首贈答歌とは位相が異なる。[04] 建久年間の十首贈答歌は、次にあげるA～Eの贈答歌詞書から窺われるように、良経・慈円・定家を中心とした心やすい仲間うちでの挨拶的な内容が大部分を占める。

A　文治五年九月寂蓮入道の許へ無動寺よりつかはすなり（『拾玉集』五一一五～五一二四）

返し　寂蓮（『拾玉集』五一二五～五一三四）

殿の大納言殿彼十首歌、本歌并寂蓮和歌御覧之由被示、仍持参之令進了、其後又和遣、其詞云

遺懐四明之幽趣奉和十首之佳什　志賀都遺民（『拾玉集』五六七六～五六八五）

殿法印九月ばかり山へのぼりて、道よりのあはれども書き続けて遣はしたりける、十首歌和すべきよしありければ（『寂蓮法師集』二〇八～二二六）

B　建久元年十月十九日東大寺棟上御幸云云、法皇先十七日巳刻令付宇治平等院給浄衣、御幸第二度例也、殿下十五日夕先立令入給御所、小川也、本堂の北庇を為院御所、御装束如例、御堂所所修理等倍増、先例是破壊之条当此時之故也、殿下御共に左少将定家朝臣令参、同十八日早旦十首詠送之、物忌之間沈思和歌甚無骨然而為其道之人不忘其時之景気不黙止之条好士之至也、尤有興有興、殿下十七日御幸御詠之後十八日巳刻南都御下向、御幸春日詣之議也、前駆衣冠随身毛車を被用、左大将同被参、明旦十九日先参御社自其東大寺棟上御幸に可令参会給云云、件十首詠云（『拾玉集』五一九三～五二〇二）

只今殿下御出とてひしめきしをりふし、ひまもなかりしかど、人の道をすさむるになりぬべし、またかへりごとせずは本意なかるべければ、やがて筆をとりて返しに申遣す十首（『拾玉集』五二〇三～五二一二）

C　此歌の事を定家朝臣申したりけるとて、また左大将よみてつかはしたる　喜撰余流（『拾玉集』五二一三～五二二二）
其後雪降りたりけるつとめて、誰ともなくて左大将十首の歌をよみて、定家朝臣のもとに差し置かせられたりければ、誰ならんとあやしみて、あはれさにこそとて夕べになりて返ししてまゐらせたりけりとなん　大将殿の十首（『拾玉集』五二二三～五二三二）
いかにあやしくおぼしめすらむ、大原よりあさが申し候なり　定家朝臣十首（『拾玉集』五二三三～五二四二）
まことに心得ぬ事どもにてさぶらへども、京より法師が申しあげさぶらふよし、便宜をうかがひてひろう候べし、あなかしこあなかしこ（『拾玉集』五二四三～五二五二）

D　建久二年五月のころ、隆寛阿闍梨のもとより十首の詠おくれりける（『拾玉集』五二六二～五二七一）
返りごとにいひやる（『拾玉集』五二七二～五二八一）

E　同じ朝に詠十首左将軍御許へ奉る、此間法皇御悩頗大事にきこゆるころなり（『拾玉集』五二九七～五三〇六）
かへし　幕下（『拾玉集』五三〇七～五三一六）

建久期の定家も十首贈答歌を詠んでいるにもかかわらず、『拾遺愚草』・『拾遺愚草員外』ともに文治・建久期頃の十首贈答歌がほとんど入れられていない。このことから、定家自身の当該贈答歌群に対する評価は高くなかったと考えられる。

建久年間の十首贈答歌群のほとんどが即興的に詠まれており、熟考された上で作られた歌よりも技巧において劣る点もあろう。しかし、工夫を凝らす時間的余裕がない状況下での作からは、作者が習得していた和歌技法を生《なま》な形で伺うことができるのではなかろうか。

贈答歌とは少し離れるが、院政期頃の十首歌会あたりから、十首で歌を詠む機会が増えてくる。十首歌について、内田徹氏は十首歌会と『堀河百首』以降の百首歌の増加傾向とが軌を一にすることを論じ、[05] 松野陽一氏は院政期の百首歌の披講の形式に着目し、このころ複数の作者によって詠まれた百首歌の多くは一度に十首ずつ披講されたらしいことを指摘する。[06] また、松野氏はこうした披講の形式について、「通常の定数歌会の規模を少し大きくする程度で披講のできることが、彼等の平常の歌会や歌合の催し方の上からも、場合によってはかならずしも詠作能力の高くない人達をも包みこむという事情からも、なじんだ方式として選択されたのではないか」[07] とする。

このように、十首という歌数は百首歌との関連から、院政期以降の歌壇で多用される形式となっていったとみられる。そうした流れの中で十首贈答歌を考えるならば、このころ初学期にあった九条家周辺の新風歌人らは、折々に思いを伝え合うのみならず、歌会や百首歌などとの関わりの強い十首歌を即応的に詠み合うことを、自らの和歌の習熟度を同好の士に示す「鍛錬の場」としていた可能性もみえてこよう。周知のように、慈円を中心とした新風歌人のグループでは、文治あたりから速詠歌が流行していた。[08] 後代の記述ではあるが、「口馴れむためには早らかによみ習ひ侍るべし」との言説も『後鳥羽院御口伝』にあり、速詠が和歌の修練につながると認められる状況が新風歌人らの間に存在していたと考えられる。実際に、良経の建久前期の詠歌表現をみていくと、学ぶべき手本の一つとして同時代に流行した速詠百首をも座右に置いていたことが推定された。[09] 速詠歌を摂取することが、初学者良経の独りよがりの方法であったとは考えにくい。新風を学ぶにあたって先達として慈円や定家が身近にいたことと考え合わせると、十首贈答という場は、新風歌人らに流行していた速詠の場と、百首よりも楽に詠出できる和歌修練の場という点で重なり合っていたのではなかろうか。

出詠時の時代的状況との関係から論じられた十首贈答歌は幾つかあるものの、[10] 贈答歌の表現の特徴が注目されることはなかった。そこで本節では、この建久前期の十首贈答歌群のうち、先に詞書をあげたA～Eの五作品を対象とし、活発に詠み合われた十首贈答歌のなかでどのような表現が目指されていたのか、新古今的詠風に至る過渡期の和歌技法について考察する。

一、新たに創出された句

文治・建久期の新風歌人詠といえば、定家自身が書き残した「新儀非拠達磨歌」がよく知られているように、それまでの歌の詠法とは対立するものとして捉えられていた。旧来の和歌では伝統に従う詠みぶりであることが重要視されてきたのに対し、新風歌人らは伝統に囚われない詠歌を試みたのである。建久期の十首贈答歌を詳細に見ていくと、そうした新たな詠法を反映するように、それまでにはみられなかった新しい表現を見いだすことができる。前項であげたA～Eの贈答歌を対象として、新しい表現を抽出すると、次の通りとなる。

《先行例が見出せない表現》A［志賀の里人・染めて過(ぐ)］B［ねやの手枕・風に色ある・宇治の山陰］C［ただいまの空・末の契］D［よのならひ］E［雪のかよひ路・雪の中島］

《僅かしか先行例が見られない表現》A［きく袖・外山のすそ・のりの水・よにふる道］B［すぎの屋・いまぞきく・月をしぞ思ふ］C［心の道・霜うづむ・竹の葉分・雪のあけぼの・かさなる霜・ひとり有明・冬の有明・かたぶく峰・雪の夕暮］D［野辺の夕暮］E［雪の朝・冬の奥・雪の白山・色うづむ］

当該贈答歌群をみていくと、単語自体は和歌の伝統に従いつつも、それらを組み合わせて作りあげた表現には、先行例がないか、数例しかみられないものが幾つも使用されていた。総じて伝統的に囚われない新しさが求められていたとしてよかろう。

みやこには時雨れしほどと思ふよりまづこの里は雪のあけぼの　（良経　五一三〇）Ｃ

かをらずは誰かしらまし梅の花しらつき山の雪のあけぼの　（『顕輔集』長承元年十二月廿三日内裏和歌題十五首　梅　九三）

うちはらふ衣手さえぬ久方のしらつき山の雪のあけぼの　（『右大臣家歌合』治承三年　雪　俊恵　三一　俊成判）

ながめやる心の道もなかりけり千里のほかの雪のあけぼの　（『文治六年女御入内和歌』十二月　雪　良経　二七六）

昨日今日みやこの空のいかならん今もまたふる雪の夕暮　（慈円　五一五一）Ｃ

十七番　左勝　　寂蓮

ふりそむる今朝だに人の待たれつる深山の里の雪の夕暮

右　　大弐入道

旅人は晴れ間なしとや思ふらんたかきの山の雪のあけぼの　（『右大臣家歌合』治承三年　雪　三三・三四）

贈答Ｃの良経歌に見られる「雪のあけぼの」という句は、良経歌以降には新古今歌人らによって多数詠まれるようになるものの[11]、それ以前の作例は、右の顕輔・俊恵・大弐入道の三首しか残されていない。「あけぼの」は『枕草子』一段の「春はあけぼの」等の影響か、多くは春歌に用いられて「雪」と取り合わせられることはなかった[12]。顕輔歌は、長承元年が年内立春であったためか、春歌に用いられる「あけぼの」と冬の景物である「雪」とが取り合わせられて「雪のあけぼの」という珍しい表現が生み出されたと思われる。このように、初期には春歌に用いられていたものが、『右大臣家歌合』の行われた治承頃には「雪」題の表現として再発見され「雪の曙、といへる文字づかひをかしく侍るめり」と俊成から評価をされた[13]。

同じく新しい表現を求めていたことは、贈答Cの慈円歌五二五一の結句「雪の夕暮」にも指摘できよう。「夕暮」も『枕草子』一段の影響からか「秋の夕暮」として詠まれることが多いが、寂蓮によって「雪の夕暮」と歌われて以降はさまざまに詠まれ、のちにこの表現は『詠歌一体』において制詞とされる。『右大臣家歌合』の「雪」十七番は「あけぼの」と「夕暮」という単純な時間の対比ゆえに番としただけでなく、それぞれ春と秋の景の美を歌う際の代表的な時間帯に、「雪」——つまりは冬の景物を配することで新たな詞の続け方を生みだそうとしたと考えられる。

ひととせは冬の奥にもなりにけり都に深き雪の白山　（良経　五三一一）E

うちきらしあまぎる空と見しほどにやがて積もれる雪の白山　（『永縁奈良房歌合』弁得業　五一　俊頼判）

わけ入ればやがて悟りぞあらはるる月の影しく雪の白山　（『聞書集』一四二）

暮れはてて越路にかへるあら玉の年ふりこめよ雪の白山　（『長秋詠草』二七七）

『永縁奈良房歌合』五一「雪の白山」という句は、声調を重視した俊頼判において「末の、雪の白山、心えず。白山の雪、とぞ、次第はいはまほしき。上に置けば、なだらかならぬなめり。されば、わびて置けるにや」と、否定的な評価が与えられている。[14] そのような表現を、西行と俊成は用いていた。西行歌では、下の句は「月の影しく雪」と比喩的表現を用いて四五句を緊密に結びつけている上に、月影によって輝く雪の「白」から「白山」という地名の「白」へと色が展開しており、冬の夜の情景を想起させる上で必要な語順となっている。俊成歌は、四句で「ふりこめよ」と命じているので、その対象である「雪」をまず示し、そこから西行歌と同じく「白」色から地名へと転じていった。つまり、西行・俊成の「雪の白山」は詠歌内容の展開上必要な詞の逆転であり、Ｅの贈答歌を詠んだ良経はそうしたことを十分理解した上で、四句で示した都の雪深さから、結句で越の白山の雪深さへと空間を転じてみせたのであろう。

十首贈答歌の詠者たちは、詞一つ一つは和歌を詠む上で珍しいものでなくとも、続け方を工夫することで新しい表現を生みだすことが出来ると考え、新たな表現を模索していたとみてよい。このような新風歌人らの詠みぶりは従来から指摘されていたのであるが、当該十首贈答歌群においても同様の傾向があったことは、彼らの和歌の特質を考える上で注意すべきであろう。

二、先行作品摂取の方法（１）――本歌取り

ところで、十首贈答歌群には先行作品の摂取の例が数多くみられる。本節で取りあげた十首贈答歌百三十首のうち、先行作品の影響を受けて詠まれた歌は全体のおよそ半数に上るが、それらの歌は大別すると二種類に分けることができる。本項以降で、先行歌摂取の方法について検討していく。

先行作品摂取の一つ目としては、いわゆる本歌取りがあげられる。

鈴虫の声も山辺にきこゆなりいかに成るべき我が身なるらん　（慈円　五一一六）Ａ

鈴鹿山うき世をよそにふり捨てていかになり行く我が身なるらむ　（『新古今集』雑中　西行　一六一三）

すぎの屋のゆきあはぬまよりおく霜にむすばぬ夢も月になりぬる　（定家　五一九九）Ｂ

夜や寒き衣や薄き片そぎのゆきあはぬまより霜やおくらむ　（『俊頼髄脳』住吉の神　六三）

かたそぎのゆきあはぬまよりもる月は霜に霜をやおき重ぬらむ　（『住吉社歌合　嘉応二年』季定　三六）

宇治山の嵐にたぐふ槌の音を人の衣と思ふうたたね　（慈円　五二〇六）Ｂ

暁の嵐にたぐふ鐘の音を心の底にこたへてぞ聞く　（『千載集』雑中　西行　一一四九）

これらのように、当該贈答歌群では古歌よりも当代歌人の詠作が本歌として取り入れられることが多く、大きく切り取った句の置きどころも本歌と変わらない場所に置かれることが、おおよその傾向として確認できる。また、和歌の主題も冬歌は冬歌など、変更のないものがかなりの部分を占めていた。この期の先行歌摂取には、のちに定家が歌学書等で述べた本歌取りとは合わない作品が多数みられる。

もちろん定家の示した準則にある程度従い、古歌の表現を摂り入れ、主題を変更している詠もみられる。

《おほかたは人のうきにもなしはてし我が身につもるさきの世の罪（隆寛　五二六九）Ｄ贈歌》

物思ふ心の秋に成りぬればいかでか袖ももみぢさるべき　（慈円　五二七九）Ｄ

物思ふ心の秋になりぬればすべては人ぞみえわたりける　（『赤人集』六四）

ある人、思ひかけたる童をかきよすと夢に見て驚きたりければ、火桶をなんかきよせて袖を焼きたりけると聞きて言ひつかはしし

恋しさに我は袂の乾かぬをいかなる人の袖を焼きけん

返し　兵衛佐親信

ことわりやいかでか袖も焼けざらむさばかり下に燃えし心は　（『重家集』二四一・二四二）

慈円歌は、『赤人集』の恋歌と上の句が完全に一致している上に、下の句は童への恋心を歌った親信の二・三句から発想を得て詠んでいる。また、慈円はこの初・二句を、後に『六百番歌合』で「物思ふ心の秋の夕まぐれ真葛が原に風渡るなり」（怨恋　慈円　七六八）で恋歌としても詠じている。当該の慈円歌は赤人・親信の恋歌からの摂取が著しいものの、「物思ふ心」はあくまで隆寛の贈歌五二六九に詠まれた「我が身につもるさきの世の罪」を受けて詠まれたものであって、先行歌の持つ恋の色合いからはずらされている。

次の寂蓮歌も同様で、顕季の他には類例のない「山の奥なれ」という恋歌の句を転用して秋歌を詠んでいる。

心こそおよばぬ山の奥なれど秋のあはれは帰りつくまで　（寂蓮　五一二五）Ａ

我が恋は吉野の山の奥なれや思ひいれどもあふ人もなし　（『詞花集』恋　顕季　二一二）

あるいは、物語歌の詞を取って、物語を支配する恋とは別の釈教歌や叙景歌へと主題へと転じ、新たな歌を詠む例

もある。

あはれともただに言ひてか山城の宇治のわたりのあくるよの空（定家　五一九三）Ｂ

里の名を我が身に知れば山城の宇治のわたりぞいとどすみうき（『源氏物語』浮舟　浮舟　七四七）

ただし、当該贈答歌群において本歌と新詠との間で主題の異なる歌は、ここにあげた例のみである。のちに新古今歌壇の中心となる歌人らにとっても本歌取りの技法は完成以前の実験期にあったといってよかろう。

三、先行作品摂取の方法（２）――句の「型」を取る

十首贈答歌群にみられるもう一つの先行歌摂取の方法として、何首もの和歌に共通する構造――句の「型」を取り入れる方法を用いた例が散見された。この句の「型」を取り入れるという方法は、第二章で論じたように短連歌で繰り返し用いられた先行歌の摂取方法であるが、十首贈答歌群でも同様の手法が用いられている。

比較的簡単に和歌らしさを獲得しつつ、主題の転換が容易な句の「型」を取り入れるという先行作品摂取の方法は、即応が求められたと考えられる十首贈答歌群でも、[15]新たな歌を詠むにあたって有効な方法とされたのであろう。十首贈答歌群には、いわゆる本歌取りによって詠まれたのとほぼ同数の歌が、句の「型」をとる方法によって詠まれている。

昔よりこの里人と思ふ身を旅寝の夢になにたぐふらん　（慈円　五二一二）B

あさりしてかひありけりと思ふ身をうらみてふると人やみるらん　（『中務集』一一〇）

虫にだにあざむかれじと思ふ身をいかなる鮎のかはるなるらん　（『為頼集』三九）

芳野山やがて出でじと思ふ身を花散りなばと人や待つらむ　（『新古今集』雑中　西行　一六一九）

我が心くもりあらじと思ふ身を友とは知らで月やすむらん　（『新後拾遺集』雑下　基嗣　一三七〇）

長らへてあればぞ物も思ふ身を逢ひみんまでとなに祈るらん　（『新続古今集』恋二　為子　一一八三）

ここに現れる「〜と思ふ身を〜（疑問を示す語）〜らん」という句の「型」は、慈円歌五二一二以前に、中務・為頼・西行の三首に残されている。しかし、この三首の詠歌内容には重なる部分がなく、慈円歌とも明確な影響関係はみられない。後代の二首に関しても、為子の歌は恋歌であるという点で中務詠と共通するものの、内容的には重ならない。つまりこれらの歌々は、短連歌の場合と同じく、歌の主題に関わらない部分を「型」として固定化し、主題のみその時々の場に合わせて詠み変えているのである。これは次にあげる贈答Cの慈円歌五二五〇にも同じことが言えよう。

都にはなほ時雨とやながむらん初雪ふりぬ深山べの里　（慈円　五二五〇）C

宮こには待つらんものを郭公いづるを惜む深山べの里　（『頼政集』一五〇）

みやこには霞のよそにながむらむけふ見る峰の花の白雲　（『秋篠月清集』一〇二三）

宮こには山の端とてやながむらん我がすむ峰をいづる月影　（『後鳥羽院御集』五八九）

慈円歌五二五〇は成立年代から考えても、頼政詠の初句と結句を取り入れていたことは明らかである。しかし、慈円以降の歌々は、結句の「深山べの里」をそのまま用いず体言止めという形式の利用に留め、初・三句を句の「型」として取ることで「都には〜ながむらん〜（体言止め）」という主題の転換が容易な句の「型」として用いている。

ところで、当該十首贈答歌群とほぼ同時期以降に句の「型」を用いて詠まれた歌々を見ていくと、そのほとんどは、決められた期間内に多くの歌を用意せねばならない歌会や定数歌のなかにみられた。そもそも題詠歌が中心となりつつあった時代であれば、歌会や定数歌の作に用例が偏るのは当然と言えるかもしれない。しかし、日常的に大量の歌が必要となる歌壇的状況にあって、その即興性ゆえに容易な句作りが必要とされた短連歌の方法が、同時期に和歌においても積極的に用いられるようになっていたことは偶然ではないだろう。

十首贈答歌群を形成した歌人らは、句の「型」を取るという連歌的な手法を、新風模索期にあった当該十首贈答歌群のなかに取り入れていたのであるが、これらに続く建久三年正月の慈円・良経十首贈答歌（『拾玉集』五三二六〜五三四五）には、句の「型」を取るという手法を更に発展させようとしていたらしいあとがみられる。

見せばやな神も仏も君にのみ恵みあるべき春のけしきを　　（慈円　五三二六）

右は慈円の贈歌十首の第一首である。この贈答歌は慈円・良経ともに第一句と結句とを固定した、つまりは句の「型」を用いた十首ずつを詠み合っている。[16]慈円は波線で示したように「見せばやな」ではじまり「春のけしきを」で終わる十首を詠んでいるのであるが、この句の「型」は「見せばなや〜のけしきを」の形で流行していたとみられる。

見せばやなおふのうらなしおちぬれば朽ちはてぬべき袖のけしきを
（『有房集』三五四）

見せばやな賤のしの屋のしの薄忍び侘びぬる床のけしきを
（『俊成五社百首』二七二）

「見せばなや〜けしきを」という句の「型」は、右にあげた以外にも多数の作例が残り、当代に広く用いられた形式となっていた。それを慈円は贈答歌が行われた正月に相応しく、次にあげる能因法師の著名歌に拠って景色を春とした。

心あらむ人に見せばや津の国の難波わたりの春のけしきを
（『後拾遺集』春上　能因　四三）

これまで見てきた句の「型」は、主題の大幅な変更を可能とするため、季節や状況を限定するような「型」の取り方はされていなかった。しかし、ここで「春のけしきを」という結句によって季節が限定され、さらに「型」の背後に能因詠が取り込まれることによって、本来であれば、容易に新たな歌を詠み出すことができるはずの句の「型」を取るという方法に困難が生じてしまった。これを克服する一つの方法として、能因詠を背負う「型」の中にもう一つの本歌を織り込んでいったと考えられる。

見せばやな鶯いづる谷の戸に我が門しむる春のけしきを
（慈円　五三二八）

谷の戸を閉ぢやはてつる鶯の松に音せで春の暮れぬる　（『千載集』雑中　道長　一〇六一）

見せばやな谷の氷はまだながら我がすむ山の春のけしきを　（慈円　五三三一）

山川のみぎはまされり春風に谷の氷は今日やとくらむ　（『和漢朗詠集』冬　三九〇）

これらのように、能因詠に劣らず鮮やかな印象を残す勅撰集歌を同時に取り入れることによって、「難波わたり」と強く印象づけられていた本歌の景色を、異なる春の景色へと転換している。

こうした詠み方は後代にもみられる。

さらに又花の春にぞなりにける志賀の山路の雪のあけぼの　（『正治二度百首』冬　越前　九四一）

宮こへはみなこしぢにぞ成りにける人の跡なき雪のあけぼの　（慈円　五三〇〇）E

さらに又みやこの花を見にぞゆく志賀の山路にたちもはなれて　（『正治初度百首』春　後鳥羽院　一一）

『正治二度百首』の越前歌は、慈円歌五三〇〇の句の「型」を取ったとみられる。しかし、内容としては直前に成立した『正治初度百首』の後鳥羽院の春歌を利用して雪を花に見立て、春の華やぎを先取りするような冬歌を詠んでいる。あるいは、句の取り方からすれば、後鳥羽院詠からも句の「型」を取る意識が働いていた可能性もあろう。

空はなほ雪げながらの山風に春と霞める志賀の浦浪　（『明日香井和歌集』一三〇〇）

鹿の音をおくるながらの山風を稲葉にきくや志賀の里人　（慈円　五一二一）A

春霞東よりこそ立ちにけれ浅間の岳は雪げながらに
（『三体和歌』春　良経　七）

雅経詠は、慈円の秋歌から地名を含んだ句の「型」を取りつつ、内容としては近時に行われた『三体和歌』で立春を詠んだ良経歌を利用し、良経が東国の山の景を詠じたのに対して、「ながら」を掛詞とし、長等の山から滋賀の浦へかけての湖上の景色を詠んだとみてよかろう。

句の「型」を取るという先行作品摂取の方法は、単に主題の変更を容易にするというだけのものから、やがて先行歌の詞をあらわに取ることで主題を転じる方法を含みこんでいくというように、新古今的な本歌取りへと接近する方向へと変化していく傾向がみられるのである。

おわりに

以上、建久前期の十首贈答歌群には、新たな表現の模索や、狭義の本歌取りへと磨き上げられていく以前の先行歌摂取の様子が見られるなど、新古今的歌風へと向かう道の途上にあり、実験的な段階にあったことを確認してきた。先行歌摂取の方法については、正統な王朝文芸である和歌よりは低い位置にあると見られてきた短連歌で多用される手法が取り入れられていたらしいことが注目されよう。

本節で取りあげた十首贈答歌群は、近しい歌人間でうちうちに行われた自由度の高い場での作品であり、それゆえ多分に実験的な要素を内包していたと考えられる。ここで行われた手法が、本歌取りの確立へ直接に参与するものであったと断じることは難しいだろう。しかしその一方で、後に新古今時代の中核をなす歌人らが、様々な詠歌手法を気兼ねなく試みたであろう内輪の場での経験が、その後の和歌表現の成熟になんら影響を与えずにいたとも考えがたい。次節で詳述するが、本節で対象とした十首贈答歌群とほぼ同時代の『六百番歌合』でも、句の「型」を取る方法は用いられており、当該贈答歌群のみに特徴的にみられる手法ではなく、建久期歌壇全体で用いられていた蓋然性は高い。

句の「型」を取って歌を詠むという短連歌的な手法は、次のように後代でも数多く見られる。

ひととせは冬の奥にもなりにけり都に深き雪の白山　（良経　五三一一）E

住吉の浦より遠になりにけり月みる西の淡路島山　（『紫禁和歌集』三七〇）

春はまた花のみやこと成りにけり桜に匂ふみ吉野の山　（『院御歌合　宝治元年』俊成卿女　三〇）

草枕またおとづれのなきままに浪に驚くふるさとの夢　（良経　五二一七）B

草枕結ぶともなき露の上にいやはかなるふるさとの夢　（『洞院摂政家百首』経通　一五〇五）

草枕結びならぶる面影を妹やみるらんふるさとの夢　（『雅有集』五一七）

句の「型」の例を建久前期十首贈答歌群のみに絞っても、右のように幾つもの用例をあげることができる。これは先行作品を取り入れるにあたって、句の「型」を取って歌を詠むという先行歌摂取の方法が、ある程度認められていたことの証ではなかろうか。

これまで新古今和歌と連歌の影響関係と言えば、三句切れや疎句に関することが多かった。しかし、短連歌で多用された手法が新古今の代表的な技法である本歌取りへと接近するような変化を遂げつつ、新風模索期の和歌に取り入れられていたとするならば、これは和歌よりも一段低い位置に置かれ、詠み捨ての遊びと見なされていたであろう短連歌が、極めて王朝的・伝統的な文学であった和歌に影響を与え、表現の自由度を拡大させていたことを示す貴重な実例となろう。

注

01　窪田章一郎氏は『西行の研究』（東京堂出版　昭和三十六年一月）で、寂然が出家した直後の贈答歌とする。

02　年次不明　西行・寂然（『山家集』一一九八～一二一七）
年次不明　実家・[?・]（『実家集』三九九～四一七）
年次不明　建礼門院右京大夫・雅頼女（『建礼門院右京大夫集』（一七五～一八四）
A文治五・九　慈円・寂蓮・良経（『拾玉集』五一一五～五一三四・五六七六～五六八四、『寂蓮法師集』二〇八～二二六）
B建久元・一〇　定家・慈円・良経（『拾玉集』五一九三～五二二二）
C建久元・冬か　良経・定家・慈円（『拾玉集』五二二三～五二五二）
D建久二・九～冬　隆寛・慈円（『拾玉集』五二六二～五二八一）
E建久元・閏一二　慈円・良経（『拾玉集』五二九七～五三二六）
建久三・一　慈円・良経（『拾玉集』五三二六～五三四五）
建久四・二　定家・慈円（『拾遺愚草』二七七六～二七九六）
建久四・二　俊成・式子（『長秋草』一七二～一九〇）
建久四・九　定家・慈円（『拾玉集』五三六九～五三八八）
建久四・一〇　良経・慈円（『拾玉集』五三九一～五四一〇）
建久四・一〇　慈円・俊成（『拾玉集』五四一一～五四三〇）

建久六・一二　定家・慈円（『拾玉集』五五一八〜五五三八）
建久七・秋　慈円・良経（『拾玉集』五五四〇〜五五五八）
元久元か　後鳥羽院・慈円（『源家長日記』八六〜一〇五・一二四〜一三八）
建永元・三　家隆・定家（『壬二集』一三四一〜一三六〇、『拾遺愚草』二八一三〜二八三二）
建永元・夏　定家・［?］（『拾遺愚草』二八四一〜二八五〇）
建永二・三　慈円・定家（『拾遺愚草』二八五一〜二八六〇）
建暦二・一〜　隆寛・慈円（『拾玉集』五六八五〜五七一四）
承久二・九　定家・慈円（『拾遺愚草』二七四八〜二七五八）

03　この期の哀傷歌としての十首歌贈答については、藤平泉氏に一連の論考がある。「新古今時代の哀傷歌（1）—後鳥羽院尾張哀傷歌群を中心に」（『神女大国文』二　平成四年三月）、「新古今時代の哀傷歌（2）—慈円との十首歌贈答」（『神女大国文』三　平成五年三月）、「新古今時代の哀傷歌（3）—美福門院加賀哀傷歌と源氏物語」（『神女大国文』七　平成五年三月）、「詠作の「場」と解釈」（『和歌解釈のパラダイム』笠間書院　平成一〇年十一月）、「藤原定家の良経哀傷歌群について」（『日本大学人文科学研究所研究紀要』七三　平成一九年二月）

04　母の死を嘆く定家の十首贈答歌（『拾遺愚草』二七七六〜二七九六）は、良経没に関わる哀悼の十首贈答歌群（『拾遺愚草』二八一三〜二八六〇）に接する場所にある。このように哀傷の十首贈答歌が集中する一方で、『拾玉集』に数々見られる挨拶的な贈答歌が『拾遺愚草』の中にみられないことは、それぞれの贈答歌に対する意識の差を示そう。また、定家とは逆に、哀悼の十首贈答歌が『拾玉集』にまったく書き留められていないことも問題であるが、これらは本節の論旨とはずれのある内容のためここでは取り上げない。

なお、複数の十首贈答歌を含む『拾遺愚草』哀傷部の構成意図については、平成二十七年一月の和歌文学会例会で「『拾遺愚草』無常の部について」で口頭発表を行った。

05　内田徹「院政期の十首歌」（『文藝と批評』七―一　平成二年四月）

06　松野陽一『鳥帚　千載集時代和歌の研究』（風間書房　平成七年十一月）

07　注06の松野著書

08　小山順子「藤原良経「二夜百首」考—速詠百首歌から見る慈円との交流—」（『京都大学國文學論叢』第一三号、平成十七年三月）、山本一『慈円の和歌と思想』（和泉書院　平成十一年一月）、石川一『慈円和歌論考』（笠間書院　平成十年二月）、石川一「慈円『勒句百首』続考—速詠作品検証の一環として」（『和歌文学の伝統』角川書店　平成九年八月）、久保田淳『新古今歌人の研究』（東京大学出版会　昭和四八年三月）等に指摘がある。

09　拙稿「藤原良経の『花月百首』について—初学期における本歌取りの状況を中心として」（『古代文化』五七-七　平成十七年五月）

10　本稿で取りあげた十首贈答歌の先行研究として、櫻田芳子「文治五年秋、良経・慈円・寂蓮の贈答歌について」（『白百合女子大学言語・文学研究センター』四　平成十六年四月）、上宇都ゆりほ「建久二年冬慈円・良経贈答歌考」（『日本文学』四八-三　平成十一年三月）、片山享「新風胎動—建久元年東大寺御幸時の歌について—」（『日本のことばと文芸』一　昭和五十四年十二月）の他に、注四の藤平論文がある。

11　「雪のあけぼの」については、久保田淳「藤原俊成の「あけぼの」の歌について—歌ことば「あけぼの」に関連して—」（『日本学士院紀要』七〇、平成二十七年九月）、久保田淳「「雪のあけぼの」という句」（『中世の文学　附録』二八　三弥井書店　平成十三年十二月）に指摘がある。

12　『民部卿家歌合　建久六年』の「深雪」二十番判詞で、俊成は「雪のあけぼの」について、「雪のあけぼの、とも言へることやいかが。あけぼのといふ事を今の世の人の常に詠むことになりにたるは、ことに優のこと侍るにや。春のあけぼのなどこそ、ことにをかしき物には言ひならはしたれ。雪はあしたこそ、をかしくは見ゆるものなれ。近く俊恵法師と申すもの、しらつき山の雪のあけぼの、とよめりし後、宜しかりけるにや、人のかく申しなりにたるなり。其時も老僧ゆるさず申して侍りき」と述べ、「あけぼの」を詠ずること自体は優としつつも、浪線部に示したように「あけぼの」に取り合わせるものとしては「春」がふさわしく、「雪」ならば「あした」とすべきだとする。

「春のあけぼの」もまた、新古今時代に爆発的に用例を増やす句であるが、『源氏物語』や和泉式部など歌にも早くから用例が見られる。

袖ふれし人こそ見えね花の香のそれかとにほふ春のあけぼの（『源氏物語』手習　浮舟　七九二）

夜、いもねぬに、障子をいそぎあけてながむるに

恋しさも秋の夕べにおとらぬは霞たな引く春のあけぼの（『和泉式部続集』一八八）

13　後年、注12であげた判詞の点線部で、俊成は「雪のあけぼの」という表現に疑問を呈し、治承三年の『右大臣家歌合』判詞とは対照的な評価を下している。この変化について、松野陽一氏は『藤原俊成の研究』（笠間書院　昭和四十八年三月）の中で、『六百番歌合』の「余寒」十一番の判詞で「雪のあけぼのも近くより常のことになれるにや侍らん」と評したことに触れ、九条家歌壇においては新風の行き過ぎを表だって批判できなかったことを指摘し、後年における評価の反転が起きたと推定する。しかし、そのような変化がみられるのは建久六年のことであるので、良経が参考としていたのは自家の催し『右大臣家歌合』における肯定的な判詞だったと考えられる。

14　後年の『源承和歌口伝』のなかでも、「仁治之比秋の夕暮と詠めるは常の事とて、夕暮の秋とよみて侍りしかば、前中納言返々不レ可レ然とぞしるし侍りし」と、定家は通常とは異なる詞続きを難じている。

15　『拾玉集』に建久元年十月十九日東大寺棟上御幸の折りの十首贈答（Ｂ）が掲載されてるが、その左注には「只今殿下御出とてひしめきし折りふし、暇もなかりしかど、人の道をすさむるになりぬべし、また返り事せずは本意なかるべければ、やがて筆をとりて返しに申遣す十首」とある。状況的に急がねばならなかったということもあろうが、「返り事せずは本意なかるべければ」とあって、早々の返答が暗黙の了解になっていたと推測される。また、十首贈答ではないが、『拾遺愚草』には歌の頭に「あきはなをゆふまくれこそたたならねおきのうはかせのきのしたつゆ」という歌の文字を一文字ずつおいて三十一首を詠むという試みが良経によって定家に指示された折に、定家はその詞書を「建久七年秋ころ、いたはること侍りて籠もり居たる夕つ方、大将殿よりこの歌をかみに置きてただいまと侍りしかば、使につけてまゐらせし、今みれば歌にてもなかりけり」としていて、良経が即座の返答を求めていたことがわかる。良経周辺の親しい歌人間で交わされた複数首の贈答歌には、つねに即応性が伴っていたのではなかろうか。

16　我が思ふ神も仏も恵みあらば心ぞいとど春のけしきに（『拾玉集』五三三六）

右は、良経の返歌の第一首めである。「見せばやな」ではじまり「春のけしきを」で終わる贈歌十首を送ってきた慈円に対

し、良経は初句を「我が思ふ」とし結句を「春のけしきに」で結ぶ形で答歌の十首を詠じている。

第二節　良経『六百番歌合』の表現技法

はじめに

藤原良経によって主催された『六百番歌合』は、顕昭と寂蓮の「独鈷鎌首」の争いに象徴されるように、旧風の六条藤家歌人と新風の御子左家系統の歌人との間に歌論上の激しい対立をもたらした歌合として夙に知られている。この歌合はまた、新古今前夜の和歌界を領導した九条家歌壇における最大の盛儀としても位置づけられる。こうしたことから、『六百番歌合』は早くから研究の俎上にあげられてきたが[01]、良経によって工夫された歌題を起点として和歌表現の進展を考察するものや、左右の方人による難陳とそれを受けて展開される俊成の充実した判詞から当時の歌論を探ろうとするものなど、その論究の方向は多岐にわたる[02]。

良経の当該百首についても、主催者である良経の嗜好や歌壇的な題詠の展開というようなことが論じられたり、新古今時代の主要な技法である本歌取りに繋がるものとして先行作品摂取の方法に関連することが論じられるなど、様々な面から考察が行われている[03]。本節はこれらの先行研究のうち、先行作品の摂取についての研究に連なる。その中でも特に、これまであまり取りあげられてこなかった和歌に隣接する領域の作品――今様や短連歌――など、当代的なものを積極的に取り込んでいこうとしていた良経のあり方についてみていく。

一、当代詠からの摂取

すでに指摘されていることであるが、良経は同時代歌人詠からの摂取が著しい。[04]良経初の百首歌の催しとされる『花月百首』から四年ほどであることを考えれば、良経が歌人としての成熟期を迎えていたとは言い難い。とりわけ定家・慈円といった身近な新風歌人から積極的に学んでおり、周囲にあふれる新しい詠法を旺盛に獲得しようとする習作期にあったとみてよかろう。

雪消ゆる枯れ野の下の浅緑去年の草葉や根にかへるらん　（若草　四七）

雪消ゆる片山かげの青緑岩根の苔も春はみせけり　（『拾遺愚草』閑居百首　春廿首　三〇六）

花悔帰根無益悔《はなはねにかへらむことをくゆれどもくゆるにえきなし》　鳥期入谷定延期《とりはたににいらむことをきすれどもさだめてきをのぶらむ》　藤滋藤　（『和漢朗詠集』閏三月　六一）

「雪消ゆる」と詠み出す先行例は意外に少なく、右にあげた定家歌の他には『寂蓮無題百首』の恋歌[05]に用例が残るのみである。第三句に「緑」が入ることや、良経・定家ともに青々と萌えいづる春の草のようすを歌っていることから、良経が著名な『和漢朗詠集』六一の句とともに、定家詠から学んで春歌を詠んでいたとみられる。さらに良経は、『文治六年女御入内和歌』に自詠で用いた用例の少ない句「枯れ野の下」[06]を再び用いており、詞続きの新しさを求めた歌作りをしていたと思われる。

吉野川早き流れをせく岩のつれなきなかに身を砕くかな　（寄河恋　九九五）

吉野川早き流れもこほるなり暮れゆく年よ何にたとへん　（『壬二集』初心百首　冬　七〇）

いかにせん人のつらさを思ふとて我のみひとり身を砕くかな　（『堀河百首』片恋　顕仲　一二五八）

このごろの心の底をよそにみば鹿鳴く野辺の秋の夕暮　（寄獣恋　一〇六七）

あはれさは似るものぞなき妻恋ふる鹿鳴く野辺の秋の夕暮　（『歌合　文治二年』経家　七一）

つづいて、「寄河恋」と「寄獣恋」の良経詠は、いずれも本歌の句を大きく切り取り、置き所も同じくして先行歌の表現を取りいれている。

「寄河恋」の場合、上の句は「つれなきなか」を導く序詞で、この歌の本旨は下の句で歌われる恋の苦しみである。その恋の辛さを表現しているのが結句「身を砕くかな」であるが、良経が詠もうとした恋の辛さは、「つれなきなか」から片恋とみられる。このとき、結句を『堀河百首』の「片恋」題で詠まれた歌にのみにみられる「身を砕くかな」という句で表現した良経歌は、詠歌内容も本歌である『堀河百首』詠に拠っている。

「寄獣恋」は、下の句の「鹿鳴く野辺の秋の夕暮」[07]を経家歌から取ったかとみられる。良経は、ほかに用例のほとんどない「鹿鳴く野辺の秋の夕暮」という句を大きく切り取ることで経家歌であることを明示し、第三句の「妻恋ふる」を響かせて恋題を満たしたものであろう。

これらのように、分かりやすい形での先行歌の取り込みが多数見られる他に、のちの定家の本歌取りの準則に従うような歌もある。

もらすなよ雲ゐる峯の初時雨木の葉は下に色変はるとも　（忍恋　六一三）

もる山のほとりにてよめる　貫之
白露も時雨もいたくもる山は下葉残らず色づきにけり　（『古今集』秋歌下　二六〇）

霧たちて木の葉は下に色づきぬ夜わたる月の末を数へて　（『拾遺愚草員外』一字百首　秋　四五）

新日本古典文学大系『六百番歌合』（以下、「新大系」と呼ぶ。）は貫之歌を本歌とする。これに異論はないが、良経の下句は句の近似から、直接には「一字百首」の定家詠に表現を学んだのではなかろうか。これら二首は時雨と霧という違いはあるものの、いずれも秋の木の葉が色づくさまが歌われている。良経はより近しい時期に詠まれて印象も鮮やかな定家の句からも影響を受けていたのであろう。これらの歌々の表現を摂取した上で、初句で「もらすなよ」と木の葉の色を染め変える時雨に対して呼びかけ、おまえゆえに下葉の色が変わったとしても私の恋心は漏らすなと歌い、秋歌を恋歌へ転じた。

同時代を学ぶという点でもう一つ特徴的であるのは、建久前期あたりに成立した『玄玉和歌集』からの摂取である。

ありしよの袖の移り香消えはててまた逢ふまでの形見だになし　（稀恋　七三九）

心ざしありあけ方の月影をまた逢ふまでの形見とは見よ　（『とりかへばや物語』男尚侍　七七）
花橘の心をよませ給ける　前宮内卿季経

ありしよの袖の匂ひは忘れぬを花橘のほのめかすらん　（『玄玉和歌集』草樹歌上　六二八）

波線で示した句はいずれも他に先行例の残らない表現である。句の置き所が、それぞれ本となっている『玄玉和歌集』・『とりかへばや物語』の歌と同じであり、これら二首から表現を摂取したとみてよかろう。『とりかへばや物語』は後朝の場の贈答歌である。一方、『玄玉和歌集』草樹歌上に置かれた季経歌は、『伊勢物語』六一段で別れた妻への思慕を詠じたことで知られる「五月待つ花橘の香をかげば昔の人の袖の香ぞする」（一〇九）を本歌としている。内容の面からみても、これらの歌々が「稀恋」題の歌の参考とされたのは当然といえよう。

葦垣の上吹きこゆる夕風に通ふもつらき荻の音かな　（近恋　八八七）

葦垣は隔つとすれど荻の葉を吹きこす風の音は隠れず　（『為忠家初度百首』秋　隣家荻　為業　三四三）

わぎもこを待ちつる宵の風ならばあやしかるべき荻の音かな　（『玄玉和歌集』草樹下　題不知　隆信　六七七）

良経詠の参考歌として、新大系は右の為業詠を指摘する。為業詠は語彙の近さのほか、聴覚的把握を指向する点でも良経詠に近い。これに加えて、『玄玉和歌集』の隆信詠からの影響があったと見たい。隆信詠に用いられている「荻の音かな」の先行例は意外に少なく、現存するものは和泉式部・長方の各一首である。さらに、第三句にそれぞれ「夕風」・「宵の風」と近似した語を置いて、暮れ方の風が荻の葉擦れの音を響かせることから恋人の訪れを思うという趣向も一致している。

『六百番歌合』出詠当時、『千載集』よりも近い時期に『玄玉和歌集』は編纂された。私撰集であり勅撰集のような権威は持たないものの、私撰という自由さの分だけ、当代の流行を素直に反映していたのではなかろうか。その『玄玉和歌集』において、良経歌の入集歌数は定家・西行などを超え、俊成に次ぐ二位となっている。もともと「九条家を軸とし、俊成・定家・家隆・寂蓮・隆信ら御子左一門や、西行・実定といった俊成に近い歌人」[08]が優位の歌集であるが、歌歴の浅い良経が集中二位を占めるというのはやはり驚くべきことである。そのような歌集を良経が座右に置いていた可能性は低くないだろう。

同時代の詠風を積極的に取り入れていた良経であるが、当代の流行を敏感に取り入れようとする姿勢は、和歌から学ぶにとどまらず、物語からの摂取も旺盛であった。伊東成師氏が「歌合百首から西洞隠士百首までの中期の特徴」として「この期以降物語歌からの摂取が著し」くなることを指摘する。[09]

笛竹の声のかぎりを尽くしても猶うきふしやよよに残さむ　（寄笛恋　一〇九一）

鈴虫の声のかぎりを尽しても長き夜あかずふる涙かな　（『源氏物語』桐壺　靭負の命婦　三）

「声のかぎりを尽くしても」という句は『源氏物語』の他に類例がなく、良経が『源氏物語』歌から取ったとみてよい。また両首ともに、声の限りを尽くして嘆きあかしても嘆きが尽きることはないと歌っていて、内容的にも近しい。こうした『源氏物語』歌からの表現摂取の例がいくつも見られるほか、先にあげた「稀恋」七三九に『とりかへばや物語』の歌の句が取り入れられているなどからすると、この頃の良経は、物語からの摂取に関心と親しみをもっていた可能性が考えられる。

建久期の良経は、自らも新しい表現を模索したほかに、同時代歌人の表現を積極的に学ぶというように流行に敏く、物語の摂取にも意欲的に取り組むなど、当代の新傾向に対して関心が高かったのである。

二、句の「型」を取る——短連歌との影響関係

本項では、当代的な流行のうち、和歌に隣接する領域に位置していた短連歌と良経歌との影響関係についてみていく。

第二章で院政期和歌の先行作品摂取の方法として、短連歌的な手法である句の「型」をとるという方法がとられていたことを論じたが、これと同様の傾向が『六百番歌合』にもみられた。

秋ならば月待つことのうからまし桜にくらす春の山里　（遅日　一一九）
秋ならば稲葉の露に濡れなまし早苗をわくる小田の細道　（『広言集』早苗失道歌合　三三）
秋ならば身にしむ色やこからましまだしき野べの荻の夕風　（『拾玉集』緇素歌合十題　風前夏草　三九三〇）
秋ならばいかに木の葉の乱れましあらしぞおつる足柄の山　（『海道記』六〇）
秋ならば花に心やとどめまし霜に枯れたる萩原の里　（『夫木和歌抄』雑十三　光俊　一四五六八）

「秋ならば～まし～（体言止め）」という句の「型」は、『広言集』が早期の例で、おおよそ十二世紀後半から用いられている。「秋ならば」と季節を限定した初句によって一定の制限は設けられているものの、主題の変更を容易にするという句の「型」の特性を生かし、それぞれの歌で異なる展開をみせている。

良経歌は、秋であれば月の出を待って心憂く過ごすだろうが、桜と暮らす春の山里はそのような物思いはないよ、と秋と春を対比的に扱って春を賛美する。この下の句は、「ももしきの大宮人はいとまあれや桜かざして今日もくらしつ」（『新古今集』春下　赤人　一〇四）を凝縮した表現が取り入れられている。この表現については小山順子氏の論に詳しく、[10]「本歌を凝縮する表現」を用いる本歌取りは、本歌合で俊成に批判されつつも後に後鳥羽院歌壇でも受け入れられていく斬新な本歌の取り方であった。判詞では「桜にくらすなどいへる下句をかしく聞え侍り」と一応の評価は得ているものの、小山氏は良経詠全体に向けられた俊成評を見渡し、俊成の批判は表現が圧縮されることで本歌が分かりづらくなることへの危惧であったらしいと指摘する。

前項で見てきたように、良経は先行歌を摂取する際に、かなりわかりやすい形で取り入れていた。それならば何故この歌では、俊成に危惧されるほど圧縮した表現をとったのか。その理由の一つとして、句の「型」をとるという先行歌摂取の方法を、歌の骨格に用いようとしたために、自由に表現できる文字数が制限されたことが考えられる。そのため、良経は句の「型」を用いた歌のなかに、先行歌を凝縮した表現を用いたのだとみたい。[11] 類似する例は他にもある。

手にならす夏の扇と思へどもただ秋風のすみかなりけり　（扇　二五三）

御匣殿にはじめてつかはしける　あつただの朝臣

今日そへにくれざらめやはと思へどもたへぬは人の心なりけり　（『後撰集』恋四　八八二）

康保二年正月、忠君来小野宮、是貞信公御愛孫也、仍以大徳勧盃酒、其次有此詞

新しき年のはじめと思へどもとまらぬものは涙なりけり　（『清慎公集』九九）

鐘の歌よまむと少将の言へば、もの言はじとかはべりつるとうちに言へば、少将
鐘の音にものはいはじと思へども君に負けぬるしじまなりけり
（『大斎院前の御集』三一九）
夢にだにうちとけなばやと思へどもそれもうつつの習ひなりけり
（『林葉和歌集』右大臣家百首、忍恋五首　六七八）

煩瑣となるので先行歌のごく一部をあげたが、「〜と思へども〜なりけり」という句の「型」は非常に用例が多く、汎用性の高い形式であった。「〜と思へども」と表現する上の句の内容によって、様々な歌題に活用することが可能であり、ここでも四季歌や恋歌のほかに用いる範囲は広い。

ところで、良経歌に対する方人の難陳に「夏の扇古風棲新」との言がある。たしかに夏歌で扇が詠われることは多く、「扇の風を忘れる」といった表現は枚挙にいとまがない。しかし、良経歌のように「手にならし」た「扇」という表現を用いた先行例は意外に少ない。

遠く行く人に、扇をとらすとて
手にならす扇の風をそへたらばあゆく草葉につけて忘るな
（『赤染衛門集』六〇六）
手にならす扇の風にあやなくも露ぞこぼるるとこなつの花
（『林葉和歌集』夏歌　近見瞿麦重家卿会　三二四）

赤染衛門詠は、旅に出る人へ贈った扇に付けられた歌であり、俊恵詠は家集の夏部におさめられた題詠歌である。詠出時期の近さからみて良経は俊恵歌から句を取り、二句に「夏の」という語を加えることで俊恵詠全体を想起させ

るような表現を仕掛けたのではなかろうか。俊恵詠には「露ぞこぼるるとこなつの花」が詠み入れられていて、恋の涙にくれる女性の影がほの見える。[12] 一方で、良経詠では「飽き」とも掛けられやすい「秋風」の「すみか」[13]が詠まれ、詞の連想から四季歌の奥に恋の風情を見ることも可能となろう。[14]

しかしその斬新な手法は、方人の「夏の扇古」という評価から推測されるように、俊恵の歌から類例の少ない新鮮な詞続きを利用していたことが理解されず、良経が思うとおりには機能しなかった。それゆえに方人の「夏の扇古風棲新」という表層のみを捉えた難陳が付されたのではなかろうか。

次の例についても、同様の指摘ができる。

谷深みはるかに人をきくの露ふれぬ袂よなにしほるらん（聞恋　六三二）

谷深み水かげ草のした露やしられぬ恋の涙なるらん（『続後撰集』恋一　題しらず　俊頼　六八一）

谷深み木の葉がくれをゆく水の下に流れていく世へぬらん（『堀河百首』不被知人恋　肥後　一一五〇）

賀茂社にて、鶯をよめる

谷深み雪ふる巣なる鶯は霞とともにたちや出づらん（『成仲集』三）

谷深み人もかよはぬ山里は鶯のみや春をつぐらん（『月詣和歌集』正月　資盛　三二）

谷深み雪にこもれる鶯もとくる春をやしたに待つらん（『寂蓮法師集』四九）

北野社百首御歌　後鳥羽院御製

谷深み日影の露もとけにけり深山がくれも春やたつらん（『夫木和歌抄』春一　一三四）

「聞恋」六二三は「谷深み〜らん」という句の「型」を用いる。この良経歌は、俊成の判詞に「谷の菊」とあることから『初学記』巻二七花草・菊あるいは『藝文類聚』巻八一薬香草部・菊に引かれている南陽酈県の伝承を下敷きとすることが指摘されている。[15] 菊花を題材とした恋歌を詠むにあたって、良経が「谷」を選び取っていることから見ても、この指摘の通りであろう。しかし、漢詩文からの影響に加えて、句の「型」の中に封じ込められたもう一つの先行歌摂取の可能性を考えたい。

菊の露を詠んだ人事詠では、菊が重陽の節句にかかわることもあってか、多くは長寿に関する賀歌あるいは寿命を全うできなかった者への哀傷歌に用いられるのであるが、菊が恋歌の題材となることは珍しい。試みに、良経歌と同じく「菊」に「聞く」をかけて詠まれた恋歌を掲出すると、先行作は次にあげる二例となる。

音にのみきくの白露夜はおきて昼は思ひにあへず消ぬべし　（『古今集』恋一　素性　四七〇）

九日、綿おほはせし菊をおこせて、見るに露しげければ

をりからは劣らぬ袖の露けさをきくの上とや人のみるらん　（『和泉式部続集』五八一）

これらのうち和泉式部詠は、ぐっしょりとぬれた菊の着せ綿に自らの袖を連想するも、そのような嘆きを遠く余所事に聞く思い人への恨みを歌うという点で良経歌に通じる。使用語彙もよく似ており、「いま実際に濡れているのは菊の着せ綿で、私の袖ではないけれど」と歌の和泉式部詠を「きくの露ふれぬ袂」という表現に取りなした可能性を指摘できよう。[16] 俊成判はこの表現を「いますこし優に侍る」とのみ評し、具体的な先行表現を指摘していないが、そもそも俊成は「谷の菊」によって一首の発想を先にあげた漢詩文から得ていると解していた蓋然性が高い。詞をあら

わに取らず本歌を明確に指摘しがたい先行歌摂取については、考えの他であったのではなかろうか。

以上のように、良経歌に見られた句の「型」を取るという連歌的な方法は、前節で指摘したように単に主題の転換を容易に図るためだけに用いられてはいなかった。制限された文字数の中に先行歌の凝縮した表現を取り込むことで、句の「型」によってできた隙間に単純に主題に合う詞をはめ込むよりも、濃密で情感に溢れた詠歌世界を形成することを目指していたと見られる。かつて筆者は『正治初度百首』における良経の本歌取りについて、「根を同じくする本歌二首によって、重層的な構造をもつ情致に富んだ詠歌世界を構築」[17]しようとしていたとの指摘をおこなった。本項で指摘した先行歌摂取の手法は、その萌芽的段階を示すといえようか。これらのことから推すならば、句の「型」を取るという連歌的な手法は、初期にあっては、初学者がより簡便に新歌を詠み出す助けとなるものであったが、さらに学習の進んだ段階では、制限の加えられた形式の中にいかに多くの情報を取り込み、いかに詠歌世界の密度を上げるかと言うことを模索する方向へと向かったのではなかろうか。

三、今様からの影響

前項では、当代に流行し和歌に隣接する領域に位置していた文芸として短連歌を取りあげたが、本項では和歌に隣接するもう一つの文芸として今様を取りあげ、良経歌との影響関係についてみていく。

忘られて我が身時雨のふる里にいはばやものを軒の玉水　（『秋篠月清集』院句題五十首　寄雨恋　九九二）

雨ふれば軒の玉水つぶつぶといはばや物を心ゆくまで

（『古今著聞集』侍従大納言成通今様を以て霊病を治する事　二三三）

『院句題五十首』で詠まれた歌が、説話のなかで成通が歌った今様に学んでいることは、すでに指摘がある。[18]しかし、このほかの良経歌に今様の影響があったのかについては、あまり言及されてこなかった。『六百番歌合』にみられる歌謡的な要素として、新名主祥子氏は恋題の末尾に位置する人倫五題――遊女・傀儡・海人・樵夫・商人――の選定について、『散木奇歌集』とともに『梁塵秘抄』からの影響がみられると指摘する。[19]しかし、それは給題者としての良経の意識を論じたものであり、歌謡的な要素が良経の実作に及ぼした影響については論じられていない。その一因として、『六百番歌合』の良経詠に今様の詞章がはっきりとあらわれないことがあげられる。

六番　左勝　女房

誰となく寄せてはかへる浪枕うきたる船のあともとどめず　（寄遊女恋　一一五一）

右　寂蓮

いづかたを見てもしのばん難波女のうきねのあとに消ゆる白浪　（一一五二）

左右ともに悪しからぬよし申す

判云、両方共に姿詞優にみえ侍るを、右の難波女こそ、あまのこほどの事に侍るを、これは朗詠に入れりといふ証だになきにや、いかが、左の寄せてはかへる浪枕は、なかなか遊女とみえて、まさると申すべくやここで俊成は「寄せてはかへる浪枕」という句を取りあげて、この句ゆえに遊女を歌っているとする。この句は、直接には「わたつ海に寄せてはかへるしき浪の初も果ても知る人ぞなき」（『拾遺愚草』十題百首　地部十　七一二）に拠ったものであろう。しかし、俊成は、おそらく若き日の俊成自身も参加した『為忠家初度百首』の「遊女」題の歌々に、

ひとり寝て今宵もあけぬ誰としも頼まばこそは来ぬもうらみめ
明け暮れはゆきかふ船にうつろひて浪の上こそすみかなりけれ
うきたちて宿も定めぬあまの子はなかなかよにや住みよかるらん
川の瀬に浪のうき草浮かれ歩くそのたはれ女をいかが頼まむ
誰としもつまも定めぬあまの子は行き来の船を待つにぞ有りける
浪の上にうきねのみするあまの子はさせる泊まりを定めぬぞうき
宿ごとのそともに船を繋ぎつつ行き来の人を待たぬ日ぞなき
（『為忠家初度百首』遊女　七五二～七五八）

と、「行き来」に類する語彙・内容が繰り返し見られたことから、当該句に「寄遊女恋」題の歌らしさをみたのであろう。ただし、先ほど述べたように、当該句は『十題十首』で雄大な海を歌った定家詠の句に学んで卑近な例に転じたと考えられる。良経にとっての「遊女」題の勘所は別にあったのではなかろうか。

男の気色やうやうつらげに見えければ　小町

心からうきたる舟に乗りそめてひと日も浪に濡れぬ日ぞなき

（『後撰集』恋三　七七九／『新撰朗詠集』雑　遊女　遊女欲乗商船船人以梶打懸水以袖掩面泣詠此歌　作者小町
六七四／『住吉物語』遊び者ども　二六）

仮のよを思ひ知りてや白浪のうきたる船によるべ定めぬ

（『教長集』遊女不定宿句題百首　九四六）

良経歌と同じく「うきたる船」という句を持つ歌としては、先行例に右の二つをあげることができる。このうち『後撰集』七七九は、後に遊女たちによって盛んに歌われたことが『新撰朗詠集』で示される他、『住吉物語』においても「遊び者ども」（遊女）によって「ながめ」られていたとされる。「遊女不定宿」題で詠まれた『教長集』九四六にも「うきたる船」とあり、この句は遊女と結びつきやすかったとみられる。良経はこのあたりの歌々を意識して「寄遊女恋」題を詠じたのではなかろうか。ただし、この句を用いた歌には、漁をする船を歌ったとみられる歌もある。

みづうみの舟にて、夕立のしぬべきよしを申しけるを聞きて、よみ侍りける　紫式部

かき曇り夕だつ浪の荒ければうきたる船ぞしづ心なき[20]

（『新古今集』羇旅　九一八）

良経歌は、今様の歌い手である遊女を詠むにあたってかなり朧化した表現を用いており、たとえば同じ「寄遊女恋」題で「浪の上にうかれて過ぐるたはれ女も頼む人には頼まれぬかは」（一一四三　兼宗）と「たはれ女」の語をはっきりと織り込んだ例とは一線を画す。あるいは、「仏名」題を詠んだ「冬ふかき有明の月の明けがたに名のりていづる雲のうへ人」（『六百番歌合』五九八　隆信）のなかに郢曲の詞章[21]が明瞭に持ち込まれていたのとは異なり、今様の歌詞

をわかりやすく持ちこむこともない。

やはり今様の担い手であった傀儡子を詠んだ「寄傀儡恋」の良経詠にも、朧化した表現が用いられている。

十二番　左持　女房

ひとよのみ宿かる人の契りとて露むすびおく草枕かな　（一一六三）

右　家隆

結びけん契りもつらし草枕待つ夕暮れも宿を頼みて　（一一六四）

左右申云、共に傀儡の心かすかなり

判云、左右の草枕、傀儡の心、共にかすかなるよし方人各申云云、九番の左にや侍りつる歌の様にはいかが侍るべき、左の露むすびおくと言ひ、右の契もつらしなどいへる、共に優なるべし、持とす

左右の方人が「共に傀儡の心かすかなり」と述べるように、良経詠はすぐに題が分かるような詠みぶりとはなっていない。俊成が「九番の左にや侍りつる歌の様にはいかが侍るべき」[22]と方人の難陳に対する弁護を試みているものの、羇旅歌との差異を明確にし難い作品である。各地を旅した傀儡の性質上、表現が旅と結びつきやすいのは当然と言える。しかし、十二番の二首と同じように羇旅的な表現を用いた歌は、このほかにも同題中に見られるものの、

鏡山きみに心やうつるらむ急ぎたたれぬ旅衣かな　（経家　一一五四）

一夜かす野上の里の草枕むすび捨てける人の契りを　（定家　一一五九）

のように、「鏡山」や「野上」といった女性芸能者の居住地としてよく知られた地名を用いることで、題意を満たしている。

これらのように、良経は遊女や傀儡についての歌のなかに歌謡の詞章やそれに類する語をはっきりと用いていない一方で、本百首のなかには、今様の影響を受けたとおぼしき歌も含まれている。

十九番　寄樵夫恋　左勝　女房

恋路をば風やは誘ふ朝夕に谷の柴舟ゆきかへるとも　（一一七七）

右　中宮権大夫

真柴こる賤にもあらぬ身なれども恋ゆゑ我もなげきをぞ積む　（一一七八）

左右共に無難之由申す

判云、左歌、風の誘ふや、おくるなどぞあるべからんと聞こえ侍れど、鄭太尉が渓のみち思ひやられて、優に侍るべし、右歌は、真柴こるとおき、又、なげきをぞ積むなど、少し同じきことにある様に聞え侍るにや、左の勝とすべくや

良経歌は、判詞に「鄭太尉が渓のみち思ひやられて」とあることから、『後漢書』三三列伝二三に語られる鄭太尉の説話[23]の影響を受けて詠まれたことが指摘される。[24]「谷の柴舟」という句が良経以前に用いられることはない上に、「谷」と「柴舟」が詠み合わせられること自体が珍しく、類似する先行例は、管見によれば次の俊成詠のみである。

柴舟のかへるみ谷の追風に波寄せまさる岸の卯の花　（『長秋詠草』暮見卯花といふ心を　二二五）

ここで俊成は卯の花を主題としているものの、上の句は良経歌と同じく鄭太尉の故事を下敷きとしている。また、同じ故事を詠み入れた先行歌として「みやぎこる人のためには朝夕に吹く谷風ぞ嬉しかりける」（『為忠家初度百首』雑　谷風　為盛　六三六）があり、「柴舟」の語はないものの良経と共通する詠みぶりである。こうしたことから俊成は、判詞において鄭太尉を指摘したのであろう。

そもそも良経・俊成の詠に用いられている「柴舟」は、新古今時代以前には和歌での用例の少ない語であった。

求め塚おまへにかかる柴舟のきたげになるやよる方をなみ　（『堀河百首』雑　海路　俊頼　一四四八）
かげさかり由良の門わたる柴舟のこぎおくれたるなげきをぞする　（『堀河百首』雑　海路　顕仲　一四五〇）
柴舟は帆船のあとを追ふものを迷ひやすらん霞隔てて　（『為忠家初度百首』春　海路霞　頼政　一六）

思ふ事侍りけるころよめる
風をいたみ由良の門わたるしば舟のしばしこがれてよを過ごさばや　（『散木奇歌集』雑上　一二九五）
わたせには宇治の川霧たちぬめりゐせきにかくるまきの柴舟　（『有房集』霧　一七三）
風はやみいたてにはしる柴舟のおくれぬものは恋にぞありける　（『林下集』船のうちの恋　二四七）

俊成詠以外で良経歌に先行する「柴舟」の歌は、右にあげたものがおおよそすべてである。堀河天皇歌壇あたりから俄に注目された語であったといえようか。

　柴刈りを、いでふね弁
さして行く柴刈りを舟さををいたみ
　といへば下付く、左衛門
まづこがるるは心なりけり
（『公任集』四三四）

　田上の路にて
旅寝するあしのまろやの寒ければつまぎこり積む船いそぐめり
（『経信集』一五五）

柴を積んだ船を詠じた例は数は少ないながら、古くは『公任集』や『経信集』などに見られる。しかし、「柴舟」としては和歌に定着しておらず、内容の面から見てもこれら二首は実景を詠んだもので、芝を積んだ船が「恋」とかかわる歌を見いだすには、やはり院政期を待たねばならない。

また、早期に「柴舟」を詠んだ歌人らには一つの共通点が見いだせる。俊頼・顕仲・頼政・実定というように、ほとんどの歌人に今様との関わりを指摘できるのである。[25]

「柴舟」に類似する「柴車」という語について、植木朝子氏は和歌における「柴車」の最も早い用例が『堀河百首』の匡房・顕季詠であり「今様の流行と時期が重なる」ことを述べた上で、「柴車」を早期に用いた歌人がみな今様と関わりが深いことに注目した。植木氏は、「この「柴車」の語は、素材に対し新しい語彙を求めようとした『堀河百首』において、匡房や顕季によって和歌に取り入れられ、小大進・有房・親宗といった後白河院の身近にあった人々によって、歌語として定着していったと考えられる」とする。[26]これは「柴舟」という語の始発点とその後の広がりに重なる部分が多く、賤の男によって樵り集められた薪を積む「柴舟」という語もまた、今様に関連する土壌から汲み上げられた表現であった可能性を指摘しておきたい。

「柴舟」の場合には「柴車」とは異なって、詞をそのまま詠みこんだ今様は残されておらず、その点で些か今様との間に距離があるようにも思われるが、

西山通りに来る樵夫　を背を並べてさぞ渡る　桂川　後なる樵夫は薪樵夫な　波に折られて尻杖捨ててかいもとるめり
（『梁塵秘抄』三八五）

樵夫は恐ろしや　荒けき姿に鎌を持ち　斧を提げ　うしろに柴木巻い上るとかやな　前には山守寄せじとて杖を提げ
（『梁塵秘抄』三九九）

というように「樵夫」を題材とした今様が複数残されていて、そのうちの一つは樵夫の水辺における動向を活写したものである。現存する今様が『梁塵秘抄』のごく一部に過ぎないことを考えれば、良経歌が題材としたような「柴舟」と「恋」とが合わせられた今様があった可能性も考えられよう。

続いて、「鵜河」題で詠まれた良経詠にも、今様の影響がみられる。

廿三番　左持　女房

大井川なほ山かげに鵜飼舟厭ひかねたる夜半の月影　（二二五）

右　　中宮権大夫

桂川七瀬の淀を鵜飼舟くだしもはてずあけぬこのよは　（二二六）

右申云、月夜に鵜を使ふことのあるにや、陳云、月夜とはいへども、山のかげなどにては使ふことのあるなり、左申云、七瀬の淀を鵜飼舟とつづける、いかが

判云、左、方人の難陳にすでにきこえて侍るめり、右、七瀬の淀を鵜飼舟と続けるは悪しくやは侍るべき、但、あけぬこのよは、などことごとしげに侍るにや、不被庶幾侍らん、持とすべくや

右方人の「月夜に鵜をつかふことのあるにや」という難に対して「月夜とはいへども、山のかげなどにては使ふことのあるなり」と陳じられた。俊成がそれで了解して、当該歌は鵜飼の場を詠んだ叙景歌として解釈されているのだが、「厭ひかねたる夜半の月影」と詠まれた良経歌には、仏教的な罪業感が揺曳していたとみてよいのではなかろうか。

次の寂蓮は、鵜飼が漁をするために「月のいるを待」っていると歌う。

迷ふべき契りぞ深き鵜飼舟このよも月のいるを待ちける　（『寂蓮結題百首』深き夜の鵜川　三〇）

この寂蓮歌は、当時流行していた今様を背景に、鵜飼が殺生戒を犯す罪深さを詠んだ崇徳院歌「早瀬川みをさかのぼる鵜飼舟まづこのよにもいかが苦しき」（『久安百首』夏十首　二八）[27]から学んだことが指摘されている。寂蓮歌が崇徳院歌を摂取しているとすると、そこで歌われる月は実景だけでなく信仰の証である「真如の月」を意味するものと

なり、自らの罪を自覚するゆえにその光を避けつつ漁をするということと二重写しになる。

詠まれている景の近しさから見て、良経歌は右の寂蓮歌の影響下になったと考えられる。「厭ひかねたる夜半の月影」が、「真如の月」の輝きに罪深い身をさらすことを厭っても逃れられない状況を、月夜にも山陰で鵜飼をすることがあるという実景の状況に重ね合わせたものとするならば、一首の解釈はより自然なものとなろう。

安井重雄氏は、本歌合における御子左家系歌人らの「鵜河」詠は、貫之以来の伝統的な篝火の美に新しい措辞を加えた叙景歌を詠むとともに、『久安百首』の崇徳院歌に影響を受けて、鵜飼が殺生戒を犯す罪深さをも詠じていると指摘する。[28]また、崇徳院歌が後代詠に影響を与えた理由として、『千載集』撰入という俊成による高評価をあげ、このために御子左家歌人は「鵜飼舟」を用いるようになったとも述べる。こうした歌語の受容のあり方は、良経歌が叙景歌の底に、鵜飼の罪深さという視線を潜ませていた可能性を強めるものとなろう。

当該歌を純然たる叙景歌ではなく、先行詠に流れる仏教的な罪業感を内包する歌として再度見直すならば、「鵜飼舟」という言葉を選択した良経は、流行歌謡から発想を得た先行歌に拠って詠んだということになろう。もちろん、御子左家一門に見られた流行の歌語を取り入れたという側面もあるだろう。そして、そうであるならば、貫之以来の伝統的な篝火の美を前面に押し出した作を詠じても良かった。[29]しかし、良経は「鵜飼舟」とともに「厭ひかねたる」と釈教的あるいは述懐的な気分を醸し出すような言葉を取り入れて一首を構成している。そこには僅かかも知れないが、時代に横溢する流行歌謡の詞を掬いあげようとした意識があったとみてよいのではなかろうか。

『六百番歌合』以前にも、良経歌に今様が影響していた可能性のある例がみられる。

我が思ふ人だに住まば陸奥のえびすの城も疎きものかは　（『秋篠月清集』十題十首　居処　二一三）

二番　左　　　前大納言実定卿

さりともとまつを頼みて月日のみすぎの早くも老いぬべきかな

右勝　　頼政

思へただ神にもあらぬえびすだに知るなるものをもののあはれは

左歌、まつを頼みてなど言へる姿いとをかしく侍り、まつすぎなど侍るやこれかれにかかりたるやうに侍らん

右歌はことかはりあらぬ姿の歌の言葉づかひなどいとをかしくこそ聞こえ侍れ、これは閭巷《リヨウウ》の郢曲《エイクヰヨク》のなかに、えびすだにもののあはれ知るなりと歌ふ歌の侍るなるべし、かれを引きて、神にもあらぬえびすだに、と言へる歌の姿いとをかしくきこえ侍るなり、ただしこと少し俗に近くや侍らん、されど神の御名もかかりて侍れば以右勝つと申し侍るべし　（『広田社歌合』述懐　一一九・一二〇　俊成判）

「えびす」という語は、「長月の有明の空のけしきをば奥の夷もあはれとやみむ」（『久安百首』秋　上西門院兵衛　一一四九）が現存するもっとも古い例としてあるものの、その後しばらく用いられることはなかった。郢曲の詞章を引いて俊成が判じたこの『広田社歌合』以降、新古今歌人らによって広く詠まれるようになる。[30] ここにあげた良経歌は、郢曲の詞章と同じく東人・蛮夷としての「えびす」を詠んでおり、時期的なことを考えても今様を指摘した俊成判の影響下にあるとみてよかろう。

また、同じ「十題十首」には「稲荷山峯の杉むら風ふりて神さびわたるしでの音かな」（『秋篠月清集』一八四）がある。この本歌としては、「稲荷山しるしの杉の年ふりて三つの御社神さびにけり」（『千載集』雑下　物名　有慶　一一七

八）を指摘するのが穏当であろうが、『梁塵秘抄』の中に、

稲荷には禰宜も祝も神主もなきやらん　社毀れて神さびにけり
稲荷をば三つの社と聞きしかど　今は五つの社なりけり
（『梁塵秘抄』五一二・五一三）

という、類似の詞章を持つ今様がある。そもそも「稲荷」という題材は今様との結びつきが強く、『梁塵秘抄』には稲荷を題材とした神歌が十首収録されている上に、そのほとんどが勅撰集などに見られる古歌を用いたものとなっている[31]。稲荷それ自体は古くから和歌に詠まれる題材ではあったものの、今様の隆盛期に歌の題材として稲荷を選ぶこと自体に、今様的な意識が内在していた可能性を考えてもよいのではなかろうか。

以上、良経における今様からの影響を見てきたが、それらはどれも明確に表現されたものではなかった。このことから、良経は、歌の題材や手法には積極的に新しいものを取り入れつつも、詞については伝統的なものを極力用いることで、表現の新奇さへ抑制しようとしていた可能性がみてとれよう。後代、『近代秀歌』などに「詞は古きを慕ひ」と述べられることの兆しを、この時期の良経詠からも読みとってよいように思われる。

おわりに

本節では、良経が本百首に内包していた当代性について確認してきた。良経は、先行歌摂取に関連する手法の面で

は短連歌的な方法を取り入れたり、物語や同時代歌人から新しい表現を取り込むなど冒険的であった一方で、詞そのものについては慎重な一面もあった。しかし全体としてはやはり、短連歌や今様といった従来は和歌より低くみられていた文芸をも取り入れることで、自詠の表現の自由度を拡大しようとする方向にあったと考えられる。

本節は良経歌を対象として論じてきたが、前節でも述べたように、ほぼ同様の傾向は新風歌人らの多くにもみられた。これまであまり指摘されてこなかったが、当代的な流行歌謡等の手法・語彙といったものが新古今時代へ向かう過渡期の歌にとりこまれることで、先行歌摂取の方法など表現の自由度が拡大していたとみてよかろう。

注

01　『六百番歌合』に関する論は多数ある。そこで本歌合について言及されている主な単行書を次にあげる。
安井重雄『藤原俊成　判詞と歌語の研究』（笠間書院　平成十八年一月）、谷知子『中世和歌とその時代』（笠間書院　平成十六年一月）、渡部泰明『中世和歌の生成』（若草書房　平成十一年一月）、松野陽一『鳥帚　千載集時代和歌の研究』（風間書房　平成七年十一月）、上條彰次『藤原俊成論考』（新典社　平成五年十一月）、久保田淳『中世和歌史の研究』（明治書院　平成五年六月）、久保田淳『藤原定家』（集英社　昭和五十九年十月）、谷山茂『新古今時代の歌合と歌壇』（角川書店　昭和五十八年九月）、藤平春男『新古今とその前後』（笠間書院　昭和五十八年一月）、松野陽一『藤原俊成の研究』（笠間書院　昭和四十八年三月）、久保田淳『新古今歌人の研究』（東京大学出版会　昭和四十八年三月）、藤平春男『新古今歌風の形成』（明治書院　昭和四十四年一月）、有吉保『新古今和歌集の研究　基盤と構成』（三省堂　昭和四十三年四月）、岩津資雄『歌合せの歌論史研究』（早稲田大学出版部　昭和三十八年十一月）、峯岸義秋『歌合の研究』（三省堂　昭和二十九年十月）ほか。

02　内藤まりこ「記憶にないほど古い歌―本歌取りの問題機制」（『言語態』七　平成十九年七月）、藤田雅子「「六百番歌合」秋下「柞」十二番判詞「らし」をめぐって」（『赤羽淑先生退職記念論文集』平成十七年三月）、小田剛「式子内親王と六百番歌合の詞―「鶉」「夕立」「閨」―」（『滋賀大国文』四〇　平成十四年九月）、久保田淳「歌ことば―藤原俊成の場合」（『国語と国文学』七八－八　平成十三年八月）、木船重昭「『六百番歌合』俊成判詞一面―その諸諧性」（『中京大学文学部紀要』三二特平成十年三月）、茅原雅之「六百番歌合における歌人の内部連関―家隆歌との関連を中心に」（『語文』一〇〇　平成十年三月）、海老原昌宏「袖の時空―『六百番歌合』の定家詠を中心に」（『日本文学論究』五六　平成九年三月）、藤田百合子「『新勅撰集』と定家歌学―『六百番歌合』の「かひや」と「あまのまてかた」を中心に」（『日本古典文学の諸相』勉誠社　平成九年一月）ほか。

03　小山順子「藤原良経『六百番歌合』恋歌における漢詩文摂取」（『和歌文学研究』八九　平成十六年十二月）、小山順子「藤原良経の本歌取り凝縮表現について―『後京極殿御自歌合』を中心に」（『国語国文』七〇－五　平成十三年五月）、加藤睦「藤原良経「六百番歌合百首」覚書」（『立教大学日本文学』八三　平成十二年一月）、内野静香「藤原良経『歌合百首』の考察―古歌摂取の方法について」（『広島女子大国文』一三　平成三年九月）、新名主祥子「『六百番歌合』の恋題をめぐって」（『国語国文学研究』一八　昭和五十八年二月）、新名主祥子「藤原良経研究―六百番歌合の企画意識について―」（『国語国文学研究』一七　昭和五十七年三月）、篠崎祐紀江「「六百番歌合」歌題考―四季の部をめぐって―」（『国文学研究』七〇　昭和五十五年三月）。

04　伊東成師「藤原良経の本歌取りについて」（『学習院大学国語国文学会誌』二三　昭和五十五年三月）

05　雪消ゆる巣だちの小野に鶯の今朝鳴きそむる恋もするかな（『寂蓮無題百首』六八）

06　今日くれぬ明日もかりこん宇陀の原枯れ野の下にきぎす鳴くなり（『文治六年女御入内和歌』鷹狩　二六〇）

この歌は「かりに来ばゆきてもみまし片岡のあしたの原にきぎす鳴くなり」（『後拾遺集』春上　長能　四七）を本歌として、春から冬へと転じて詠まれている。また、「枯れ野の下」という句は、のちに為家が詠んだ「片岡の枯れ野の下の若なづな雪さへつみてみらく少なし」（『夫木和歌抄』春一　寛元三年結縁経百首　二二六）のほかには現存する作例がなく、良経創出の句であった可能性を指摘できようか。

07　経家詠と同じ下の句を持つ歌としては、次の慈円詠が存在する。

我が袖のたぐひはよると思ふまに鹿鳴く野辺の秋の夕暮（『拾玉集』野露　五〇五五）

この歌の詠作年次は、詞書が「大納言しのびて会せらると聞きて、人にかはりて」であることから、山本一氏が「大納言＝左大将兼任以前の良経の場合」という限定を加えた上で、文治五年七月十日～同秋のうち、と推定する（山本一『慈円の和歌と思想』和泉書院、平成九年三月）。しかし、大納言が良経を指すのか明らかにしがたいため、今回は先行例の一つに加えなかった。

08　注01の松野著書

09　注04の伊東論文

10　注03の小山論文「藤原良経の本歌取り凝縮表現について―『後京極殿御自歌合』を中心に」

11　先行歌から「桜にくらす」という凝縮した表現に行きついた契機として、次の定家歌を指摘しておきたい。

さもあらばあれ花よりほかのながめかは霞にくらすみ吉野の春（『拾遺愚草』花月百首　花五十首　六〇七）

定家歌自体が赤人詠ののどかな春の世界と通底する上、「～にくらす」という表現自体が珍しいもので定家以前に作例がない。良経初の百首歌の催しで用いられた歌の表現を自詠に取り入れた可能性も考えられよう。

12　「とこなつ」と「つゆ」が歌で詠み合わせられる場合には、次にあげるように恋歌に用いられやすい。

廉義公家の障子の絵に、なでしこおひたる家の心ぼそげなるを　清原元輔

思ひしる人に見せばや夜もすがらわがとこ夏におきゐたる露（『拾遺集』恋三　八三一）

女にものいひて又日、とこなつにさして、いかがありけむ

とこなつの花の露にはむつれねどぬるともなくて濡れし袖かな（『実方集』二二七）

13　当該歌で用いられている「風のすみか」という句は、方人が「風棲新」と述べるように新しい表現である。同時代以前に類例のないことから、良経によって創作されたものとみてよいだろう。その新しい句を再び自詠に取り込もうとしたときに、俊恵歌の奥に流れる恋の風情を活かすために「秋風のすみか」としたのではなかろうか。

ふるさとは風のすみかとなりにけり人やはらふ庭の荻原（『秋篠月清集』十題百首　草部十首　二二三七）

14　一首全体の発想と構成は、あるいは次の歌あたりにあった可能性も考慮すべきかもしれない。しかし、そうであったとしても「うちおかぬ心」・「かはらねど」・「秋」から移ろいやすい恋が想起されやすい。

早秋忽涼といふ心をよみ侍りける　　左中将公経朝臣
うちおかぬ心は夏にかはらねど扇のすゑに秋はきにけり（『玄玉和歌集』時節歌　四一一）

15 注03の小山「藤原良経『六百番歌合』恋歌における漢詩文摂取」、新大系脚注。

16 定家は「二見浦百首」において「なれきにし空の光の恋しさにひとりしをるる菊の上露」（『拾遺愚草』二見浦百首　陵園妾　二〇〇）と詠んでいる。

17 詳細については、次節で述べている。

18 寺島恒世『後鳥羽院和歌論』（笠間書院、平成二十七年三月）

19 注03の新名主論文。また、注03の小山「藤原良経『六百番歌合』恋歌における漢詩文摂取」も新名主氏の論を受けて、「単に和歌表現の摂取という位相の問題ではなく、俗的題材への関心が基底にあることを重視しなくてはならない。」とする。小峯和明氏は「きこりの歌―今様と説話―」（『中世文学研究』十九　平成五年八月）のなかで、樵夫の今様（『梁塵秘抄』三八五・三九九）と院政期に現れる「樵夫」題の題詠歌とは交差している可能性があるとする。

20 当該の紫式部詠は、琵琶湖をみて詠まれた一連の歌の一つとみられる。

近江のみづうみにて、みをがさきといふところに網引くを見て
みをのうみに網引く民のてまもなく立ちゐにつけてみやこ恋しも
又、いその浜に、鶴のこゑごゑ鳴くを
いそがくれ同じ心にたづぞ鳴くなに思ひいづる人や誰ぞも
夕立しぬべしとて、空の曇りてひらめくに
かき曇り夕だつ波の荒ければうきたる舟ぞしづ心なき（『紫式部集』二〇～二二）

21 隆信詠に対する俊成の判は「在明の月の明けがたに名のりしてゆく郭公といふ郢曲の文字つづきにてこそおぼえ侍れ」というもので、隆信は当時流行していた今様の歌詞をかなりあからさまに取り入れていた。

22 俊成が言う「九番の左」の歌とは、「うかれ女」をはっきりと詠みこんだ季経詠「うかれ女のうかれて宿る旅やかた住みつきがたき恋もするかな」（寄傀儡恋　一一五七）である。当該歌の俊成判は「左歌、恋もうかれ女も、たしかにこれこそ侍る

めれ」としつつも、「恋の心たしかならず」と方人に難ぜられた右の兼宗詠を「上句は優に侍るべし」と評価し、季経詠を退けている。

23　鄭太尉の説話は、『和漢朗詠集』の「春過夏闌《はるすぎなつたけぬ》　袁司徒之家雪応路達《ゑんしとがいへのゆきみちたつしぬべし》　朝南暮北《あしたにはみなみゆふべにはきた》　鄭大尉之渓風被人知《ていたいゐがたにのかぜひとにしられたり》」（雑　丞相付執政　菅三品　六八〇）や、『宇治拾遺物語』一五三の「鄭太尉事」などによって当時広く知られていたと考えられる。ただし、『宇治拾遺物語』の本文には、「朝夕に木をこりて親を養ふ。孝養の心、空に知られぬ。梶もなき舟に乗て、向ひの島に行に、朝には南の風吹きて、北の島に吹つけつ。夕には又、舟に木をこり入れてゐたれば、北の風吹て、家に吹きつけつ。」とあり、谷ではなく島の行き来であったという変形が起きている。一方、良経歌の下句と『和漢朗詠集』六八〇は詞章の重なりが強い。良経は『宇治拾遺物語』からではなく、漢文から直接発想を得ていたとみてよかろう。

24　注03の小山「藤原良経『六百番歌合』恋歌における漢詩文摂取」、新大系脚注。

25　俊頼・頼政と今様の関係については小川寿子「俊頼と今様」（『国語と国文学』五十九-六　昭和五十七年六月）・植木朝子「源三位頼政と今様」（『国語国文』七十三-一　平成十六年一月）がある。また、顕仲と今様の関連については尊経閣文庫蔵『今様の濫觴』の系図のなかに郢曲の相承者として名前が見え、実定は『吉記』の承安四年九月一日条に記された今様合で左方の筆頭に名前があがっているほか、『平家物語』の「月見」に「ふるきみやこのあれゆくを、今様にこそうたはれけれ。」と記され、「ふるき都をきてみれば　あさぢが原とぞあれにける　月の光はくまなくて　秋風のみぞ身にはしむ」という今様を歌ったとされる。

26　植木朝子『梁塵秘抄とその周縁　今様と和歌・説話・物語の交流』（三省堂　平成十三年五月）

27　崇徳院歌の背後に今様があることは、注01の安井著書、注27の植木著書、馬場光子『走る女—歌謡の中世から—』（筑摩書房　平成四年二月）などに指摘がある。

28　注01の安井著書

29　をちこちにながめやかはす鵜舟闇をひかりの篝火の影（『六百番歌合』鵜河　定家　一二二一）

30　第一章第四節

31　『梁塵秘抄』の「稲荷十首」のうち、和歌の詞章を取り入れたことが確認できるのは次の六首である。五一五→『拾遺集』

雑恋　平貞文　一二一一、五一六→『貫之集』三三五、五一七→『後拾遺集』神祇　恵慶　一一六六、五一八→『古今和歌六帖』やしろ　一〇八〇、五一九→『拾遺集』雑恋　読人知らず　一二六八／『拾遺抄』雑上　読人知らず　四七三、五二〇→『拾遺集』雑恋　長能　一二六七。

第三節　良経『正治初度百首』における本歌取りの機能と方法

はじめに

『正治初度百首』は、正治二年（一二〇〇）に後鳥羽院が自らの歌壇の幕開けを記念するかのようにおこなった催しである。院自身とともに当代の一流歌人二十二名が詠進したこの百首歌は、のちに『新古今集』の重要な撰集資料となって、『千五百番歌合』の九十首入集につづく七十九首が入集した。

良経詠についてのみ見ても、『正治初度百首』から『新古今集』への入数は十七首となり、『新古今集』に収録された良経歌の総数七十九首の約二割を占める。また、本百首からは他の勅撰集にも数多く撰入されていて、最終的には五十首が勅撰集におさめられた。『後鳥羽院御口伝』において「故摂政は、（中略）百首などのあまりに地歌もなく見えしこそ、かへりては難ともいひつべかりしか。秀哥あまり多くて、両三首などは書きのせがたし」と評された良経の歌才が遺憾なく発揮された百首であったといえよう。それにもかかわらず、久保田淳氏が定家・家隆の詠ともに概括して以降には、[01] 近年、小山順子氏が良経詠の『正治初度百首』について漢詩文摂取と本歌取りといった面から論じているものの、[02] 本百首を正面から取り扱った論はそれほど多くない[03]。

そこで本節では、本歌取りを用いることによって、良経は『正治初度百首』でどのような和歌の創出を目指したのかということについて検討していく。

取り上げるのは後鳥羽院歌壇の黎明期の『正治初度百首』である。したがって本節における本歌の認定は、広義の本歌取りとして緩やかに解釈する。また、良経は同時代歌人の和歌をもかなり積極的にとりこむ傾向があるので、本歌として認定する和歌は古歌に限定することなく、調査の範囲を『正治初度百首』詠出直前のものまで広げた。

一、先行作品からの影響

右記の要領で本歌取りの状況をまとめると、『正治初度百首』では七十首が本歌を持つということになる。本歌取りの状況を歌人別に分類すると次の通りとなる。

藤原定家……十二首
寂蓮…………六首
柿本人麻呂……四首
西行…………四首
紀貫之………三首
壬生忠岑……三首
源道済………三首
曽禰好忠……二首

小野小町……二首
藤原兼盛……二首
藤原清輔……二首
藤原俊成……二首

二首以上を本歌にとられた歌人は以上の十二名である。西行以外の同時代歌人としては、定家・寂蓮・俊成が多い。九条家と御子左家の関わり合いから当然であるが、明らかに御子左家偏重型の摂取状況を示している。

また、後年の定家は『詠歌大概』で本歌取りに用いる古歌について、「殊可㆓見習㆒者、古今・伊勢物語・後撰・拾遺・三十六人集之中殊上手歌、可㆑懸㆑心。」と述べているが、それと同様の傾向がここにもあらわれている。

古今集………十五首
万葉集………十二首
源氏物語……十首
拾遺愚草……八首
拾遺集………六首
伊勢物語……六首（『古今集』と四首重複）
後拾遺集……五首
久安百首……五首

六百番歌合…五首
狭衣物語……三首
御室五十首…三首
道済集………三首

近代・当代歌人の和歌をのぞいて、古歌に占める「古今・伊勢物語・後撰・拾遺・三十六人集」歌の割合をみると、ほぼ八割がこれに当てはまる。（『後撰集』（二首）が上位から外れているものの、定家が「殊可二見習一者」とした三代集と『伊勢物語』は、上位六集のなかにほぼ入っている）定家歌十二首を本歌取りしていることとあわせて、良経の定家への私淑の度合いもしられよう。

出典から読みとることができる特徴としては他に、定数歌からの摂取があげられよう。右にあげた『久安百首』・『六百番歌合』・『御室五十首』以外にも、『堀河百首』・『閑居百首』・『寂蓮無題百首』・『寂蓮結題百首』から本歌を取っている。初の応制和歌制作にあたって、同じく応制和歌である『堀河百首』や『久安百首』をはじめとして、かなりの数の定数歌を手元におき、入念にその作法を学びつつ『正治初度百首』を詠んだことのあらわれであろう。

また、物語和歌からの摂取した例が多いこともあげられる。『六百番歌合』以降、良経における物語和歌摂取が著しくなる傾向にあることは伊東成師氏の論に詳しいが、[04] 良経が取り上げた物語和歌にはもうひとつ共通点がある。物語和歌の出典の第一位は『源氏物語』であり、さらに、「とこよ出でし旅の衣や初雁のつばさにかかる峯の白雲」（『正治初度百首』四四六）の本歌である「常世いでて旅の空なる雁がねも列におくれぬほどぞなぐさむ」（『源氏物語』須磨二〇三）と『伊勢物語』収録歌を除いたすべての物語和歌が『物語二百番歌合』に掲載されていることは注目される。

二、良経歌における『物語二百番歌合』の摂取

『物語二百番歌合』は、藤原定家が撰した『百番歌合』（『源氏狭衣歌合』）と『後百番歌合』（『拾遺百番歌合』）とを合わせた呼び名である。『百番歌合』は『源氏狭衣歌合』とも呼ばれるとおり、『源氏物語』の歌百首を左方、『狭衣物語』の歌百首を右方に配して番えたものであり、『後百番歌合』も同様に『源氏物語』の歌百首を左に置き、右方に『夜の寝覚』ほか十の物語の歌をおいて歌合とした。

成立事情については、左記のような定家自筆の奥書が残されている。

此歌先年依後京極殿仰、給宣陽門院御本物語、所撰進也、私草被借失了、仍更求書写本、令書留之

これによって、定家は良経の依頼で『物語二百番歌合』を撰したということが判るのだが、奥書にある「先年」がいったいいつにあたるのか明確でない。また「先年」のかかる範囲が、『後百番歌合』のみを指すのか『物語二百番歌合』全体を指すものかも論の分かれるところである。そのため、これまでその成立を建永元年頃とするものや、さらに遡って建久年間の中期ごろとするものなど、いくつかの説が提出されてきたが、いまだ確定をみていない[05]。しかし、良経の『正治初度百首』で本歌としてとられる物語和歌の位置関係をみるに、その成立は正治二年以前としてよいように思われる。

以下にあげるように、『物語二百番歌合』のなかには、『正治初度百首』詠の本歌となった歌々が集中的にあらわれ

る箇所がいくつかある。

三十四番

左　心ならず長らへて小野といふところに住むころ月を見て　浮舟

我かくてうき世中にめぐるとも誰かは知らむ月のみやこに

右　心よりほかなる船のうちにて身を限りに思ひなりけるに、渡る船人楫をたえと書かせ給へりける御扇に書きそへける　飛鳥井

楫をたえ命もたゆと知らせばや涙の海に沈む船人　（『物語二百番歌合』六七・六八）

我かくて寝ぬよの果てをながむとも誰かは知らん有明のころ　（恋　四七九）

楫をたえ由良の湊による舟のたよりも知らぬ沖つしほ風　（恋　四七七）

『物語二百番歌合』三十四番の左歌は『正治初度百首』四七九、右歌は四七七の本歌というように、左右の歌がいずれも、『正治初度百首』恋の本歌となっているのである。

従来、良経歌四七七の本歌には曾禰好忠の「由良のとを渡る船人楫をたえ行へも知らぬ恋の道かも」（『新古今集』恋歌一　一〇七一）があてられてきた。『物語二百番歌合』三十四番右歌は、初句以外は数語が良経歌と共通するのみであるものの、右歌に「知らせばや」とあり、我が消息を知らせたいと詠む飛鳥井詠と、「たより」に「便り」とを掛けているとみられる良経詠とは内容が通じる。好忠歌に呼応して詠まれた右歌もまた、四七七の本歌と認定されて

よかろう。

ところで、良経歌四七七に関しては、久保田氏が「うき舟のたよりも知らぬ浪路にも見し面影のたたぬ日ぞなき」（『秋篠月清集』舟裏恋　一四二〇）が結果として習作となったのではなかろうかとする。06 この『秋篠月清集』一四二〇は『後京極殿御自歌合』にも採録されていて、判者俊成は「たよりも知らぬ浪路にも言へる姿詞づかひになにとなく艶にも優にも聞え侍る」とその詞づかいを評価している。四七七の歌を作るにあたって、良経が好評価を得た歌を念頭においていた可能性も考えられる。

『秋篠月清集』一四二〇の本歌としては、『狭衣物語』の作中和歌「うき舟のたよりとも見んわたつ海のそこと教へよ跡の白波」（巻二　狭衣　七六）が指摘できるのであるが、この『狭衣物語』の歌は『物語二百番歌合』を介して、次にあげる良経歌四七六の表現と繋がる可能性がある。

五十番

右　高野にまゐらせ給ふとて

うきふねのたよりにゆかむわたつ海のそこと教へよ跡の白波

五十一番

左　伊勢にて　　前坊御息所

伊勢島やしほひのかたにあさりても言ふかひなきは我が身なりけり

（『物語二百番歌合』一〇〇・一〇一）

伊勢島やしほひに拾ふたまたまも手にとるほどのゆくへ知らせよ

（恋　四七六）

『秋篠月清集』一四二〇の本歌である『狭衣物語』の歌は、『物語二百番歌合』の五十番右歌に載せられているのであるが、この直後の五十一番左歌は、良経歌四七六と初句二句がおよそ一致する。さらに、四七六の良経歌「ゆくへ知らせよ」は、五十番右歌の「そこと教へよ」との詠みかえを連想させる表現となっている。良経歌四七六は、『物語二百番歌合』の五十、五十一番歌から、詠み出されたことが考えられよう。[07]

さらに、良経は、『物語二百番歌合』から着想を得たと考えられる歌を詠んでいる。『物語二百番歌合』の三十六番の歌は、良経歌四六七の本歌としてしられる。

三十六番

左　夢ともなき御面影にいとどもよほされて、寺寺に御誦経せさせ給ふとて

とけて寝ぬ寝覚め寂しき冬の夜にむすぼほれつる夢の短さ

右　思し明かしけるほどしるき御涙ばかりを、むなしき床にさぐりつけさせ給ひて

かたしきにいく夜な夜なをあかすらむ寝覚めの床の枕浮くまで

（『物語二百番歌合』七一・七二）

かたしきの袖の氷もむすぼほれとけて寝ぬ夜の夢ぞ短き

（冬　四六七）

とけて寝ぬ夢路も霜にむすぼゝれまづ知る秋のかたしきの袖

（『六百番歌合』秋霜　定家　四六一）

右のように、良経歌によく似た歌を、定家がすでに『六百番歌合』で詠んでいる。用いられている表現から、定家

歌も三十六番左歌を本歌取りして恋の風情を背後に持つ秋歌を詠じている。良経歌は、『物語二百番歌合』三十六番左歌と、それを本歌取りした定家の秋歌を冬に転じて取り入れたともみえる。しかし、次に述べるように、この二首の本歌のほかに、『物語二百番歌合』の三十六番の右歌からも影響を受けているのではなかろうか。

三十六番右歌は、良経歌四六七と表現上はそれほど緊密に結びつくものではない。しかし、『物語二百番歌合』の番は「左右は連想によって緊密に結びあわされ」、二首一対となることで「互いに響きあい、倍化されて、さながら在りうべき物語の一モチーフが現出させられている」[08]。

当該の三十六番は、左歌に源氏が亡き藤壺との夢のうちでのわずかな邂逅を寂しく悲しく思った寝覚めの歌を置き、右歌には狭衣が逢瀬を拒む二の宮の泣き濡れた衣を抱えて、宮のつらい内心を思いやる歌を配置している。右歌の『狭衣物語』の本文には、「我は知らず顔にて心とけて明かす夜な夜なもありつるは」とあり、この宮は狭衣を拒みつづける間中ずっと「とけて寝ぬ寝覚め」を過ごしていたことがみてとれる。逢うことのできぬ男女の「寝覚め」ということで番の左右が共通し、左歌では男の内心、右歌では女の内心を思いやる男の詠が配置されることで響き合い、つらい寝覚めの恋の世界が作り上げられているのである。「とけて寝ぬ夜」と詠んだ良経歌は、定家詠に加えて三十六番から発想を得た可能性をみてもよかろう。

三十四〜三十六番付近に良経が『正治初度百首』中に用いた本歌が集中しているのは、偶然という可能性もある。しかし、『源氏物語』の作中歌が約八百首あることを考えると、なんらかの作為が働かなくては『源氏狭衣歌合』に抄出されたわずか百首の、それもごく一部分に、本歌が集中するような状況は起こらないのではなかろうか。

良経が『正治初度百首』で本歌に用いた『源氏物語』作中和歌を収録する巻は、「若紫」・「花散里」・「胡蝶」・「朝顔」・「須磨」・「手習」・「橋姫」である。これらのうち「若紫」と「須磨」から複数首がとられているが、両巻はいずれも作中和歌が数多く含まれる巻でもあり、偏りとするほどのこともなかろう。良経は『正治初度百首』の詠出にあたって『源氏物語』五十四帖を改めて通読し、ランダムに歌を選んだとも考えられるが、和歌を抄出するためにはかなりの量を読まねばならない。

良経が本歌としたのは物語和歌だけではなく、先にあげたように資料として用いた作品は多岐にわたる。建久期以降には他歌集への入集が認められない『万葉集』歌を、良経が本歌として用いはじめていることから、良経が『万葉集』の直接摂取を試みているとの指摘もある。[09] これに加えて、種々の定数歌・勅撰集を参考にしていたらしいことを考えあわせると、良経がそれぞれの物語の和歌に直接あたったとするよりは、物語作中和歌ばかりを集めた抜き書きを用いたとみるほうが実際的であろう。

有吉保氏は、『正治初度百首』の出詠者が定められた時期を整理したなかで、良経が詠者に定められた時期を「八月十五日であったと、一往の推定をしておきたい」とする。[10] また、『明月記』の記述から、定家が良経の百首を拝見したこと（正治二年九月五日条）、良経の百首を俊成のもとへ届けたこと（同月二十一日条）がわかる。百首揃わぬうちに定家に見せたとも考えがたいので、良経の初稿は九月五日前後までにはできていたとみられる。そうであるならば、先にあげたような複数の物語の和歌を本歌とする歌々が、わずか一月足らずのあいだに詠み出されたということになる。膨大な物語関係の資料を簡便に利用するため、『物語二百番歌合』のような秀歌撰を用いるのは自然なりゆきではあるまいか。

『物語二百番歌合』のなかで本歌が集中している箇所は、他にもある。

七十番

左　中将におはせし時北山に旅寝して
吹きまよふ深山おろしに夢さめて涙もよほす滝の音かな
右　女二宮悩ませ給ふころ后の宮まゐらせ給へるに、空かき曇り時雨れて四方の木の葉きほひおつるに
人しれずおさふる袖もしほるまで時雨とともに降る涙かな
七十一番
左　宇治に籠もりゐて年久しくなりて後、冷泉院の御消息に、「世を厭ふ心は山にかよへども八重立つ雲を君やへだつる」と侍りし御返り　第八親王
跡たえて心すむとはなけれども世を宇治山に宿をこそかれ
右　はじめて本院にいらせ給ひて　斎院
おのれのみ流れやはせむ有栖川いはもるあるじ今はたえせじ
（『物語二百首歌合』一三九〜一四二）

白雲の八重立つ山は深しとも覚えぬまでに住みなれにけり　（山家　四八九）
山深みいはしく袖に玉ちりて寝覚ならはす滝の音かな　（山家　四九一）

七十番は、滝の音や、聴覚的把握をされやすい時雨によって、ひとりひそかに涙誘われる男女が番えられている。いずれもぱらぱらと涙の玉の落ちかかるようすが歌われていて、右歌には「袖」が詠まれている。良経歌四九一の本歌は詞の重なりから七十番左歌とみられる。しかし、良経が本百首を目にしていたとするならば、涙で「袖もしほる」と詠んだ右歌にも影響を受けていた可能性も考えられよう。

続く七十一番左歌の詞書中の歌が、良経歌四八九の本歌となろう。「八雲立つ」が重なり、憂き世を厭う人物が「山」の奥に住んでいることを歌っている点で共通するが、さらに左歌の結句は「宿をこそかれ」とあって、四八九が「住みなれにけり」と結ぶ表現と内容的に近い。

良経が四八九と四九一のいずれを先に詠んだのかはわからないものの、二首を詠むあいだに、右にあげた『物語二百番歌合』の番においてたえず連想が働いていたのではなかろうか。

以上みてきたように、『物語二百番歌合』のある箇所に、良経が『正治初度百首』で本歌として用いた和歌が密集しておかれていたり、連想を強く働かせながら連鎖的に歌を詠んでいったらしいことが推測されるかたちに配列されていたのである。

三、『物語二百番歌合』における番の機能

かたしきの袖の氷もむすぼほれとけて寝ぬ夜の夢ぞ短き　（冬　四六七）

とけて寝ぬ寝覚め寂しき冬の夜にむすぼほれつる夢の短さ
（『物語二百番歌合』七一／『源氏物語』朝顔　光源氏　三二〇）

とけて寝ぬ夢路も霜にむすぼゝれまづ知る秋のかたしきの袖
（『六百番歌合』秋　秋霜　定家　四六一）

前項でも取り上げたが、当該の良経歌は、『物語二百番歌合』三十六番と定家詠に影響を受けて、詠まれたと考え

られる。これらのうち、『源氏物語』三二〇とそれを本歌取りした定家詠とに共通する「とけて寝ぬ」・「むすぼゝれ」・「夢」とを詠みこんだ上に、『源氏物語』の歌とは「夢の短さ」、定家詠とは「かたしきの袖」と第三句の置き所を共通させて本歌としている。このように『正治初度百首』における良経歌は、二首以上を本歌とすることが多く、本歌取りで詠んだ歌のおよそ半数が本歌を複数持っている。定家・家隆の『閑居百首』あたりから本歌取りの一技法として二首を本歌とする本歌取りがあらわれる。[11] 良経の複数の本歌取りは、こうした新風歌人の詠に影響を受けたものであろう。二首の本歌取りについては、後代の歌学書では触れられることもあるが、本百首出詠以前の歌学書等に複数の本歌を取ることについての言及はない。[12]

本歌取りにはその機能のひとつとして、著名な古歌の歌句を用いることで古歌の世界を和歌に取りこみ、「本歌との二重写的構造によって、単独の歌ではなしえない深さとひろがり」[13]を詠歌に与えるということがある。『正治初度百首』の良経詠は本歌を二首とすることによって、「二重写的構造」を増幅し、詠歌世界により広がりをもたせようと意図したのではなかろうか。

良経歌四六七で取られている歌二首は類想歌である。本歌を複数とることで詠歌世界の拡張を意図するものならば、まったく主題の異なる二首を取り合わせるほうが理に叶っていよう。それにもかかわらず、良経は根を同じくする表現的にもよく似た二首を本歌に据えている。それは、良経が『物語二百番歌合』のなかで定家の試みた番と配列の方法論を、本歌取りの和歌の中へ結実しようとしていたためではなかろうか。

定家によって選択され番えられ配列された『物語二百番歌合』の歌々は、それぞれ異なる物語の作中和歌でありながら、意識的に操作された詞書や歌句・主題の類似によって番の内部で何重にも絡まりあい、「在りうべき物語の一モチーフが現出」[14]するほど密接した繋がりを獲得することによって、単純に倍加される以上の情趣の深まりを備えていた。その小世界の濃度は飛躍的に高まり、両歌の世界が拡散せずに縦方向に重なりあい融合・深化することで幻想的な世界が形成されよう。

良経歌四六七の本歌二首の間でも、『物語二百番歌合』で定家が用いた番の方法とよく似たことが行われている。『源氏物語』という共通背景に貫かれる本歌二首は、それを芯として良経歌のなかで統合され、新たな展開をみせている。定家の秋歌と「冬の夜」の歌であることを明示した『源氏物語』作中歌とは、歌の背後を共有することによって時空間的になめらかに繋がる。それらは二首でひとつのモチーフを構成しているごとく響きあいながら、良経歌を支えている。

良経は、根を同じくし本来的に緊密な関係にある二首を本歌とすることで、『物語二百番歌合』の番に内包されているような共鳴しあい増幅された情趣を生みだそうとしたのであろう。まったく別の物語にありながら、詞書や歌句などの類似する歌を番とすることで、定家は情趣の高密度化を図った。良経は、それをさらに一歩おし進めたかのように、発想の元を同じくする歌二首――それは、任意の古歌と、それを本歌として詠まれたもう一首を指す。――を自詠の本歌としている。そうすることで、共通事項を芯としてそれぞれの詠歌世界を透かし見せながら垂直に層を重ね、濃密かつ夢幻的に深化した小世界を形成することを意図したのであろう。主題・背景などがまったく違う二首を本歌とするとき、共通項がないために、詠歌世界が水平方向に広がりをみせるのとは、指向する方向が異なる。

『物語二百番歌合』に絡んで、同様の構造はほかにもみられる。

先にあげた良経歌四七七も、

楫をたえ由良の湊による舟のたよりも知らぬ沖つしほ風　（『正治初度百首』恋　四七七）

右　心よりほかなる船のうちにて身を限りに思ひなりけるに、渡る船人楫をたえと書かせ給へりける御
　扇に書きそへける　　飛鳥井

楫をたえ命もたゆと知らせばや涙の海に沈む船人
（『物語二百番歌合』六八／『狭衣物語』巻一　飛鳥井の女君　三五）

由良のとを渡る船人楫をたえ行へも知らぬ恋の道かも
（『新古今集』恋一　好忠　一〇七一）

好忠歌と、それを本歌とする飛鳥井の女君の歌が、良経歌四七のなかで重なりあい歌に深まりを加えている。良経歌は、本歌二首に共通している「楫をたえ」を初句に据えた上で、好忠歌で「行へも知らぬ」と歌われた部分を「たよりも知らぬ」としている。これによって、「命もたゆ」との「たより」を送りたいと思っていた飛鳥井の女君の詠が、好忠歌とともに、良経詠の中に重なってくるのである。

このように、良経は自詠に複数の本歌を重ねあわせながら、けっして継ぎ接ぎ的な作品に陥ってはいない。良経が重ねあわせた歌々は背景を同じくする詠であるゆえ、本来的に親和する要素を内包していて反発しない。複数の本歌が寄り添い、重なりあった歌々によってあたかも新たな物語を形成するかのように一つに溶けあって、良経歌のなかで縦方向に密度の高い重層的な世界を造りあげている。

竜田川ちらぬ紅葉のかげみえて紅くくる瀬々の白浪　　（秋　四五六）

ちはやぶる神代もきかず竜田川から紅に水くくるとは　（『伊勢物語』一〇六段　一八二／『古今集』秋　二九四）
夕暮は山かげ涼し竜田川緑のかげをくくる白浪　（『拾遺愚草』建久五年左大将家歌合、竜田川夏　二二二二）

良経歌四五六では、定家・良経の歌はどちらも『伊勢物語』の歌を本歌として詠んでいる。三首は「竜田川」と「くくる」が共通するほか、良経歌四五六『伊勢物語』の歌で「紅」、良経歌と定家歌では「白浪」が共に用いられている。良経歌四五六は『伊勢物語』と定家の歌とを本歌とすることで場は竜田川に固定されるものの、季節の流れと視点の変化をみることができよう。定家が本歌取りをする過程で一旦は消尽させた『伊勢物語』の秋の景を、良経は自詠に『伊勢物語』の作中歌にみえる「紅」を取りこむことで再生させた。ここでも二首の本歌は、歌の背後に負うものを同じくするゆえに親しく馴染みあって深め、良経歌を彩っていったのである。

『正治初度百首』詠において、良経は根を同じくする本歌二首によって、重層的な構造をもつ情致に富んだ詠歌世界を構築している。

唐衣すそのきぎす恨むなり妻も籠もらぬ荻の焼け原　（春　四一二／『新続古今集』春　一八六）
春日野は今日はな焼きそ若草の妻も籠もれり我も籠もれり　（『伊勢物語』十二段　一七）
煙たつ片山きぎす心せよすその原に妻も籠もれり　（『六百番歌合』雑　有家　七九）
藻にすまぬ野原の虫も我からと長き夜すがら露に鳴くなり　（秋　四四五／『新後撰集』三九八）

あまの刈る藻に住む虫のわれからと音をこそ鳴かめ世をば恨みじ

（『伊勢物語』六五段　一二〇／『古今集』恋　直子　八〇七）

秋はこれいかなる時ぞ我ならぬ野原の虫も露に鳴くなり

（『御室五十首』俊成　二七五）

ここにあげた良経歌二首も、物語作中和歌とそれらを本歌取りした同時代歌人の歌の二首を本歌として歌を詠じている。『伊勢物語』作中歌は恋歌であるが、有家や俊成はそれを春歌や秋歌へと詠みかえている。良経は、これらの先行詠を自らの歌に取り込んで、『伊勢物語』が内包している恋歌の艶と四季歌の景観とを重ねあわせた。そうすることによって、同時に両詠歌世界を再生させ、自らの歌によりいっそう情趣の深まりを獲得させたのである。

笹の葉は深山もさやにうちそよぎこほれる霜を吹く嵐かな

（冬　四六三／『新古今集』冬　六一五）

小竹之葉者《ササノハハ》　三山毛清尓《ミヤマモサヤニ》　乱友《ミダレドモ》　吾者妹思《ワレハイモオモフ》　別来礼婆《ワカレキヌレバ》

（『万葉集』人麻呂　一三三）

君来ずはひとりや寝なむ笹の葉の深山もそよにさやぐ霜よを

（『久安百首』冬十首　清輔　九五四）

『万葉集』の歌は「柿本朝臣人麿従㆓石見国㆒別㆑妻上来時歌二首」に添えられた反歌のうちの一首で、恋慕の情が前面に押し出されている。それが清輔の歌では、同歌を本歌として恋の色あいを残しつつも冬歌として詠まれている。それが良経の歌になると、語彙の上では冬歌となり、恋歌的要素を完全に払拭しているようにもみえるが、この歌も初・二句から本歌がいずれであるかはすぐに判ろう。良経歌では、荒涼とした冬の景のなかに流れる哀切が、本歌が内包している恋の別れの哀しみによって倍加されている。

おわりに

以上、『正治初度百首』詠出期における良経の本歌取りの特質の一端について、『物語二百番歌合』との関わりという点から検討してきた。
良経は、定家が『物語二百番歌合』で番を構成するために仕掛けた方法と、本歌を複数取るという方法を、自らが本歌取りの和歌を詠ずる際に取り入れていたとみられる。定家の番の方法を実践しつつ本歌取りをすることで、複数の本歌の世界を自詠のなかに幾層にも重ねて共鳴させ、より濃密な情致を獲得した和歌を構築しようとしたのであろう。

発想の元を同じくするいくつかの歌を同時に本歌とするとき、本歌が複数であることを明示するには、詞を多く、しかもあらわに取る必要がある。これは一歩間違えれば剽窃の誹りを免れない危険を多分にはらむものであるが、良経はその過ちに陥る一歩手前で抑制し、新たな視点を巧みに加えていた。また、こうした良経の詠みぶりが当時の好尚に叶っていたことは、例にあげた歌のほとんどが『新古今集』を中心とする勅撰集に入集していることから明らかと言えよう。

注

01　久保田淳『新古今歌人の研究』（東京大学出版会、昭和四十八年三月）

02　小山順子「藤原良経『正治初度百首』考―漢詩文摂取の方法をめぐって」（『山辺道』五一　平成二十年二月）、小山順子『本歌の否定―藤原良経『正治初度百首』をめぐって』（『山辺道』五三　平成二十三年三月）

03　『正治初度百首』を取りあげている論考としては、田渕句美子『中世前期歌人の研究』（笠間書院　平成十三年二月）、伊東成師「藤原良経の本歌取りについて」（『学習院大学国語国文学会誌』二三　昭和五十五年三月）、辻森秀英「新古今時代古典影響の一断面」（『国文学研究』二二　昭和三十五年十月）などがある。

04　注01の伊東論文

05　田渕句美子「『物語二百番歌合』の成立と構造」（『国語と国文学』八十一-五　平成十六年五月）、伊藤春樹「物語二百番歌合の本文―定家所持本源氏物語の性格――」（『語文』四八　昭和六十二年二月）、樋口芳麻呂「『物語二百番歌合』と『風葉和歌集』（上）―『源氏物語』作中人物の和歌を中心に―」（『文学』五十二-五　昭和五十九年五月）、樋口芳麻呂『平安・鎌倉時代散逸物語の研究』（ひたく書房　昭和五十七年二月）、久曾神昇「定家自筆本物語二百番歌合の研究」（『物語二百番歌合と研究」未刊国文資料刊行会　昭和三十年）などに詳しい。

06　久保田淳『新古今和歌集全注釈』四（角川学芸出版　平成二十四年一月）

07　『松浦宮物語』に類似する表現がみえるが、物語の成立時期が確定しないので、現状では、影響関係を指摘することは難しいか。

　わたの原沖つしほあひに浮かぶ泡をともなふ舟のゆくへ知らずも（『松浦宮物語』巻一　少将（橘氏忠）二一）

08　川平ひとし「物語二百番歌合」（体系物語文学史　第五巻『物語文学の系譜Ⅲ　鎌倉物語2』有精堂　平成三年七月）。なお、『物語二百番歌合』の配列の問題に関しては、注06の樋口著書に詳しい。

09　注01の伊藤論文

10　有吉保『新古今和歌集の研究基盤と構成』（三省堂　昭和四十三年四月）。山崎桂子『正治百首の研究』（勉誠出版　平成一

二年二月）にも出詠者決定時期について指摘があり、良経の出詠はやはり八月十五日に決定したとされる。

11　神谷敏成「『閑居百首』について」（『和歌文学研究』四十五号　昭和五十五年四月）

12　『井蛙抄』第二の「取本歌事」で本歌取りを分類したうちの最後に「本歌二首もてよめる歌」があり、定家と信実の歌を例としてあげているが、二首を取ることが歌にどのような効果をもたらすのかについての説明はない。

13　寺本直彦『源氏物語受容史論考』（風間書房　昭和四十五年五月）

14　注09の川平論文

第四章　新古今前夜（二）

——後鳥羽院歌壇始発期

第一節　後鳥羽院『正治初度百首』における改作

はじめに

『正治初度百首』は、正治二年（一二〇〇）に後鳥羽院によって行われた和歌行事である。院歌壇の幕開けを飾る大規模な催しで、俊成・良経・慈円・式子内親王など当代の有名歌人二十三人によって百首歌が詠ぜられ、後に『新古今集』編纂時の重要な資料ともなった。

後鳥羽院自身の百首歌は、詠進者すべての歌を集めて編纂した『正治初度百首』（以下、「編纂本」とする）と『後鳥羽院御集』（以下、「御集本」とする）の二つに載せられており、両者の間で歌の入れ替えや語句の異同が著しいことは早くから研究の俎上にあげられた。院自身によって改訂の手が加えられたとみられるものの、本文から改訂の方向を即座に決定することはできないため、これまでさまざまに論じられてきた。

まず、有吉保氏が「御集の方は、一つには字余り歌が多く、語調がよくない（俊成が和字奏状で六条歌風の欠点を指摘した点と共通欠点である）などの諸点」や夫木抄に入集している歌が編纂本収録歌と語句が同じことなどから、御集本が草稿であり編纂本が改作であろうとした[01]。寺島恒世氏[02]や萬田康子氏[03]も、百首の構成の点や院の和歌指導者の問題、あるいは当代歌人との影響関係などから、編纂本を改作後とする見解を示された。

その一方では、久保田淳氏[04]が御集本と編纂本間の歌の差し替え現象を取り上げ、編纂本の方が草稿的なもので御集本の方が定稿的なものであろうとした。これを受けて山崎桂子氏[05]は、久保田氏の説を伝本調査や当代歌人との影響関係など多角的な面から論証し、現在では編纂本から御集本への改訂が通説となっている。

以上のような研究史を踏まえ、改訂の跡が顕著である「冬歌十五首」の語句の改編を中心に、後鳥羽院が新たに目指した表現について考察する。

（一）秋暮るる鐘のひびきは菅原や伏見の里の冬のあかつき　（編纂・五七）
　秋暮るる鐘のひびきは菅原や伏見の里の冬のあけぼの　（御集・五六）
（二）竹の葉はおぼろ月夜に風寒えてむらむらこほる庭のおもかげ　（編纂・六二）
　竹の葉はおぼろ月夜に影さえてむらむらのこる庭のおもかな　（御集・六〇）
（三）さらにまた薄き衣に風さえて夏をやこふる小野の炭焼き　（編纂・六四）
　さらにまた薄き衣に月さえて冬をやこふる小野の炭焼き　（御集・六一）
（四）冬さむみ比良のたかねに風さえてさざ波こほる志賀のから崎　（編纂・六五）
　冬さむみ比良のたかねに月さえてさざ浪こほる志賀のから崎　（御集・六三）
（五）雪つもる有明の月は風さえてさざ波氷る志賀のから崎　（編纂・六六）
　雪つもる有明の月は月さえて籬の竹のうら緑なる　（御集・六二）
（六）今朝みれば三輪の杉むら理もれて雪の梢やしるしなるらん　（編纂・六八）
　冬のあした三輪の杉むら理もれて雪の梢やしるしなるらん　（御集・六五）

（七）今日までは猶ふる年の空ながら夕暮れがたはうち霞みつつ（編纂・七三）

今日までは雪ふる年の空ながら夕暮れがたは薄霞みつつ（家集・七〇）

冬部に認められる語句の異同は次の通りとなる。[06] このうち（五）の編纂本の下の句については、前歌の下の句を誤写したとみられるので、今回の考察の対象からは外している。

さて、こうしてみると（二）から（五）の「名詞＋さえて」（点線部分）の部分でことごとく「風」から「月」または「影」へと編纂本と御集本の間で語句の書き変えが行われている。この「名詞＋さえて」という形は上記四首の他にも、同じ冬歌の中で「冬くれば深山の嵐音さえてむすぼほれゆく谷川の水」（御集・五九）と用いられたり、春歌に「春きても猶大空は風さえて古巣恋しき鶯の声」（御集・二／編纂・二）とあるなど使用頻度が高く、この時期に院が好んでいた語であると言えよう。

後鳥羽院以外には「名詞＋さえて」という語は、どのように用いられていたのであろうか。次項でみていく。

一、「名詞＋さえて」の用法

「さえて」という語は、下二段動詞「さゆ」＋接続の助動詞「つ」である。したがって、「名詞＋さえて」について検討するということは、「名詞＋『さゆ』」について検討することと同義であり、「さゆ」の活用や「さゆ」を用いた連語など多岐に渡って考察していく必要がある。しかし、本百首において後鳥羽院が「さゆ」を「さえて」の形でのみ用いていることも考慮し、ここでは「名詞＋さえて」に形を限定して調査を行った。なお、後鳥羽院の没年を目安として一二五〇年頃までの歌を調査の対象としている。

さて、「名詞＋さえて」をみていくと、後鳥羽院が本百首の中で用いているような「音さえて」・「風さえて」・「月さえて」・「影さえて」の他に、「霜さえて」・「空さえて」・「袖さえて」・「雪さえて」・「浦さえて」等、バリエーションが数多く見られた。和歌における用例も多く、後鳥羽院特有の語形ではない。後鳥羽院が本百首において用いた「名詞＋さえて」のうち、改作にかかわる「風さえて」・「月さえて」・「影さえて」について作例を調査・分類してみると、「風さえて」と「月さえて」は正治二年以前にはほぼ同数ずつ詠まれている。

まず、「風さえて」と「月さえて」についてみていくと、『正治初度百首』以降の用例は「風さえて」の方が作例を増加させていて、「月さえて」は減少している。しかし、ここに「影さえて」の「影」が加わると状況が変わる。

大江山かたぶく月の影さえてとばたの面におつる雁がね　（『新古今集』秋下　慈円　五〇三）
影さえてまことに月のあかき夜は心も空にうかれてぞすむ　（『山家集』三六五）
沖つ風ふけ行く月の影さえて色まですめる住吉の松　（『正治二度百首』神祇　季保　七五二）

このように、「影さえて」の用例の九割方は「月の光」を表している。「影さえて」のほとんどは「月さえて」と同一のものと見なすことができるので、「月さえて」は「風さえて」を数の上で越える形となり、「風さえて」が「月さえて」に優越するのだとは言い切れなくなる。

また、「風さえて」・「月さえて」・「影さえて」を含む歌の作歌数を、後鳥羽院以外の主要歌人ごとにまとめてみると「風さえて」は、ある時期の歌人が突出して詠むということなく、院政期以降の歌人に平均的に詠まれている。

しながどり猪名のふしはら風さえてこやの池水こほりしにけり　（『金葉集（二奏本）』秋　仲実　二七三）
よなよなの旅寝の床に風さえて初雪降れるさやの中山　（『千載集』羇旅　実行　五〇二）
空は猶かすみもやらず風さえて雪げにくもる春の夜の月　（『新古今集』春上　良経　二三）

これらのように仲実が用いて以来、「風さえて」は常に寒さを人に追体験させるような方向性を持ち、皮膚感覚に訴えかけることによって詠歌世界に鑑賞者自体を入り込ませ、歌に奥行きを持たせるように作用していた。

一方、「月さえて」を含む歌の多くは、後鳥羽院歌壇で新古今時代を築き上げていく歌人らを中心に詠まれている。慈円・定家・家隆などの新風歌人らが、「月さえて」あるいは「（月の）影さえて」を歌の中によく取り入れるようになる。新古今時代以前にも「月さえて」と詠み込んだ歌人は存在するものの、少数であり作例も少ない。「月さえて」が新古今時代に偏って詠まれるようになった理由の一つとして、平安後期ごろから「冬の月」の美が以前よりもはっきりと認識されはじめたことが作用していようか。

『千載集』・『新古今集』の二つの勅撰集では冬歌で月を詠む割合が一割を越え、それ以前の六つの勅撰集に較べて明らかに比率が上昇している。『千載集』から『新古今集』の間では数にして約二十首、約八％の伸びを見せている。秋よりも冬の月の優位を示す「秋はなほ木の下陰も暗かりき月は冬こそ見るべかりけれ」（『詞花集』秋　読人知らず　一四六）の歌や、当時の人々が愛好した紅葉と同等に冬の月を扱う「紅葉葉を何惜しみけむ木の間よりもりくる月は今宵こそ見れ」（『新古今集』冬　具平親王　五九二）詠まれていることから、冬の月の美が当時の人々に、より価値の高いものとして再認識されるようになり、そのため冬の月を歌った歌が増加したのであろうとの指摘もある。[08] これと同様の傾向が「月さえて」にもみられる。

「月さえて」を詠み込んだ早期の作例では、春や秋など伝統的に多く月の歌が詠まれてきた季節を歌う際に用いられている。

思ふことありあけがたの月さえて佐保の川原に千鳥鳴くなり　（『為忠家初度百首』忠成　四九一）

かもめゐる難波堀江に月さえてこやの葦垣数もかくれず　（『林葉和歌集』四七一）

かすみはれ草の枕に月さえてつゆも秋にはかはらざりけり　（『教長集』一七八）

秋きてはながらの山に月寒えて夜のみ氷る志賀の浦波　（『治承三十六人歌合』覚盛　二五三）

忠成のように、早くから冬歌に「月さえて」を用いる例がないわけではないが、この歌は、歌題が「暁天千鳥」であり、月はあくまで添え物であって冬の月が中心になっているわけではない。「冬の月」の美を賞賛するには、いましばらくの時間が必要であった。

やがて西行をはじめとして、冬の月の美をはっきりと是認する千載・新古今期の歌人らが現れてくると、

雪の降りけるに

花と見るこずゑの雪に月さえてたとへんかたもなきここちする　（『山家集』一三六二）

霜枯れの尾花が末に月さえてこほらで氷るさのの浦浪　（『正治初度百首』冬　忠良　七六六）

見渡せばこほりの上に月さえてあられ浪よるまのの浦風　（『千五百番歌合』冬　宮内卿　一九九二）

と、「月さえて」は春や秋に加えて冬の歌に対しても使われ、歌自体の中でも「冬の月」の占める比重が高まってくる。詠まれる歌としても冬が中心となってきて、

塩釜の浦の浪風月さえて松こそ雪のたえまなりけれ　（『拾遺愚草』初学百首　秋　四三）
更級の山のたかねに月さえてふもとの雪は千里にそしく　（『正治初度百首』秋　良経　四五〇）
千鳥鳴く河風さむみ月さえて氷は秋のものにぞありける　（『撰歌合建仁元年八月十五夜』河月似氷　俊成　九一）

というように冬以外の季節に用いられる場合でも、歌の中の月は冷たい光を放つ「冬の月」に近い捉えられ方をしている。「さゆる月」には、それまでの月の光の「清澄さ」に加えて、「冷たさ」がイメージとしてつきまとうようになっていく。すでに述べたが、「風さえて」はしみるような風の冷たさを触覚に追体験させることによって、歌に詠まれた景観に奥行きを持たせている。これに対して「月さえて」は、澄んだ月の光とともに、「さゆ」という言葉が古くから本来的に持っていた冷たさをも内包するとみてよかろう。

「月さえて」が新古今時代の、冬や冬に近接する時期の歌に偏って詠まれるもうひとつの理由として、『新古今集』の詠風が作用していると考えられる。片野達郎氏は俊成を取り上げ、俊成の求めた幽玄美について「美景を静観的にとらえて観照の世界にひたり、人間的情念の絶たれた、奥深い景趣のとけあった絵画的情調」が幽玄美の重要な一側面だとする。そして、このような美的理念を通過した叙景歌が、『新古今集』の一面を代表しているとも述べている。[09]

冬にかかわる歌に詠まれた「月さえて」は、澄んだ月の光として視覚に訴えると同時に、「風さえて」の持つ肌感覚をも含みこんで、感覚に重層的に働きかける。このように、「風」と異なり視覚に訴えかける要素を併せ持っている「月」は、「絵画的」な叙景歌を好む新古今の風に適していた。そのため、「月さえて」を含む詠歌に時代的にも季節的にも偏りが起きたのだろう。

なお、月の光としての「影」を「影さえて」の形で詠む歌としては、西行歌が早期の例となる。

影さえて月しもことに澄みぬれば夏の池にもつららゐにけり　（『山家集』二四七）

三笠山月さしのぼる影さえて鹿鳴きそむる春日野の原　（『西行法師家集』二六三）

これらは冬歌でない。しかし、新古今歌人のひとりと数えられる西行が「影さえて」と詠んだことは、新古今時代に「月さえて」が冬歌で多く用いられるのと合わせて、「月さえて」や「影さえて」が新古今歌風の隆盛した時代に特有な語形であったことを示すものとみてよいのではなかろうか。

以上のように、『新古今集』の特色の一つである絵画性が、新古今歌人たちに「月さえて」を詠ませていたとするならば、新古今時代の主要歌人のひとりである後鳥羽院が「風さえて」から「月さえて」の方向に改作を進めていった道筋がみえてくる。次項でその具体を確認していく。

二、冬十五首における「名詞＋さえて」

まず編纂本・六五／御集本・六三の歌から見ていく。

冬さむみ比良のたかねに風さえてさざ浪こほる志賀のから崎（編纂・六五）
冬さむみ比良のたかねに月さえてさざ浪こほる志賀のから崎（御集・六三）

当該詠について、「風さえて寄すればやがて氷りつつかへる波なき志賀のから崎」（『宮河歌合』五〇）が本歌としてあげられよう。後鳥羽院と西行はほとんど同じと言ってよいような情景を詠んでいる。院は西行の歌から初句と五句を取り入れ、「よすればやがて氷りつつかへる波なき」の部分で湖面が次第に凍りついてくる様子が詠まれているところから、先例のない「さざ波こほる」という句で、波立っている水面が凍るさまを詠もうとしたのであろう。本歌を大胆に摂取する院の詠風を考えれば、本歌を一つのひねりもきかせず取り入れているのも、さして奇異なことではない。この歌については、もっと語句の摂取の甚だしい歌もある。

さざ浪や志賀のから崎風さえて比良のたかねに霰ふるなり（『新古今集』冬　忠通　六五六）

この忠通歌は院の歌と「さざ浪」・「志賀のから崎」・「～さえて」・「比良のたかね」が共通する。院はおそらく、これらの「志賀のから崎」に、「風さえて」いる西行・忠通の歌を念頭に置いて、一旦は編纂本・六五の形で詠んだのであろう。

しかし後には、院周辺で、月を詠み込むことで絵画的色彩を強めた類似発想の歌が詠まれるようになっていく。

霜がれの尾花が末に月さえてこほらで氷るさのの浦浪　（『正治初度百首』忠良　七六六）
志賀の浦や遠ざかりゆく波間より凍りて出ずる有明の月　（『新古今集』冬　家隆　六三九）

院の表現の改訂は、こうした流れに沿うものであったといってよかろう。編纂本・六五の「風さえて」から御集本・六三の「月さえて」へと書き変えることによって、歌われた風景の中に「月」という彩りが加わり、詠歌世界の絵画性がより高められている。

これと同様のことが、他の「風さえて」と「月さえて」の対立部分にも指摘できる。

さらにまた薄き衣に風さえて夏をやこふる小野の炭焼き　（編纂・六四）
さらにまた薄き衣に月さえて冬をやこふる小野の炭焼き　（御集・六一）

この編纂本・六四／御集本・六一の本歌としては、曾根好忠の「深山木を朝な夕なにこりつめて寒きをこふる小野の炭焼き」（『拾遺集』雑秋　一一四四）が指摘されている。[10]しかし、院の歌はむしろ好忠歌の本説とされる『賣炭翁』[11]から強い影響を受けているのではなかろうか。

『拾遺集』にある好忠歌は、『賣炭翁』の「伐薪焼炭南山中　満面塵灰烟火色　兩鬢蒼蒼十指黒　賣炭得銭何所營身上衣装口中食　可怜身上衣正單　心憂炭賎願天寒」を下敷きとしているとみられる。これに対して院の歌は、好忠詠とその本説部分をそのまま取り入れたのではなく、好忠詠と連作か、あるいは『賣炭翁』の続編として詠まれているとみられる。

『賣炭翁』の後半部分で、翁は宮使によって千余斤もの炭をわずか半疋の紅綃と一丈の綾絹という安価で強制的に買い取られてしまう。院が初句で「さらに又」歌うのは、炭を売って衣装と食べ物を手に入れようとしていた翁の当てが外れて、薄い衣のまま家路につかなければならなかった『賣炭翁』の結末以降を歌ったためであろう。炭が高く売れるよう寒さを願っていたはずの「薄き衣」の翁は、当てが外れたために、吹く風を行きよりも「さらに又」冷たく感じた。このように考えると、編纂本と御集本で季節がまったく逆転している「夏」と「冬」のいずれが適切であるかといえば、寒さを身にしみて感じている翁が一重の衣で十分な「夏をや乞」うた、とするのが素直な解釈となる。「風さえて」と詠み「夏」と詠むことによって、詠者もそれを鑑賞する人々も「小野の炭焼き」の体感を享受し、半ば同化して主体的に詠歌世界へ入り込んでいく。

これを「月さえて」とすると、まず初句と二句とで荒涼とした冬の景観の中に寒々とした光を放つ月を配した、より絵画的世界が構築され、「小野の炭焼き」はその点景として詠歌世界に組み込まれる。「月さえて」と視覚的要素を付加することによって「小野の炭焼き」に同化し、その視界を用いて詠歌世界を見渡すことをせずとも、客観的に景を把握することが可能となろう。

「夏」ではなく「冬をやこふる小野の炭焼き」と、炭の売れることを願う翁を登場させることで、直接に本歌・本説が連想される。それによって、編纂本で可能だった「小野の炭焼き」の心情把握が排され、「炭焼き」と鑑賞者の同化が阻まれる。つまり、「夏」を「冬」に改稿することで、「小野の炭焼き」を鑑賞者と切り離された客体として把握するよう意図したのではなかろうか。院は、編纂本・六四を御集本・六一の形に書き換えることで詠歌世界を鑑賞者から切り離し、絵画的鑑賞が可能な視覚的要素の濃い歌へと作品を変貌させたのである。

御集本・六二は、御集本・六一同様に視覚性を重視した書き換えが行われている。

雪つもる有明の月は風さえてさざ波氷る志賀のから崎（編纂・六六）

雪つもる有明の月は月さえて籬の竹のうら緑なる（御集・六二）

御集本・六二と対応関係にある編纂本・六六の「風さえて」の部分は編纂本の諸伝本間でも異同があり、『続群書類従』所収の編纂本などは「影さえて」とする。[12] あるいは、「風さえて」から「月さえて」の中間的な形態として「影さえて」があった可能性も考えられようか。

御集本・六〇の第三句「影さえて」との関わりから、やはり「影さえて」ではなく「月さえて」であったとみたい。今回問題としている冬歌十五首中に見える「名詞＋さえて」のうち、御集本・六〇／編纂本・六二の三句目の異同のみが「影」と「風」との異同になっている。

竹の葉はおぼろ月夜に風さえてむらむらこほる庭のおもかげ（編纂・六二）

竹の葉はおぼろ月夜に影さえてむらむらのこる庭のおもかな（御集・六〇）

編纂本六二は「颪さえて」と置き、その冷たい颪によって庭が「こほる」としていて皮膚感覚に訴える表現となっている。これが御集本の形になると、月光に照らし出された竹の葉の陰が庭に映し出されて、一幅の絵画のごとき世界を作り上げられている。しかも、その「影」は「月の光」ではなく、月の光に照らされて生ずる「笹の葉の影」を示す。近接した場所にある「雪つもる有明の月は影さえて籬の竹のうら緑なる」を鑑賞する際に、「影さえて」という句が用いられている上、同じく竹を詠んだ御集本・六〇が直前にあることで、竹の葉の緑に輝く月の「光」がうまく想起されない可能性もある。院はこの点を考慮して、「影」と「光」とをはっきりと区別するため、御集本・六〇の第三句を「月さえて」にしたのではなかろうか。

また、別の角度から見た場合にも、「影さえて」よりも「月さえて」の方がふさわしい。御集本・六二の歌は「雪つもる有明の月は月さえて」というように一首の中で同じ語がくり返して使われている。歌のなかに同じ文字を用いることは歌病として歌学書などで早くから戒められているが、御集本には一首の中で同音を繰り返す歌が幾つも残されている。

夏草の草の葉がくれ行く螢さはべの水に秋もとほからず（御集・三三）
なにとなく過ゆく夏も惜しきかな花おろすてし花ならねども（御集・三四）
須磨のあまのあまのいさり火ほのかにて猶有明の光をぞ待つ（御集・四九）
さりともと待ちし月日もいたづらに頼めしほどもほど過ぎにけり（御集・七八）
颪をいたみ小島が崎にすむ鴛鴦は見えても見えず浪のなみ間に（御集・九四）

後鳥羽院は同じ語を繰り返す時に耳に聞こえてくる音の妙といったようなものを楽しんで、編纂本から御集本への改変時に繰り返しの語を持つ歌を増やしたとも考えられる。
以上のように、御集本・六二の第三句が「風さえて」から「月さえて」に改訂されたとすると、一面の雪景色に降りそそぐ月の光が上の句で歌われ、下の句では雪の下からほの見える竹の緑が月光によって照らし出されるというように、色彩豊かな夜の景が作り上げられる。

おわりに

ここまで「名詞＋さえて」の「名詞」部分の語句の異同からみえてくる表現の特徴について考察してきた。その結果、皮膚感覚に訴え、主体的に歌を解釈するような「風さえて」から、視覚に訴え、詠歌世界を絵画のように客観的に捉える方向へ作用する「月さえて」へと改変が行われていたことがみえてきた。こうした表現上の変化は、御集本冬十五首の他の語句の異同部分にもあらわれる。

秋くるる鐘のひびきは菅原や伏見の里の冬のあかつき（編纂本・五七）
秋くるる鐘のひびきは菅原や伏見の里の冬のあけぼの（御集本・五六）

この歌の異同について、山崎氏は「あかつき」という語が「あけぼの」というより視覚性の強い表現へと改変されている、と指摘する。[13]「あかつき」という未だ夜が明けずほの暗い時分よりは、ほのぼの日が射しはじめる「あけぼの」のほうが色彩豊かであり、景観をよりはっきりと美しく照らして絵画的情趣を醸し、且つ、一・二句で詠まれた風景との対比にとっても適切であり、叙景歌としての完成度が高いといえよう。

今朝みれば三輪の杉むら埋もれて雪の梢やしるしなるらん（編纂・六八）
冬のあした三輪の杉むら埋もれて雪の梢やしるしなるらん（御集・六五）

「今朝みれば」が時代を問わず用例にあたることができるのに較べ、「冬のあした」という句は、『万葉集』三三三八に現存最古の例がみられるものの、その後長く使われることはなかった。その「冬のあした衛士の煙をたつる屋のあたりは薄きここのへの雪」（『秋篠月清集』二夜百首　禁中　一七九）で良経が用いたあたりから、「冬のあした」の用例が増えはじめ、建仁元年三月『新宮撰歌合』に定家が初句に用いるなど、後鳥羽院の周辺で用例がみられようになる[15]。院は、新風歌人らに再発見された「冬のあした」という比較的珍しい句を、改稿後の歌に用いたのであろう。この「冬のあした」は字余りによって調べに屈曲を作り、「冬」という季節と早朝という時間帯まで指定することで、編纂本で用いられている「今朝みれば」よりも詠歌世界が明確に規定されている。

今日までは猶ふる年の空ながら夕暮れがたはうち霞みつつ（編纂・七三）
今日までは雪ふる年の空ながら夕暮れがたは薄霞みつつ（御集・七〇）

編纂本・七三は冬歌の末尾に位置し、歳暮の歌であることは明らかであるので、「ふる」が「旧る」であることは容易に理解されよう。ただし、ここで示される「猶旧る年の空」は漠然としている。御集本で改訂された第二句からすると、「ふる」に「降る」をかけて雪降る空を想起させたかったのかもしれないが、なにが「ふる」のか明示しないままでは掛詞は充分には機能しない。そこで御集本では「ふる」ものが「雪」であることを明示したのであろう。表現を改訂することによって、当該詠は視覚的により具体的な把握が可能となった。さらに第五句も「薄霞みつ」とされることで、新年に先駆けてうっすらとかかる霞がイメージしやすくなっている。また、「薄霞み」自体が十二世紀後半あたりから用例がみえはじめる新しい表現である。こうした例からも、後鳥羽院は『正治初度百首』を主催したことで実感することになった新風和歌の魅力を取り込むため、表現の改編を行っていたとみてよかろう。

これまでにも、『正治初度百首』の表現やあるいは改作歌には、後鳥羽院周辺の歌人からの影響が見られることが指摘されていた。[16]さらに今回、冬十五首にみられる表現の改編を分析することから、後鳥羽院は新風和歌の魅力を取り入れるにあたって、視覚性・絵画性という点に力を注いでいたとみられる。

注

01　有吉保「後鳥羽院初期歌壇の形成―正治初度百首を中心に」（日本文学研究資料叢書『新古今和歌集』有精堂　昭和五十五年四月）
02　寺島恒世『後鳥羽院和歌論』（笠間書院　平成二十七年三月）
03　萬田康子「後鳥羽院「正治初度百首」をめぐって」（『語文』四九　昭和五十四年一二月）
04　久保田淳氏の説については、『和歌文学研究』三七（昭和五十二年九月）の「例会発表要旨」に拠っている。
05　山崎桂子『正治百首の研究』（勉誠出版　平成十二年二月）

06　編纂本は、今回本文として用いるもののように冬歌を十八首持つ系統と、十五首であるものの二系統がある。本節は編纂本と御集本間の表現の変化について論じるのが主目的であるので、冬歌の構成の点で問題がある十五首の系統ではなく十八首の系統を分析の対象とした。

07　注05の山崎著書

08　藤木庸子「八代集における「花」の歌と「月」の歌」（『国文目白』一四　昭和五十年二月）

09　片野達郎「新古今集における叙景歌の一考察―装飾的表現の系譜について」（日本文学研究資料叢書『新古今和歌集』有精堂　昭和五十五年四月）

10　辻森秀英「新古今時代古典影響の一断面（承前）―正治二年初度百首を中心として」（『国文学研究』二七　昭和三十八年二月）

11　近藤春雄『白氏文集と国文学　新楽府・秦中吟の研究』（明治書院　平成二年十一月）

12　村尾誠一「後鳥羽院初度百首四季歌訳注考　下」（『東京外語大学論集』三九号　平成元年）は、御集本の三句目を不審とし、「影さえて」あたりが正当かとする。

13　注05の山崎著書

14　挂纒毛《カケマクモ》　文　恐《アヤニカシコシ》　藤　原《フヂハラノ》　王都志弥美尓《ミヤコシミミニ》　人　下《ヒトハシモ》　満雖有《ミチテアレドモ》　君　下《キミハシモ》　大座常《オホクイマセド》　徃向《ユキムカフ》　年緒長《トシノヲナガク》　仕来《ツカヘキテ》　君之御門乎《キミガミカドヲ》
如　天《ソラノゴト》　仰而見乍《アフギテミツツ》　雖　畏《オソルレド》　思憑而《オモヒタノミテ》　何時可聞《イツシカモ》　日足座而《イヒタラマシテ》　十五月之《モチヅキノ》　多田波思家武登《タタハシケムト》　吾　思《ワガオモフ》　皇子命者《ミコノミコトハ》　春避者《ハルサレバ》
殖槻於之《ウエツキノウヘノ》　遠　人《トホツヒト》　待之下道湯《マチシシタミチユ》　登之而《ノボラシテ》　国見所遊《クニミアソバセ》　九月之《ナガツキノ》　四具礼之秋者《シグレノアキハ》　大殿之《オホトノノ》　砌志美弥尓《ミギリシミミニ》　露負而《ツユオヒテ》　靡芽子乎《ナビケルハギヲ》
珠多次《たまたつぎ》　懸而所偲《カケテシノハム》　三雪零《ミユキフル》　冬朝者《フユノアシタハ》　刺　楊《サスヤナギ》　根張梓矣《ネハルアヅサヲ》　御手二所取《ミテニトラシ》　賜而所遊《タマヒテアソビシ》　我王矣《ワガキミヲ》　煙　立《カスミタツ》　春日暮《ハルノヒクラシ》
喚犬追馬鏡《マソカガミ》　雖見不飽者《ミレドアカネバ》　万　歳《ヨロヅヨニ》　如是霜欲得常《カクシモガナト》　大船之《オホブネノ》　憑有時尓《タノメルトキニ》　涙　言《ナクワレカ》　目鴨迷《メカモマヨヘル》　大殿矣《オホトノヲ》　振放見者《フリサケミレバ》　白細布《シロタヘノ》
飾奉而《カザリマツリテ》　内日刺《ウチヒサス》　宮舎人方《ミヤノトネリモ》〈一云、者《ハ》〉　雪　穂《タヘノホニ》　麻衣服者《アサギヌキルハ》　夢　鴨《ユメカモヤ》　現前鴨跡《ウツツカモヤト》　雲入夜之《クモリヨノ》　迷　間《マヨヘルホドニ》　朝裳吉《アサモヨイ》　城於道従《キノウヘヂヨリ》
角障経《ツノサハフ》　石村乎見乍《イハムラヲミツツ》　神　葬《タマハブリ》　葬奉者《ハブリマツレバ》　徃道之《ユクミチノ》　田付叩不知《タヅキヲシラニ》　雖　思《オモヘドモ》　印乎無見《シルシヲナシミ》　雖　歎《ナゲケドモ》　奥香乎無見《オクカヲナシミ》　御袖《ミソデノ》
徃触之松矣《ユキフレシマツヲ》　言不問《コトトハヌ》　木雖在《キニハアレドモ》　荒玉之《アラタマノ》　立月毎《タツツキゴトニ》　天　原《アマノハラ》　振放見管《フリサケミツツ》　珠手次《タマタスキ》　懸而思名《カケテオモフナ》　雖恐有《カシコケレドモ》
（『万葉集』巻十三　挽歌　三三二八）

15
住吉の冬のあしたの霰こそいがきのうちに玉はしきけれ（『拾玉集』四季述懐各十首　冬　一五九一）
とへかしな庭の白雪あとたえてあはれも深き冬のあしたを（『六百番歌合』冬朝　兼宗　五四五）
夜はさゆる冬のあしたにながむればまづみやこにはをの山の雪
（『明日香井和歌集』鳥羽百首建久九年五月廿日始之毎日十首披講之　雪　五八）
冬のあした吉野の山の白雪も花にふりにし雲かとぞ見る（『新宮撰歌合』雪似白雲　定家　五四）

16
注02の寺島著書、注五の山崎著書。

第二節　後鳥羽院元久元年奉納三十首群について

はじめに

後鳥羽院は、元久元年（一二〇四）から承元二年（一二〇八）の間に複数の社に対して、春・夏・秋・冬・雑の五題各六首を詠むという同一構成を持った三十首和歌の奉納を行っている。これらのうち七社への奉納和歌は『後鳥羽院御集』に収録されており、制作年がはっきりしている。八幡・賀茂上・賀茂下・住吉の四社が元久元年十二月、日吉が元久二年三月、内宮・外宮が承元二年二月である。

『後鳥羽院御集』には掲載されていない春日社への三十首奉納歌は、宸筆御色紙として『宸翰英華』[01]に単独で掲載されている。巻首に「詠二三十首一和歌」とあるのみで、奉納社名・制作年ともに明示されていない。樋口芳麻呂氏は『後鳥羽院御集』の七度の三十首奉納和歌と同一形式を持つこと、そして巻頭の歌に「はるのひかげ（春の日影）」が詠みこまれていることから奉納先を「春日社」と推定した[02]。また、成立年については、『明日香井和歌集』に、

元久元年五月廿日、院より御歌を春日社へまゐらせける御使にまゐりて、その裏紙に御使の位署年号など書きつけて、傍にわたくしの歌を一首書きそへ侍りける

勅奈礼者如何丹賢久御笠山差天納夜与呂津世之音　（『明日香井和歌集』一六四二）

と、元久元年五月に雅経が後鳥羽院の和歌を奉納するため、春日社に赴いたことを示す詞書を持つ歌が載せられていることから、「あるいは本三十首は元久元年五月の詠かも知れない」[03]とした。これ以降、当該三十首については元久元年五月に、後鳥羽院が春日社へ奉納したものであるとみとめられている。[04]

この春日社への奉納三十首を皮切りに、同一形式の奉納和歌が八度も試みられており、そのうち五度は元久元年中に詠まれているというように、元久元年における制作の割合が著しく高い。後鳥羽院による和歌の奉納は、歌合形式のものも含めて生涯のうちに幾度もなされており、和歌の奉納自体はそれほど珍しいことではない。しかしながら、一年足らずのうちに同形式で五社に奉納されるというのは、他の時期に類例が見あたらない。ここに何かしら特別な意図がこめられていたのではなかろうか。

そこで本節では、後鳥羽院が八社に奉納した三十首和歌群のうち、元久元年に成立し、春日・八幡・賀茂上・賀茂下・住吉の五社に奉納された三十首和歌群の制作意図を考察する。

一、奉納三十首歌群の基本的性格

田中喜美春氏は、元久・承元期における後鳥羽院の八社に対する奉納三十首和歌群（以下、「八社三十首」）について、俊成・為家が自らの撰した勅撰集と深く関わって諸社への和歌奉納を行っていることから、「奉納の企図はともかく、奉納の方法は俊成に示唆を得ていると考えてよいのかも知れない」とする。[05]さらに、後鳥羽院が『正治初度百首』の

「祝五首」で用いた歌枕（御裳濯川・石清水・三笠山・住吉・日吉）から「後鳥羽院は、新古今集撰集を計画した最初から、これらの諸社（春日社をはじめとする八社・筆者注）に加護を求めていた」とも指摘する。

実際に、元久元年の奉納三十首和歌群には『新古今集』入集歌に大きく依拠した詠を容易に見いだすことができる。

夏衣かたえ涼しくたちかへり秋こそきたれ夕暮れの空　（春日社　秋）

夏衣かたへ涼しくなりぬなり夜やふけぬらんゆきあひの空　（『新古今集』夏　慈円　二八二）

網代木にいさよふ浪や氷るらん千鳥吹きよる宇治の川風　（八幡社　冬　一二二〇）

もののふの八十宇治川の網代木にいさよふ浪の行方知らずも　（『新古今集』雑中　人麿　一六五〇）

庭の雪も踏み分けがたくなりぬ也さらでも人を待つとなけれど　（賀茂上社　冬　一二五〇）

桐の葉も踏み分けがたく成りにけりかならず人を待つとなけれど　（『新古今集』秋下　式子内親王　五三四）

笹の葉は深山もさやに置く霜のこほれるよさへ月はすみけり　（賀茂上社　冬　二二五一）

笹の葉は深山もさやにうちそよぎこほれる霜を吹く嵐かな　（『新古今集』冬　良経　六一五）

奉納三十首歌群に取り入れられている先行歌は、勅撰集入首歌を中心とした著名な古歌のほかに、同時代の歌人の詠がきわめて多い。八社を通じて表現を摂取されている歌人の上位を、後鳥羽院歌壇の中核をなす良経・定家・慈円らが占めているのである。

詠歌の場から摂取状況をみていくと、『老若五十首和歌』・『千五百番歌合』・『最勝四天王院障子和歌』など、自らの歌壇における代表的な催しから多くの歌を取っている。なかでも突出して多いのが『正治初度百首』である。

よろづよの春の日かげにしるきかな三笠の山の松の初風　（春日社　春）
　よろづよの初めの春としるきかなはこやの山の明け方の空　（『正治初度百首』春　俊成　一一〇四）
さをしかの涙は見えぬ夕まぐれほしえぬ袖の露をからなむ　（八幡社　秋　一二一二）
　秋の野に涙は見えぬ鹿のねはわくるをがやの露をからなん　（『正治初度百首』秋　定家　一三四六）
庭の雪もふみ分けがたくなりぬなりさらでも人をまつとなけれど　（賀茂上社　冬　一二五〇）
　桐の葉も踏み分けがたく成りにけりかならず人を待つとなけれど　（『正治初度百首』秋　式子内親王　二五七／『新古今集』秋下　五三四）
しろたへの袖にぞまがふ宮こ人若菜つむ野の春のあは雪　（外宮　春　一三七九）
　宮こ人野原にいでて白妙の袖もみどりに若菜をぞつむ　（『正治初度百首』春　良経　四〇八）

『正治初度百首』は後鳥羽院歌壇における初の応制百首であり、院はこの催しで定家をはじめとする新風歌人の歌々に触れて以降、急速に和歌に傾倒していく。のちに設置される和歌所の寄人の多くが『正治初度百首』出詠者と重なっており、さらに寄人の中核メンバーが『新古今集』撰者となっている。

そうした百首歌から多数の歌が摂取されている上に、『八幡卅首』の巻末には和歌の繁盛を祈願する「石清水きよき心をみねの月てらさば嬉し和歌の浦風」（八幡社　雑　一二二八）が詠まれていることなどからみて、後鳥羽院は『新古今集』のみならず、自らの歌壇における和歌の隆盛をも祈念する意識があったとみてよかろう。

二、「春日社三十首」奉納の意図

元久元年に詠まれた奉納三十首和歌群のうち、もっとも早く制作されたと考えられる春日社への奉納三十首和歌（以下、『春日社三十首』）は巻頭に次の歌を載せている。

よろづよの春の日かげにしるきかな三笠の山の松の初風　（春日社　春）

この歌は、前項であげたように俊成の『正治初度百首』巻頭歌（一一〇四）を本歌としている。両歌の四句目は、それぞれ「三笠の山」と「はこやの山」になっているが、「三笠の山」の麓にある春日社が藤原氏の氏神であること、「はこやの山」が仙洞を意味することを考えても照応は明らかといえよう。巻軸歌である「御笠山契有ばぞ仰覧あはれと思へ嶺の月影」について、寺島恒世氏が「いくとせの春に心をつくしきぬあはれと思へみよしのの花」（『新古今集』春下　俊成　一〇〇）との表現の共通と、『新古今集』における配列から、俊成詠の影響を指摘している。[6] このように俊成の歌を意識した詠を首尾に据えて、『春日社三十首』は藤原氏の氏神である春日社に奉納された。

また、『春日社三十首』には『新古今集』入集歌から影響を受けたと思われる歌が、

のどかなる春は霞のしきしまやゝまとしまねの浪のほかまで　（春日社　春）

しきしまややまとしまねも神代より君がためとやかためおきけん　（『新古今集』賀　良経　七三六）

紅葉ばをはらひはててやひとりゆく真木立つ山の峯の木枯らし　（春日社　冬）
秋の色をはらひはててや久方の月のかつらに木がらしの風　（『新古今集』冬　雅経　六〇四）

などの他にも数多くみられ、他の勅撰集に較べて飛び抜けて例が多い。07 後鳥羽院による『新古今集』入集候補歌精選の終了（元久元年七月）とも、出詠時期が近接している。

こうしたことを考えあわせると、後鳥羽院が、勅撰集撰者である俊成に敬意を表し、かつ勅撰集成就にあやかりたいと願いをこめて、藤原氏の氏神である春日社に和歌の奉納を行ったとみてよいのではないだろうか。

ただし、元久元年詠の奉納三十首和歌に共通して『新古今集』成就を祈願する意志を読みとることができること と、『春日社三十首』奉納の時点で、すでに後鳥羽院が残り七社への奉納を意図していたかどうか、ということは別の問題であろう。

『春日社三十首』に続く奉納三十首和歌の詠出は、元久元年十二月であった。ここで後鳥羽院は、四社に対して同構成の奉納三十首を詠んでいる。元久元年十二月の『新古今集』編纂の進捗を辿ると、院の精選を経た歌々が元久元年七月に和歌所に差し戻され、十二月頃は部類・目録等の作成が進められている最中であり、『新古今集』編集に大きな進展が見られる時期とはいえない。たとえば、元久二年三月に日吉社に三十首が奉納された同月二十六日には「新古今和歌集竟宴」が行われており、日吉社への奉納の意図は『新古今集』完成にあるとみられる。しかし、元久元年十二月の四社への奉納の場合には、勅撰集編纂と直接に結びつくようなトピックはみられない。「八社三十首」が『新古今集』や歌壇の繁盛との関わりから創出されたとするならば、『春日社三十首』奉納から約八ヶ月の空白を経た元久元年十二月になって、突然四社への奉納が行われた意図には、『新古今集』成就の祈願以外に何らかの要素が付加されていたとみるべきであろう。

春日社のみならず、元久元年奉納三十首群全体を詠ずる契機はいかなるものであったのか、次項でみていく。

三、元久元年奉納三十首群の作成意図

『春日社三十首』と元久元年十二月に詠まれた八幡社以下四社への奉納三十首のあいだには、先行歌の摂取状況等に若干の差異がみられる。

のどかなる春は霞のしきしまや、まとしまねの浪のほかまで　（春日社　春）

しきしまややまとしまねも神代より君がためとやかためおきけん　（『新古今集』賀　良経　七三六）

かざしおる人もきけやと郭公三輪のひばらの夕暮の声　（春日社　夏）

院にて入道釈阿九十賀たまはせける屏風歌

かざしをる人やたのめし郭公三輪のひばらにきつつなくなり　（『秋篠月清集』夏　一三八〇）

水鳥の羽しろたへにおく霜をはらへどもなを冬夜月　（春日社　冬）

月さえて鴨の上毛におく霜をひとへにはらふは夜半の浮雲　（『月詣和歌集』十一月神祇　覚延　九九七）

『春日社三十首』において、四季歌や恋歌以外で後鳥羽院の詠に影響をおよぼしたと思われる歌は、賀にまつわる歌や神祇歌などに関連するものが多い。詠歌の背景からすでに、勅撰集の成就を祈る奉納歌にふさわしい祝言性を内

包していたとみてよかろう。

これに対して、八幡社以下の四社に奉納された三十首和歌のなかには、哀傷歌など死にかかわる歌を摂取した詠が散見されるようになる。

鐘のをとにけふもくれぬとなかむれはあらぬ露ちる袖の秋かぜ　（八幡社　秋　一二一八）

山てらのけふもくれぬの鐘のをとに涙うちかふ袖のかたしき　（賀茂上社　雑　一二五七）

山寺の入相の鐘の声ごとに今日も暮れぬと聞くぞ悲しき　（『拾遺集』哀傷　読人知らず　一三二九）

右の二首についてはすでに藤平泉氏によって、元久元年十一月に没した後鳥羽院が寵愛した更衣尾張の死を契機として詠まれた歌との指摘がある。[08]　このほかにも、哀傷的な表現を取り入れる例がみられる。

あまの川雲のしがらみ浪こえて露所せき秋のそでかな　（賀茂下社　秋　一二七三）

播磨守顕保朝臣身まかりにける時、かの朝臣のすみける女のもとにつかはされける　新院御歌

聞くにだに露ところせきふる郷のあさぢがうへを思ひこそやれ　（『続詞花和歌集』哀傷　四〇八）

御前にまゐりつきて

はかなくて消えにしあとをきて見れば露ところせき庭のむら草　（『守覚法親王集』一三三）

＊一三三詞書「秋の彼岸に、故宮のために仏事せんとて泉殿へまゐりしに、長尾の松原のまへをすぐとて」

この一二七三は、「わが袖に露ぞおくなる天河雲のしがらみ浪やこすらん」（『後撰集』秋中　読人知らず　三〇三）が本歌であるが、ここに用いられている「露所せき」は先行する用例が三首のみと少なく、かつそのほとんどが右に指摘したように哀傷の場面で用いられていた[09]。

あるいは、離別・哀傷の歌を下敷きとして持たないものの、恋しい人や馴れ親しんだ人と会えぬ悲しみ歌ったと思われる例もある。

たれ見よと露のそむらん高円の尾上の宮の秋萩の花　（八幡社　雑　一二一四）
野原より露のゆかりを尋ねきてわが衣手に秋風ぞふく　（賀茂上社　秋　一二四三）[10]
いとどしく袖ほしがたき故郷に露おきそふる秋のむら雨　（賀茂下社　秋　一二七五）

こうした歌々が詠まれた契機として、先行研究で指摘されてきたように、寵愛する尾張の死は大きな影を落としていたと考えられる。それとともに歌が詠まれたきっかけの一つとして、俊成の死がかかわっていた可能性をみたい。寺島氏は、奉納歌という場がそもそも個の思いを表出しやすいことを論じた上で、『春日社三十首』は後鳥羽院が俊成の歌への姿勢を讃え、それに学んで詠みだしたものとし、つづく元久元年十二月の四社への奉納三十首歌群もその方法に学ぶものであったとする[11]。これは元久元年に行われた五社への奉納三十首歌群の性質を考える上で重要な指摘である。

『春日社三十首』に俊成の影響があったとするならば、それにつづく四社への奉納はなぜ同年の十二月に行われなければならなかったのか。そこには、俊成が直前の十一月三十日に薨じたことが作用しているのではなかろうか。

たしかに尾張の死は、その後一年以上に渡って後鳥羽院の詠歌に影響を与えている。しかし、第一項で指摘したように、「八社三十首」に通底する基本的な性格が、後鳥羽院歌壇とその所産である『新古今集』成就の祈念であったとするならば、寵愛した女性の死が元久元年十二月に奉納和歌の出詠を思い立たせる直接の契機になったとは言いがたいのではなかろうか。

尾張、俊成と、強い愛情と敬愛とを抱く人物を次々と失った元久元年の冬が、後鳥羽院に強い衝撃を与えたことは想像に難くない。とりわけ俊成は『春日社三十首』出詠の契機となった人物であり、その死は、和歌の繁盛に強くかかわる奉納歌を元久元年十二月という時に詠みださせる原動力として相応しいと言えるのではなかろうか。あるいは後鳥羽院は、『新古今集』収録歌を大胆に摂取するなかに勅撰集の完成祈願を込めたごとく、『俊成五社百首』の奉納方法を大胆に取り入れることによって、この奉納歌群を俊成への手向けともしていたのかもしれない。

後鳥羽院に近侍した源家長が、院の「御高徳や御高才を讃え、その御身辺に起こった色々な事柄」[12]を書き記した『源家長日記』には、俊成九十の賀・俊成の薨去・尾張の逝去が連続して記されている。俊成九十の賀は前年のことであり、配列上、年代を崩すことになるにもかかわらず、俊成の薨去を語る前段階として、後鳥羽院によって催された当日のようすが詳細に記されている。おそらく家長やその周辺では、歌壇の長老である俊成の死がその前年の名誉とともに語られやすいものであったことの表れであろう。

住吉社に奉納された三十首には、俊成九十の賀の屏風歌を摂取した詠が連続して配置されている。

菅が原やふしみの山の郭公木のまの月にきつつ鳴くなり　（住吉社　夏　一二九七）
かざしをる人やたのめし郭公三輪のひばらにきつつ鳴くなり

雨そそぐかた山をのの早苗どきひくしめなはに蛙なくなり

（『秋篠月清集』院にて入道釈阿九十賀たまはせける屏風歌　夏　郭公　一三八〇）

小山田にひくしめなはのうちはへてくちやしぬらむ五月雨のころ

（住吉社　夏　一二九八）[13]

（『秋篠月清集』院にて入道釈阿九十賀たまはせける屏風歌　夏　郭公　一三八一／『新古今集』夏　二二六）

天久元年十一月に薨去した俊成のために、前年同月に催した九十の賀は、後鳥羽院にとっても、和歌の繁盛という点で強い印象を残す行事であったのではなかろうか。九十賀における良経詠をとって奉納和歌を詠じている。これらの歌や、俊成の死と四社への三十首和歌詠出時期の近接などから、四社への奉納歌が俊成の死によって引き起こされた可能性を提示したい。

おわりに

後鳥羽院による「八社三十首」を貫く制作意図は、自らの歌壇の繁盛やその所産である『新古今集』の完成を祈念することにあったとみてよい。しかし、本節で取り上げたように、元久元年の五社への奉納和歌制作の契機に、俊成の死がかかわっていた可能性も指摘しておきたい。首尾に俊成歌からの影響を色濃くみせる詠を据えた『春日社三十首』と形式を同じくする元久元年十二月の四社への奉納三十首和歌群は、俊成の死を契機として院の意識上に急速に浮かび、『春日社三十首』を含めた五社三十首として制作された。奉納社数が双方ともに計五社となる数の符合からも、この可能性は高いと考えられる。

注

01　春日社への奉納和歌は、臨時東山御文庫取調掛謹輯『宸翰集』第四（小林写真製版所、昭和二年十二月）に掲載されている。なお、本項の本文は、『宸翰英華』（帝国学士院　昭和十九年十二月）の後鳥羽天皇「二六　宸筆御色紙」の翻刻に拠る。

02　春日社に奉納されたであろうことは、巻末歌からも明らかである。

三笠山契有ばぞ仰覧あはれと思へ嶺の月影（春日社　雑）

03　樋口芳麻呂「後鳥羽院」（日本歌人講座『中世の歌人一』弘文堂新社　昭和四十三年九月）

04　注03の樋口論文など。寺島恒世『後鳥羽院和歌論』（笠間書院　平成二十七年三月）、谷知子「後鳥羽院と元久元年十一月十日「春日社歌合」—和歌所で神社奉納歌合を催すということ」（『明月記研究』一三　平成十七年十二月）、田中喜美春「後鳥羽院の香具山」（『国語と国文学』五四-二　昭和五十二年二月）ほか。

05　注04の寺島著書では、俊成詠が『新古今集』春下巻頭の後鳥羽院詠に続けて配列されていることから、奉納和歌出詠に際して、後鳥羽院が俊成詠を意識していた蓋然性が高いとする。

釈阿、和歌所にて九十賀し侍りしをり、屏風に、山にさくらさきたるところを　太上天皇

さくらさく遠山どりのしだりをのながながし日もあかぬ色かな

千五百番歌合に、春歌　皇太后宮大夫俊成

いくとせの春に心をつくしきぬあはれと思へみよしのの花（『新古今集』春下　九九・一〇〇）

06　『春日社三十首』の中で、勅撰集入集歌に影響を受けたと思われる詠は、『金葉集』二首・『千載集』一首・『新古今集』十一首となる。

07　初出「後鳥羽院奉納和歌攷—元久元年奉納三十首群における詠作態度」（『明治大学大学院文学研究論集』一〇　平成十一年二月）において、「春日三十首」の基本的な性格を『春日社三十首』の詠歌はおしなべて朗らかで、『新古今集』入集候補

歌のおおよその精選を終えた院の安堵と、勅撰集完成への先行きの明るさがみられる。」と論じたのであるが、注04の寺島著書は、当代の有力歌人の表現を用いることで「歌壇の隆盛を示し、以て祈りの実現を期するものと解される」と当該三十首の「基調と異なる印象を与える歌が少なくないこと」を指摘された。当該三十首に悲哀が含まれるとの寺島氏の指摘に従うべきであると考え、改稿を行った。

しかしながら、後鳥羽院が本歌とした歌々は元久元年十二月の四社への奉納歌で用いていた本歌とは傾向が異なり、死にかかわる歌が本歌には用いられなかった点はやはり注目される。例外として、秋歌「秋の露袂にいたくむすぶらん長き夜あかずやどる月かな」の本歌として、寺島氏をはじめとして諸書は『源氏物語』の靫負命婦詠「鈴虫の声のかぎりを尽しても長き夜あかずふる涙かな」（桐壺　三）をあげて、後鳥羽院は桐壺更衣を失った桐壺の帝になりきっていることを指摘をする。後鳥羽院の「秋の露」詠につづけて置かれている「をきてゆく雁の涙にすむ月をうたてふきはらふ野辺の秋風」の本歌は、「さ夜中に友呼びわたる雁がねにうたて吹き添ふ荻の上風」（『源氏物語』少女　（夕霧）　三二四）であり、歌にこめられた哀傷性よりも『源氏物語』取りが優先されて二首が連続しておかれた可能性も残される。承元二年二月に奉納された内宮・外宮への奉納三十首歌群でも、穢れを嫌う伊勢神宮への奉納歌であるためか、死にまつわる歌は本歌とされなかったが、ここでも『源氏物語』取る場合にのみ、死の場面の贈答歌が用いられていた。おそらく、『源氏物語』取りによって摂取される物語世界の哀傷は、あくまで作り物語のそらごとであることから、死者への実情を歌った哀傷歌と弁別されたのであろう。

風ふけば玉とみえつつ朝露の荻のうは葉ぞしづ心なき（外宮　秋　一三九三）
宮城野の露吹きむすぶ風の音に小萩がもとを思ひこそやれ（『源氏物語』桐壺　桐壺院　二）
あらき風ふせぎしかげの枯れしより小萩がうへぞしづこころなき（『源氏物語』桐壺　桐壺更衣の母　五）
山ざとのかり田のすゐの朝ぼらけ霜うちはらひたづぞ鳴くなる（外宮　冬　一三九九）
霜さゆる汀の千鳥うちわびてなく音かなしきあさぼらけかな（『源氏物語』総角　薫　六七六）
あかつきの霜うちはらひなく千鳥もの思ふ人のこころをや知る（『源氏物語』総角　中の君　六七七）

08　藤平泉「新古今時代の哀傷歌（1）—後鳥羽院尾張哀傷歌群を中心に」（『神女大国文』二一　平成三年三月）
09　朝行けば葛の葉分に袖ぬれて露所せきふか草のさと（『御室五十首』秋　守覚法親王　二一二）

10　注08の藤平論文は、『源氏物語』紅葉賀巻で、源氏との間の若宮をみての感慨を詠じた藤壺の「袖ぬるる露のゆかりと思ふにもなほうとまれぬやまとなでしこ」（八九）から「露のゆかり」を摂取することで、後鳥羽院が皇子を残して没した終わりを意識して詠じたと指摘する。

「露のゆかり」の先行例は少なく、現存例としては

寄源氏物語恋といへるこころをよめる

みせばやな露のゆかりの玉かづら心にかけてしのぶけしきを（『千載集』恋四　よみ人知らず　八七一）

が残されているのみであり、「露のゆかり」は源氏と藤壺の悲恋を後景に備え、今は亡き最愛の女性を想起する表現として存在していた可能性が指摘できよう。

11　注04の寺島著書。奉納歌が私的な感情を表出しやすいことについては、久保田淳「伊勢大神宮奉納百首」（『中世和歌の研究』明治書院　平成五年六月）にも指摘があり、慈円が良経の死を嘆いたことを暗示する歌として、伊勢神宮への奉納和歌のなかから数首があげられている。

12　石田吉貞・佐津川修二『源家長日記全註解』（有精堂出版　昭和四十三年十月）

13　当該詠にはもう一首の良経詠が本歌として指摘できる。

雨そそぐ池の浮き草風こえて浪と露とに蛙なくなり（『秋篠月清集』歌合百首　蛙　三一三）

第三節　『三百六十番歌合』撰者再考

はじめに

『三百六十番歌合』は、後鳥羽院以下、新古今歌壇の始発期に現存していた歌人三十六人の歌七百二十首を、春・夏・秋・冬・雑の五部立とし、七十二番ずつ結番した無判の撰歌合である。「聖暦庚申涼秋已酉」（「正治二事歟」と天理図書館蔵本に傍記）との記述を持つ真名序を巻頭に据えていることから、正治二年（一二〇〇）八月二十六日に一応の成立をみたと考えられている。[01] ただし、本歌合には建仁元年（一二〇一）に後鳥羽院主催で行われた『老若五十首歌合』や『新宮撰歌合』からも多数の歌が撰び入れられているので、完成時期は『新宮撰歌合』の行われた建仁元年三月二十九日以降ということになる。伝本は、『新編国歌大観』が底本とする天理図書館蔵本のほかに、宮内庁書陵部蔵本・続群書類従本など、刊本や写本が数本残されている。これらのうち、天理図書館所蔵の世尊寺伊経筆本は最古の写本で、第一帖末尾に建永元年（一二〇六）九月十三日に書写し終わったとの奥書があり、巻頭には他本には見られない目録（歌人ごとに撰入歌数・部立ごとの収録歌数・結番の相手を記す）を有する。

このように、本歌合はかなり規模の大きな撰歌合であるにもかかわらず、撰者については幾つかの説が提出されて、いまだに確定していない。稿者もかつて本歌合撰者の推定を試みた。[02] しかしその後、歌合本文の表現等に関する分析を進めるうちに再検討が必要であるとの考えに至った。そこで本節では旧稿の不備を訂しつつ、あらためて本歌合撰者について考察を行う。

一、研究史と問題の所在

峯村文人氏にはじまる『三百六十番歌合』に関する研究は、千草聡氏が撰入和歌の意図的な改編によって配列のなめらかさを指向した可能性を指摘した以外は、本歌合の撰者が何者であるかということに興味が集中してきた[03]。峯村氏は撰歌資料の傾向から『老若五十首歌合』に出詠した男性歌人を重視し、さらに対立する勢力への公正さを感じさせる撰歌態度から、良経もしくは良経に近い人物を撰者として推定した。その後、谷山茂氏が天理図書館善本叢書の解題で、真名序の日付やそこから読み取れる編纂意図などから、むしろ六条家歌人が企画したのではないかとした。この谷山氏の説を受けて、楠橋開氏は天理図書館蔵本が具備する目録と本文との間にかなりの違いが認められることから、通親詠を増やすために歌数を削減されたと考えられる覚盛法師が撰者であろうと論じた。また、小田剛氏は式子内親王の歌を分析した結果から、『新古今集』撰者に近い立場の歌人が撰者である可能性が高いものの、俊成・寂蓮・良経といった有力歌人ではないとする。

これらの先行研究を受け、かつて筆者も、真名序が俊成執筆の序跋などに近い構成を持つことや、俊成の撰入歌には御子左家や俊成個人にとって重要な歌が含まれていること、さらに俊成が撰者を務めた『花月撰歌合』の草稿と本歌合の撰入歌がよく重なること等から、撰者を俊成と推定した。

拙論に対し、田仲洋己氏は本歌合の真名序が『玄玄集』や『能因法師集』の真名序との関係を重視し、『花月撰歌合』に定家の代表作が見られるにもかかわらず『三百六十番歌合』に撰入されていないことや、俊成が八十七歳の高齢であることから俊成撰者説が難しいこと等を指摘した。そして、撰歌資料の提供において九条家の協力があった可能性を示唆しつつも、守旧派に属し『治承三十六人歌合』の撰者とも推定される覚盛を撰者とする楠橋氏の説を支持した。

俊成の年齢や俊成歌の撰歌傾向に強く寄りかかった解釈等、田仲氏の指摘するように俊成撰者説には困難がつきまとう。しかし、新風歌人ではなく旧風の六条家のライン上にいる覚盛を撰者とすることには問題があるように思われる。

本歌合における歌人別の撰入歌数は、最大三十九首から最小五首まで歌人によってばらつきが大きいのであるが、それらを見渡していくと新風歌人に偏重した撰歌状況となっている。御子左家とその歌風をよしとした九条家の歌人は、良経・慈円・俊成が三十九首、定家・家隆が三十五首、兼実が三十三首、隆信が二十六首というように最大数の歌人が三人もいるのに対し、六条家とそれに近しい源通親周辺の歌人は、通親が三十一首、有家が二十六首、顕昭が二十三首、季経が十二首、経家が八首というように歴然と差があり、通親の子で後に新古今撰者となる通具は一首も撰び入れられていないのである[04]。

撰入歌の出典状況を見渡したときにも、定家の『初学百首』や『閑居百首』、慈円周辺で盛んに行われた文治・建久期の速詠歌群等、九条家や御子左家に関係する私的な場での作品であるとか、『治承二年右大臣家百首』・『六百番歌合』・『文治六年女御入内屏風和歌』等の九条家主催の和歌行事から多く撰び入れられており、撰歌傾向は九条家・御子左家の系統に傾いている。

撰歌傾向が九条家・御子左家寄りである理由について、田仲氏は後鳥羽院が新風和歌を絶賛する時代的状況を鑑みた覚盛の求めに応じ、九条家が「撰歌資料の提供をむしろ積極的に行ったために、結果として文治・建久期の彼らの詠歌が相当取り込まれることになった」とする。しかし、覚盛が九条家に関わった明徴は今のところ確認できていない。また田仲氏は、覚盛が通親の面目を慮って自詠を削り通親詠を増やしたという点について楠橋氏の論を踏襲している。しかし、通親歌は差し替えを行ってもなお兼実・良経の歌数を越えておらず、息子である通具は一首も入集していないという撰歌状況を、通親の立場を慮ったと言ってよいものであろうか。通親女在子の競争相手であった兼実女任子の入内にあたって詠まれた『文治六年女御入内屏風和歌』詠が多数入れられているというのも、本歌合完成以前に任子が内裏を退いていたとはいえ腑に落ちない。通親の面目を慮るのであれば、撰入歌それぞれの初出がいずれの折りのものであるかは重要であろう。通親の撰入歌数を増やすのであれば、その点についても心配りをすべきであったのではないか。

こうした撰歌のありようを素直に捉えるならば、通親や六条家に対して心を砕いていると言うよりは、やはり九条家・御子左家よりの撰歌傾向と言えよう。時代的状況を慮ったとの注釈を加えつつ六条家寄りの立ち位置にいる人物を撰者とするよりは、新風の歌人かそれに近い立場の人物が選者であるとするほうが穏当ではなかろうか。

また、立ち位置の如何によらず、覚盛撰者説にはいささか問題がある。

楠橋氏は、ある歌人の目録に組み合わせ相手として覚盛の名が見えるにもかかわらず、歌合本文には該当する組み合わせが見られない場合には、覚盛歌と通親歌の間で歌の差し替えがおこり、ある歌人と通親との組み合わせになっているのだと論じている。

ところが、本歌合は本文に記された作者名が間違っている場合がある。楠橋氏の作成された表を見るかぎり、当該歌本来の作者ではなく、歌合本文に記された作者名を優先して論を構築されたと考えられるのであるが、本来の作者名に従って目録を見ていくことで、たとえば小侍従と覚盛の組みあわせの矛盾が解消される。小侍従歌の目録には結番の相手として覚盛の名が見えるにもかかわらず、歌合本文に小侍従と覚盛の組み合わせがないことから、楠橋氏は覚盛歌の代わりに通親歌が切り入れられたと考えていたとみられる。05

五番　左　内大臣

ちはやぶる賀茂の瑞垣年を経ていくよの今日にあふひなるらむ（春　一五三）

右　小侍従

如何なればそのかみ山のあふひ草年は経れども二葉なるらむ（春　一五四）

（一五三他出）『文治六年女御入内屏風和歌』葵賀茂下御社神館辺に葵付人あり　定家　八七

六番　左　定家朝臣

日かげさす卯花山の小忌衣たれ脱ぎかけて神まつるらむ（春　一五五）

右　覚盛

忘れては雪と月とにまがへけり卯の花山のあけぼのの空（春　一五六）

（一五五他出）『正治初度百首』夏　小侍従　二〇二五

右にあげた夏六番を見ると、本来は小侍従詠である一五五番歌の作者が定家とされている。一五五番歌の正しい作者に従って小侍従歌の目録を見ていくと、楠橋氏はないとしていた小侍従・覚盛の組み合わせが歌合本文にあらわれ、小侍従歌の目録における覚盛の初出位置にも矛盾がなくなる。さらに直前の夏五番において、定家と通親の間で作者名の間違いが起きているため、定家・小侍従それぞれの全歌数に増減は起きない。夏五番の左歌を通親ではなく歌の正しい作者である定家として、定家歌・小侍従歌それぞれの目録をみていくと、定家・小侍従の組み合わせの初出は春四十三番となるので、定家歌・小侍従歌どちらの目録でも矛盾は起きない。通親歌の目録は後から作り直されたものと考えられるため、そちらへの影響は明確ではないものの、歌合本文に付された作者名ではなく、歌本来の作者名に従うことで目録の矛盾が解消される例が存在することを見過ごしにしてはならないだろう。

これまで作者名の間違いは本歌合撰者による誤記であり、とりわけ夏五番の通親・定家間の間違いはその粗忽さをもって、本歌合撰者の力量の指標とされてきた。しかし、目録が歌本来の作者に従って作成されていたとすると、夏五番・六番と並んだ位置での作者名の錯誤は、撰者ではなく書写者による可能性も指摘できよう。楠橋氏が覚盛歌にみられる目録と歌合本文の矛盾をすべて通親詠の増加に結びつけていたのに対し、夏五番・六番にみられる作者名の間違いは、必ずしもそのようには言い切れないことを示す例となるのではなかろうか。

歌合本文に見られる作者名の間違いに関連して、もうひとつ、歌の差しかえが行われていた例をあげておきたい。

六十二番　左　有家朝臣

秋は来ぬ鹿はをのへに声たてつ夜半の寝覚めをとふ人もがな（秋　四一一）

右　生蓮

たのめおきし妹待ちかねて寝たる夜の秋風さむみ鹿ぞ鳴くなる（秋　四一二）

（四一二他出）『隆信集』六一六

秋六十二番の右歌について有家歌の目録を見ていくと、歌合本文に従って作者を生蓮とすると寂蓮の名が隆信の前に来てしまうことに問題はあるものの歌数・初出位置ともに目録に矛盾がない。しかし、四一二番歌本来の作者である隆信とすると、やはり寂蓮の位置が問題となる上に、生蓮と隆信の歌数のいずれもに問題が生じる。

また、生蓮を四一二番歌の作者として生蓮歌の目録を見ると矛盾がないのに対し、隆信を四一二番歌の作者として隆信歌の目録を見ていくと有家との組み合わせに矛盾を生じる。一方、隆信歌の目録は、四一二番歌の作者を生蓮とする場合にも、組み合わせ数に矛盾を生じてしまう。

これらのことから考えて、目録作成後から現行歌合本文作成までのいずれかの時点で、四一二番歌は生蓮詠から隆信詠へと変更された可能性が高い。ただし、生蓮・隆信の総歌数に矛盾がないことから、現行本文が成立するまでの間に、隆信に関しては少なくとも二首の切り入れが行われていることが推測される[06]。

それにもかかわらず、楠橋氏の論では生蓮・隆信間の歌の差し替えについて触れられていないのである。

これらの例から、本歌合にみられる歌の差し替えについては、ここで取り上げた以外にも積み残した問題があるのではないかと思われる。それらについて一定の見通しがつかないうちには、楠橋氏の差し替えの方法論に全面的に従うことは難しいのではなかろうか。

差し替え歌の全容を明らかにするには、たとえば夏五番・六番のように接近した場所で、目録に矛盾なく歌の差し替えが行われていた可能性までも考慮に入れる必要があろう。とはいえ、歌合本文に埋没してしまった歌の差し替えを残らず掬いあげることはほぼ不可能である。

そこで本稿では視点を変え、あらためて歌合本文の捉え直しをしていくことから、もう一度、本歌合の撰者としてどのような人物が相応しいか考察を加えていく。

二、『六百番歌合』からの撰入歌

『三百六十番歌合』の一応の成立年とされる正治二年には後鳥羽院初の応制百首『正治初度百首』が行われ、これ以降の歌壇は急速に新風和歌に惹かれていった後鳥羽院に従って新風の色あいを強めていく。そこで、後鳥羽院歌壇が新風に傾く正治二年以前の催しのうち、多数が本歌合に撰び入れられ、且つ新風旧風双方の歌人が出詠している催しを見ていくことで、本歌合のおおよその撰歌傾向の捉え直しをしていく。本項では、『御室五十首』と『六百番歌合』を対象とする。

そこでまず、建久期における九条家歌壇の盛儀であり、新風歌人と旧風歌人の対立が取り沙汰された『六百番歌合』からの撰入歌に、どのような特徴があるのかを確認していく。

『六百番歌合』からの撰入歌四十四首は、建久期以前の作品群では『御室五十首』の七十六首に続く多数を占める。『六百番歌合』からの撰入歌の勝負を見ていくと勝が十九首、持が十五首、負が十首となり、勝と持が四分の三を占めている。その撰歌傾向は俊成判の評価に従う新風寄りであるものの、負け歌も十首入っており、必ずしも負け歌が退けられていない。ここに旧風の歌に対する一定の評価を読み取ってもよかろう。

たとえば、旧風への評価という点でいうと、『六百番陳状』で俎上にあげられる顕昭歌二首が含まれていることが注目される。

夏草の野島が崎の朝露をわけてぞきつる萩の花ずり（夏　二二八）

（他出）『六百番歌合』夏草　九番左　顕昭　一九七／『六百番陳状』八三
ゆふま山まつのは風にうちそへて蝉の鳴くねも峯わたるなり（夏　二三九）
（他出）『六百番歌合』蝉　廿八番左勝　顕昭　二九五／『六百番陳状』九八

顕昭歌二三九は『六百番歌合』では勝となっている。また、『六百番陳状』では俊成判で難じられた「まつのは風」について顕昭は証歌をあげて舌鋒鋭く反駁している。『三百六十番歌合』は新風に傾いた撰歌をしつつ、その一方で、顕昭が声高に自らの家の説を述べている『六百番陳状』入集歌をも本歌合に撰び入れている。

時代状況に合致するように御子左家の詠風に添った撰歌傾向をとりつつも、反御子左的な要素についても強くは忌避しない態度は、歌壇内におけるパワーバランスに配慮せねばならない立場にあるか、そういったものに拘泥する必要のない自由な立場にあるか、そのいずれかに起因するものであろう。前者であるならば、歌壇における立場の弱いことが推測されるが、そのような人物が公私多岐にわたる撰歌資料を、果たして入手し得たかという部分に疑問が生じる。旧稿で本歌合選者について論じた際にも同様のことを考え、歌壇内のパワーバランスに対する配慮に優れ、撰歌資料を豊富に揃え得る人物として俊成を撰者と推定した。しかし、俊成撰者説には、先述のように論証の行き届かない部分も多い。

現在は、撰歌資料の多様性と、新風寄りながら歌風に対してわりあいに自由な撰歌傾向を鑑み、歌壇内のパワーバランスに拘泥する必要のない自由な立場に立つことができる人物――具体的には、本歌合に入集している三十六人の歌人のうち、専門歌人ではない貴顕の誰か。――が撰者ではないかとみている。誰がもっともこの条件に合うかといえば、それは後鳥羽院はではなかろうか。

本歌合に名前の見える貴顕の歌人としては後鳥羽院・惟明親王・兼実・良経・通親・守覚法親王・慈円あたりがあげられる。これらのうち、後鳥羽院以外の歌人たちは、自身の家集や自歌合を編むことはあっても、積極的に他歌人の歌を集めて編纂するというような作業はしていない。それに対して後鳥羽院は、『新古今集』の撰歌に積極的に関わって歌の切り入れ切り出しを行っていたほか、[07] 隠岐配流後には『時代不同歌合』や『遠島歌合』の編纂作業を手がけている。旧稿を論じた際には、後鳥羽院の歌歴の浅さを考慮して撰者候補から外していたのだが、こうした後鳥羽院の活動の傾向は、三百六十番という大規模な歌合の撰者に相応しいものといえよう。[08]

まずは、本歌合に撰入する『六百番歌合』歌に影響を受けて詠まれた歌が、誰によってどの程度詠まれているのかをみた。『三百六十番歌合』の一応の成立年とされる正治二年（一二〇〇）から後鳥羽院が崩御する延応元年（一二三九）までの詠歌を対象とし、本歌合の撰歌傾向に近い嗜好をもつ歌人を調査していくと、次のような結果となる。

後鳥羽院（二十七首）…『後鳥羽院御集』（正治初度百首）三一・六五・七〇、（正治二度百首）一〇三・一四一、（内宮百首）二六二、（外宮百首）三四三・三六三、（千五百番歌合）四一四、（詠五百首和歌）七一六・七五二・八二三・八六〇・九四六、（老若五十首歌合）一一〇七・一一三二、（八幡三十首御会）一二一三、（上賀茂社三十首御会）一二三六・一二三九・一二四三、（内宮三十首御歌）一三五五、（新宮撰歌合）一五三一、（石清水社歌合　建仁元年）一五六六、（屏風歌　建仁三年）一六三八／『仙洞十人歌合』七六／『千五百番歌合』一一三九判歌・一三九一判歌

家隆（九首）…『壬二集』（正治二度百首）一〇二、（建暦二年仙洞廿首）二五六、（光明峰寺入道摂政家百首）六六五、（二百首和歌）一一一七、（大僧正四季百首）一二二六、（御室五十首）一六七三、（九条前内大臣家三十首）一九一三／『熊野懐紙』六〇／『三体和歌』二六

雅経（七首）…『明日香井和歌集』（鳥羽百首）五九、（詠百首和歌　建仁二年）三二四・三六〇、（詠百首和歌）四八五、（御室五十首）九六七、（建暦二年頃）一三〇〇、（家会に、月前花を）一三一九
越前（五首）…『正治二度百首』九一八／『鳥羽影供歌合　建仁元年四月』三八／『老若五十首歌合』三五〇／『千五百番歌合』六六三・七四九

『六百番歌合』歌に影響を受けて歌を詠んだとみられる歌人をすべてあげると六十人を超すため、五首以上を詠んでいる歌人に限って掲出している。そのなかでも後鳥羽院の歌数は突出しており、そのほとんどの歌が本歌合の完成期から数年のうちに詠まれている。こうした点からも、初学期の後鳥羽院の嗜好は他の歌人らに比べて、本歌合撰入歌の撰歌傾向に近いところにあったと言えるのではなかろうか。また、次にあげる『六百番歌合』一二一九や六三六のように、後鳥羽院は『六百番歌合』を本歌として、複数の歌を詠んでいる例がいくつもみられた。

吉野山花のふるさと跡たえて空しき枝に春風ぞふく　（春　良経　一三九）
　芳野山雲にうつろふ花の色を緑の空に春風ぞ吹く　（『後鳥羽院御集』四一四）
　花ゆゑに志賀のふるさと今日みれば昔をかけて春風ぞ吹く　（『後鳥羽院御集』一一〇七／春　一〇三）
　常盤なる松の緑を吹きかねて空しき枝にかへる木がらし　（『後鳥羽院御集』一一三二／冬　四八三）

良経歌一三九は『六百番歌合』の俊成判で絶賛され、良経自身も『後京極殿御自歌合』に撰び入れているなど、当代の名歌としてよく知られていたと考えられる。後鳥羽院はそうした評価の高さを受け、繰り返し良経歌一三九に影

響を受けた歌を詠んだのであろう。また、『後鳥羽院御集』一一〇七と一一三二とは、本歌合にも撰び入れられている。そうしたところにも、本歌合の撰歌傾向と後鳥羽院の好尚の近似がみられようか。

おもかげは教へし宿に先だちて答へぬ風のまつに吹く声　（雑　定家　六三六）

草枕むすばぬ夢は夜比へてただ山風の松に吹く声　（『後鳥羽院御集』一五六六）

松に吹く風こそあらね霧のうちに霞みし春の月のおもかげ　（『千五百番歌合』一三九一　判歌）

定家歌六三六は、後には『定家卿百番自歌合』に撰ばれていて定家自身の評価も高い歌とみられるが、『六百番歌合』出詠時には左右の方人が「左右共に申無難之由」と言い、俊成も「両首ともに優にはきこえ侍るを、左、末句猶宜しき様にや侍らん」と述べるなど、右の隆信詠に対して突出した出来であるとはされていない。それにもかかわらず、後鳥羽院は六三六を参考にした歌を二首詠み、[09] 後には『定家家隆両卿撰歌合』に六三六を撰び入れている。当該歌が初学期から晩年まで一貫して後鳥羽院の好尚にかなう歌であった可能性を指摘してよかろう。

さて、ここまでに取りあげた二首はいずれも『六百番歌合』における勝ち歌であるが、後鳥羽院は負け歌からも影響を受けて歌を詠んでいる。

霞しく今朝さへさゆる袂かな雪ふるとしや身につもるらむ　（春　隆信　一〇）

今日までは雪ふる年の空ながら夕ぐれがたは薄がすみつつ　（『後鳥羽院御集』七〇）

「雪ふる年」という句は『堀河百首』以降に用いられる比較的新しいものであり、この句に「かすみ」を取り合わせて詠むことは隆信歌以前には例が残らない。また、隆信歌以降にも作例は少なく、おそらく後鳥羽院歌は隆信歌から想を得て詠んだものであろう。隆信は霞みしく新年の朝に立って年が変わっても旧年の雪が身に積もっていると詠んでいるのに対し、後鳥羽院は今日までは雪が降る旧年であると旧年の側に立って、夕暮れには新年を予感させる薄霞が見られるであろうとする。後鳥羽院歌は、隆信歌と同様に霞と雪とで二つの季節を並立させつつも、旧年と新年というように時間的な立ち位置は対照的に詠じており、内容の面から見ても隆信歌を意識していたと言ってよかろう。

以上のように、『六百番歌合』から本歌合に撰ばれた歌の表現には、後鳥羽院の嗜好は重なる部分がみられた。また、それらの歌々のいくつかは、必ずしも当代歌壇の評価が高いものではなかったにもかかわらず、院はそれらを用いて繰り返し歌を詠んでいた。それは、院が他者の意見に必ずしも左右されない、独自の評価基準を備えていたことの表れではなかろうか。

先に、『六百番歌合』から本歌合に撰入した歌々を用いて新歌を詠んだ度合いから、後鳥羽院の歌の好みが他歌人よりも本歌合の撰歌傾向に近い可能性を指摘したのであるが、さらにそれらのなかに後鳥羽院独自ものと考えられる表現への嗜好が含まれているとするならば、後鳥羽院の嗜好はより本歌合撰者の嗜好に近づくと言えよう。

本項は『六百番歌合』からの撰入歌を対象として考察を行っており、ここで見られた特徴が『六百番歌合』と後鳥羽院との影響関係に特有のものである可能性も否定できない。そこで次項では、『六百番歌合』よりもさらに本歌合への撰入歌数の多い『御室五十首』を対象としてさらに同様の分析を行う。

三、『御室五十首』からの撰入歌

旧稿において、『御室五十首』から本歌合に撰び入れられた歌と、六条家主導で行われた『御室撰歌合』（俊成判）撰入歌との一致率が低いことや、『御室撰歌合』との共通歌にみられる俊成の合点の状況から、『御室五十首』からの撰入歌は新風の詠風に傾くものであることを論じた。現在もこの点に変更はない。これを踏まえた上で、前節と同じく『御室五十首』からの撰入歌に影響を受けて詠まれた歌を調査し、歌人別にまとめた。『六百番歌合』と同じく正治二年から延応元年までの作品を対象とし、五首以上詠じている歌人を取りあげる。

後鳥羽院（十四首）…『後鳥羽院御集』（正治初度百首）八・一〇・五五、（詠五百首和歌）六三四・六四一・八八八、（仙洞句題五十首）一一七四、（同月賀茂上社卅首御会）一二三九、（同二年三月日吉卅首御会）一三二九、（承元二年二月内宮卅首御歌）一三六八、（新宮撰歌合）一五三〇、（同月十五夜撰歌合）一五五三、（同二月十日影供御歌合）一五七一、（撰歌合、嘉禄二年）一七六三

慈円（十一首）…『拾玉集』（正治初度百首）六九三、（日吉百首）二〇三九、（秀歌百首草）三一二六、（厭離欣求百首）三二〇三、（略秘贈答和歌百首）三四五四、（詠百首和歌　建保三年）三五七五、（正治二度百首）三六九二・三七三六、（詠百首和歌　承久三年）三八一八、（詠四首和歌仙洞詩歌合、承元）四〇六九／『三体和歌』一五

雅経（五首）…『明日香井和歌集』（千五百番歌合）二二五、（詠百首和歌建仁二年八月廿五日）三一九、（院百首建保四年）七八二、（最勝四天王院名所御障子）一〇〇九、（内裏歌合建暦三年）一一九五

『御室五十首』からの撰入歌を参考として歌を詠んだ歌人は六十人を超えるにもかかわらず、まとまった数が確認できる歌人は意外に少ない。『六百番歌合』の場合には後鳥羽院だけが突出して多かったのだが、『御室五十首』では慈円が後鳥羽院に迫る歌数となっている。ただし、慈円歌の詠出年次にはかなりのばらつきがあるのに対し、後鳥羽院歌の半数以上は本歌合成立期から数年以内の作品となっている。『六百番歌合』の場合と同じく、初学期の後鳥羽院の嗜好は、本歌合撰入歌の撰歌傾向に近いものであったとみてよかろう。

心すむ柴のかりやの寝覚めかな月ふく風にましらなくなり　（冬　静空　四八五）
故郷の月ふく風になよ竹のなよりあひてもいくよ経ぬらん　（『後鳥羽院御集』一一七四）
柴の戸やさしも寂しき深山べの月ふく風に小牡鹿の声　（『後鳥羽院御集』一五三〇）
浅茅生の月ふく風に秋たけて故郷人は衣うつなり　（『後鳥羽院御集』一五五三）

静空歌四八五は、後鳥羽院が和歌を詠む際に繰り返し参考とされている。院が三首に共通して用いている「月ふく風」は作例が少なく、管見によれば四八五で用いられる以前には作例がみられない。このことから静空の創意による句であった可能性が高い。静空以降も後鳥羽院以外の作例は少なく、十三世紀前半には次にあげる三首が残るのみである。

秋の夜の月ふく風に霧はれて空にぞすめる小牡鹿の声　（『千五百番歌合』秋　惟明親王　一三二三）

夕月夜月ふく風にかよふなり野原にすだく松虫の声　（『内裏詩歌合　建保元年二月二十六日』範宗　一〇四）

春の夜の月ふく風に音さえてまがきの薄淡雪ぞふる　（『光経集』春　一八〇）

これら三首ともに、建仁元年に詠まれた後鳥羽院歌一五三〇以降の作であり、惟明親王詠と範宗詠はそれぞれ結句が「小牡鹿の声」・「松虫の声」であることからも後鳥羽院歌に影響を受けているとみてよかろう。おそらく、「月ふく風」という句は後鳥羽院の近辺で用いられた以外には、ほとんど広まることのない句であった。しかし、後鳥羽院は歌壇の流行にとらわれることなく、静空詠に用いられていた珍しい句を自らの好みに従って短期間に繰り返し用いたのであろう。

夏深きをがやが原の夕涼み秋にみだるる風の音かな　（夏　季経　二三一）

夏深み木だかき松の夕涼み梢にこもる秋の一声　（『後鳥羽院御集』一二三九）

後鳥羽院は、季経歌二三一と初・三句をほぼ共通させた上で、季経が「をがやが原」とした第二句を「木だかき松」として視点を変化させている。下の句でも季経と同じく風の音について詠じていながら、「こもる」と季経とは対照的な言葉を用いて、夕涼みをしようとしても秋の「一声」はまだ梢に籠もっていると対照的な景を歌う。後鳥羽院は、全体としては季経歌を下敷きとしつつ、自らの詠に新たな展開を加えようとしたのであろう。結句「風の音かな」は新古今時代に多用された句であるものの、それを用いた季経詠二三一が後鳥羽院以外の歌人に享受された跡は残らない。

ここで取り上げた『御室五十首』の二首は、いずれも後鳥羽院の好尚に叶うものでありながら、他の同時代歌人らの興味を引く歌とはなっていなかったとみられる。これらと同様に、後鳥羽院の好みには合致するものの、同時代歌人の興味をさほど引かなかったと思われる歌々が『御室五十首』から本歌合に撰入している。それらのなかから、以下に二例をあげる。

鶯は鳴けどもいまだふる里の雪の下草春をやは知る　（春　定家　三五）

鶯の鳴けどもいまだふる雪に杉の葉白き逢坂の山　（『後鳥羽院御集』一五七一）

定家詠三五に対して『御室撰歌合』の判詞が「ふる里の雪の下草もうら珍しく」と評価しているにもかかわらず、後鳥羽院は定家詠の初～三句二字めまでを取って置き所も同じくし、春を予感させる「下草」ではなく常緑の「杉の葉」を詠むことで、春よりも冬の気配のほうが濃いことを示している。この定家詠に影響を受けた可能性を指摘しうる十三世紀前半の詠として、後鳥羽院以外に次の二首がみえる。

とやまには雪降るらめや鶯の鳴けどもいまだとふ人もなし　（『如願法師集』三五九）

鶯の鳴けどもいまだ明けやらで横雲ゆるき春の大空　（『土御門院御集』朝鶯三首　四四七）

秀能詠は「とやまには」と詠み出していることから、定家詠ではなく、結句で「逢坂の山」と歌った後鳥羽院を意識しているとみられる。詠歌内容も、春遅い遠方の山にはまだ人が通うこともできないだろうと思いやっており、春間近の予感を内包する定家詠よりも、後鳥羽院詠を下敷きとしていたとみてよかろう。土御門院の場合には、どちらの先行歌を参考としたか語彙の面からは分かりづらいが、「いまだ明けやらで」以下の句によって先行二首がもつ冬の要素を払拭し、うららかな春の「大空」に転換していることからすると、より冬の気配が濃厚な父院の「逢坂の山」詠から大胆な転換を図ったとするほうが相応しい。定家歌三五は、俊成判の評価とは異なる部分が後鳥羽院の和歌に取り入れられている上に、後に詠まれた二首の詠歌内容が後鳥羽院詠を参看していた可能性が高いことなどからすると、定家歌三五もまた後鳥羽院独自の評価基準に合致する歌であると言ってよかろう。

夏の日にかげさしそへて涼しきは暮るればいづる山の端の月　（夏　静空　二五二）
夏の日のもりくるからに涼しきは山田の原の杉の下風　（『後鳥羽院御集』一三二九）

後鳥羽院は、静空歌とともに「夏の日も涼しかりける岩間よりもりくる清水むすぶ袂は」（『堀河百首』泉　顕仲五三八）をも参考としていたとみられる。しかし、静空・後鳥羽院ともに、「夏の日～涼しきは」と句が共通する上、上の句に示した涼しさの理由を下の句で解き明かして体言止めで結ぶというように、歌全体の構成が共通する。静空歌二五二が詠まれて以降に類似の構成を持つ歌は後鳥羽院詠以外になく、一首の構成それ自体は静空に習ったとみてよいだろう。また、静空歌二五二に影響を受けて詠まれた明徴のある歌も、管見によれば十三世紀前半には見られない。静空歌二五二は歌壇的な評価・影響はほとんどないものの、後鳥羽院の好みには叶う歌であった可能性が、ここでも指摘されよう。

以上のように、『御室五十首』からの撰入歌を参考として歌を詠じた後鳥羽院は、『六百番歌合』の場合と同じく、院独自の嗜好に従った表現を新詠に取り入れていた。前項の繰り返しになるが、初学期における後鳥羽院の詠歌表現の嗜好が、他の歌人よりも本歌合の『御室五十首』からの撰入歌に重なり、そのなかに後鳥羽院独自の好尚に叶うと考えられる表現が含まれているとするならば、そのことは後鳥羽院と本歌合撰者との間をより近しいものとする要素になろう。

四、後鳥羽院は本歌合撰者か

ここまで、本歌合の撰歌傾向が完全に旧風を排除する様子はないものの、おおよそ新風に傾くものであることを確認するとともに、『六百番歌合』と『御室五十首』の撰歌傾向と表現の分析から、後鳥羽院が本歌合撰者である可能性を新たに提示した。本節では、その後鳥羽院との関わりも深い『新古今集』との関係から、さらに本歌合撰者として後鳥羽院はがふさわしいかについてみていく。

『三百六十番歌合』と『新古今集』に重出する歌は六十二首と、歌合全体の一割弱が『新古今集』と一致する。このことは、本歌合に新風歌人の撰入率が高い状況と共通するとも言える。ただし、新風歌人ごとに『新古今集』入集歌全体に占める本歌合重出歌の率を見ていくと必ずしも高い率とはならないため、「九条家乃至は御子左家周辺の人物が本歌合の撰者であると即断するのもまた早計であるように思われる」[11]との指摘が、田仲氏より提出されている。

後鳥羽院の場合には三十九首がわずか四種類の定数歌・歌合のみから撰ばれているため、重出歌の一致率から本歌合との親疎を計ることには困難がある。そこで、少し角度を変え、『新古今集』の撰者名注記[12]から本歌合と後鳥羽院との関係を探っていく。

本歌合と『新古今集』重出歌すべての撰者名注記を撰者ごとに整理すると、定家が三十七首、家隆が三十三首、雅経が三十七首、有家が三十首、通具が十二首、注記ナシが六首となり、通具以外の撰者はほとんど差がない。通具は『明月記』のなかで撰者としての無能ぶりを批判されている人物でもあり[13]、撰歌傾向が他の撰者と合致しないことについてそれほどの不思議はない。むしろ、撰者名注記のない歌が六首含まれていることが注目される。『新古今集』の歌の切り出し切り入れは、後鳥羽院の意向のみならず、ときに良経によっても指示が出されているため[14]、六首すべてが後鳥羽院の意志によって切り入れられたとは言い難い。しかし、切り入れ歌には、後鳥羽院の意向が反映している可能性が高い。そうした歌六首が含まれているということから、本歌合が後鳥羽院の好みに近いところにあるとの指摘をしておきたい。撰者名注記なし六首のうちの二首が『時代不同歌合』にも撰ばれていることも、後鳥羽院の好尚との接近を考えていく上での補強材料となろう。

また、『新古今集』で盛んに行われた歌の切り入れ切り出しという行為自体が、本文の改編に積極的な『三百六十番歌合』の編纂姿勢に重なるのではなかろうか。歌の切り入れ切り出しという行為は、本歌合の成立とほど近い時期に詠まれた後鳥羽院の『正治初度百首』でも盛んに行われている。

後鳥羽院の『正治初度百首』詠は、『正治初度百首』出詠歌人の詠を集成した作品集の中の百首（編纂本）と『後鳥羽院御集』収録の百首（御集本）との間で歌の出入りや表現の改編が盛んであることから、編纂本と御集本のいずれの本文が最終的な定稿であるのかが論じられてきた[15]。現在では山崎桂子氏の詳細な検討により[16]、おおよそ編纂本から御集本へという改作の流れが認められている。

本歌合には、編纂本・御集本に共通する歌のほか、改作後の御集本にのみ見られる九首のうちの一首「難波潟さやけき秋の月をみて春のけしきぞ忘られにける」（秋　三三三／『後鳥羽院御集』四五）が撰び入れられている。

また、『六百番歌合』および『御室五十首』からの撰入歌の中には、御集本特有歌に影響を与えたと考えられる歌があることも注意される。

うたたねの夢より先にあけにけり山郭公一声の空　（夏　良経　一八四／『六百番歌合』二三七）

　うたたねの夢ぢの末は夏のあした残るともなきかやり火の跡　（『後鳥羽院御集』三一）

後鳥羽院歌三一に影響を与えた歌としては、すでに良経と雅経の歌が指摘されているが[17]、本歌合の良経歌一八四をそれらに加えたい。初句と二句めの二文字が置き所を同じく用いられている上、二・三句めで「先」・「末」と対称性を感じさせつつも同じ夏の明け方を歌っている。さらに下の句も対称的に歌われていて、良経は郭公の声を空に響かせて聴覚的に夜のなごりを示しているのに対し、後鳥羽院は室内に置いた蚊遣り火の跡という視覚的な把握によって過ぎ去った夜のなごりを描いている。

本歌合には、このように後鳥羽院による積極的な改訂を加えられた御集本特有歌に関わる歌々が、わずかながら撰入している。またその一方で、編纂本特有歌や編纂本特有歌の本歌となる歌は、本歌合に含まれていない。ただし、編纂本と御集本とで表現が対立する歌については、次にあげるように編纂本の本文と御集本の本文の両方が用いられている。

いつしかとかすめる空ものどかにてゆくすゑとほしけさの初春　（春　一　後鳥羽院）

（他出）『正治初度百首』春二十首　一／『後鳥羽院御集』一　＊「かすめる空のけしきにて」

秋くるる鐘のひびきはすがはらや伏見の里の冬のあけぼの　（秋　四三三　後鳥羽院）

（他出）『後鳥羽院御集』五六／『正治初度百首』冬　五七　＊「冬のあかつき」

このように対立本文が編纂本・御集本の本文ともに本歌合で見られる理由としては、本歌合撰者が編纂本・御集本の両方を見ることのできる立場にあったか、本歌合においては編纂本から御集本へと改作される中間形の本文が参照されていたかのいずれであろう。御集本特有歌や、御集本特有歌の参考となった歌のみが本歌合に含まれていることからすると、後者である公算が高いかと考えられるものの、編纂本特有歌が本歌合の歌の差し替えの過程で落ちた可能性もある。本項の調査対象が『六百番歌合』と『御室五十首』に限定されているので、現段階で後者であると断言もしがたい。

しかし、いずれにせよ、本歌合が一応の成立をみる建仁元年三月頃は、後鳥羽院『正治初度百首』詠の改作の途中か改作完了後間もない時期とするのが妥当であり、改作の手の入った本文の流布はきわめて限定的であったと考えられる。したがって、編纂本・御集本の両方の本文が残されている本歌合と後鳥羽院との関係は、他の撰入歌人よりも濃いものであると言えよう。

『正治初度百首』の後鳥羽院詠に見られる改作への旺盛な意欲が、『新古今集』の切り継ぎを盛んに行った後鳥羽院の態度に通じるものであることは既に指摘されている。[18]『新古今集』と本歌合の重出歌に後鳥羽院の好尚と重なる点が見られることや、『正治初度百首』本文の使用状況等と合わせて、本歌合に見られる本文の改編もまた「撰者後鳥羽院」の営為であった可能性を指摘したい。

むすびに

『三百六十番歌合』の撰者について再考し、『六百番歌合』・『御室五十首』からの撰入歌を中心に本文を分析していくことから、後鳥羽院が撰者である可能性を指摘した。ここまで『三百六十番歌合』本文を分析した限りでは、後鳥羽院を撰者に擬しても矛盾はみられなかった。

後鳥羽院を撰者とするには問題もないわけではない。後鳥羽院がその歌壇の始発期に本歌合に関わっていたならば、『明月記』等なんらかの資料にその痕跡が残されていても不思議はないにもかかわらず、院が本歌合に関わったことを示す資料は今のところ見いだされないのである。

それでも、先に述べたように、撰歌資料の多様さや、新風寄りの撰歌をしつつも旧風を必ずしも排除しない撰歌傾向は、新旧の歌風に拘泥する必要のない貴顕の歌人が撰者であることを示していよう。これらに加えて、本歌合入撰歌の表現が後鳥羽院の好尚に重なるものであることや、本歌合本文に見られる旺盛な改編の態度は、和歌の改作や勅撰集の切り継ぎに対する後鳥羽院の姿勢に通じるものであり、本歌合撰者を推定する上で重要な要素となる。そこで本節では、『三百六十番歌合』撰者として後鳥羽院を提示しておきたい。

注

01　峯村文人「三百六十番歌合―成立時期と和歌史的意義―」（『小樽商大人文研究』五　昭和二十八年一月）

02　拙稿「『三百六十番歌合』撰者について」（『日本文芸思潮史論叢』ぺりかん社　平成十三年三月）

03　注01の峯村論文、谷山茂「解題」（天理図書館善本叢書『三百六十番歌合』八木書店　昭和四十八年五月）、楠橋開「三百六十番歌合差し替え考―天理図書館蔵本が具備する目録をめぐって―」（『和歌文学研究』三三　昭和五十年九月）、谷山茂「伊経筆『三百六十番歌合』の新出奥書について」（『ビブリア』八〇　昭和五十八年四月）、小田剛「式子内親王と三百六十番歌合」（『滋賀大国文』二二　昭和五十九年六月）、小田剛「三百六十番歌合の式子内親王の歌」（『季刊ぐんしょ』再刊四平成元年四月）、楠橋開「覚盛法師とその周辺」（新井栄蔵・渡邉貞麿・寺川真知夫編『叡山の和歌と説話』世界思想社、平成三年）、千草聡「『三百六十番歌合』本文小考―本文改変の可能性をめぐって―」（『福岡教育大学国語科研究論集』四〇、平成一一年一月）、注02の拙稿、田仲洋己「第三章『三百六十番歌合』について」（『中世前期の歌書と歌人』和泉書院、平成二十年一二月）

04　通具詠が本歌合に撰ばれていないことについては、注01の峯村論文に、通具の弟通光・通具の妻俊成卿女・通親の家人であった藤原秀能の三人の名が見えないことと併せて指摘がある。注04の田仲論文はこれを受けて、通光・俊成卿女・秀能は本歌合の真名序に見える日付——正治二年八月二十六日——時点では後鳥羽院仙洞歌壇における活動の形跡がみられないことを指摘しつつ、通具が正治二年『石清水若宮歌合』や父通親主催の影供歌合に度々参加していることを述べ、本歌合が通親・顕昭のラインに近いところで行われたことに反する現象であるとも述べる。

05　注04の楠橋論文では、小侍従の目録には存在する小侍従・覚盛の組み合わせが歌合本文には見られず、小侍従・通親の組み合わせが歌合本文にあることを一つのセットとして認識している記述はあるものの、覚盛歌の代わりに差し替え入れられた通親歌がどの歌にあたるのか、明確に指摘していない。

06　夏六番の通親・定家間の作者名の間違いであるが、秋六十二番右に生蓮の名が消え残ったように、一五三番歌の作者名に「内大臣」の記述が残ったとするならば、通親歌は増補一方ではなく切り出しによって減少することもあった可能性が指摘できよう。

07　後鳥羽院の指示による切り継ぎについては『明月記』元久二年三月十六日条・五月四日条等に記事が見えるほか、晩年には隠岐で多くの歌を切り出し、いわゆる隠岐本『新古今集』を作成した。『新古今集』の活発な切り継ぎ作業に関しては、田渕句美子「解説　二、『新古今集』の編纂」（『明月記研究』一〇　平成十八年二月）のほか、諸氏に指摘がある。

08　『三百六十番歌合』の撰者の再考をするにあたって、明月記研究会（平成二十三年六月　於東京大学）における五味文彦氏の発表「後鳥羽院政の展開」からさまざまな示唆を得た。詳しくは、五味文彦「後鳥羽上皇の和歌の道――百首歌と『三百六十番歌合』」（『明月記研究』一三　平成二十四年二月）参照。

09　一五六六は俊成判でも評価される「松にふく声」を用いており、この句については俊成判の影響も考える必要があろう。しかし、「松にふく声」という句は十三世紀に入ってから土御門院や慈円によって歌われるものの、本歌合の完成期あたりまでは当代歌人に影響を与えるものではなかったことを合わせて指摘しておく。

夕暮は我がすむ山の秋風もたれとはなくて松にふく声（『土御門院百首』山家　九五）

かぢ枕冬いかにせんよさの海のおきつ嵐の松に吹くこゑ（『拾玉集』秀歌百首草　三一二四）

10　「～の一声」と詠まれる場合には、蝉・雁・郭公などの実際に鳴き声をあげる動物を歌うのが通常であるが、新古今時代あたりから風のたてる音を指す例がみられるようになる。

五首歌披講せし中に恋を

ふく風もものや思ふと問ひがほにうちながむれば松の一声（『秋篠月清集』一四二四）

風わたる杜の木陰の夕涼みまだきおとなふ秋の一声（『正治初度百首』夏　三宮　一三七）

水むすぶ袂にかよふ松風をながめくらせば秋の一声（『正治初度百首』夏　慈円　六三七）

「秋の一声」は先行例として、『正治初度百首』で二首に用いられている。とりわけ三宮詠は語彙・詠歌内容ともに後鳥羽院詠に通じるところがあり、この歌もまた院が参考としたか。

11　注03の田仲著書

12　本稿で使用する撰者名注記は、後藤重郎『新古今和歌集研究』（風間書房　平成十六年二月）の第一章第三節「撰者名注記一覧」に拠る。

13　『明月記』建永元年六月十九日・廿日条

14　『明月記』元久二年四月十五日条、閏七月二十五日条

15　有吉保『新古今和歌集の研究―基盤と構成―』（三省堂　昭和四十三年四月）、久保田淳『新古今歌人の研究』（東京大学出版会　昭和四十八年三月）、山崎桂子『正治百首の研究』（勉誠出版　平成十二年二月）、寺島恒世『後鳥羽院和歌論』（笠間書院　平成二十七年三月）など。

16　注15の山崎著書

17　明方の枕の上に冬はきて残るともなき秋のともし火（『正治初度百首』冬　良経　四五九）

みやこ思ふ夢ぢの末にかよひきてうつつに誘ふ松の風かな（『明日香井和歌集』一〇二八）

注15の寺島著書は、右の二首を取り上げて、先例の少ない良経歌の四句めから着想を得て秋の儚さを夏に転じたことと、近臣雅経の歌にしか用例の見いだせない「夢ぢの末」という独自表現が後鳥羽院に影響を与えた可能性を指摘する。

18　注15の寺島著書

結び

和歌に隣接する領域に位置し、遊びの文芸として一段低く見られがちであった今様や短連歌が、新古今和歌の中心的な表現技法となる本歌取りに影響を与えていた可能性を中心に論じてきた。

今様や短連歌と本歌取りの影響関係は文献上にそれを示す言説もなく、これまで疑問ともされてこなかった。それ以前に、遊びの文芸であるが故に今様や短連歌については、歌人それぞれや、ある歌語に現れる特質としてその影響が指摘されることが多く、当代和歌の詠風そのものに、なんらかの影響をもたらしていた可能性について言及されることはほとんどなかった。

しかし、自由な発想によって歌われて、院政期の貴族社会に溢れていた今様や短連歌は、王朝的な詠風に行き詰まりを感じて新たな要素を求めていた同時代の和歌にとって、目先を変えるには格好の対象と捉えられていた可能性はないのだろうか。このような素朴な疑問に端を発して両者を概観すると、用いられている語彙に一方通行とは思えない交流が見られたほか、先行作品を摂取することについて両者ともに旺盛な姿勢をみせるという特徴が看取された。

そこでまず、先行研究によってすでに語彙の交流のあることが指摘されている今様を第一章で取り上げ、和歌との影響関係の捉え直しを図った。

第一章の第一節から第四節では、それぞれ顕季・俊成・寂然を軸に据えた。この三節は、和歌と今様の語彙に相互交流があったことを示し、さらにはそれが歌壇全体の流れであったことを確認するものであったが、歌壇全体を見渡すというのはあまりに範囲が広く漠然としすぎている。そこで、白河院政期の中心的歌人であった顕季と、後白河院政期辺りから歌人としての名声を高め新古今時代に到るまでの間に確固たる地位を築いた俊成というように、それぞれの時代で歌壇の中軸をなした歌人を取り上げ、彼らの実作から時代に流れるおおよその傾向を掴み、さらに俊成と同時代の寂然を取り上げることで、当代にみられた今様への近さをみていった。

これまで顕季歌というのは万葉歌との関係で語られることが多く、今様との関係が取りざたされることはなかったのであるが、ここに上げたように今様の詞章を取り上げて歌を詠むような例も散見された。そして、今様の詞章の影響を受けたと思われる歌を詠むことは、第一節で論じたように白河院周辺の歌人に多く見られるものでもあった。これは今様が宮廷社会に浸透する過程で、その歌い手が遊女だけでなく貴族自身にまで広がったことに拠ろう。歌うために記憶された今様は、脳内に定着することで和歌の教養ともある程度近い領域に置かれるようになり、やがては歌を詠むときの発想の源にもなり得たと考えられる。この動きは、今様に異様なほどの情熱を注いだ後白河院の時代にも当然のように引き継がれていった。第二節で取りあげた俊成は、自らの詠作に今様を取り入れた作品を詠んでいた以外に、自らが判者となった歌合で今様の詞章を示して判詞を記している。これは今様が広く人に知られ、歌合判詞に用いても容易に理解が及ぶ範囲の知識となっていたことを示そう。そして第四節では、俊成と同時代の寂然を取り上げて、当代における今様への理解が広範囲に及ぶものであったことをさらに補強した。

このように、和歌と今様との交流が個々の特徴に帰するというよりは歌壇全体に見られる傾向となっていたことを確認し、それを前提とした上で、続く五節では語彙から詠法へと視点を変え、今様にまま見られる「詠み換える」という方法が、この頃の本歌取りが肯定的に捉えられる一つの条件ともなっていた「詠み増す」という行為と近しい関係にあることを指摘した。

そののち、我、今様を出だす。

　春の初めの梅の花　喜び開けて実熟るとか

資賢、第三句を出だしていはく、

　御手洗川の薄氷　心解けたるただ今かな

と歌ふ。をりにあひ、めでたかりき。敦家、内裏にてこの句を「前のながれの御溝水」とうたひけるも、かくやありけんと、われ感じおくりにき。

（『梁塵秘抄口伝集』）

ヤはるのはしめのヤむめのはな
ヤよろこひ日らけて身なるはな《とか一説》ム
ヤおまへのいけ《まつのえたには一説》なるうすこほりム（立春以前は氷水、以後は薄氷云々）
こゝろとけたゝいまかな

（『朗詠九十首抄』春始）

第一・二句を歌った後白河院の後に付けた資賢は、本来は『朗詠九十首抄』に見られるような歌詞であったものを賀茂参詣の折のこととて「御手洗川」と詠み換えた。それを、敦家が内裏で歌った折には「御溝水」と変えている。このように今様の詞章は歌われる場に応じて詠み換えられ、個人的な感興に引きつけられるのであるが、そのとき、ここで言うならば「春の景」を歌うという大前提は共通しているように、主題そのものに大きな変更は加えられない。

一方、「詠み増す」という条件を付けた本歌取りについて早期に言及した『俊頼髄脳』には、心詞を取った本歌取りの例が多数見られる。つまり、「詠み増す」本歌取りとは、古歌に詠まれた主題には大きな変更を加えず、詞章にいささかの変更を加えることで「折りに合う」ように新たな展開を加えることであったと考えられる。これは既存の歌に「折りに合う」ような変更を加えるという点で、今様の「詠み換え」と近似していると言えよう。もちろん、これが本歌取りにおける「詠み増す」という考え方の生まれる契機になったと言うものではない。しかし、和歌の詠み方に新たな考え方が加わって成長していくのと同時代に、詞章の面ですでに交流が認められている今様が存在した。その今様のなかによく似た方法がみられることは、和歌における新たな詠法がよりスムーズに理解され受け入れられていく一助として、今様が存在していた可能性を指摘しうるであろう。

ところで、第一章で中心的に取りあげた、院政期和歌にしばしばみられる同時代詠との類同性の問題についてはさまざま論じられており、[01]「詠み増す」という行為に対して、今様に見られる類歌の発想を指摘した第五節では、院政期和歌に見られる類同性との関係についても触れる必要があった。しかし、この問題を論じるためには、「詠み増す」ときに用いられていた「古歌」と、院政期の類同詠の本となった「近代歌」との距離をどう捉えるかといった、本論の流れとは些か異なる別の手続きが必要になる。そのため、あえて第五節で触れることはしなかったのであるが、「うた」の類同性を論じるならば、院政期和歌にみられる同時代詠との類似は避けては通れない問題である。これについては今後の課題としたい。

第二章では、院政期和歌の隣接領域で盛り上がりを見せていた短連歌との関わりについて検討した。俊頼あたりを境にして短連歌が私家集に収集されることは減っていくものの、短連歌自体に関心がもたれなくなったわけではない。第一節で確認したように、十三世紀中期に成立した説話集には新古今時代に取材した短連歌関係話がいくつも残されており、それらの短連歌は、説話集が成立した時代というよりは、新古今時代の和歌と共通する美意識をもつ作品であった。新古今時代の和歌と短連歌とは等号では結べないまでも、かなり近い領域にあるものと考えられていたのであろう。短連歌は日常語や漢語といった歌語以外の詞が多用され、上の句と下の句を詠みあう中で謎解きが行われて機知に傾く点など、和歌とは大きく異なると言われてきた。その短連歌が和歌と接近し始めたのはいつであったのか。それは俊頼によって勅撰集に「連歌」の部が立てられた院政期にあるのではないかという見通しを立て、第二節以降では俊頼活躍期における短連歌の様相を追った。

短連歌はおおよそ座興の産物であることから、典拠を持つ作品は稀であるとされてきた。しかし俊頼あるいは俊頼の集めた短連歌には先行歌を摂取したとおぼしき作品が散見され、短連歌にも特定の先行作品を摂取するという本歌取りに似た意識がみられたのである。

また、短連歌の先行歌摂取においては、本歌取りが特定の和歌を取り込むのとは別に、複数の歌に共通する句の「型」を取るというような方法もみられた。句の「型」を取るとは、汎用性の高い固定化された「句」の形式を使って作品を作るというものである。何故このようなことが行われたのかといえば、それは短連歌の即興性に起因する。短連歌に作る際に、すでにパターン化している形式を用いて句の文字数を消費し、作者の創作の範囲を狭めることは、即応を旨とする短連歌が、場に応じた素早い対応をするにあたって有効な手段となった。こうして新たに見いだされた連歌の方法は、特定の歌に拠るいわゆる本歌取り的な先行歌摂取の方法とともに、第三節で確認したように俊頼以降の短連歌でも引き続き用いられ、さらには和歌においてもしばしば用いられるようになっていった。

第一章・第二章でテーマとした和歌に隣接する領域の文芸は、いずれも従来の研究で言われていたよりも和歌との繋がりの濃いようすが認められ、更にどちらも本歌取りに接近する方法を内包していたのである。活況を呈した時期が重なっているとはいえ、二つを完全に同一線上で論じることはいささか乱暴であろう。しかし、ほぼ同時代の貴族社会において旺盛に行われていながら、単なる遊技であるとして、今まで影響関係が問題とされてこなかった領域と、本歌取りとの間に、共通性が見いだされたことはやはり注目されてよいように思う。

今様にしろ、短連歌にしろ、遊びの所産であるがゆえに、和歌がもつ伝統的な規制力から自由であった。そのように自由な遊びの文芸が、新古今時代に大きな影響力を持つ「本歌取り」という手法に接近するような方法を内在させていたのである。ただし、この指摘は、本歌取りが肯定的に捉えられていったこととの功績のすべてを、この二つの遊びの文芸に帰するためのものではない。和歌にはそもそも古歌に学ぶという意識が古くからあり、本歌取りの言説が変転する本道は、これまでの研究で論じられてきたように、院政期和歌の内部に要請されていたとみてよい。そうした流れに寄り添うように、同時代に流行した今様や短連歌という遊びの文芸があり、そこにみられる伝統的な規制力に縛られない自由さが、変化を求めていた和歌に更なる傾きをもたらす要因の一つとなっていた可能性を指摘しておきたいのである。

そこで第三章では、和歌に隣接する領域から掬い上げられた、伝統に縛られない自由さが当代の和歌に息づいていたことを、後に新古今時代の中核をなす歌人らを多数抱え込んでいた九条家歌壇を軸に据えて追った。

第一節では、建久前期に良経・慈円・定家を中心とする九条家周辺の新風歌人の間で盛んに行われていた十首贈答歌群を取り上げ、第二節では前節で取り扱ったのが内々の場での詠歌であったことから、九条家歌壇の盛儀である『六百番歌合』において主催者であり給題者でもあった良経が詠じた百首を中心に扱った。

まず、句の「型」を取るという短連歌的な方法については、これが短連歌でみられはじめた院政期頃には、主題に関わらない部分を「型」として定型化することで、異なる主題の新詠を素早く詠み出すために有効な方法となっていたことを第二章で論じた。ところが、新古今に近い時代になってくると、そこに変化が起きた。句の「型」を取った歌は、即応性を重視するがゆえに、院政期和歌では場に応じた単純な詞を入れるという例がほとんどであった。それが新風歌人が句の「型」を用いた歌作りをする場合には、本歌取り的な先行歌摂取の方法と融合した形で用いられることが多くなったのである。おそらく単純な詞を入れるよりも、一首に流れる詩情を濃密にできると考えたために起きたことと考えられる。また、このことは詞を凝縮し複数の先行歌を織り込んで濃密な情感に溢れた詠歌世界の構築を目指した新古今時代の本歌取りに類似した方法であるともいえる。そのような詠み方が、第三章で指摘したように新古今時代にまで続いていくことを考え合わせると、いわゆる新古今的な本歌取りの萌芽的段階がこのあたりにあったとみることも可能になろう。

続いて今様からの影響としては、『六百番歌合』恋題の一部に今様の影響が認められた。[02] 良経歌における語彙の摂取は、「しばふね」や「えびす」というように歌語との線引きが曖昧な場所に置き得る語彙がほとんどであった。これは第一節で指摘した、俗語に頼らず伝統的な歌語を用いつつも、続けがらを工夫することで句に新鮮さを与えようとしていたらしい新風歌人の指向と、軌を一にするものと言えよう。また、良経は「寄遊女恋」・「寄傀儡恋」など今様に強くかかわる題を詠むときに、他歌人と比べてもかなり朧化した表現を用いていた。そこには俗語に対する消極性というよりは、俗的なものを詠み入れるにあたっての良経なりの方法論の確立といったものが感じられる。その一方で後鳥羽院歌壇期に入ると、次のような歌が詠まれるようになる。

寄雨恋

来ぬ人を月に待ちてもなくさめきいぶせき宵の雨そそぎかな　（『仙洞句題五十首』後鳥羽院　二五二）

忘れては我が身時雨の故里にいはばやものを軒の玉水　（『仙洞句題五十首』良経　二五三）

『仙洞句題五十首』はまず後鳥羽院と良経との間で企画され、良経の過去詠を旺盛に摂取する後鳥羽院詠に対して良経が応ずる形で詠まれたことが指摘されている。[03] ここで後鳥羽院は謡いものである催馬楽の「東屋の　真屋のあまりの　その雨そそき　我立ち濡れぬ　殿戸開かせ」（『東屋』）にみられる「雨そそぎ」を用いて詠んでいる。これに対し、良経はやはり謡いものである今様の「雨ふれば軒の玉水つぶつぶといはばや物を心ゆくまで」（『古今著聞集』侍従大納言成通今様を以て霊病を治する事　二一三）で応じている。同時期の他歌人はともかく、良経がこれほどはっきりと今様の詞章を取って歌を詠むことは珍しい。

良経にこのような歌を詠ませた後鳥羽院は、自らも今様を摂取した歌を詠じている。

知りそめしかせぎが園の萩の葉にひまなくおける無漏の朝露　（『正治二度百首』釈教五時阿含　後鳥羽院　五七）

聞きそめしかせぎが園の法の声世をあきはつるつまにぞ有りける　（『法門百首』遊化鹿苑　九二）

阿含経の鹿の声　鹿野苑にぞ聞こゆなる　諦縁乗の萩の葉に　偏眞無漏の露ぞ置く　（『梁塵秘抄』阿含経二首　四七）

『正治二度百首』における後鳥羽院の阿含の歌は、上の句の近しさから『法門百首』九二を本歌取りしているとみてよかろう。しかし、後鳥羽院詠が本歌としているのは寂然詠だけではない。『梁塵秘抄』四七の今様に詠みこまれている「諦縁乗の萩の葉に」と「偏眞無漏の露ぞ置く」という句は後鳥羽院詠と近親性が高く、院が「釈教五時阿含」という題のもとで当該詠を詠んでいることから考えても、今様との距離は近い。

こうした後鳥羽院の詠みぶりは、建久期にはかなり慎重に今様に接していた良経にも変化をもたらしたとみてよいのではなかろうか。

そこで第四章では、九条家歌壇と同じく新古今時代を牽引した後鳥羽院を対象として、さらに新古今時代の黎明期における和歌技法の実践について検討をおこなった。

後鳥羽院の本格的な歌人としての活動は、正治二年の『正治初度百首』あたりから始まる。『正治初度百首』の定家詠を目にした院がただちに定家の昇殿を許すというように、その詠風は初期から新風和歌に親しむ傾向が強いものであった。第三章における和歌の分析でも指摘したように、後鳥羽院もまた、新たな要素を取り込みつつ本歌取りを行っている。新古今的な技法が取り入れられているということでいえば、本章で取り扱った『正治初度百首』や元久元年奉納三十首歌群――自らの治世下における代表的な文化活動となる応制和歌や、神々に帝王自ら捧げる奉納和歌――のようにフォーマルな場の詠歌でもその傾向は変わらない。『正治初度百首』についていえば、第一節で述べたように、いったん作品が成立した後にも活発な改変が行われており、その改訂の方向性は、より新古今的な傾向を強める方向に働いていた。このように新古今前夜の歌壇を主導した後鳥羽院自身が、早期から新風和歌を多角的な方法で取り込んでいたのであるが、その一方で、いわゆる旧風をまったく度外視したわけでもなかった。

第三節で行った『六百番歌合』・『御室五十首』から後鳥羽院が影響を受けた表現等の分析結果からは、後鳥羽院は新風に耽溺しつつも、歌壇において一定の勢力を持つ旧風歌人らに相応の関心を払っていた様子がみてとれた。基本的に後鳥羽院の詠風は、その歌壇経営の早い時期から新風歌人に与するものであると考えてよい。しかし、歌壇の主導者である院は、新旧両派の攻防にかかわらず、みずからの好尚に従って新風旧風の両方から自由に表現を摂取していた。このことは新古今的な和歌表現について考察を続けていく上では重要な要素となろう。

以上、本書では、和歌に隣接する領域から立ち上がってきた新要素が、当代の歌人らの詠にも取り入れられていったことを様々な見地から考察してきた。とりわけ、新風歌人は、それがそもそも新来の方法であっても、そのまま丸呑みにするのではなく独自に工夫を重ね、さらに変化を求める傾向にあった。

新風歌人の歌が「新儀非拠達磨歌」と呼ばれるほど、新奇な表現に彩られるものであったことを思えば、今様や短連歌的な新要素を取り入れる際にも、より一層の新しさを求めていたということは、実に新風歌人らしいと言えよう。そして、その新しさを求める飽くなき欲求、変化し続けることへの指向というのは、実は「新儀」であり「非拠」であることを恐れない遊びの文芸から得た一面があったのではなかろうか。院政期の和歌が、隣接する文芸領域に溢れていた自由闊達な空気から変化への力を得たように、新古今前夜を生きた新風歌人たちも、伝統に縛られることのない遊びの文芸から力を得ていた側面を、ここまで見てきた新たに重ねられた工夫のなかにみたい。

本書では、これまでさほど言及されることがなかった和歌に隣接する領域から和歌へともたらされる影響についての捉え直しを中心に論じ、その影響は本歌取りの言説のみならず、新古今前夜の新風歌人らの詠風そのものにかかわる可能性を提示した。しかし、遊びであるがゆえに広く浸透し、遊びであるがゆえに確固たる理論を持ち得なかった文芸が、貴族社会やその文化にどのように作用し、どういった変化を促したのかについて一層の明確化を図るには、さらなる分析と考察が必要となる。本書を梃子とし、言説としては残されなかった領域の解明に今後も取り組んでいきたい。

注

01 佐藤明浩「歌合判詞における「古歌なり」をめぐって」(『語文』八十・八十一　平成十六年二月)、山田洋嗣「院政期の類同詠に関する諸問題―「歌めく」詠と「めづらしき」詠との間をめぐって―」(『和歌文学論集　歌論の展開』風間書房　平成七年三月)、佐藤明浩「『為忠家両度百首』に関する考察―歌作の場の問題を中心に―」(『語文』五十七　平成三年十月)、佐藤明浩「「近頃の歌」との類似をめぐって―平安後期～鎌倉初期の意識―」(島津忠夫編『和歌史の構想』和泉書院　平成二年三月)

02 新名主祥子「『六百番歌合』の恋題をめぐって」(『国語国文学研究』十八　昭和五十八年二月)

03 寺島恒世『後鳥羽院和歌論』(笠間書院　平成二十七年三月)

初出一覧

本論所収の論文の初出と表題は、以下の通りである。本書に収録するにあたって、既発表論文については大幅な加筆訂正を施している。

はじめに　（書き下ろし）

第一章　和歌と今様

第一節　顕季の和歌と今様

（『総研大文化科学研究』六　平成二十二年三月）

第二節　今様と歌枕――『梁塵秘抄』四三〇番考

（平成十七年度「魅力ある大学院教育」イニシアティブ：総合日本文化研究実践教育プログラム（Student Initiative Project 事業）研究成果報告書『創る・訪ねる・見る：文化創成の場としての名所研究プロジェクト論集』　平成十九年二月）

第三節　俊成の和歌と今様

（『中世文学』五十五　平成二十二年五月）

第四節　寂然『法門百首』と今様

（『総研大文化科学研究』三　平成十九年三月）

第五節　場に応ずる——本歌取りとの接近

（書き下ろし）

第二章　和歌と短連歌

第一節　鎌倉期説話集にみられる短連歌

（「説話文学と和歌　—鎌倉期説話集にみられる短連歌を中心として」『解釈と鑑賞』七十二-八　平成十九年八月）

第二節　短連歌を詠む——先行歌からの影響

（「源俊頼の和歌と連歌」『国文学研究資料館紀要　文学研究篇』三十七　平成二十三年三月）

第三節　源俊頼の歌絵の歌

（「和歌と絵画の邂逅　—源俊頼の歌絵の歌」『解釈と鑑賞』七十三-十二　平成二十年十二月）

第四節　短連歌を集める——後代への影響

（「源俊頼の和歌と連歌—後代の和歌への影響」『総研大文化科学研究』七　平成二十三年三月）

第三章　新古今前夜（一）——建久期九条家歌壇

第一節　建久期十首贈答歌群について

（「建久期九条家歌壇における和歌表現について—十首贈答歌群を中心に」『古代中世文学論考』二十八　新典社　平成二十三年三月）

第二節　良経『六百番歌合』の表現技法

（「藤原良経『六百番歌合』について—先行作品摂取を中心に」『国文学研究資料館紀要文学研究篇』三十八　平成二十三年三月）

第三節　良経『正治初度百首』における本歌取りの機能と方法

（『明治大学人文科学研究所紀要』四七　平成十二年三月）

第四章　新古今前夜（二）——後鳥羽院歌壇始発期

第一節　後鳥羽院『正治初度百首』における改作

（「後鳥羽院『正治初度百首』における改作考—冬十五首を中心として—」『文学研究論集』八　平成十年二月）

第二節　後鳥羽院元久元年奉納三十首群について

（「後鳥羽院奉納和歌攷—元久元年奉納三十首群における詠作態度—」『文学研究論集』十　平成十一年九月）

第三節　『三百六十番歌合』撰者再考

（「『三百六十番歌合』について—撰者再考」『明月記研究』十三　平成二十四年一月）

結び

（書き下ろし）

索引

和歌索引

・本書で引用した和歌（今様・催馬楽を含む）の索引である。
・歴史的仮名遣いに統一した初句・二句を、発音の五十音順に配列し、当該頁数を示した。
・初句・二句が同一の場合には、第三句以下の違いのわかる句も示している。

あ

あおやぎを　かたいとによりて……141
あかぎやま　さすがにつかと……190
あかつきの　あらしにたぐふ……227
あかつきの　かねのこゑこそ……157
あかつきの　しもうちはらひ……323
あかときに　なのりなくなる……64
あききては　ながらのやまに……298
あきくるる　かねのひびきは……346
　（第五句　ふゆのあかつき）……294・306
　（第五句　ふゆのあけほの）……294・306
あきならば　いかにこのはの……247
あきならば　いなばのつゆに……247
あきならば　つきまつことの……247
あきならば　はなにこころや……247
あきならば　みにしむいろや……247
あきのいろを　はらひはててや……316
あきのたの　かりそめぶしも
　しつるかな……110
　してけるか……110
あきのつゆ　たもとにいたく……323
あきののに　なみだはみえぬ……314
あきののの　にしきのごとも……165
あきのよの　つきにぞうたふ……213
あきのよの　つきのひかりは……33・60
あきのよの　つきふくかぜに……339
あきのよは　たのむひとも……33・60
あきのよは　やまだのひたの……38
あきはこぬ　しかはをのへに……330
あきはこれ　いかなるときぞ……287
あきはなほ　このしたかげも……297
あけがたの　まくらのうへに……350
あけくれは　ゆきかふふねに……254
あごんきょうのしかのこゑ　ろくやおん
　にぞきこゆなる……360
あさがおの　ひかげまつまを……96
あさぎりに　しづのかどたを……32
あさくらの　こゑこそそらに……159
あさくらや　きのまろどのに
　おもへども……64
　わがおれば……64
あさくらや　きのまろどのの……64
あさじふの　つきふくかぜに……339
あさなあさな　そでのこほりの……167
あさゆけば　くずのはわけに……323
あさりして　かひありけりと……230
あしがきの　うへふきこゆる……245
あしがきは　へだつとすれど……245
あしせんにんのほらのなか　ちとせのは
　るあきつかへてぞ……52
あしひきの　みやまにすらも……99
あしひきの　やまだのひたの……32
あじろぎに　いさよふなみや……313
あずまやの　まやのあまりの……360
あそびをだにも　せぬあそびかな……150
あだしのの　はなともいはじ……81

あたらしき　としのはじめと……248
あづまうどの　こゑこそきたに……158
あとたえて　こころすむとは……281
あはじしま　かざまにわたる……204
あはれさは　にるものぞなき……243
あはれとも　ただにいひてか……229
あはれにも　むなしきのりを……91
あふさかの　すぎのむらだち……58
あふさかの　すぎよりすぎに……58
あふさかの　せきのせきもり
　いでてみて……55
　おいにけり……55
　こころあれや……55
あまがつむ　なげきのなかに……185
あまのがは　くものしがらみ……318
あまのかる　もにすむむしの……287
あまのはら　くもればかなし……38
あめそそぐ　いけのうきくさ……324
あめそそぐ　かたやまおのの……321
あめふらば　うめのはながさ……142
あめふれば　たまとぞみつる……70
あめふれば　のきのたまみづ……70・253・360
あめやまに　きつつなけばや……43
あやしくも　あめにくもらぬ……198
あやしくも　あらはれぬべき……173
あやしくも　いとふにはゆる……163
あやしくも　けさのたもとの……214
あやしくも　しかのたちどの……163・197
あやしくも　そでにみなとの……163
あやしくも　ときはのもりの……198
あやしくも　ところたがへに……173
あやしくも　にしにあさひの……196
あやしくも　ぬれまさるかな……173
あやしくも　ひざよりしもの……162・196
あやしくも　わがぬれぎぬを……163
あやすぎの　とざしはなどや……198
あやぶまで　みねよりくだす……27
あらきかぜ　ふせぎしかげの……323
あらしふく　やましたとよみ……20
あらはるる　みよのほとけの……214
あらふとみれど　くろきとりかな……152
ありしよの　そでのうつりが……244
ありしよの　そでのにほひは……245

い

いかなれば　そのかみやまの……329
いかにせん　ひとのつらさを……243
いかばかり　うれしかりけむ……51
いくとせの　はるにこころを……315・322
いざおりて　あかにそへなん……192
いさぎよき　ひとのみちにも……214
いしやまの　かねのこゑこそ……157
いせしまや　しほひにひろふ……277
いせしまや　しほひのかたに……277
いせのあまの　あさなゆふなに……56
すまのあまの　しほやくけぶり……178
いせのうみに　あさなゆふなに……56
いそがくれ　おなじこころに……268
いたづらに　をしみきにける……92
いちみれば　いちめがさこそ……194
いつかいつかとさつきまつ　はなたちばな
　のかをかげば……63
いづかたを　みてもしのばん……253
いつしかと　かすめるそらも……345
いつとなく　しほたれやまの……46
いつもかく　ありあけのつきの……74
いづれかきふねへまいるみち　かもがはみ
　のさとみどろいけ……45
いでたちて　ともまつほどの……140
いとどしく　そでほしかたき……319
いなづまの　ひかりのほどか……96
いなりには　ねぎもはふりも……264
いなりやま　しるしのすぎの……263
いなりやま　みねのすぎむら……263
いなりをば　みつのやしろと……264
いにしへの　そのすがたには……113
いにしへの　ならのみやこの……147・171
いにしへは　しづけきむろに……53・90
いはしみづ　きよきこころを……314
いはのうへに　おふるこまつも……161
いはまわく　みづのおとこそ……159
いまぞしる　くるしきものと……155
いろいろに　あまたちとせの……173

う

うからめは　うかれてやども……191
うかれめの　うかれてやどる……191・268
うきたちて　やどもさだめぬ……254
うきふねの　たよりともみん……277
うきふねの　たよりにゆかむ……277
うきふねの　たよりもしらぬ……277
うぐいすの　かさにぬふといふ……127
うくひすの　たによりいづる……110
うぐひすの　こゑなかりせば……110
うぐひすの　なけどもいまだ
　あけやらで……341
　ふるさとの……341
うぐひすの　ねこそはるかに……159
うぐひすの　はつねのみかは……77
うぐひすは　なけどもいまだ……341
うしみつと　いふにむかしぞ……202
うしみつと　きこゆるこゑの……202
うじやまの　あらしにたぐふ……227
うたたねの　はしともこよひ……212
うたたねの　ゆめぢのすゑは……345
うたたねの　ゆめよりさきに……345
うちおかぬ　こころはなつに……268
うちきらし　あまぎるそらと……225
うちはらふ　ころもでさへも……224
うちよする　なみのはなこそ……140
うつろへる　いろをばしもの……161
うのはなの　みのしがらとも……173
うまさかを　みはのはふりが……213
うめのはながさ　きたるみのむし……126・141
うらがるる　あさぢがはらの……181
うりふねは　うみすぎてこそ……139

え

えなるうまの　つきのかげにも……164・212
えにかけば　うめもさくらも……212
えびすこそ　もののあはれは……73
えもいはぬ　よはのこほりに……206

お

おうみとてせたとてきたればありもあら
　ず　よしもなきくるもとの……45
おきつかぜ　ふけゆくつきの……296
おきつなみ　いはうついその……56
おきつなみ　たかしのうらを……43
おきてゆく　かりのなみだに……323
おぐらやま　はなももみぢも……198
おしむべき　はなのみやこを……21
おしめども　うしみついまは……202
おとにのみ　きくのしらつゆ……251
おのれのみ　ながれやはせむ……281
おほえやま　かたぶくつき……296
おほかたは　ひとのうきにも……227
おほはらや　をしほのこまつ……184
おほはらや　おぼろのしみづ……26
おほゐかは　なほやまかげに……260
おもかげは　おしへしやどに……336
おもはずに　しぐれはすぎぬ……38
おもひかね　ゆめにみゆやと……215
おもひしる　ひとにみせばや……267
おもひつつ　ぬればやかもと……110
おもひつつ　ぬればやひとの……111
おもふこと　ありあけがたの……298
おもふこと　ありあけのつきの……74
おもふとも　こふともいはじ……172
おもへただ　おもはばいかに……118
おもへただ　かみにもあらぬ……61・263
おもほえず　そでにみなとの……163
おやまだに　ひくしめなはの……321
おやまだに　しかこそきゐれ……32

か

かいだうくれば　なみたかし……117・118
かがなべて　よにはここのよ……123
かがみやま　きみにこころや……256
かきくもり　ゆふたつなみの……255・268
かきたえて　とはぬにみえぬ……160
かきつくる　あとはちとせも……199
かきやりし　ひとのたもとの……180
かげきよき　つきはなみまに……171
かげさえて　つきしもことに……300
かげさえて　まことのつきに……296
かげさかり　ゆらのとわたる……258

かけまくも　あやにかしこし……309
かざしおる　ひともきけとや……317
かざしおる　ひとやたのめし……317・320
かすがのは　けふはなやきそ……286
かすみしく　けささへさゆる……336
かすみはれ　くさのまくらに……298
かぜさえて　よすればやがて……301
かぜはやみ　いたてにはしる……258
かぜふけは　たまとみえつつ……323
かぜふけば　おつるもみぢば……138
かぜふけば　なみこすいその……23
かぜふけば　はなはなみとぞ……74
かぜわたる　もりのこかげの……349
かぜをいたみ　こじまがいそに……305
かぜをいたみ　ゆらのとわたる……258
かたおかの　かれののしたの……266
かたしきに　いくよなよなを……278
かたしきの　そでのこほりも……278・282
かたそぎの　ゆきあはぬまより……227
かたらぬは　さきよりなきつ……74
かたわにて　かたわもなしと……166・189
かぢをたえ　いのちもたゆと……276・285
かぢをたえ　ゆらのみなとに……276・284
かづきいでぬ　なみたかいその……57
かつきゆる　ゆきともつみを……214
かつらがは　なせのよどを……261
かねのおとに　けふもくれぬと……318
かねのねに　ものはいはじと……249
かのひつは　なにぞのひつぞ……156
かはじりに　ふねのへどもの……166
かはのせに　なみのうきくさ……254
かはらやの　いたぶきにても……165・196
かみかぜや　たけのまがきの……57
かみなづき　しぐれぬひこそ……200
かもめゐる　なにはほりえに……298
からごろも　すそのきぎす……286
かりぎぬは　いくのかたちし
（第四句　しかさぞいると）……154
（第四句　わがせこにこそ）……154
かりそめに　つけたるまつは……205
かりそめに　よはのけぶりと……52
かりにこは　ゆきてもみまし……266
かりのよを　おもひしりてや……255
かろしまの　あがりのみやの……198
かをらずは　だれかしらまし……224

き

きくにだに　つゆところせき……318
きくのはな　すまひぐさにぞ……188
きけばしゃばせかいの　なんせんぶしうちゆ
うてんじく……101
きこりはおそろしや　あらけきすがたに
かまをもち……260
きのふいでて　けふもてまゐる……143
きのふけふ　みやこのそらの……224
きのふといひ　けふとくらして……144
きのふまで　ふたばのまつと……184
きのふより　けふこそかへれ……143
きのふより　けふはまされる……144
きみこずは　ひとりやねなむ……287
きみこむと　いひしよごとに……111
きみはしも　ききわたりけん……199
きみをわが　おもふこころの……205
きょうげんきぎょのあやまちは　ほとけ
をほむるをたねとして……86
きりたちて　このはのしたに……244
きりのはも　ふみわけがたく……313・314
ぎをんしやうじやのうしろには　よもよ
もしられぬすぎたてり……58

く

くくたちの　やいばはたてり……190・197
くさまくら　またおとづれの……235
くさまくら　むすばぬゆめは……336
くさまくら　むすびならぶる……235
くさまくら　むすぶともなき……235
くだらより　なみをわけこし……66
くちなしに　ちしほやちしほ……147・204
くちなしの　いろにこころを……148
くちなしの　いろにやふかく……148
くちなしの　いろのやちしほ……205
くちなしの　こはえもいはぬ……205
くちなしの　ちしほのいろ……205
くちはつる　そでにはいかが……92

くみてとふ　ひとなかりせば……90
くものうへは　ありしむかしに……113
くもりなき　よのひかりにや……119
くもゐなる　ひとをはるかに……184
くもゐなる　みねのこずゑを……205
くれはてて　こしぢにかへる……225

け

けさみれば　みわのすぎむら……294・307
けさよりは　みくらのいけに……170
けふくれぬ　あすもかりこん……266
けふそへに　くれざらめやは……248
けふまでは　なほふるとしの……295・307
けふまでは　ゆきふるとしの……295・307
けふみれば　したうづまさに……193
けふよりは　おつるひじりと……165・212
けふよりは　そとものひたに……38
けぶりたつ　かたやまきぎす……286

こ

ごくらくじょうどのめでたさは　ひとつ
　もそらなることぞなき……78
ごくらくは　はるけきほどと……28
ここのつの　みちのこゑとおく……192
こころあらむ　ひとにみせばや……232
こころから　うきたるふねに……255
こころこそ　およばぬやまの……228
こころざし　ありあけがたの……244
こころすむ　しばのかりやの……339
こころすむものは　あきはやまだのいほ
　ごとに……32
こころをば　そめてひさしく……172
ことにみにしむ　あきのかぜかな……127
ことわりや　いかでかそでも……228
こぬひとを　うらみやすらむ……44
こぬひとを　つきにまちても……359
このごろの　こころのそこを……243
このどうは　かみかほとけか……156
このとのは　ひおけにひこそ……197
こひしさに　われはたもとの……228
こひしさも　あきのゆふべに……239
こひしさを　つみにてきゆる……213
こひしとも　いささはいはじ……180
こひぢをは　かぜやはささふ……257
こひわたる　としをやくにて……185
こほりをたたきてみづむすび　しもをは
　らほいてたきぎとり……52
これやこの　はなのみやこを……21
これやこの　みよのほとけも……62
これよりひがしはなにとかや　せきやま
　せきでらおおつのみゐのやまおろし……45

さ

さきいづる　はなのみやこを……21
さくらさく　とほやまとりの……322
さざなみや　しがのからさき……301
ささのはは　みやまもさやに
　うちそよぎ……287・313
　みだれども……287
　おくしもの……313
さざれいしの　うへもかくれぬ……110
さしてゆく　しばふねかりを……259
さつきまつ　はなたちばなの……245
さつきやみ　はるるまもなき……43
さとのなを　わがみにしれば……229
さはみづに　かはづなくなり……138
さほがはの　みづをせきあげて……123
さまざまの　ながれあつまる……85
さみだれは　なほはれやらで……74
さみだれは　のきのしづくの……70
さむしろに　ころもかたしき……5
さむしろや　まつよのよるの……5
さもあらばあれ　はなよりほかの……267
さもこそは　かりそめならめ……151
さもこそは　くもりなきよの……151
さもこそは　しぬともいはめ……150
さもこそは　たえせぬいへの……151
さもこそは　ひとにおとれる……150
さもこそは　みやここひしき……151
さもこそは　やどはかはらめ……150
さよなかに　ともよびわたる……323
さよふけて　いまはのりのし……65
さよふけて　そらにからろの……204
さよふけて　やまだのひたの……31

さらしなの　やまのたかねに……299
さらにまた　うすきころもに
　かぜさえて……294・302
　　つきさえて……294・302
さらにまた　はなのはるにぞ……233
さらにまた　みやこのはなを……233
さらのはやしにたつけぶり　のぼるとみ
　しはそらめなり……53
さりともと　おもふこころも……203
さりともと　まちしつきひも……305
さりともと　まつをたのみて……61・263
さをしかの　つめだにひちぬ……110
さをしかの　なくねはよそに……162
さをしかの　なみだはみえぬ……314

し

しがのうらや　とほざかりゆく……302
しかのねを　おくるながらの……233
しかまつに　かりのこゑこそ……158
しきしまや　やまとしまねも……315・317
しぐれつつ　このはのおつる……207
しだいしやうもんいかばかり　よろこび
　みよりもあまるらむ……51
しながどり　いなのふしはら……297
しなのにありしきそぢがわ
　……107
しのぶれど　いろにいでにけり
　結句　ひとのとふまで……110
結句　みるひとぞとふ……110
しばぐるま　おちくるほどに……27
しばのとや　さしもさびしき……339
しばふねの　かへるみたにの……258
しばふねは　ほふねのあとを……258
じふまんおくのくにぐには　うみやまへ
　だてとおけれど……37
しほがまの　うらのなみかぜ……299
しほたるる　ことをやくにて……185
しめのうちに　きねのおとこそ……158
しもがれの　あしまにしぶく……42
しもがれの　をばながすゑに……298・302
しもさゆる　みぎはのちどり……323
しらくもかかる　やまのはのつき……190
しらくもの　やへたつやまは……281
しらずやは　いせのはまおぎ……19
しらつゆの　おくにあまたの……172・200・215
しらつゆは　おきてみんとも……201
しらつゆも　しぐれもいたく……244
しらなみの　たちくるときぞ……200
しりそめし　かせぎがそのの……360
しろたへの　そでにぞまがふ……314

す

すがはらや　ふしみのやまの……320
すぎのやの　ゆきあはぬまより……227
すぐれてはやきもの　はいたかはやぶさてな
　るたか……27
すずかやま　うきよをよそに……227
すずむしの　こゑのかぎりを……246・323
すずむしの　こゑもやまべに……227
すのうちに　つつめくひなの……171
すまのあまの　あまのいさりび……305
すみよしの　うらよりをちに……235
すみよしの　ふゆのあしたの……310

そ

そでたちて　みせぬかぎりは……185
そでぬるる　つゆのゆかりと……324
そでのうへは　なみたかいその……56
そでふれし　ひとこそみえね……239
そなれぎの　そなれそなれて……23
そのかみや　いのりをきけん……119
そむけども　このよのさまに……80
そめておもふ　いろはふかきを……172
そよおほはらや　おぼろのしみづ……25
そらはなほ　かすみもやらす……297
そらはなほ　ゆきげながらの……233

た

たいしのみなげしゆふぐれに　ころもは
　かけてきたけのはに……100
たかせぶね　しぶくばかりに……42
たきぎとり　みねのこのみを……52・94
たけのはは　おぼろつきよに
　かげさえて……294・304
　かぜさえて……294・304

たごのうらに　かすみのふかく……166
たしかにも　おぼえざりけり……160
たたみめに　しくさかなこそ……197
たつたがは　ちらぬもみぢの……285
たづぬれど　むかしながらの……199
たでかるふねの　すぐるなりけり……145・203
たなばたも　しばしやすらへ……74
たにのとを　とぢやはてつる……233
たにはむこまは　くろにぞありける……161
たにふかみ　このはがくれを……250
たにふかみ　はるかにひとを……250
たにふかみ　ひかげのつゆも……250
たにふかみ　ひともかよはぬ……250
たにふかみ　みづかげくさの……250
たにふかみ　ゆきにこもれる……250
たにふかみ　ゆきふるすなる……250
たのみこし　つきひはただに……160
たのめおきし　いもまちかねて……330
たのめつつ　こぬよあまたに……111
たびねする　あしのまろやの……259
たびびとは　はれまなしとや……224
たへなりや　けふはさつきの……214
たまだれの　こすのをゆけば……201
たまゆらに　いでぬとみえし……82
たれとしも　つまもさだめぬ……254
たれとなく　よせてはかへる……253
たれみよと　つゆのそむらん……319

ち

ちとせふる　たづのこゑこそ……159
ちとりなく　かはかぜさむみ……299
ちはやぶる　かみよもきかす……286
ちはやぶる　かものみづかき……329
ちまきむまは　くびからきはぞ……188
ちやうじやはわがこのいとしさに　ようらくころもをぬぎすてて……80
ちよくなれば　いかにかしこく……312

つ

つきさえて　かものうはけに……317
つくしのもじのせき　せきのせきもりおいにけり……55
つとめては　まづぞながむる……28
つねよりも　こよひはあきの……59
つぶつぶと　いはねばこそあれ……71
つぶつぶと　のきのたまみづ……69
つらさをも　みてやみぬべし……213
つりどのの　したにはいをや……138
つるのむれゐるまつやまに　ちよにちとせをかさねつつ……57

て

てにならす　あふぎのかぜに……249
てにならす　あふぎのかぜを……249
てにならす　なつのあふぎと……248

と

ときてやる　ころものそでの……185
ときはなる　まつのみどりを……335
ときはすぎぬ　いづらかきはは……211
とけてねぬ　ねざめさびしき……278・282
とけてねぬ　ゆめぢもしもに……278・282
とことはに　おもふことこそ……194
とこなつの　はなのつゆには……267
とこのうへに　たまくらばかり……215
とこよいでし　たびのころもや……274
とこよいでて　たびのそらなる……274
としのうちに　つもれるつみは……213
としのうちの　つみけつにはに……37
としふれば　よはひはおいぬ……112
としをへて　はなにこころを……167
となせがは　おとにはたきと……161
とにかくに　みだれてみゆる……181
とふひとも　なきたびねする……74
とへかしな　たまぐしのはに……18
とへかしな　にはのしらゆき……310
ともしびは　たきものにこそ……189
とやまには　ゆきふるらめや……341
とりとみつるは　うさぎなりけり……193
とりのねも　なみのおとにぞ……78

な

ながつきの　ありあけのそらの……62・263

ながつきの　とおかあまりの……171
ながめやる　こころのみちも……224
ながらへて　あればぞものも……230
なつかしき　はなたちばなの……167
なつくさの　くさのはがくれ……305
なつくさの　のじまかさきの……332
なつごろも　かたへすずしく
　たちかへり……313
　なりぬなり……313
なつのひに　かげさしそへて……342
なつのひの　てらしもはてぬ……101
なつのひの　もりくるからに……342
なつのよの　ひかげにまどふ……101
なつふかき　をがやがはらの……340
なつふかみ　こだかきまつの……340
なにしおはば　いつつのさはり……214
なにとなく　さへづるだにも……78
なにとなく　すぎゆくなつも……305
なにはがた　さやけきあきの……344
なほさそへ　くらゐのやまの……70
なみかかる　いはねにつける……56
なみかくる　きしのひたひの……23
なきとめぬ　あきこそあらめ……206
なみのうつ　おとのみとほし……20
なみのうへに　うかぶちぎりの……212
なみのうへに　うかれてすぐる……255
なみのうへに　うきねのみする……254
なみのおと　けさからことに……146
なみのよる　いはねにたてる……23
なみまより　みゆるこじまの……68
なみをいでて　みなみにはれし……82
なれきにし　そらのひかりの……268

に

にいはり　つくばをすぎて……123
にしきかと　あきはさがのの……190
にしのうみに　かぜこころせよ……74
にしやまとおりにくるきこり　をせをならべ
　てさぞわたる……260
にはのゆきも　ふみわけがたく……313・314
によにんいつつのさはりあり　むくのじやうど
　はうとけれど……82

ぬ

ぬのさらす　これやさがみの……177

の

のどかなる　はるはかすみの……315・317
のはらより　つゆのゆかりを……319
のりのかぜに　あきのきりさへ……100
のりのため　うとくもすぐる……100
のりのため　くもゐをいでて……93
のりのため　わがみをかへば……92

は

はかなくて　きえにしあとを……318
はなさそふ　ひらやまおろし……43
はなとみる　こずゑのつきに……298
はなのみやこをふりすてて　くれくれま
　ゐるはおぼろけか……22
はなやさき　もみぢやすらむ……156
はなゆゑに　しがのふるさと……335
はまちどり　かよふかたがた……185
はまひさぎ　ひさしくもみぬ……68
はやせがは　みをさかのぼる……261
はるがすみ　ひがしよりこそ……234
はるきても　なほおおぞらは……295
はるさめの　ふるにつけつつ……171
はるのはじめのうめのはな　よろこびひら
　けてみなるとか……104・355
はるのよの　つきふくかぜに……340
はるのよの　やみはいかにと……89
はるはまた　はなのみやこと……235
はんにやのみのりをたづぬとて　じやうたいひ
　んがしへたずねゆき……92

ひ

ひかげさす　うのはなやまの……329
ひくれなば　おかのやにこそ……57
びさりじやうにぢうせし　じやうみやう
　こじのみむろには……89
ひたぶるに　やまだのなかに……32
ひとごころ　うしみついまは……201・215
ひとしれず　おさふるそでも……281

ひととせは　ふゆのおくにも……225・235
ひとよかす　のがみのさとの……256
ひとよのみ　やどかるひとの……256
ひとりねて　こよひもあけぬと……254
ひとわたす　みよのほとけの……214
ひのいるは　くれなゐにこそ……188・195
ひらたけは　よきむさにこそ……212

ふ

ふえたけの　こゑのかぎりを……246
ふきまよふ　みやまおろしに……281
ふくかぜも　ものやおもふと……349
ふゆくれば　みやまのあらし……295
ふゆくれば　ふるさとさびし……37
ふゆさむみ　ひらのたかねに
　かぜさえて……294・301
　つきさえて……294・301
ふゆのあした　みわのすぎむら……294・307
ふゆのあした　よしののやまの……310
ふゆのあした　ゑじのけぶりを……307
ふゆはやまぶしゆぎやうせし　いほり
　とたのめしこのはもみぢして……30
ふゆふかき　ありあけのつきの……63
ふゆふかき　ありあけのつきの……255
ふりそむる　けさだにひとの……224
ふりにけり　としまのあまの……67
ふるあめも　もらぬこずえの……43
ふるきみやこをきてみれは　あさぢがは
　らとぞあれにける……269
ふるさとの　つきふくかぜに……339
ふるさとは　かぜのすみかと……267

へ

へやのしう　みくらのしたに……137・211

ほ

ほとけもむかしはひとなりき　われらも
　つひにはほとけなり……106
ほとけもむかしはぼんぷなり　われらも
　つひにはほとけなり……105・117
ほととぎす　たそれがれどきを……74
ほととぎす　なくひとこゑを……180・186
ほどへてや　つきもうかばん……26

ま

まことにや　おなじみちには……153
まことにや　おもひのいへは……153
まことにや　とらふすのべは……153
まことにや　のりのはしより……152
まことにや　みつのふねには……153
まことにや　れんかをしては……172
ましばこる　しづにもあらぬ……257
まちかねて　ゆめにみゆやと……215
まつかぜの　ふくひとこゑと……146
まつごとの　ちとせをかけて……176
まつにふく　かぜこそあらね……336
まつのこかげにたちよりて　いはもるみづ
　をむすぶまに……24
まつのこかげにたちよれば　ちとせのみ
　どりぞみにそめる……104
まめなれど　なにぞはよけく……181
まよふべき　ちぎりぞふかき……261
まれにくる　ひとうらめしき……128

み

みかきもり　ゑじのたくひの……208
みかさやま　ちぎりあらはぞ……315・322
みかさやま　つきさしのぼる……300
みくさゐし　おぼろのしみづ……26
みくらやま　まきのやたてて……170
みごもりの　かみにとひても……213
みせばやな　つゆのゆかりの……324
みせばやな　うぐひすいづる……232
みせばやな　おふのうらなし……232
みせばやな　かみもほとけも……231
みせばやな　しづのしのやの……232
みせばやな　たにのこほりは……233
みづとりの　はねしろたへに……317
みづどりの　したやすからぬ……182
みつながら　たもてるとりの……100
みづむすぶ　たもとにかよふ……349
みてしがな　ふたばのまつの……176
みなづきに　いはもるしみづ……25
みなれぎの　みなれいそなれてわかれなば

……………………23・59
みなれぎの　みなれそなれて……23
みねたかき　こしのをやまに……27
みのうさの　かくれざりける……126
みやきこる　ひとのためには……258
みやきのの　つゆふきむすぶ……323
みやこいでて　けふみかのはら……145
みやこいでて　ふしみをこゆる……57
みやこおもふ　ゆめぢのすゑに……350
みやこには　かすみのよそに……230
みやこには　しぐれしほどと……224
みやこには　なほしぐれとや……230
みやこには　まつらんものを……230
みやこには　やまのはとてや……230
みやこびと　のはらにいでて……314
みやこへは　みなこしぢにぞ……233
みやまぎを　あさなゆふなに……302
みよのほとけ　みちかずみなを……214
みるからに　つらさぞまさる……185
みるひとに　もののあはれを……74
みるもうれし　みなみのうみの……82
みわたせば　こほりのうへに……298
みをすつる　ころもかけける……100
みをつめば　あはれとぞきく……182
みをつめば　したやすからぬ……182
みをのうみに　あみひくたみの……268

む

むかしみし　せきもりもみな……73
むかしより　こころづくしに……67
むかしより　このさとびとと……230
むしにだに　あざむかれじと……230
むすびけん　ちぎりもつらし……256
むすぶかと　みればきえゆく……96
むすぶてに　あふぎのかぜも……24
むらどりの　たのむこのはも……31
むろのうちも　さとるこころし……90
むろのみち　ふみあやまてば……89

も

もちながら　かたわれづきに……191
もとめづか　おまへにかかる……258
もにすまぬ　のはらのむしも……286
ものあはれなる　はるのあけぼの……142・202
ものおもふ　こころのあきに
（第四句　いかでかそでも）……227
（第四句　すべてはひとぞ）……228
もののふの　やそうぢかはの……313
ものをだに　いはまのみづの……70
もみぢせぬ　ときはのやまに……109
もみぢせぬ　ときはのやまを……109
もみぢばの　えだにかかれる……171
もみぢばの　こがれてみゆる
こずゑかな……207
みふねかな……173・206
もみぢばの　はまのまさごの……176
もみちばを　なにをしみけむ……297
もみぢばを　はらひはててや……316
もみぢばを　おのがものとて……167
もみぢばを　みくらのやまに……170
ももしきの　おおみやびとは……248
ももぞのの　もものはなこそ……140
もものはな　さくややよひの……171
もらすなよ　くもゐるみねの……244
もろこしたうなるふゑたけは　いかでか
ここまではゆられこし……66
もろびとの　つらぬるそでに……89
もんじゆのかいにいりにしは　しやがらお
うなみをやめ……81

や

やどごとの　そともにふねを……254
やどちかき　やまだのひたは……38
やはるのはじめのやむめのはな　やよろこ
びひらけてみなるはなむ……104・355
やへむぐら　しげみがもとに……25
やまおろしの　みにしむかぜの……31
やまかはの　みぎはまされり……233
やまざとの　かりたのすゑの……323
やまざとの　もみぢみにとや……155
やまたかみ　おろすあらしや……162
やまぢいづる　しばのくるまに……27

やまでらの　いりあひのかねの……318
やまでらの　けふもくれぬの……318
やまのやうがるは　あめやまもるやまし
　ぶくやま……19・40
やまふかみ　いはしくそでに……281
やまぶしの　たのむこのもと……30

ゆ

ゆききゆる　かたやまかげの……242
ゆききゆる　かれののしたの……242
ゆききゆる　すだちのをの……266
ゆきつもる　ありあけのつきは
　かげさえて……305
　かぜさえて……294・304
　つきさえて……294・304
ゆくかたも　しらずといひし……213
ゆふぐれに　いちはらのにて……193
ゆふぐれは　やまかげすずし……286
ゆふづくよ　つきふくかぜに……340
ゆふまやま　まつのはかぜに……333
ゆめにだに　うちとけなばやと……249
ゆらのとを　わたるふなびと……276・285
ゆられくる　そのふえたけも……66
ゆられこし　そのもろこしの……66

よ

よしのがは　はやきながれも……243
よしのがは　はやきながれを……243
よしのやま　くもにうつろふ……335
よしのやま　はなのふるさと……335
よしのやま　やがていでじと……230
よとともに　すぐるつきひを……55
よなよなの　たびねのとこに……297
よにすまば　またもみにこむ……25
よのなかの　はかなきことも……74
よのなかは　なにかつねなる……144
よはさゆる　ふゆのあしたに……310
よものうみに　しほやくあまの……178
よやさむき　ころもやうすき……227
よろづよの　はじめのはると……314
よろづよの　はるのひかげに……314・315
よわりゆく　むしのこゑにや……203
よをいとふ　こころはやまに……281
よをかさね　こゑよわりゆく……203

わ

わがおもふ　かみもほとけも……239
わがおもふ　ひとだにすまば……74・262
わかかりし　むかしとしつき……213
わがこころ　いけみづにこそ……212
わがこころ　くもりあらじと……230
わがことは　えもいはしろの……205
わがこひは　おぼろのしみづ……37
わがこひは　みくらのやまに……137
わがこひは　よしののやまの……228
わがそでに　つゆぞおくなる……319
わがそでの　たぐひはよると……266
わがために　つらきひとをば……213
わがやどの　さくらなれども……109
わがやどの　ものなりながら……109
わがやどは　きのまろどのに……64
わかれゆく　けふはまどひぬ……184
わかれゆく　ほどはくもゐを……184
わかれゆく　みちのくもゐに……176
わぎもこを　まちつるよひの……245
わくらばに　とふひとあらば……48
わけいれば　やがてさとりぞ……225
わすられて　わがみしぐれの……252
わすれては　ゆきとつきとに……329
わすれては　わがみしぐれの……71・359
わたせには　うぢのかはぎり……258
わたつうみに　よせてはかへる……254
わたつみの　なかにぞたてる……139
わたつみの　なみのはなさく……193
わたつみや　やがてみなみに……82
わたつみを　はるかにいでて……82
わたのはら　おきつしほあひに……289
われかくて　うきよのなかに……276
われかくて　ねぬよのはてを……276
われといへば　かぎりあるにぞ……212
われはおもひ　ひとはのけひく……56
われらはなにしておいぬらん　おもへばい
　とこそあはれなれ……33・61
われをおもふ　ひとをおもはぬ……118

を

をぎのはに　あきのけしきの……195
をちこちに　ながめやかはす……269
をちこちの　きしをばなみの……161
をみなへし　うしろめたくも……173
をりからは　おとらぬそでの……251

人名索引

・本書で言及した人名・研究者名の索引である。
・近世までの人名については原則として名を、近代以降の人名については姓名を、通例の読みに従い、発音の五十音順に配列し、当該頁数を示した。
・（ ）内に姓氏・家名、別称等を記した。主家を冠する女房名の場合には、主家を記している。

あ

赤染衛門……34・101・249
赤人（山辺）……228・248
安芸（待賢門院）……23
顕兼（源）……37
顕季（藤原）……8・15〜24・26〜28・30・35〜37・41・166・189・228・259・260・353・354
顕輔（藤原）……197・225
顕朝（藤原）……198
顕仲（藤原）……243・258・259・269・342
顕保（藤原）……318
朝日阿闍梨……196
阿私仙（堤婆達多）……93・94・101
飛鳥井女君……276・285
敦家（藤原）……16・17・104・164・212・355
敦兼（ふじわら）……16・17
敦隆（藤原）……136
敦忠（藤原）……248
敦光（藤原）……144
阿直伎……66
有家（藤原）……286・287・327・330・331・344
有佐（藤原）……212
有房（源）……259
在昌（紀）……66
有吉保……265・280・289・293・308・350

い

伊井春樹……184・185
家隆（藤原）……74・237・246・256・271・283・288・297・302・327・334・344
家綱（藤原）……191
家経（藤原）……42
家長（源）……74・320
家衡（藤原）……207・208
家房（藤原　中宮権大夫）……65・257・261
家通（藤原）……131
家良（藤原）……198・204
育子（藤原）……130
池田富蔵……170
為子（藤原）……230
石川常彦……170
石川一……238
石田吉貞……324
石原清志……99
和泉式部……142・214・238・245・251
伊勢大輔……147・171・204
伊地知鐵男……133
一条天皇（主上）……112
伊東成師……246・266・267・274・289
伊東春樹……289
稲田利徳……42・49・134・170・211
乾安代……170
井上宗雄……16・35・36
今井ゑみ子……134
伊予内侍……131
岩津資雄……265

う

植木朝子……28・35・37・38・75・99・101・259・269
浮舟……229・239
右京大夫（建礼門院）……56・236
牛君……33・60
内田徹……222・237
宇治の八宮……281
内野静香……266

え
永胤……164・195
永源……161・164・195・197
永成……158・161
恵慶……144・270
恵心（源信）……37・91
越前（嘉陽門院）……233・335
海老原昌宏……266
お
大島貴子……125・134
岡崎真紀子……174
小川寿子……35・37・75・79・100・101・269
沖本幸子……35・37
小田剛……265・326・348
男尚侍……244
乙前……16・17
小野恭靖……35・73・75・101
尾張更衣……318〜320
か
薫……323
加賀（美福門院）……220
覚延……317
覚実……92
覚盛……298・326〜330・348
覚性法親王……192
景時（梶原）……190
花山院……109
片野達郎……184・299・309
片山享……238
加藤睦……266
かね……54
兼実（藤原）……327・328・334
兼輔（藤原）……142
兼昌（源）……65
兼覧王……173
兼宗（藤原）……62・255・269
兼盛（平）……38・110・163・198・273
上宇都ゆりほ……238
上條彰次……265
神谷敏成……290
茅原雅之……266
川上新一郎……35・36・76・87・88・99・100
河内……167
川平ひとし……289・290
観暹……188・195
観知……212
き
紀伊（祐子内親王家）……74
祇王……105・116・117
祇女……116・117
木藤才蔵……133・170
木船重昭……185・266
久曾神昇……289
慶暹……126・141・142・197
行尊……31
清輔（藤原）……114・272・287
清経（源）……17
清盛（平　入道殿）……105・106・116・117
清行（安部）……146
きりぢ……29
桐壺更衣母……323
桐壺更衣……323
桐壺帝……323
公実（藤原）……25
公資（大江）……140
公継（藤原）……71
公経（藤原）……69・268
公任（藤原）……34・66・108・155・169
公能（藤原　大炊御門右大臣）……203
く
空也……28
具恵卿……99
九条太政大臣……212
楠橋開……326〜331・348
宮内卿（後鳥羽院）……202・298
国枝利久……76・98・99・101
国信（源）……137・211
国章（藤原）……176
国冬（津守）……44
国基（津守）……194
久保田淳……134・238・265・266・271・277・289・294・308・324・350
窪田章一郎……236
け
景行天皇……123
慶算……193・194
慶範……158
兼覚……74
源空……212
源氏の宮（斎院）……281
顕昭……71・75・206・241・327・332・333・348
こ
小池一行……170
小一条院……146・157
後一条院……119
広算……159
小侍従……329・330・348
小島裕子……39・101
後白河院（法皇）……7・8・34・72・79・105・107・117・221・259・355
五節命婦……211

小大進……27・259
後藤重郎……349
ことぢ……29
後鳥羽院……6・10・34・43・65・68・74・124・207・233・237・248・250・271・272・293〜297・300・301・306〜308・311〜314・316〜321・323・325・327・332〜348・359〜361
小町（小野）……254・273
小峰和明……184・186・268
小民部……177・178
五味文彦……49・349
小山順子……238・248・266〜269・271・289
惟明親王（三宮）……74・334・339・340・349
伊家（藤原）……172
是則（坂上）……57
衣川彰人……184
近藤春雄……309

さ

西行……74・127〜129・133・219・225・227・230・236・246・272・273・300・302
在子（源　通親女）……328
嵯峨院……185
相模母……145・146・203
さきくさ……191
櫻田芳子……238
狭衣大将……277・278
笹川博司……185
貞文（平）……270
定頼（藤原）……167
佐津川修二……324
佐藤明浩……363
讃岐（二条院）……45・46
実家（藤原）……236
実方（藤原）……70・140・146・162・163・171・196
実国（藤原）……131
実定（藤原）……61・246・259・263・269
実朝（源）……75
実房（藤原　静空）……339・340・342
実行（藤原）……130・297
三郎君……33・60

し

慈円……9・66・74・75・84・85・87・194・219・220・222・224・225・227・228・230〜234・236・237・239・242・293・296・297・313・324・327・334・338・339・349・358
重家（藤原　大弐入道）……224・225
成範（藤原）……113・114
滋藤（藤原）……242
重基（藤原）……192
重盛（平　小松大臣）……113
重之（源）……36・142・173・202
行重……158・160
始皇帝……85
四三……191
資子内親王（一品宮）……184
四条御息所女……36
篠原祐紀江……266
島津忠夫……133
下野（四条宮）……177〜179
娑羯羅王……81・83
寂然……8・76・77・79〜81・85〜88・91・92・94・95・98・99・219・236・353・354・360
寂超（藤原　盛忠）……43・92
寂念（為業　藤原）……29・245
寂蓮（定長　藤原）……162・219・220・224・225・228・236・241・253・261・262・272・273・326・331
守覚法親王……323・334
俊恵……153・192・224・225・238・250・268
俊成（藤原　顕広　釈阿）……7・8・27・32・38・50・51・53〜58・60〜65・67〜73・75・90・91・203・207・219・225・226・236・238・239・241・246・248・251・252・254・256・258・261・263・268・273・277・287・293・299・312・315・316・319〜322・326・327・333・335・338・349・353・354
俊成卿女……74・235・348
承源……188
静賢（少納言法印）……67
彰子（藤原　上東門院）……119・147
少将……249
少将内侍（後深草院）……125
浄蔵……213
常啼……91・92・93
生蓮……330・331・348
式子内親王……74・219・237・293・326
徐福……85
白河院……7・8・16・17・30・34・75・106・117・353・354
白畑よし……175・184
心円……200
親子（藤原）……16
信生……185
新間進一……15・35・38・39・50・73・100・101
新名主祥子……266・268・363

す

季定（藤原）……227
季経（藤原）……71・75・162・191・192・201・244・245・269・327・340
季保（賀茂）……296
周防内侍……156
菅野扶美……35・38・50・51・73・100
資賢（源）……104・106・107・117・355

助俊……165・196
資盛（平）……250
鈴木日出男……185
崇徳院（新院）……74・76・90・261・262・269・318

せ

清少納言……112・134
聖信房……190・197
関根慶子……136・170
雪山童子……92
善恵房……165・212
泉円……159
千観……29
仙慶……28・29
瞻西……131
宣旨（六条院）……56・57

そ

素意……26
素性……148・251
素暹……205
帥大納言殿……211

た

待賢門院……54
大納言……184
大輔（殷富門院）……90・91
高木豊……38
孝清（藤原）……150
高倉（八条院）……82・84
隆季（藤原）……55
隆信（藤原）……74・125・192・212・245・246・256・268・327・331・336・337
隆房（藤原）……74
高安の女……111
竹下豊……35・36
忠清（藤原）……166・189
忠実（藤原　大殿）……179〜182・185
忠実室（北の政所）……179・180
忠成（藤原）……198・298
忠平（藤原　貞信公）……248
忠通（藤原　摂政左大臣）……64・70・154・173・301・302
忠岑（壬生）……110・272
忠良（藤原）……298・302
田中喜美春……312・322
田中裕……111・118・119
田仲洋己……326〜328・343・348・349
谷知子……265・322
丹波大女娘子……213
谷山茂……265・326
田渕句美子……128・129・134・289・348
田村柳壹……68・74
為家（藤原　民部卿入道）……190・267・312
為輔（藤原）……156
為忠（藤原）……43
為成（平）……188・195
為盛（藤原）……258
為頼（藤原）……230
丹後……206

ち

親信（藤原）……228
親宗（平）……260
千草聡……326・348
筑前内侍……131
千里（大江）……110
中将（上東門院）……36
中納言（待賢門院）……51
長済……153
長明（鴨）……74

つ

辻森秀英……289・309
土御門院……342・349
経家（藤原）……243・256・266・327
経忠（藤原）……161
経通（藤原）……235
つねみのわう……143
経基（源）……184
貫之（紀）……36・109・110・213・244・262・272

て

定家（藤原）……5・6・9・65・75・115・134・206・207・219〜223・227・229・236・237・239・242・243・246・267〜269・271〜275・278〜280・282〜284・286・288・290・297・307・313・327・329・330・336・341・342・344・348・358・361
定子（藤原　中宮）……112
鄭太尉……257・269
貞遍……42
寺島恒世……268・293・308・310・315・319・322〜324・350・363
寺本直彦……290

と

道因……131
藤侍従……134
時房（藤原）……194
常（源　東三条左大臣）……127
徳原茂実……185
利貞（紀）……155
俊重（源）……138・154・155・157・159・166
俊房（源　堀川左大臣）……128・161
俊頼（源）……9・18〜22・32・36・37・41・45・70・79・80・113・119・124・135〜137・139・140・142・148・149・151・152・154・155・157〜160・162・163・

166～169・173・175・179～183・187～189・191・192・194・195・209・210・212～214・225・250・258・259・269・356・357
俊頼女（源）……128
鳥羽天皇……130
具平親王……297
戸谷三都江……35・36

な

内藤まりこ……265
直子（藤原）……287
長方（藤原）……245
中川博夫……118・119
仲実（藤原）……193・194・297
永実（藤原）……156
中務……110・230
中君……323
仲正（源）……30・31・37
長能（藤原）……146・270
成国（藤原）……110
成季（橘）……129・131・132
成助（加茂）……158・160・194
成親（藤原）……104
業平（在原）……155
成通（藤原）……70・253
南波浩……185

に

二条天皇……130・131
女二の宮……279・281
任子（藤原　兼実女）……328

の

能因……146・232・233
能勢朝次……133
信実（藤原）……74・125・129・134・290
範宗（藤原）……75・340

は

萩谷朴……38・73
白居易……86・87
馬場光子……73・105・116・118・270
列樹（春道）……144

ひ

光源氏……177・184・185・281・282・324
樋口芳麻呂……289・311・322
肥後（京極前関白家）……139・250
栄職（橘　橘太）……113
秀能（藤原）……341・348
人麻呂（柿本）……15・23・111・272・287
美福門院……53・54
兵衛（城西門院）……62・189・263

ふ

ふくらすずめの左大臣……205
藤木庸子……309
藤田雅子……265
藤田百合子……266
藤壺中宮……185・279・324
藤平泉……237・318・323・324
藤平春男……265
藤原澄子……134
藤原正義……170

へ

弁得業……225
弁内侍（後深草院）……125

ほ

仏御前……105・116
堀河（待賢門院）……189
堀河院……7・137・139・156・211・258

ま

雅経（藤原）……74・234・335・338・344・350
政時（藤原）……159
政長（源）……211
允成（祝部）……74
匡房（大江）……25～27・31・37・55・64・158・204・259
雅光（源）……151
雅頼女……236
松尾葦江……134
松野陽一……69・75・222・237～239・265・267
松村雄二……118
萬田康子……293・308

み

三木紀人……134
三角洋一……76・99
道隆（藤原）……112
通親（源　内大臣）……326～330・334・348
道綱（藤原　権少将）……164・212
通光（源）……348
道時（源）……166・205
通具（源）……327・328・344・348
道長（藤原）……233
道長（藤原）……162・196
道済（源）……272
道信（藤原）……147・148・171・204
光清（紀）……138
光俊（藤原）……171・198・201・247
躬恒（凡河内）……138
峯村文人……326・347・348
美作……214

宮田正信……133

む

致貞（良岑）……215
宗輔（藤原）……131
致平親王……163
村尾誠一……309
紫式部……171・178・179・185・255

め

目井……16・17
明子（藤原）……112

も

元方（藤原）……165
基実（藤原）……130
元輔（清原）……176・267
基嗣（藤原）……230
基俊（藤原）……33・34・60・61・64・130・155・156
盛房（藤原）……143
師輔（藤原　九条右大臣）……163
師俊（源）……128
師仲（源　伏見中納言）……128
師長（藤原　妙音院入道太政大臣）……106・117
師光（源）……71・75
文殊……81・83・89

や

家持（大友）……123・124
薬犬丸……141〜143
安井重雄……69・75・262・265・269
安原眞琴……184
康頼（平）……78〜80
やせかはの右兵衛督……214
山崎桂子……289・294・306・308・309・310・344・350
山田洋嗣……363
倭建命……124
山本章博……76・99
山本一……238・267

ゆ

維摩（浄名）……53・54・89〜91・93
夕霧……323
有慶……263
行能（藤原）……207
靫負命婦……246・323

よ

永縁……32・33
義孝（藤原）……163
好忠（曽禰）……205・272・276・285・302・303
良経（藤原　左大将　女房）……9・71・74・219〜222・224・225・231・234〜237・239〜253・255〜258・260〜262・264・265・267・269・271・274〜288・290・293・297・299・313・317・324・326〜328・334・335・344・345・350・358〜361
能宣（大中臣）……25・109・165・208
良房（藤原　前太政大臣）……112
淑望（紀）……109
良基（二条）……132
頼忠（藤原　廉義公）……267
頼経……140・170
頼朝（源　鎌倉殿）……190
頼成（源）……188
頼政（源）……29・61・215・231・258・259・263・269
頼光（源）……145・146・171・203
頼基（大中臣）……142

ら

頼慶……170

り

隆寛……221・227・228・236・237
隆源……152
竜女……81〜84・94
隆尊……190
良暹……26・173・194・206〜208・215

れ

冷泉院（若宮）……281・324
れんか……172

ろ

六条御息所……177
六波羅別当……193

わ

若宮……184
渡部泰明……111・118・265

書名索引

・本書で言及した書名等の索引である。
・近世までの作品・資料等を対象とし、通例の読みに従い、発音の五十音順に配列し、当該ページを示した。
・歌合などの名称は、『新編国歌大観』所収の場合は、ほぼその名称に従った。

あ行

赤染衛門集……36・101・160・249
赤人集……228
顕氏集……202
秋篠月清集……74・230・252・263・267・277・278・307・317・321・324・349
顕輔集……224
顕綱集……185
朝倉……64
朝忠集……184
朝光集……36
明日香井和歌集……233・310〜312・335・338・350
東屋……360
阿弥陀経……78・79・80
阿弥陀経義疏……79
阿弥陀経疏……79
有房集……232・258
郁芳門院根合……16
和泉式部集……142・199・229
和泉式部続集……150・160・239・251
伊勢大輔集……171
伊勢物語……68・69・111・130・155・163・245・273・274・286・287
一条摂政御集……213
今鏡……169
今物語……11・124〜126・128〜134・177・184・189
今様の濫觴……269
いろは四十七首……219
石清水社歌合　建仁元年……334
石清水若宮歌合……74・348
院御歌合　宝治元年……235
韻歌百二十八首……219
院句題五十首……71・253
殷富門院大輔集……90
宇治拾遺物語……11・134・269
歌合　文治二年……243
右大臣家歌合　治承三年……224
右大臣家百首　治承二年……327
歌枕名寄……20・41・44・46
宇津保物語……11・167・173・184・185
右兵衛督家歌合……37
雲葉和歌集……43
詠歌一体……225
詠歌大概……11・273
栄花物語……199
永久百首……65・214
詠五百首和歌……334・338
遠島百首……334
奥義抄……11・109・110・111
往生要集……11・78
大江戸倭歌集……213
大鏡……147
大斎院前の御集……249
御室五十首……274・287・323・332・334・335・337〜339・341〜343・345・346・347・361
御室撰歌合……338・341
厭離欣求百首……338

か行

海道記……247
花月撰歌合……326
花月百首……219・242・267
春日社三十首……315・316・317・319〜322
兼輔集……20・41・171
兼盛集……38・110
歌謡史の研究……15
閑居百首……242・274・283・327
閑月和歌集……82
観普賢経……28
聞書集……225
綺語集……173
吉記……15・269

久安百首……27・54・55・62・74・203・262・263・273・274・287
行尊大僧正集……31・165・212
清輔集……42
琴後集……213
近代秀歌……11・264
公任集……67・101・160・213・259
金葉集……7・70・109・124・126・127・135・140・141・145・146・151・158～161・165・171・173・188・196・203・297・322
愚管抄……94・101
国冬祈雨百首……43
国基集……193・194
熊野懐紙……334
藝文類聚……251
外宮百首……334
玄玉和歌集……244～246・268
玄玄集……326
源氏狭衣歌合（百番歌合）……275・279
源氏釈……23・24
源氏物語……11・50・175・177・185・229・239・246・273～275・279・280・282～284・323
源承和歌口伝……12・239
元真集……186
現存和歌六帖……200
源平盛衰記……11・21・116・117
建礼門院右京大夫集……56・236
江帥集……31・37・64・158・204・205
光明峰寺摂政家百首……334
後漢書……257
後京極殿御自歌合……277・335
古今集……5・109・110～112・127・138・139・141・144～146・155・173・178・181・244・251・273・274・287
古今目録抄……11・63・66・117・118
古今和歌六帖……23・32・36・56・57・109・111・137・138・144～146・148・165・172・213
極楽六時讃……53・54・91
極楽六時和讃……101
古今著聞集……11・70・124・125・129・130・132・144・156・190・193・197・200・212・253・360
古事記……11・123・124
小侍従集……202
古事談……11・37・134
後拾遺集……21・26・36・58・146・150・153・155・157・167・170・173・232・266・270・273
後撰集……36・110・140・163・165・172・176・179・201・215・255・273・274・319
五代集歌枕……214
後鳥羽院御集……74・230・293・311・334～336・338～342・344～346
後鳥羽院御口伝……11・222・271
古本説話集……134
古来風体抄……214
今昔物語集……11・54・73・90・91・100・130・134・155
権僧正永縁花林院歌合……33・60

さ行

西行法師家集……300
斎宮女御集……184
最勝四天王院障子和歌……313・338
相模集……173
狭衣物語……94・101・274・277～279・285
讃岐守顕季家歌合……16
信明集……172
実家集……236
実方集……140・156・164・165・171・212・267
山家集……215・236・296・298・300
三体和歌……234・334・338
三百六十番歌合……10・11・325～327・332～334・343・344・347
散木奇歌集……31・46・78・79・124・126・135～139・146・150～154・157・161・166・167・170・172・173・175・180・182・185・188・190～195・199・203・208・209・211・212・253・258
詞花集……173・208・213・228・297
紫禁和歌集……235
重家集……38・153・228
重之集……73・150・167・172
治承三十六人歌合……298・327
四条宮下野集……164・177・212
四条宮主殿集……206
時代不同歌合……334・344
十訓抄……11・15・107・113・114・124
寂蓮法師集……220・236・250
寂蓮結題百首……261・274
寂蓮無題百首……242・266・274
沙石集……11・191・196
拾遺愚草……219・221・236・237・239・242・254・267・268・273・286・299
拾遺愚草員外……6・221・244
拾遺集……28・29・68・110・111・146・161・163・166・213～215・267・270・273・274・302・303・318
拾遺抄……29・36・110・138・139・144・163・166・182・184・198・201・205・214・215・270
拾遺百番歌合（後百番歌合）……275
秀歌百首草……338・349
拾玉集……66・74・82・84・93・100・171・194・214・220・221・236・237・239・247・266・310・338・349
十題十首……254・264・267
袖中抄……26・154
守覚法親王集……318
出旺経……98

俊成祇園百首……55・58・59
俊成五社百首……55・56・57・59・232・320
松下集……82・84
正治初度百首……6・10・74・233・252・271・272・274〜276・279・280・282・283・285・286・288・289・293・296・298・299・302・308・312・314・315・329・332・338・344・345・346・349・350・361
正治二度百首……202・213・233・296・334・335・338・360
初学記……251
初学百首……327
続古今集……90・161・172
続後拾遺集……212・230
続後撰集……250
続詞花和歌集……90・143・147・154・157・159・189・197・204・318
新宮撰歌合……307・310・325・334・338
新古今集……5・42・97・111・133・163・181・227・230・248・255・271・274・285・287・296・297・299・301・302・313・315〜317・320〜322・326・334・343・344・346・348
新後撰集……287
新続古今集……230・286
新千載集……214
新撰髄脳……6・108・168・211
新撰朗詠集……25・26・37・255
新撰和歌……145
新撰和歌六帖……171・198・204・215
新勅撰集……56・100
新和歌集……185・205
周防内侍集……151
輔尹集……153
住吉社歌合　嘉応二年……227
住吉物語……198・255
井蛙抄……11・190・290
清慎公集……248
撰歌合　建仁元年八月十五夜……299
千五百番歌合……34・45・60・68・70〜72・74・75・206・207・271・298・313・334〜336・339
千載集……23・28・29・59・74・78・92・148・203・215・227・233・245・262・263・297・322・324
撰集抄……124・133
千手経……103
仙洞句題五十首……338・359・360
仙洞十人歌合……334
雑芸集……68・69・117
曽我物語……11・190
続古事談……134

た行

體源抄……11・103・107・117・118
太皇太后宮亮平経盛朝臣家歌合……172
大般若波羅蜜多経……11・79・93
内裏詩歌合　建保元年……340
内裏百番歌合　承久元年……207
隆信集……21・330
隆房集……71
田多民治集……64・70・81・100
忠盛集……38・212
為忠家後度百首……27
為忠家初度百首……21・30・32・59・198・245・254・258・298
為頼集……230
中宮亮重家朝臣家歌合……7
長秋詠藻……51〜53・90・94・225・258
長秋草……236
月詣和歌集……250・317
菟玖波集……125・211
筑波問答……125
土御門院御集……341
土御門院百首……349
経信集……159・182・259
貫之集……270
定家家隆両卿撰歌合……336
定家卿百番自歌合……336
洞院摂政家百首……202・205・206・235
多武峰往生院千世君歌合……159
多武峰少将物語……74
俊頼朝臣女子達歌合……128
俊頼髄脳……6・11・108〜111・114・119・124・127・132・135・140〜148・154・158・160・161〜165・167・173・174・183・188・189・195〜204・206・208・209・215・227・355
鳥羽影供歌合　建仁元年……335
とりかへばや物語……244・245

な行

内宮百首……334
長実家歌合……16
中務集……230
長綱集……185
長能集……74
楢葉和歌集……43・200
成仲集……250
成通集……151
二条太皇太后宮大弐集……32
日本紀竟宴和歌……66
日本書紀……124
如願法師集……205・341
涅槃経……86・87
能因歌枕……20・35・40・48
能因法師集……146・326

信実集……215
教長集……38・74・255・298

は行

禖子内親王家歌合　治承四年……214
賣炭翁……302・303
白氏文集……11・136
日吉百首……338
檜垣嫗集……139
肥後集……151・153
百首和歌　建長八年……198
広田社歌合……50・62・72・263
広言集……247
風雅集……74・92
風葉和歌集……205・214
袋草紙……29・113・147・157・204・215
二夜百首……307
夫木和歌抄……43・46・49・198・201・247・250・266
文治六年　女御入内和歌……201・224・242・266・327・328
平家物語……11・21・106・116・117・269
芳雲集……213
法句経……98
宝物集……214
法門百首……8・76～82・84～90・92～95・97・98・100・360
法華経……11・81～85・87・94・103・112
法華経二十八品歌……51・53・54・62
法華懺法……98
発心和歌集……214
堀河院艶書合……16
堀河百首……16・24～28・32・37・55・74・76・95・167・203・222・243・250・258・259・274・337・342

ま行

枕草子……11・112・131・134・143・225
雅有集……235
松浦宮物語……289
万代和歌集……205
万葉集……56・63・64・67・68・110・123・124・213・273・280・287・307・309
道綱母集……28・37
道済集……274
道信集……148
光経集……340
躬恒集……100
水無瀬恋十五首歌合……71
源家長日記……11・237・320
壬二集……171・237・243・334
宮河歌合……301
明恵上人集……190
民部卿家歌合　建久六年……68・238
無動寺和尚賢聖院歌合……159
無名抄……5・11
紫式部集……178・214
明月記……134・280・344・347～349
元輔集……161・176・179
基俊集……23・63・64
物語二百番歌合……274～285・288

や行

八雲御抄……11・46・48・119・147・204・206
大和物語……139・215
唯心房集……77・97・98
維摩経……97
永縁奈良房歌合……225
頼政集……29・230
頼基集……171
夜の寝覚……275

ら行

梁塵秘抄……11・15・19・22～35・37・40～42・44～46・47・49・51～59・73・77～86・89～95・100・106・253・260・264・268・269・360
梁塵秘抄口伝集……11・16・54・59・79・104・355
林下集……258
林葉累塵集……45
林葉和歌集……38・192・214・249・298
類聚名義抄……12・49
連理秘抄……11・132
朗詠九十首抄……11・58・104・355
朗詠題詩歌……213
老若五十首和歌……313・325・326・335
六条院宣旨集……56
六条修理大夫集……19・23・28・36・41・42
六百番歌合……9・63～65・67・72・191・192・212・219・228・235・239・241・244・245・247・253・255・262・269・274・278・282・286・310・327・332～339・342・343・345～347・359・361
六百番陳状……332・333

わ行

和歌色葉……11・119
和漢朗詠集……29・86・233・242・269

あとがき

本書は平成二十二年秋に総合研究大学院大学に提出し、翌年三月に博士（文学）を授与された学位論文『中世前期における和歌表現の研究　――新古今的表現への道筋』を基としている。ただし、刊行にあたって関係する既発表論文を加え、全体を再構成して、大幅に加筆訂正を施している。

本書の第三章・第四章には、最も早く発表した論文三本を収めた。稚拙としかいいようのない初期の論文と向き合うのは、おそろしくきつい作業だったが、同時に、安堵の思いもわきあがった。和歌研究をはじめた頃に扱っていた後鳥羽院と良経に、十数年の時を経てふたたび巡り会うことができたのである。改稿しても残る未熟さに頭を抱えるところはないでもないが、研究の一区切りとなる著書にとっては悪くないように思う。

ふり返れば、ひとより随分と長い院生生活を送った。興味の赴くままに無秩序に資料をひっくり返す落ち着きのない学生を、温かく見守ってくださった明治大学の大野順一先生のもとで歌人研究のおもしろさに目覚め、同大学院博士課程に進んだものの、力不足により学位を取らないまま院を出てしまった。しかし、まだ学びたいたいという思いにかられて、当時、国文学研究資料館に設置されたばかりの総合研究大学院大学の博士課程に籍をおいた。それによって、さらに三人の師に出会うことができた。最初に師事した松村雄二先生は、つい狭くなりがちな視界を広げ、今様に取り組むきっかけをくださった。松村先生が退職なさったあとを引き継いでくださった田渕句美子先生からは、こまやかな研究指導はもちろんのこと、つねに新しい研究の場や出会いをお示しいただいた。それにもかかわらず、なかなか学位論文を書きあげられずにいた私を、寺島恒世先生が我慢強く導いてくださった。寺島先生の唯一の教え子として過ごした最後の二年間は、学位論文を書き上げる大きな力となった。ここまで導いてくださった先生方に、心より御礼を申し上げたい。遠回りの道のりではあったが、時間をかけた分だけ得たものも大きかったと思う。

お一人お一人のお名前をあげることはできないが、学会や研究会等でご指導やご助言をくださる諸先生方、研究仲間、お世話になったすべての方に感謝申し上げる。さまざまな方々に出会い、多くの学恩を蒙ることによって、本書を成すことができた。

本書の出版にあたっては、寺島恒世先生が仲介の労をおとりくださった。出版をご快諾くださり、不慣れな私になにかとお心遣いをくださった青簡舎の大貫祥子社長には大変お世話になった。篤く御礼を申し上げる。また、大切な時間を使って校正にご協力くださった、早稲田大学大学院の米田有里氏に感謝を申し上げる。

さいごに、自由気ままに生き、研究をつづけてきた娘を温かく見守ってくれた父と母に心からの感謝を捧げたい。ほんとうにありがとう。

二〇一六年二月

大野順子

なお本書は、日本学術振興会平成二十七年度科学研究費補助金（研究成果公開促進費）の交付を受けて刊行するものである。

大野　順子（おおの じゅんこ）

一九七二年　千葉県生まれ
一九九一年　明治大学大学文学部文学科卒業
二〇一一年　総合研究大学院大学文化科学研究科日本文学研究専攻博士課程修了
博士（文学）。

現職　国文学研究資料館機関研究員、都留文科大学兼任講師、明治大学兼任講師、早稲田大学非常勤講師

論文　「『拾遺愚草』雑部「述懐」について――『正治初度百首』鳥五首とかかわりから」（『絵解きと伝承そして文学』方丈堂出版）、「『三百六十番歌合』について――撰者再考」（『明月記研究』十三号）など。

新古今前夜の和歌表現研究

二〇一六年二月二九日　初版第一刷発行

著　者　大野順子
発行者　大貫祥子
発行所　株式会社青簡舎
〒一〇一-〇〇五一
東京都千代田区神田神保町二-一四
電　話　〇三-五二一三-四八八一
振　替　〇〇一七〇-九-四六五四五二

印刷・製本　モリモト印刷株式会社

©J.Ohno 2016 Printed in Japan
ISBN978-4-903996-90-5 C3092